장미의 기사

The Knight of Rose

장미의 기사

초판 1쇄 찍은 날 | 2016년 4월 22일
초판 1쇄 펴낸 날 | 2016년 4월 29일

지은이 | 이루다
펴낸이 | 예경원

편집 | 유경화 · 안유진

펴낸곳 | 예원북스
등록번호 | 제396-2012-000132호
등록일자 | 2012. 7. 25
YRN | 제1-0142호

주소 | 경기도 고양시 일산동구 호수로 646-24 위너스21-Ⅱ 206A호 (우) 10401
전화 | 031-819-9431 팩스 | 031-817-9432
http://cafe.naver.com/yewonromance
E-mail | yewonbooks@naver.com

ISBN 979-11-5845-145-5 03810

장미의 기사

이루다 장편 소설

YEWONBOOKS ROMANCE STORY

The Knight of Rose

예원

C · O · N · T · E · N · T · S

제1장 장미

뿌옇게 시린 하늘이 투명하도록 희게 빛났다. 장미는 내리는 눈을 바라보면서 천천히 교문을 향해 걸었다.

고등학생으로서 마지막인 날. 오늘, 졸업식을 했다. 오늘이, 장미가 교복을 입는 마지막 날이 될 것이다.

"네가 태어나던 날, 네 아버지는 사정이 있어 내 곁을 못 지켰지만 대신 장미를 보냈어. 온 침대를 다 장미로 장식했는데, 향기가 마치 온 세상을 다 덮을 것처럼 황홀했지. 오랜 산고에 지쳐 멍하니 장미꽃을 바라보는데, 네 울음소리가 터지고…… 태어난 너는 또 어찌나 꽃처럼 곱던지! 그래서 네 이름을 장미라고 지었지. 가장 아름답고 주목받으며, 어디에서나 사랑받는 꽃. 그게 네 운명이야, 우리 딸."

살아 있었다면, 장미의 졸업을 그 누구보다도 축하해 줬을 사람.

이제는 이 세상에 없는 사람. 그래서 다시는 볼 수 없는 사람을 장미는 조용히 입속으로만, 입김을 불듯 불러보았다.

"엄마······."

장미는 내리는 눈 속을 느릿하게 걸었다. 한쪽 손에 졸업장을 쥐고 있지만, 조금도 기쁘지 않다. 이제부터는 아이가 아니다. 지금까지도 그랬지만, 이제부터는 더 철저히 혼자 되어야만 한다. 미성년자라는 이름 아래 교복이라는 갑옷으로 보호받던 날들은 끝났다. 혼자서, 살아가야만 한다.

이 세상이라는 정글에서.

교문 밖을 나섰다. 스르륵, 미끄러지듯 장미 앞에 무언가가 멈췄다. 검은 세단이었다. 창문이 열리고, 익숙한 얼굴이 나타났다.

"설장미!"

사촌, 기준이었다.

장미는 무시했다. 장미가 아무 말이 없자, 기준이 차에서 내렸다.

"고등학교 졸업 축하해."

"······."

"타. 날씨가 많이 춥다."

"할머니가 보내서 온 거지?"

기준은 말이 없었다. 침묵은 곧 긍정이었다.

"가서 할머니에게 전해. 난 이제 그 집에 안 가. 앞으로 두 번 다시 안 갈 거야."

"장미야."

"지긋지긋해. 못 볼 것을 보는 듯한 눈들도, 겉으로는 상냥한 척 위하는 척하지만 둘만 있으면 할 말 못할 말 안 가리고 독설을 뿜는 위선도. 정말 역겨워, 그 집안. 난 오늘부터 성인이야. 이제부터 난 그 집에 없었던 사람으로 해줘."

"설장미!"

"하긴, 지금까지도 그랬지만. 난 없었던 사람이나 마찬가지였지, 할머니에게."

장미의 차가운 표정은, 이제 갓 스무 살이 된 앳된 소녀의 것이 아니었다. 세파에 찌든 어른보다 무딘 얼굴을 하는 장미를 바라보면서 기준은 마음이 찌르듯 아팠다.

이제 겨우 십대를 벗어났을 뿐이지만 나이에 비해 지나칠 정도로 조숙하고, 조용한 성격의 사촌 여동생.

기준은 장미의 손목을 잡아 이끌었다.

"아파! 이거 놔."

거절하는 장미를 무시하고 손을 억지로 잡아끌어 차에 태우고, 기준은 차를 출발시켰다. 가는 내내 장미는 몇 번이고 내려달라며 앙칼지게 소리를 지르더니, 곧 빨간 벽돌집의 거대한 형상이 보이기 시작하자 그 모든 시도를 포기한 채 얌전히 앉아 있었다.

기준은 힐끔 곁눈으로 장미를 살폈다. 백미러에 비친 장미의 얼굴은, 흡사 표정 없는 인형이라고 해도 믿을 만큼 생기가 없었다. 보통의 한국인의 피부보다는 적어도 한 톤은 밝은 듯한 흰 피부. 그리고 밝은 갈색 머리카락과 엷은 푸른빛을 띠는 눈동자. 장미의 어머니는 평생 장미의 아버지에 대해 말 한마디 한 적이 없었지만, 그 아버지란 남자가 순수 한국인은 아닐 거라는 추측을 더하게 만드는 외모였다.

또래의 소녀들보다 말이 없는 성격 탓인지, 장미는 신비로운 분위기가 있었다. 거기에 다소 이국적인 느낌의 외모가 장미에게 신비로움을 더했다. 장미는 알고 있을까. 자기가 남들의 시선을 끌 정도로 예쁘다는 걸. 기준의 눈에는 무슨 생각을 하는지 알 수 없는 채로, 미동조차 없이 장미는 그렇게 차에 가만히 앉아 있었다. 기준은 한숨을 쉬었다.

미안하다, 네게 더 잘해주지 못해서.

설씨 집안의 미움을 받는, 눈처럼 차갑고 아름다운 어린 아가씨. 기준에게 있어서는 막내 고모가 남긴 딸이며, 사촌 동생이다. 할머니는 장미를 집안에 받아들이지 않았다. 막내 고모가 10년 전 갑자기 런던에서 어린 장미를 남기고 사망한 후, 장미의 후견인은 설씨 집안 주치의인 윤 박사가 되었다.

장미 어머니 이름으로 되어 있던 전 재산과 보험금이 장미 앞으로 가도록 유언을 남기고 죽은 장미 어머니 때문에, 설씨 집안에서는 처음에 의심도 했었다. 장미 생부가 누군지는 모르겠지만 재산을 노리고 저 어린것을 이용해 장미 어머니를 죽인 게 아니냐는 등 흉흉한 말들도 돌았다. 당치도 않은 의심이었다. 결국 사고사로 결론이 났고, 아직 성인이 되지 않아 어머니의 유산을 받을 수 없는 장미를 위해 설씨 집안에서 생활비와 학비를 지원해 주었다.

그러나 그게 전부였다. 싸늘한 집안사람들의 태도는 어린 장미를 상처 입혔고, 장미는 점점 더 설씨 집안에 가는 것을 싫어하게 되었다. 법적 보호인인 윤 박사 역시 사무적으로만 장미를 대했다. 누구도 장미와 깊게 연관되고 싶지 않았던 것이다.

기준은 어린 사촌 동생이 그저 안타까웠다. 이 감정을 동정심이라고 불러야 할지, 아니면 다른 무엇일지는 알 수 없었다.

❖

"졸업했더구나. 이제 뭘 할 생각이니."

눈앞에 여자는 60대의 나이에도 희고 결 좋은 피부와 소녀처럼 곧은 척추, 그리고 여성스러운 허리 곡선을 유지하고 있었다. 하지만 눈가에 잡힌 자잘한 주름과 어쩔 수 없이 보이는 세월의 흔적들은, 화장과 시술들로 긁어내고 덮어낸다고 지울 수 있는 것이 아니었다.

노년에 접어든 여자는 아름답게 나이 드는 법 대신 나이보다 젊어 보이는 법에 더 집착하는 듯했지만, 그것이 아이러니하게도 여자를 더 지쳐 보이고 나이 들어 보이게 한다는 것을 본인은 알까. 장미는 물끄러미 눈앞에 여자를 바라보며 그렇게 생각했다.

그녀는 장미와 기준의 생물학적 할머니, 최현희 여사였다.

"런던에 갈 거예요."

장미의 대답에 그녀의 눈썹이 매섭게 치켜올라 갔다.

"거긴 왜."

"엄마를 찾아볼까 해요."

최현희 여사의 눈빛이 한층 더 날카로워졌다.

"윤아는 죽었다. 바로 그 런던에서 사진이니 설치미술이니 뭔가하다가 말이지. 새파랗게 젊은 나이에, 하필 폭파 사고로 죽어서 시체조차 찾지 못했어. 폭탄 테러였던가. 이국에서 형체도 몰라보게 타버린 딸아이의 시신을, 그 먼 곳까지 가서 내 눈으로 확인하는 기분이 얼마나 끔찍했는지 네가 상상이나 할 수 있겠니? 그런데 런던으로 가서 윤아를 찾겠다니, 그게 지금 네가 내 앞에서 할 소리냔 말이다."

"전 엄마가 그렇게 돌아가신 걸 인정 못하겠어요. 할머니는 그냥 돌아가셨다고만 하시고, 장례식에도 참석하지 못하게 하셨죠. 엄마의 마지막이 남아 있는 장소, 그곳을 직접 눈으로 보기 전까진 제 안에서 정리가 안 될 것 같아요. 시체가 다른 사람과 바뀌었을 수도 있잖아요. 어릴 때부터 계속, 어쩐지 전, 엄마가 살아 계실 것 같다는 직감이 있어요. 그리고 저에 대해 신경 쓰시는 척하지 마세요. 어차피 손녀라고 생각하지도 않으시잖아요."

"설장미!"

그녀가 목소리를 매섭게 높였다. 장미도 지지 않고 고개를 들었다.

"그렇게 부르지 마세요! 제가 대체 언제부터 설씨 집안사람이었다고 절, 그렇게 부르시죠?"

"……!"

여인은 뭔가 하고 싶은 말이 있는 듯한 얼굴이었지만 다만 입을 꾹 다문 채 장미를 노려보았다.

"엄마가 그렇게 런던에서 돌아가신 후, 한번이라도 절 보러 엄마와 제가 살던 집에 오신 적 있으세요? 한 번씩 생활비를 받으러 오라는 명목으로 이 집으로 절 호출하셨을 뿐, 한 번도 이유 없이 부르신 적은 없었죠. 잘 지내냐, 학교생활은 어떠냐, 그런 형식적인 인사조차도 없으셨어요. 그리고 이 집에 올 때마다 절 못 견디게 했던 건, 무엇보다도……! 절 향하던 그 시선들! 그 낯설고 차가운 시선들이, '가족'이라는 사람에게 보내는 게 아니라는 것 정도는 알고 있어요 전. 왜냐하면 사랑을 받아봤으니까. 돌아가신 엄마는 이 세상 무엇보다도 절 아껴주셨으니까! 하지만 할머니는 절 손녀로 인정하지도 않으셨고, 앞으로도 인정하실 생각 없으시잖아요! 애쓰지 마세요. 절 볼 때마다 괴로워하시는 거 알아요. 그 모습

보기도 괴롭거든요. 전 이제 제 힘으로 살아갈 거예요."

"……."

늙은 여인은 한참을 말이 없었다.

스물네 살에 대학 졸업과 동시에 영국으로 유학, 런던에서 설치미술가로 활동을 시작하여 세계 등지를 돌다가 사진으로까지 작품 영역을 넓혔으나 런던에서 개인전 준비 중에 의문의 폭파 사고로 30대에 요절한 딸 윤아가 남긴, 유일한 딸아이. 그게 장미였다. 손녀라는 이유만으로 어찌 보면 더없이 소중할 수도 있을 아이였다. 하지만 단 한 번도 엄마의 말을 거스른 적 없던 착하디착했던 딸 윤아가 딱 한 번 어머니인 최현희 여사를 거슬렀던 순간이 바로 저 장미라는 아이 때문이었다.

미혼의 딸이 정체불명의 남자의 아이를 임신했다는 사실을 돌연 밝혔을 때, 솔직하게 기뻐할 부모는 없을 것이다. 런던에서 사진 촬영을 마치고 돌아온 어느 날, 윤아는 돌연 임신 사실을 밝혔다. 아이 아버지가 누구인지는 끝까지 추궁했지만 말하지 않았고, 런던에서 만난 사람이라고만 했다. 최현희 여사는 단호했다. 아이를 지우라고 명령했다. 더 생각해 볼 것도 없다고.

부잣집에서 자라나 고생해 본 적도 없고, 어느 정도 성공한 예술가인 윤아가 경제력이 있다고는 하나 미혼모라는 수식어가 붙으면 삶은 험난해진다. 주변의 편견은 혹독할 것이고, 아이에게도 너에게도 좋은 일이 아니라고 타일렀다. 그녀는 어디까지나 윤아를 위한 길이라고 말하며 설득을 거듭했다. 남녀가 만나 사랑하다 보면 아이가 생길 수도 있고, 아이가 생긴 사이라고 해도 헤어질 수도 있다, 다만 어디서 근본도 모르는 외국인의 씨를 낳아 기를 작정이냐, 집안 체면에 먹칠할 셈이냐. 최 여사는 집요했다. 하지만 윤아는 끝까지 고집을 부렸다.

누군지도 모르는 아이 아빠에 대해 '사랑하는 사람'이라고만 하며, 사랑하는 사람이 남긴 유일한 선물인 아이를 낳겠다고 했고, 의절까지 내세우며 협박한 부모의 뜻을 거스르며 가출을 감행하더니 결국에는 딸아이를 낳아서 본가와 연락을 끊고 혼자 힘으로 길렀다. 그게 바로 장미였다.

최현희 여사는 복잡한 심정으로, 눈앞에 아이를 바라보았다. 장미가 열한 살 되던 해, 윤아는 갑자기 사고로 죽었다. 십 년 가까이 연락을 끊고 살다 현지 대사관의 연락으로 찾아가서 이국에서 만난 윤아는, 시신조차 알아보지 못할 만큼 처참했다. 형태도 알아볼 수 없게 타버린 시신을 수습해서 장례를 치르기 위해 한국에 돌아오면서, 최 여사는 처음으로 윤아의 딸 장미를 보았다.

지워지지 않고 무사히 세상으로 나와 갓 열한 살이 된 여자아이는 그저 티 없이 곱기만 했다. 그리고 한없이 원망스러웠다. 작가로서 전도유망하던 딸이 이렇게 된 것은 모두 저 아이 때문인 것만 같았다. 윤아가 모든 것을 바쳐 사랑했던 아이, 하지만 최 여사에게는 한없이 원망스러운 아이.

그 후, 혼자 된 장미가 시설에 보내지지 않도록 비밀리에 사람을 붙여 후원해 왔다. 주치의 윤 박사에게 부탁해 그가 후원하는 것처럼 가장해, 집안사람들 눈에 나지 않도록 각별히 주의하면서. 저 아이를 지키고자 모든 것을 바쳤던 윤아의 노력이 헛수고로 돌아가지 않도록, 그 정도는 해주어야 할 것 같았다. 학비, 생활비, 그리고 학생이 받는 것치곤 넉넉한 용돈까지 지급했다. 보호자를 잃은 장미가 생활에서 부족함이 없도록 배려했다.

딱 하나, 애정만 주지 않았을 뿐.

명절에는 가끔 집으로 부르기도 했으나, 길게 이야기를 나누는 법은 없었다. 어떤 학교생활을 하는지, 친구가 누구인지조차 물어본 적이 없다. 특별한 비행이 없으며, 성실하고, 학교 성적은 좋은 편이라는 것만 담임교사를 통해 들었을 뿐이다. 그 아이가 집에 올 때는 아무도 말을 걸지 말라고 시켰다. 가사 도우미에게마저 철저히 장미를 무시하라고 일렀다. 하지만 언제부턴가 그 말을 무시하고, 손자 기준이 장미에게 관심을 보이기 시작했다. 동정심인지 뭔지는 모르겠으나, 느낌이 좋지 않았다.

장미는 확실히 미인이었다. 무표정한 얼굴을 하고 있을 때에도, 정갈한 이목구비가 시선을 사로잡았다. 청순하고 깨끗한 인상이 죽은 윤아를 떠오르게 했지만, 엷은 피부색과 짙은 이목구비는 혼혈임을 짐작하게 해서 윤아가 끝까지 말해주지 않았던 장미의 아버지는 정체 모를 외국인이라는 걸 떠오르게 만들었다.

장미, 저것만 없었어도.

예술가로서 전도유망했고 미모도 출중했던 윤아는 설씨 집안만큼 좋은 집안에 혼처를 잡을 수 있었을 것이다. 그리하여 최 여사는 장미를 볼 때마다 마음이 복잡했다. 저 아이는 내게 어떤 인과로 온 아인가. 저 아이를, 내가 어찌 대해야 하는가.

"……기준이랑은 이제 만나지 마라. 너도 이제 성인이니 내가 왜 이런 이야기를 하는지, 기본적인 분별은 할 수 있을 거라 믿는다. 기준이 곧 연수 끝나고 검사 될 아이야. 알겠니? 물론 걱정하는 그런 일은 없겠지만, 둘이 자주 만나는 거 집안에 말 나오기 시작하면 좋을 거 없다."

"둘이서 만난 적 없어요. 오빠가 일방적으로 데리러 오는 것뿐."

"어른에게 말대답하는 거 아니다! 그리고 그간은 고아 된 네 사정이 딱해서, 어디서 떨어졌는지도 모를 널 윤아 자식이겠거니 하고 보살펴 왔다만 더 이상 우리 집안에 너 같은 애가 드나드는 거 보고 싶지 않구나. 네가 지금 윤택한 생활을 하고 있는 게 다 누구 덕분인데, 고맙다는 말은 못 들을지언정……. 이래서 머리 검은 짐승은 거두는 게 아니라 했거늘. 옛말 틀린 거 하나도 없다니까. 뭐, 이제 두 번 다시 만나지 않겠다고? 알아서 해라. 언젠가 네가 그리 말할 줄 알고 부러 널 설씨 집안 호적에도 올리지 않았다. 윤아가 네 출생신고를 하면서 너에게 설씨 집안 성을 붙이긴 했다만, 지금 껏 네 법정 보호자는 우리 집안 주치의인 닥터 윤으로 되어 있었다. 너도 알고 있었겠지만……."

"……."

장미는 말없이 최 여사가 하는 말을 가만히 듣고만 있었다.

"아무튼 이제까지도 법적으로는 남이었다만, 앞으로는 더 확실히 거리를 두도록 하자꾸나. 그간 난 네가 섭섭하지 않도록 물질적인 후원은 다 했다고 생각한다. 네 계좌에 돈도 어느 정도 넣어놨다. 네가 대학을 가고 싶은지 아닌지는 모르겠다만, 어느 대학을 가든 몇 년 치 등록금은 충분히 될 거다."

얼음처럼 차가운 말들이, 더없이 사무적인 톤으로 이어졌다.

"네 말대로 너도 이제 성인이고 보호자가 필요한 나이가 아니니 네 힘으로 생활하도록 노력해라. 돈이 더 필요하면 닥터 윤이나 김 변호사에게 얘기하고. 이제 그렇게 싫어하는 이 집에도 올 일이 없을 거다. 뭐 굳이 오고 싶으면 말리지는 않겠다만. 네 뜻대로 해라."

최 여사는 테이블 위로 돈이 든 봉투를 내밀면서, 단지 그렇게 말했을 뿐이었다. 여사는 홍차 잔을 입에 가져가서 한 모금 마시고, '오늘은 너무 우러났군. 맛이 써.' 라고 중얼거리더니, 방을 나갔다. 장미는 눈물이 떨어지려는 눈에 힘을 주면서, 최 여사가 나간 문을 바라보았다. 어머니를 닮은 눈, 어머니를 닮은 손, 어머니를 닮은 표정. 하지만 그런 눈과 손과 표정으로, 장미에게만은, 한결같이 잔인했던 사람.

'가장 아름답고 주목받으며, 화려하게 피어 어디에서나 사랑받는 꽃. 그게 네 운명이야.'

틀렸어요, 엄마. 어머니가 사라진 이 세상에서, 나는 조금도 사랑받고 있지 않아요. 장미는 조용히 앉아서, 그렇게 생각했다.

장미는 그렇게 무릎 위로 두 손을 모으고 앉아 있었다. 꽉 쥔 두 손이 하얗게 질릴 때까지 오래도록 가만 앉아 있었다.

장미는 천천히, 뽀얗게 먼지 내린 아틀리에의 문을 열었다. 사진작가이자 설치미술가였던 엄마의 아틀리에이자 서재였던 방. 삐걱, 소리와 함께 오랜 잠에서 깨어나 기지개를 켜는 것처럼 문이 열렸다.

9년만이다. 이 방, 엄마의 작업실에 들어오는 것이.

열한 살의 어느 여름밤, 타국에서 사망했다는 엄마의 소식을 듣고 그저 현실이 아닌 것처럼 멍해졌던 그날. 그날 이후 할머니가 보낸 사람들이 이 집에 들이닥쳐 엄마의 유물들을 정리하더니, 이 방은 열쇠로 잠가져 버렸다. 그리고 오늘에서야, 그 열쇠로 방을 열어볼 용기가 생겼다.

장미는 천천히 방 안을 걸었다. 그리고 낡은 것들이 내뿜는 시간과 공기를 천천히 호흡했다. 그간 왜 이곳에 들어올 수 없었는지 깨달았다. 엄마가 남긴 물건들과 작품들로 가득한 이 방을, 도저히 열어볼 엄두가 나지 않았다. 용기가 없었던 것이다.

하지만 이제 더는 어린애가 아니다. 장미는 생각했다. 나는 마주할 것이다. 엄마의 죽음을. 그리고 엄마를 찾기 위해, 혹은 엄마의 죽음을 이 눈으로 보고 온전히 받아들이기 위해, 런던으로 갈 것이다.

장미는 방의 한쪽 벽면을 온통 차지하고 있는, 엄마가 찍은 사진들을 바라보았다. 그 사진들은 주로 그녀가 작가로서 활발히 활동하던 시기에 아프리카와 유럽 등지 곳곳에서 촬영된 것으로, 살풍경한 사막에서 생동하는 생명력으로 눈부시게 빛나는 숲의 풍경까지 다양했다. 사진 아래에는, 엄마가 직접 적은 듯한 문구들이 적혀 있었다. 사진을 찍은 장소들이었다.

―01년, 캄보디아. 앙코르와트.
―99년, 프라하.

이미 10년도 넘은 세월을 간직한 그 사진들을 장미는 뭐에 홀린 듯이 바라보았다. 그 사진들 속에서, 유난히 장미의 눈을 사로잡는 것이 있었다.

그것은, 이 세상의 것이 아닌 것처럼 새까만 밤.

온통 어둠으로 뒤덮인 골짜기와 계곡, 그리고 그 속에 홀로 서 있는 성이었다.

생명이라고는 살지 않는 것 같은, 오직 고요한 정적만이 존재하는 것 같은 광경. 그리고 그 속에서 홀로 서 있는 성은, 중세 유럽에서나 존재했을 법한 고딕 양식의 건물이었다. 설은 무어에 홀린 듯 그 사진을 바라보았다.

'여긴 뭘까. 유럽?

장미는 사진을 뒤집어보았다. 놀랍게도, 사진 뒷면에는 글씨가 적혀 있었다. 낯익은 듯한 그 글씨가 엄마의 것임을 기억하는 데는 그리 오랜 시간이 걸리지 않았다.

─이곳에 가야 한다. 타는 듯한 불꽃을 타고, 나는 언제고 이곳에 다시 가야만 한다. 그 사람을 다시 만나기 위해. 그 사람을 다시 만날 수만 있다면, 내 모든 것을 버려도 좋을 텐데. 허나 지금은 내 딸 장미를 위해서…… 아아. 나는 언제까지 기다릴 수 있을까. 아니, 그가 언제까지 나를 기다려 줄 수 있을까. 언제나 장미꽃을 준비하고 나를 기다려 주었던 그 사람. 그는 지금, 살아 있을까.

장미는 그 사진을 보는 순간, 섬광 같은 예감이 들었다. 장미는 어릴 때부터 감이 좋은 편이었다. 그리고 그건 주로, 빛처럼 예민한 감각을 동반하곤 했다. 사진 아래 휘갈긴, 쓰다 만 듯한 글씨. 그리고 이 세상의 것이 아닌 것만 같은 풍경.

장미는 확신했다.

이곳에 가야만 한다. 이곳에, 부모님의 흔적이 있다.

사고로 런던에서 죽은 줄만 알았던 엄마는, '이곳'에 어쩌면 살아 계실지도 모른다!

깜박 잠이 들었나 보다. 장미는 졸린 눈으로 주변을 둘러보았다. 태어나서 처음으로 비행기에 몸을 실었었다. 런던행 비행기를 탄 지 약 10시간 정도 지났을까, 비행기는 아직 상공을 날고 있었고 주변은 조용했다. 승객들도 모두 잠든 듯, 기내는 어두웠다. 다시 잠들려 했지만 쉬이 잠이 들지 않아 장미는 가방을 뒤져 책을 꺼냈다. 그리고 책 속에 끼워둔, 한국에서부터 소중하게 안고 온 사진을 바라보았다.

─온 세상의 시간이 정지한 듯한 어둠 속에 홀로 서 있는 성.

어둠의 왕국이 존재한다면 이런 느낌일까. 이 세상의 것이 아닌 듯한 그 풍경 아래, 엄마가 휘갈겨 놓은 글씨를 장미는 오래도록 바라보았다. 이 사진만 들고, 무작정 엄마의 흔적을 찾고자 런던행 비행기에 올랐다. 뭔가 알 수 없는 강한 직감에 엄마는 이곳에 있을 것 같다고 생각하긴 했지만, 이곳이 어딘지도, 어떻게 갈 수 있는 곳인지도 모른다. 그러나 한 가지 확실한 점은, 엄마는 이곳에서 사진을 찍었다는 것. 그리고 엄마가 갈 수 있는 곳이라면, 나도 갈 수 있는 곳이라는 것. 그리고 지금은, 엄마의 흔적을 찾아 일단은 런던에 가 볼 생각이었다.

'불꽃을 타고 가야만 해.'

엄마가 남긴 글씨를 손으로 더듬었다. 무슨 의밀까. 불꽃을 타고, 불꽃을 타고…… 불꽃을 타고 갈 수 있는 곳. 엄마는 알 수 없는, 수수께끼 같은 말을 남겼다.

그렇게 그 사진을 몇 번이고 곱씹고 있는데, 비행기가 격하게 흔들리기 시작했다. 비행기를 처음 탄 장미는 조금 놀랐으나, 다른 승객들은 깨어나지도 않았다. 흔한 난기류인 것 같았다.

장미도 잠을 청하려 했다. 책을 펼쳤으나 잘 들어오지 않아 눈을 감았다 떴다 하는데, 기내 안내 방송이 흘러나오더니 갑자기 기내에 불이 켜졌다. 그리고…….

우왕좌왕하는 승무원들과 뭐라 뭐라 떠들어대는 안내 방송, 하나둘씩 눈을 뜨고 혼란스러워하는 승객들. 그 속에서 시계(視界)가 격하게 흔들렸다. 처음 느껴졌던 건, 강한 충격. 기체가 격하게 흔들리고 있었다. 마치 세상이 무너져 내린다는 것이 이런 느낌일까. 장미는 눈을 감았다. 강한 두려움에, 모든 시야를 차단했다. 마치 영영 눈뜨지 않을 것만 같은 기분으로. 정신 차렸을 때는 부디 이 모든 악몽이, 끝나 있기를 바라면서.

[속보입니다. 오늘 새벽 현지 시각으로 6시 30분, 런던 히드로 공항에 도착할 예정이던 한국항공 인천발 런던행 비행기 B—382기가 착륙을 앞두고 현지 상공에서 추락했습니다. 추락하면서 기체 꼬리 부분에 불이 붙어 일부 탑승객이 심한 화상을 입었으며, 이 대참사로 승무원과 탑승객 과반수가 큰 상해를 입었으나 아직 정확한 피해 규모는 밝혀지지 않고 있습니다. 현재까지 현지 대사관에서 파악된 한국인 사망자는 21명, 실종자는 1명으로, 실종자는 만 19세 승객 설장미 씨로 밝혀졌습니다. 이상은 여권과 탑승객 명단을 통해…….]

그날 아침, 기준은 출근 준비를 하면서 틀어둔 TV 뉴스 앞을 떠나지 못하고 한참을 서 있었다.

그 옆에는 망연자실한 표정의 최현희 여사도 함께였다.

기준은 새하얗게 질린 얼굴로, TV 화면에 뜨는 설장미, 라는 세 글자 이름과 그녀의 여권 사진을 오래도록 바라보았다.

실종. 사망 가능성.

이제 갓 십대를 벗고 스무 살이 된 여자아이의 이름에 달리기에 는, 너무나 무거운 단어였다.

제2장 가이아

눈을 뜨고 나서 처음으로 본 것은, 캄캄한 어둠이었다.

장미는 두세 번, 눈을 깜박였다. 그리고 잠시, 현실을 인지하기 위해 노력했다. 죽음과도 같이 깊은 잠을 잔 것도 같고, 어쩌면 잠시 죽었었던 것도 같다. 어느 쪽이든, 무서울 정도로 두려운 일을 겪었다는 것은 알 것 같았다.

한 번. 두 번. 세 번. 눈꺼풀을 깜박였다. 그리고 곧, 눈이 뭔가 안대 같은 것에 의해 가려져 있음을 깨달았다. 어둠의 정체는 안대 였다.

손을 들어 안대에 손을 가져가려는 순간, 누군가가 문을 열고 들어오는 소리가 들렸다. 끼익, 하고 문이 열리는 소리. 발자국 소리. 모든 것이 미묘하게 느리게 느껴졌다. 시야가 차단된 상태라, 두려웠다. 숨죽이고 있는데, 비명을 지르려는 순간 안대가 다가온 누군가의 손에 의해 벗겨졌다.

"안녕, 잘 잤어?"

들려온 것은 기운 빠질 정도로 태평한 인사. 달리 뭐라고 대꾸해야 할지 몰라, 그저 눈만 깜박였다. 갑자기 흘러들어 온 빛과 되찾은 시야 속에서, 눈에 들어온 것은 키 큰 남자였다.

"흠, 상태는 나쁜 것 같지 않네. 다행인 건가. 텔레포트는 몸의 에너지를 많이 취하는 일이니까, 푹 쉬라고 안대를 해줬어."

눈앞에 젊은 남자는 사람 좋게 웃고 있었지만, 어딘지 모르게 서늘한 느낌을 줬다. 지나치게 정갈해 다소 차가운 느낌을 주기까지 하는 이목구비 때문일까. 금발에 푸른 눈, 지나치게 전형적인 외모. 거기다 복장마저 외국 영화에서 튀어나온 듯한, 연미복 재킷 같은 것을 입고 있었다.

장미는 눈앞에 그림 같은 남자를, 신기한 것을 보는 감각으로 물끄러미 바라보았다. 멍한 머리를 움직여 잠시 생각했다. 지금 이 상황은 뭐지. 모르는 방 안, 침대 위에서 깨어난 상황. 눈앞에는 어째서인지 말을 알아들을 수 있는, 처음 보는 외국인 남자.

분명히 비행기는, 추락했었는데.

마지막 기억은 엄청난 폭발음과 타는 듯한 냄새, 매캐한 연기였던 것으로 기억을 한다. 정신을 잃었었다. 그러고 나서 난 죽어서 지금, 다른 세상에 온 건가. 그런 생각을 하며 어지럽게 상황을 파악 중인 장미를 향해, 남자가 몸을 숙여왔다. 갑자기 가까워진 얼굴에 장미는 자기도 모르게 몸을 뒤로 뺐다.

"있지, 테라의 인간은 태어나서 처음 본 움직이는 사물을 엄마로 인식한다며? 어때, 너도 그래? 지금 내가 엄마 같아?"

"루슬릭, 공부 안 하는 티 좀 내지 마세요. 그건 테라의 오리 이야기입니다. 테라의 인간이 아니고."

또 다른 목소리가 들려왔다. 그때서야, 장미는 방 안에 다른 한 명이 더 있었다는 사실을 인지했다.

눈을 들어 금발 남자의 뒤를 보자, 보다 더 화려하고 비현실적인 외모의 남자가 서 있었다. 석양이 타는 듯한 적갈색 머리에 루비처럼 붉은 눈. 장미를 보며 싱글대고 있는 금발 남자와 달리, 그는 다소 복잡한 표정이었다. 무표정이었지만, 장미는 저 얼굴이 무엇을 의미하는지 알 수 있었다. 뭔가 '예상치 않은 것', 혹은 '불청객'을 보는 듯한 얼굴이었다.

"얘는 인간 아냐?"

"맞습니다, 루슬릭. 그녀는 테라의 인간입니다. 그리고 아까 왕자님께서 하셨던 이야기는 로렌초라는 테라 학자의 각인 이론이죠. 아기 오리가 알에서 깨어나서 가장 먼저 본 움직이는 물체를, 어미로 인식한다는."

장미는 잠시, 자신을 두고 이루어지는 이 대화를 이해할 수가 없었다. 테라? 지상인? 도대체 무슨 얘기들이지?

"어때, 몸은 불편하지 않아? 꽤 오래 잔 것 같은데."

금발 남자가 그렇게 말하면서 장미 쪽으로 몸을 숙여왔다. 자기도 모르게 반사적으로 몸을 뒤로 뺐다. 그러자 남자의 눈이 잠시 커지더니, 곧 휘어졌다.

"이런, 미안. 내 소개를 하는 걸 깜박했네. 그게 먼저인데 말이지."

눈웃음을 짓는 남자는 그렇게 경계할 거 없어, 라고 말하는 듯했지만 그렇게 말해도 도저히 경계하지 말라는 게 더 무리였다. 남자가 손을 내밀었다. 악수를 청하는 듯했다.

"내 이름은 루슬릭. 네 약혼자야."

"약혼자라니 무슨 소리예요? 당신이랑 약혼한 기억 없거든요."

"어라. 안 속네. 너 기억상실 아니야? 테라에서는 보통 기절했다 일어나면, 기억상실이잖아."

뭐야 이 남자는 도대체! 천연덕스럽게 웃는 눈앞에 금발을 노려보자, 루슬릭, 이라고 자신을 밝힌 남자가 소리 내어 유쾌하다는 듯 웃었다.

"뭐야, 멀쩡한가 보네. 그럼 넌 네가 누군지, 어디서 왔는지도 다 기억나?"

"설장미. 20살. 고등학교를 졸업하고 런던으로 여행 가는 길이었어요. 그리고 비행기가 추락했고."

"그래? 비행기…… 흠. 그건 원시적 동력을 이용하는 테라의 비행 물체지? 이동 수단이고. 근데 그게 추락했다고? 꽤 큰 사고였겠네. 하지만 너는 비행기 추락 직전에 여기로 텔레포트를 한 걸로 보여지는데. 왜냐하면 널 의사에게 보여봤지만 다친 데 하나 없이 말짱하고, 무엇보다도 파이어 포트 앞에 쓰러져 있었거든."

텔레포트? 파이어 포트? 알아들을 수 없는 이야기투성이였다. 장미가 뭔지 알 수 없는 얼굴을 하자, 루슬릭이 웃었다.

"뭐, 아무래도 좋아. 어쨌든 설장미. 넌 내 침대 위에 누운 첫 번째 여자야. 알고 있어? 그게 얼마나 큰 영광인지."

"루슬릭. 그쯤 해두시죠. 장난인 건 알고 있지만, 적당한 게 좋습니다. 뭐든."

등 뒤에서 가만히 방관하고 있던, 적갈색 머리의 남자가 간섭했다.

"설장미 씨라고 하셨습니까?"

"네. 그런데 다들 한국말을 잘 하시네요."

"저희는 모두 가이아어, 즉 우리의 언어로 이야기하고 있습니다. 다만 당신이 그걸 당신에게 편한 언어로 바꾸어 인지하고 받아들이는 것뿐이죠. 당신들 테란에게는 마법 같은 이야기겠지만, 이곳 가이아에서는 그게 가능하니까요. 어쨌든 언어도 문제없이 알아듣는 걸 보면 뇌파에 이상이 없어 보이고, 성공적으로 이곳 가이아의 시공간으로 이동 완료한 것으로 보여지는군요. 마지막으로 이곳에 왔었던 지상인 남성이 가이아를 무력으로 정복하려고 덧없는 시도를 한 이후로 외부를 향한 포트는 모두 닫혔는데, 어떻게 당신이 오는 것이 가능했었는지는 미지수입니다만……. 뭐 아무튼 좋습니다. 내 이름은 아브릴입니다."

"아브릴은 지룡, 어스 드래곤(earth dragon)이야. 삼천 년쯤 살았어."

옆에서 쾌활하게 루슬릭이 덧붙였다.

"루슬릭. 삼천 년이 아니고 천 년입니다. 지구 시간으로. 그리고 그건 용의 수명으로 아주 젊은, 청년기라고 몇 번 말씀드렸습니다만……."

어딘지 언짢은 듯한 어조로, 아브릴이 대꾸했다.

그것이 어떻게 가능했었는지는 모르겠다. 장미 본인조차 어떻게 그것이 가능했었는지는 모르나, 어쨌든 장미는 흔히들 '텔레포트'라고 불리는, 공상 과학 영화에서나 나올 법한 이동 방식을 통해 추락 직전 비행기를 탈출해 이곳에 왔다.

스스로 자신을 지룡이라고 밝힌 아브릴의 설명에 따르면 지금

이 상황은 그랬다. 이곳은 지저 세계인 가이아 왕국이고, 지상과는 시간의 흐름도 다르고 공간적으로도 다른 차원에 있다. 가이아의 사람들은 지상인들을 테란이라고 부른다. 땅 위에 사는 사람들이라는 뜻이라고 한다. 그리고 땅속에 사는 사람들, 즉 지저 세계의 사람들인 가이안은 테란의 존재에 대해서 알고 있지만 테란은 가이아의 존재에 대해서 모르는 것이 보통이다. 그리고 이곳 가이아는 텔레포트 능력이 없는 것이 일반적인, 평범한 테란이 올 수 있는 곳이 아니다.

가이아는 고도의 문명을 발달시켰으며, 과학 기술의 수준은 테라의 그것을 훨씬 오래전에 뛰어넘었다고 한다. 긴 역사 속에서 몇 번인가 가이아의 지혜를 얻기 위해 이곳을 방문했던 테란이 있었다. 하지만 마지막으로 이곳을 방문했던 테란이—그는 유럽의 왕이었다고 한다—수백 년 전, 가이아를 무력으로 정복하려고 시도하면서 테라 비밀정부를 포함, 테란과의 모든 교류가 공식적으로 종결되었다. 그럼에도 불구하고, 장미는 영문을 모르겠지만 이곳에 와 있었다.

장미가 텔레포트 능력자이기 때문이라는 것이 아브릴의 설명이었지만, 장미는 납득이 되지 않았다.

"텔레포트라니, 그게 대체 어떻게 가능할 수가 있다는 거죠? 난 초능력 같은 건 없어요. 공간이동이라니 말이 안 된다구요."

"말이 안 되지는 않습니다. 텔레포트는 신비 현상이 아니고, 당신들 테라의 과학 수준으로도 충분히 설명 가능해요. 이론적으로는 이렇습니다. 당신이 텔레포트하기 위해서 필요한 일은 우선 목적지를 갖는 것이고, 몸의 원자구조를 가속시키면 당신은 원래 있던 곳에서 사라집니다. 그리고 당신의 원자들이 당신이 가고 싶어하는 곳에 투사되면, 당신은 그곳에 나타나게 됩니다. 이게 텔레포트의 원리죠."

"……그러니까 내가 그걸 했다고, 그렇게 말하고 있는 건가요?"

"네. 텔레포트는 이미 수만 년 전부터, 기사 계급 이상의 가이안들 사이에서는 일상적으로 이루어졌던 일입니다. 별로 그렇게 거창하게 생각할 일이 아니죠. 그리고 텔레포트는 목적지가 없으면 불가능합니다. 당신이 이곳에 왔다는 건, 어떤 강력한 존재가 당신을 강제로 이동시킨 게 아니고서야 당신이 원해서 왔다는 이야기가 되는데요."

"분명…… 정신을 잃기 직전, 어머니가 찍은 사진 속의 고성을 생각하고 있었어요. 그리고 이곳에 가야 해, 제발 날 여기로 데려다줘, 라고 강하게 바라긴 했었지만……!"

"그럼 텔레포트가 맞군요. 확실히 보통의 테란인 당신이 그것을 할 수 있었다는 건 굉장한 일이긴 합니다. 예전에 고위 계급의 가이안이 어떤 목적을 위해서 고의적으로 테란을 이곳으로 이동시키는 일은 가끔 있었습니다만…… 그마저도 현재의 국왕 폐하인 카트레야 님께서 금지한 후로는 완전히 사라졌었죠."

"국왕 폐하요?"

"네. 현 국왕 폐하께서는 여자분이시죠. 루슬릭 전하의 어머님이십니다."

"루슬릭은 정말로 왕자인가요?"

"……."

"아니, 뭔가 믿기지가 않아서요. 왕자치고는 좀 가벼운 느낌이랄까."

아브릴이 싸늘한 눈을 하자, 장미는 눈치를 보며 고개를 돌렸다.

천 년을 넘게 살아왔다고 하는 이 지룡에게는 뭔가 대하기 어렵게 만드는 분위기가 있었다.

처음 눈을 뜬 순간부터 장미에게 노골적일 정도로 호감을 표시해 오는 루슬릭과 달리, 아브릴은 한눈에 보기에도 장미를 반기지 않았다. 어쩌면 이 지룡에게 있어 지상인, 테란이라는 존재 자체가 그다지 달갑지 않은 건지도 모르겠다고 생각했다.

그러나 루슬릭이 일이 있다며 자리를 비운 후, 장미의 곁을 줄곧 지켜주는 것은 아브릴이었다.

"아브릴은 드래곤이야."

"드래곤? 그건 신화에서나 나오는 환상의 동물인 줄만 알았는데."

"용은 동물이 아니야. 지성체지. 그리고 오래 살았기 때문에, 정보량도 많아. 궁금한 게 있으면 그에게 물어보면 알려줄 거야."

루슬릭이 방을 나가기 전, 그렇게 말했었다. 그래서 장미는 아브릴을 붙잡고 궁금증들을 해소하기로 결심했다. 이곳은 어디이며, 장미는 어떻게 이곳에 올 수 있었는지, 그런 것들.

"그런데 여기는 루슬릭의 방인가요? 왕자의 방이라더니 생각보다 그렇게 호화롭지 않네요."

"네. 가이안들은 왕족이라 해도 불필요한 사치는 하지 않습니다. 당신들 테란과 달리, 가이안들은 과도한 소비와 사치가 행성을 병들게 한다는 걸 이해했거든요. 루슬릭 전하께서 산책 중에 파이어 포트 위에 쓰러져 있던 당신을 발견하고 여기로 데려오셨습니다."

"파이어 포트?"

"옛 왕실기사단이 훈련하던 장소를 지금 그렇게 부릅니다. 지금은 기사단이 해체되면서 훈련장이 닫혔고 터만 남아 있는데 그곳에 국왕 폐하의 기호대로 장미를 심었죠. 파이어 포트라고 부르는 이유는 그곳이 가이아, 즉 지구의 열기가 모이는 일종의 에너지 볼텍스이자, 테란이 이곳으로 오는 것이 가능 통로이기 때문입니다. 어쨌든 지금은 텔레포트 능력자가 아니면 아예 오갈 수조차 없도록 모든 통로가 단단히 봉인됐지만요."

왕실기사단, 텔레포트 능력자? 장미는 혼란스러웠다. 판타지 소설 속에서나 나올 법한 단어들이 여전히 생소하기만 했다.

"어쨌든 여기는 가이아 왕국이고. 땅속에 있는 왕국이고. 내가 여기 와 있다는 건, 내가 텔레포트 능력자일 수도 있다는 말씀인가요?"

"이론적으로는 그렇죠. 당신 자신도 몰랐던 것 같지만, 어쨌든 이곳은 보통의 테란이 올 수 있는 곳은 아니니까요."

"나, 아버지를 찾고 있어요. 어머니가 평생 말해주지 않았거든요."

장미는 입고 있던 옷의 안주머니를 뒤적거렸다. 다행히도 블라우스 안주머니에 소중하게 넣어두었던 사진은, 한 번 곱게 접힌 채 그대로였다.

무슨 일이 있어도, 설사 배낭을 도둑맞아 가진 짐을 모두 잃어버리는 일이 있더라도 이것만은 가지고 있자고 마음먹고 옷 안주머니에 넣어두었던 사진. 엄마의 작업실에서 발견한, 엄마의 소중한 유품이기도 했다.

"이거. 엄마가 남긴 사진이에요. 엄마의 유품인데, 이걸 본 순간 아버지를 찾을 수 있는 단서는 이것뿐이라고 확신했어요. 이런 고성은 내가 태어난 곳에서 흔하게 볼 수 있는 풍경이 아니거든요. 혹시, 여기가 어딘지 알아요?"

장미는 사진을 아브릴에게 건넸다. 칠흑 같은 어둠 속에서 홀로 서 있는, 오래된 고성의 풍경. 사진 작가였던 어머니의 유작이자, 아버지를 찾을 수 있는, 유일한 단서라고 생각되는 사진.

사진을 받아 든 아브릴은 잠시, 말이 없었다.

"여긴…… 왕실기사단이 아직 건재하던 시절의 총본부이자 당시 기사단장의 개인 사택이로군요. 당시의 기사단장에게 여왕 폐하께서 하사하신 성입니다."

"정말인가요? 확실해요?"

"이렇게 특징적인 성은 흔치 않으니까요."

"그러면 어떻게 거기에 갈 수 있죠?"

"꿈 깨는 게 좋아요. 여긴 못 들어갑니다."

"네?"

"왜냐하면 여긴 지금 장미 기사가 혼자 살고 있거든요. 이 성은 기사단이 해체된 시점에서 현재 이 왕국의 유일한 기사가 되어버린 장미 기사, 레굴루스의 사저가 되었습니다. 그리고 장미 기사 레굴루스에게는 그 누구도 접근할 수가 없고, 그를 호출하는 것도 불가능합니다. 여왕 폐하를 빼면."

"장미 기사……?"

"그에게는 여왕조차도 함부로 명령할 수 없어요. 왜냐하면 장미 기사는 불로불사의 존재고 유일한 존재니까."

"그런데 왜 장미 기사죠?"

"별칭 같은 거라고 보면 됩니다. 오래전부터 그는 그렇게 불렸죠. 왜인지 정확한 이유는 모릅니다만, 여러 가지 추측이 있습니다. 단순히 장미처럼 아름다운 청년이라 그런 별명이 붙었다는 설, 오래전에 그를 짝사랑한 공주가 그렇게 부르기 시작해 굳어졌다는 설. 하지만 가장 유력한 건, 실제로 그를 만나본 사람들이 그에게서 짙은 장미향이 나서 그렇게 부르기 시작한 것이 계기였다고 하더군요. 하여튼 어쩌다 그렇게 불리게 됐는지, 정확한 건 모르겠습니다. 그가 밝히지 않으니."

장미는 머릿속이 멍해졌다. 지금 도대체 무슨 이야기를 들은 건가. 불로불사? 그런 존재가 정말로 세상에 있단 말인가. 비상식적인 이야기에 반박하고 싶어졌다.

그러나 생각해 보면, 장미가 지금 이곳에 있는 것 자체가 어차피 비상식적인 일이었다.

"그를 만날 수 있을까요? 저는 이곳에 가야만 해요."

어쨌든 중요한 사실은 하나였다. 상황이 이렇게 되자, 장미가 런던으로 엄마의 흔적을 찾아간 것이 아니고, 이 사진 속의 성이, 이 공간이, 어떤 이유로 인해 장미를 여기로 불러냈다는 생각이 들었다.

일반적인 상황이라면 있을 수 없는 전개. 그러나 어쨌든, 장미는 지금 여기에 있었다. 레굴루스, 장미 기사. 잘은 모르겠지만 이 세계, 가이아에서 유일무이한 불로불사의 존재.

그를 만나야 한다. '장미 기사'를.

어떤 직감이 그렇게 말하고 있었다.

"글쎄요…… 운이 좋으면, 그가 여왕 폐하를 만나러 궁에 올 때 한번쯤 마주친다거나, 얼굴을 볼 수도 있겠군요. 다시 한 번 말하지만 그의 사저에 들어가는 건 기대하지 않는 게 좋습니다. 그는 자신의 곁에 그 누구도 들인 적이 없으니까요. 사람을 싫어해 그

넓은 성을 혼자 차지하고도, 집사나 하녀조차도 두지 않습니다. 애초에 사람과의 접촉을 그다지 달갑지 않아 하는 것으로 보이는데, 특히나 그것이 당신 같은 테란이라면…… 더할 나위 없죠."

"하지만……!"

"이만하면 당신의 궁금증에 대해 많은 부분을 답해주었다고 생각하는데, 그럼 이만 가 보아도 되겠습니까. 당신을 돌보는 것 외에도 할 일이 많아서요."

그렇게까지 말한다면 할 말이 없어진다. 장미는 어딘지 못마땅한, 쌀쌀맞은 얼굴을 한 아브릴이 뒤돌아 문을 닫고 방을 나가는 모습을 멍한 얼굴로 지켜보았다.

저 얼굴을, 본 적이 있다. 쌀쌀맞고 어딘지 못마땅한 얼굴.

할머니. 그리고 그 집의 사람들.

결국 나는 여기서도 환영받지 못하는 건가.

장미는 몸을 일으켰다. 일어서 보기로 했다. 이곳은 평범하게, 지구 위 세상과 마찬가지인 것처럼 보였다. 솔직히 말하면 땅속 세계라는 것이 전혀 믿기지가 않을 정도다. 중력이 작용하고, 공기가 있어 편히 숨을 쉴 수 있고, 말이 통하고, 창문 밖에는 커다란 태양이 빛을 뿜고 있다.

그런데, 이곳이 다른 세상이라니. 땅속 왕국이라니. 지상과는 분리되어, 아무도 나갈 수도 없고 평범한 방법으로는 들어올 수도 없는 그런 곳이라니.

아브릴의 분명한 설명에도 불구하고 아직도 실감이 나질 않았다.

'어디론가 몰래 사라져 버릴 수만 있다면 얼마나 좋을까' 이런 생각을 했던 적이 있었다. 그것은 사춘기 시절 내내 장미를 지배했던 생각이었다. 어디에도 아무 곳에도 존재하지 않았던 사람인 것처럼, 스르르 사라져 버릴 수만 있다면 얼마나 좋을까. 그 붉은 벽돌의 집, 기품 있고 단정하지만 차가운 할머니의 얼굴을 대할 때마다, 설씨 집안의 미묘한 공기를 대할 때마다 느꼈던 자신을 향한 적대감.

비행기는 추락했고, 장미는 사고 현장에서 발견되지 않았을 것이다. 모두가 장미가 죽었다고 생각할 것이다. 늘 해왔던 그 생각대로 이루어진 셈이다.

'괜찮아. 누구도 나를 찾지 않아. 누구도 나를 기다리지 않아.'

장미는 창 밖에서 빛을 내는 태양을 올려다보면서 생각했다.

'그러니까, 나는 돌아가지 않아. 적어도 이 사진 속의 성, 어머니가 찍은 사진의 정체를 알아내기 전까지.'

어떤 종류의 확신이 들었다. 어머니는 이곳에 왔었다. 어떻게 그것이 가능했었는지 모르겠으나, 이곳에 왔었다. 그리고 아버지를 만났다. 평생 이름조차 말해준 적이 없는, 막연히 '외국인'으로만 알고 있었던 아버지는 이곳 가이아 왕국의 사람이라는 생각이 들었다. 언제나 머릿속을 지배해 왔던, 출생에 대한 의문. 내 부모님은 어떻게 만났고, 내가 어떻게 태어났는지에 대한 의문.

'내가 이곳에 오기를 결정한 순간, 이곳이 나를 부른 거야.'

평생을 품어온 의문에 답하기 위해서, 이곳이 장미를 불렀다. 장미 자신조차도 알지 못했던 어떤 초능력이 발동해서, 죽을 수도 있었던 위기에서 장미를 구해 다른 세상으로 이동시켰다.

이제야 겨우 실마리가 희미하게 보이기 시작하는, 엄마가 평생 말해주지 않았던 아버지에 대한 의문. 그 의문을 풀기 전까지 돌아갈 생각은 없었다.

눈처럼 새하얀 드레스에 선명히 대비되는 검은 머리카락을 한 여왕은 등을 곧게 세우고 옥좌 위에 앉아 있었다.

피처럼 붉은 입술은 굳게 다문 채 움직이지 않았다.

'백설 공주?'

그녀를 보자마자 떠오른 생각에 장미는 순간 풉 하고 웃었다. 그 선명하고 어딘지 비현실적이기까지 한 색상의 대비가, 오래전 동화 속에서 본 캐릭터를 떠올리게 했다.

차분히 가라앉은 눈동자는 연륜이 느껴졌지만, 흰 피부에서는 나이를 전혀 짐작할 수가 없었다.

미묘한 정적이 감도는 미모는 소름이 끼칠 정도로 단정해서 마치 조각상 같았다. 굳이 루슬릭과 닮은 부분을 찾자면, 푸른 크리스털처럼 투명하게 빛나는 오묘한 눈동자였다. 어쨌든 대단한 미인이라고 장미는 생각했다.

"네 이름이."

끝을 올리지도 않은 의문문은 명령문에 가깝게 들렸다.

"설장미입니다."

"누가 너를 여기로 보냈지?"

여왕은 알 수 없는 질문을 했다.

"폐하, 장미는 장미 정원의 파이어 포트 위에 쓰러져 있었습니다."

"네게 물은 것이 아니다, 루슬릭."

가이아에 온 모든 손님은 가이아를 통치하는 왕국의 1인자, 카트레야 여왕을 만나야 한다며 장미를 여왕의 앞으로 데려온 건 루슬릭이었다. 그가 장미를 대신해 대답했으나, 여왕에 의해 간단히 제지당했다.

"저는 비행기 사고를 당했습니다. 그리고 정신을 잃었다가, 눈을 떠보니 이곳에 와 있었습니다. 저도 제가 이곳에 어떻게 오게 된 건지는 모르겠습니다."

"이상하군. 다른 방법이 있는 것도 아니니 텔레포트로 왔을 게 뻔한데, 어떻게 왔는지는 모르겠다고……. 예전에도 그렇게 순진한 눈으로 여기에 왔던 테란이 있었지. 아무것도 모른다는 얼굴을 하고 왔기에 반겨줬더니, 결과적으로 여기를 뒤집어놓고 나갔어. 아주 역겹더구나."

여왕은 아름다운 만큼 싸늘했다. 장미에 대한 적대감을 숨기지 않는 시선과 노골적인 표현. 아아, 여기에서도 환영받기는 글렀군. 장미는 직감했다.

"네가 찾는 게 뭐지?"

"네?"

"테란은 미개한 데다 욕심 많고 음흉한 족속이야. 그런 테란이 아무런 바라는 것도 없이, 이유도 없이 이곳에 올 리는 없다. 너도 네가 바라는 것이 있으니 이곳에 왔을 터. 바라는 게 뭐냐. 가이아에서 뭘 찾길 원하지?"

"……."

순간, 여왕에게 마음을 읽힌 것인가 싶었다.

장미는 분명히, 이곳 가이아에서 찾고자 하는 것이 있었다.

그러나 그걸, 오늘 처음 만난 여왕에게 솔직히 털어놓아야 하는 것인가. 얘기하자면 긴 이야기가 될 것이다. 장미는 잠시 고민했다.

"폐하, 장미는 영문도 모르고 이곳에 오게 되어 많이 피곤할 겁니다. 이야기는 나중에 차차 나누셔도."

"루슬릭, 단도직입적으로 말하지만 난 '저것'이 싫다."

노골적으로 표시되는, 혐오감.

장미는 생각했다.

굳이 소리 내어 말하지 않더라도 눈에서 충분히 읽을 수 있었지만, 역시나 대놓고 듣게 되는 것은 좀 상처네.

"그러니 나중은 없다. 내가 저 역겨운 테란의 알현 신청을 허가하는 것은 오늘이 처음이자 마지막일 것이다. 그리 알아라."

"폐하!"

루슬릭이 원망을 섞어 외쳤으나, 여왕은 눈썹 하나 꿈쩍하지 않았다.

"손님이라면 내 왕국에 온 걸 환영한다고 말해주고 싶지만, 나는 너를 환영하지 않는다. 그러니 몸이 회복되는 대로 테라로 돌아갈 방법을 찾는 게 좋을 거다."

"폐하, 말씀이 너무……."

"더 이상 아무 말도 듣고 싶지 않구나. 오늘은 몹시 피곤하군. 그만 쉬어야겠다."

여왕의 손짓에 커튼이 닫혔고, 몇 겹의 장막이 기다렸다는 듯 소리도 없이 눈앞에서 펼쳐졌다. 여왕의 기품을 과시하는 것처럼 화려한 장미가 수놓아진 붉은 장막. 그것은 그 나름대로 감탄이 나올 만큼 장관이었으나, 장미는 떨떠름한 기분으로 그것을 지켜보아야만 했다.

"미안해."

루슬릭이 말했다.

"왜 사과하는 거야?"

장미는 루슬릭을 바라보았다. 루슬릭은 낙담한 얼굴이었다. 푸른빛을 띠는 크리스털 같은 눈동자가, 평소보다 반짝임이 덜한 것을 장미는 다소 신기한 물체를 보는 기분으로 관찰하고 있었다.

장미는 감탄했다. 루슬릭의 눈동자는 가까이서 보면 볼수록 투명도가 높아 푸른빛보다는 물빛에 더 가까워졌다.

"폐하가 테란을 경계하시는 데는 나름의 이유와 사정이 있어. 그러니까, 이해해 줘. 원래 저렇게 초면부터 사람에게 대놓고 쌀쌀맞은 분은 아니셔. 내게는 엄격한 어머니시긴 했지만……."

"괜찮아. 냉대받는 데는 익숙하니까."

"무슨 소리야?"

"그 말 그대로야."

"너같이 예쁜 애가 그런 말을 하다니 믿을 수가 없어. 살면서 단 한 번도 냉대라곤 받아본 적이 없을 것 같은데."

장미는 웃었다. 잘도 이런 낯간지러운 칭찬을, 아무렇지 않게 한다고 생각했다.

"네가 더 예쁘게 생겼어. 특히 눈이."

장미가 별생각 없이, 느낀바를 그대로 전달하자 루슬릭은 순간 얼굴이 빨개졌다.

"정말이야. 네 눈은 바다 같아. 아니면 비싼 외국 품종 고양이의 눈 같아. 미묘해. 약간 투명감이 도는 푸른빛인데, 너 같은 눈은 어디서도 본 적이 없어."

"고양이라니, 그건 테라의 동물이야? 한 번도 본 적이 없어. 아브릴에게 물어봐야겠다. 그는 모르는 게 없거든. 테라와 가이아,

양쪽 세계 모두에 대해서."

장미는 생각했다. 이런 걸 문화 충격이라고 하는 건가. 고양이를 살면서 단 한 번도 본 적이 없다니.

"몸은 좀 괜찮아?"

"응, 말짱해. 사고 트라우마가 남을 법도 한데 말이지. 외상 후 스트레스 증후군(PTSD) 같은 거. 그런데 빨리 기절해서 그런가 전혀 그런 게 없네. 몸도 안 아프고. 네 말대로 잽싸게 텔레포트해서 그런가 봐. 나도 모르게."

"그럼 좀 산책하지 않을래? 너에게 보여주고 싶은 게 있어."

장미가 고개를 끄덕이자, 루슬릭의 눈이 다시 반짝였다.

루슬릭이 데려간 간 곳은 장미가 흐드러진 정원이었다.

"너는 이곳에 쓰러져 있었어. 그리고 그런 너를 내가 발견했고, 내 방으로 데려왔지."

루슬릭은 그렇게 말하며 장미 덩굴이 복잡하게 휘감겨 있는 곳의 한 지점을 손가락으로 가리켰다.

"저기만 장미 덩굴이 비어 있네."

"응, 저기는 파이어 포트라고 해서 불 에너지가 모이는 곳이거든. 가이아에서는 저런 곳이 여러 군데 있어. 테라에서는 화산이라는 형태로 저런 곳이 존재한다고 들었어. 저곳에서는 어떤 식물도 자라지 않아. 뭔가를 심었다간, 불의 에너지가 너무 강해서 그 즉시 다 바싹 타버리지."

루슬릭의 말에, 장미는 고개를 끄덕였다.

"정말 예쁜 장미들이야."

"응, 장미는 가이아 왕실의 상징이기도 하고, 폐하께서도 좋아하시니까. 왕궁 정원에서는 어딜 가나 볼 수 있을 거야."

시원한 바람이 머리카락 사이로 불어왔다. 사락사락, 정원의 꽃들이 바람과 함께 흔들리는 것이 보였다. 그리고 문득 눈을 드니 시야에는 꽉 찬 달이 빛나고 있었다. 만월의 밤이었다.

"이 세계에도 달은 있구나."

"기본적으로 가이아는, 테라를 모델로 만들어진 세계니까. 테라에 있는 건 여기에도 다 있을걸. 단, 여기에는 있는 게 테라에는 없을 수도 있겠지만."

어디선가 시원한 바람이 불어왔다. 뺨에 와 닿는 공기에서 전혀 위화감이 느껴지지 않았다.

장미는 생각했다. 어느새 이곳에 난 적응해 버린 걸까. 처음으로 본 푸른 눈의 남자애와, 누가 봐도 인간의 모습을 하고 있지만 자신을 용이라고 말하는 남자. 그리고 자신을 반기지 않는 아름다운 여왕.

이 기묘한 세계에, 어머니는 왔던 적이 있다.

그런 확신이 들었다.

이유가 뭐였을까. 어머니는 어쩌다 이 세계에 오게 됐던 것일까. 어느 나라 사람인지조차 말해주지 않았던 내 아버지는, 이 세계의 사람이었던 걸까.

이 아름다운 만월을, 이 장미 덩굴을, 어머니도 아버지와 함께 본 적이 있었을까.

"복잡한 거지? 여러 가지 생각들로."

루슬릭의 목소리에, 끌어 내려지듯 현실로 돌아왔다.

"테라로 돌아가고 싶은 거야?"

눈앞에 키 큰 금발 남자는, 그 아름다운 눈으로 뚫어져라 장미를 응시하고 있었다.

"아니. 나는 돌아갈 수 없어. 아니, 돌아가지 않아. 왜냐하면 이곳이, 내가 찾던 그곳 같거든."

너무나도 망설임 없이 대답이 나오는 것에 대해 장미는 스스로도 놀랐다.

"돌아가지 않을 거라고?"

"응, 적어도 내가 찾는 걸 찾기 전까지…… 나는 돌아갈 수 없어. 그러니까 미안해, 루슬릭. 조금만 더 이곳에 신세 질게. 내가 도울 수 있는 일이 있다면 돕게 해줘. 가사일 같은 건 잘할 수 있으니까. 어머니 돌아가신 후 줄곧 혼자 살아서, 잡다한 집안일은 잘해."

"정말 돌아가지 않을 거야?"

루슬릭이 환히 웃었다.

"얼마든지 이곳에 있어도 돼. 걱정하지 않아도 괜찮아. 너에게 일 같은 건 시키지 않을 거니까."

"아니야. 신세 지면서 아무것도 안 하는 건 좀 그렇잖아. 뭐라도 하는 편이 더 내 마음이 편해. 그러니까……."

"장미는 정말이지 둔하네."

"응?"

"모르겠어? 내가 너에게 호감을 가지고 있다는 걸. 그리고 그런 남자의 호감은 이용하는 게 보통 여자 아냐?"

루슬릭은 그렇게 말하고, 조금 쑥스럽다는 듯 씩 웃었다.

"갑자기 무슨 소리야."

"넌 정말 둔하구나."

순간 말이 없어진 두 사람 사이로, 시원한 바람이 불어왔다.

바람이 장미의 머리카락을 흩날렸고, 뺨에 스쳤다. 루슬릭이 손을 뻗어 그 머리카락을 걷어내 주었다.

"늘 이런 식이야?"

"뭐가."

"호감이고 뭐고, 우린 어제 처음 만났어. 원래 이런 식으로, 자기 정원에 떨어져 있던 여자라고 해서, 조금 신기한 존재라고 해서 그냥 호감을 느끼는 거냐고. 정말 쉽다는 생각이 들어서."

"이런, 둔한 게 아니라 앙칼진 거였네. 예쁘지만 가시가 있는, 이름 그대로 장미 같군."

루슬릭이 소리 내어 웃었다.

"그래 뭐, 아직은 시간이 있으니까. 천천히 네 마음을 얻으면 되는 거지. 어차피 네가 테라로 돌아가고 싶다고 말했다고 하더라도, 너를 돌려보내 줄 생각 따위 없었어."

"……"

루슬릭의 얼굴에서 갑자기 웃음기가 사라졌다.

진지한 표정으로 웃음기 없는 루슬릭은 꽤 서늘한 느낌이라, 그 차이는 장미를 꽤 당황하게 했다.

카트레야 여왕과 모자지간임에도 닮지 않아서 신기하다고 생각했는데, 순간적으로 무표정한 얼굴을 보니 그 얼음장 같은 여왕과 판박이라고도 생각했다.

"넌 말 그대로, 내 정원에서 떨어져 있었던 장미니까."

루슬릭이 장미의 귓가에 대고 그렇게 속삭였다.

"그만해. 사람을 무슨 물건처럼."

루슬릭의 호감은 눈치채고 있었지만 이렇게까지 직구로 부딪쳐 올 줄은 몰랐다. 루슬릭의 시선이 부담스러워, 장미는 고개를 돌렸다.

루슬릭의 호감은 카트레야 여왕의 노골적인 냉대보다는 좋았지만, 루슬릭에 대해 잘 모르는 지금 장미가 그의 호감에 대해 대답해 줄 말은 없었다.

그리고 장미는 지금까지 연애를 해본 적이 없었다. 정확히 말하면, 연애에 관심이 없다고 해야 될 것이다. 용기 있게 다가오던 몇 몇 남자아이들도 정작 장미를 만나고 나면, '너무 도도하다' 든지, '어려운 것 같다' 든지, 그런 애매한 말들을 늘어놓으며 떨어져 나갔다. 별로 애교나 귀염성이 없는 성격이라고, 스스로도 자각은 있었다. 원래 그런 성격인 것도 있겠으나, 어머니가 돌아가신 후로 설씨 집안의 냉대를 받으며 지내다 보니 더욱 차갑고 방어적인 성격으로 완성되어 버린 것도 있었다.

그런 만큼, 남자에 대해서도 연애에 대해서도 면역이 전혀 없는 거나 마찬가지인 장미에게 루슬릭의 일방적인 호감은 기쁜 것이라기보다는 부담스러운 것에 가까웠다.

"이제 그만 들어가자."

바람이 강해지자 자기도 모르게 어깨를 움츠렸었나 보다. 그것을 눈치챘는지, 루슬릭이 입고 있던 겉옷을 벗어 장미의 어깨를 덮어주었다.

"가이아의 밤은 길어. 이곳은 하루가 24시간인데 그중 17시간은 밤이거든."

"낮이 고작 7시간이라고?"

"응. 가이아의 태양은 테라와 달리 인공 태양이거든. 가이아의 뛰어난 과학의 산물이지. 인공 태양이 있기 전에는, 하루 종일 이렇게 푸르스름한 어둠에 싸여 있었다고 해. 하지만 난 만들어낸 빛보다, 가이아의 밤을 훨씬 더 좋아해. 가이아의 어둠은 정말 아름다워."

그렇게 말하며 루슬릭은 밤하늘을 올려다보았다. 엷은 보랏빛으로 빛나는 밤하늘은 정말 아름다웠다. 하지만 장미의 귀에는, 인공 태양이라는 말이 더 인상적으로 다가왔다.

"인공 태양이라니, 태양을 만들 수가 있단 말이야? 대단하네."

"내일 아침이 되면 구경할 수 있을 거야. 너에게 차근차근, 이 세계의 모든 것을 보여줄게."

그러나 생각해 보면, 루슬릭과는 편하게 대화할 수 있었다. 그건 루슬릭이 사근사근한 성격이기 때문인 것 같다고 장미는 생각했다.

"저기 혹시. 루슬릭, 이 사진 속의 성을 알고 있어?"

편안해진 분위기를 틈타, 장미는 셔츠 안쪽에서 사진을 꺼냈다. 소중하게 접어 간직하고 있는, 마치 부적처럼 몸에 지니고 있는 어머니의 유작.

루슬릭은 사진을 받아 들더니 단정한 미간이 미세하게 흐트러졌다.

"여긴……."

"어머니가 찍은 사진이야. 사진, 알아? 여기에는 이런 게 없나?"

"알아. 가이아에서는 이미 옛 유물이 되어버린 기술이지. 요즘은 거의 찍는 사람이 없어."

"나, 이곳에 가보고 싶어. 어쩌면 난 이게, 어머니가 아버지에 대해 남긴 마지막 단서일지도 모르겠다고 생각해."

"여긴…… 안 돼. 미안하지만 갈 수 없어. 왜냐하면 여긴……."

"장미 기사의 성이라서?"

장미의 입에서 튀어나온 말에, 루슬릭이 놀라는 눈을 했다.

"아브릴에게 이미 들은 거야? 그에 대해서."

"자세한 건 못 들었어. 그가 어떤 사람인지도 모르겠고, 상관 안 해. 다만 이 성에 가보고 싶을 뿐이야. 부탁이야…… 들어가지 못한다고 해도 괜찮아. 날 여기로 안내해 주지 않을래?"

"어쨌든 여긴 들어갈 수 없어. 여긴…… 지금 레굴루스의 성이야."

루슬릭의 표정이 눈에 띄게 굳어졌다.

"어려운 부탁을 한 거라면 미안해. 하지만……."

루슬릭은 굳은 얼굴로, 아무 말 없이 장미의 등 뒤를 바라보고 있었다.

루슬릭의 시선이 무언가에 고정되어 있는 것을 느낀 장미는, 조용히 뒤돌아보았다.

그리고 순간, 눈을 의심하며 숨을 삼킬 뻔했다.

전혀 인기척조차 느껴지지 않았는데, 장미의 등 뒤에는 사람이 서 있었다.

쏟아지는 만월의 달빛 아래서, 고요히 그림자처럼 서 있는 실루엣.

그렇게 장미는 '그'를 처음 보았다.

"레굴루스."

루슬릭이 '그'의 이름을 불렀기에, 장미는 남자가 누구인지 알게 되었다.

장미 기사, 레굴루스.

전신을 칠흑같이 어두운 검은 제복으로 감싼 채 그가 서 있었다.

장미는 자기도 모르게 그 자리에 얼어붙었다.

어디선가, 무척 짙은 장미 향기가 났다.

제3장 레굴루스

짙은 장미향이 바람을 타고 날아왔다. 어지러울 정도로 강한 향에 순간 정신이 몽롱해질 뻔했다.

그가 장미의 기사라는 걸 아브릴에게 미리 듣지 않았더라도, 알아차릴 수 있었을 것이다. 그가 등장한 순간, 이 정원의 모든 장미가 오로지 그를 위해 발향하는 것 같은 느낌이 들었다.

장미 기사, 레굴루스.

짙은 밤의 어둠 속에서 그는 그렇게 그림자처럼 서 있었다. 달빛도 그가 있는 곳만은 피해 비추는 듯했다.

파괴력 있네. 장미는 순간 그렇게 생각했다.

달리 다른 표현이 떠오르지 않았다 .

"레굴루스, 어쩐 일입니까? 산책이라도 하고 있었나요? 아니면, 폐하를 뵙고 돌아가는 중이신가요? 당신과 정원에서 산책하다 마주치다니, 정말 드문 일인데요."

루슬릭이 붙임성 좋게 말을 걸어오자, 남자의 눈동자가 이쪽을 향했다. 순간 장미는 흠칫, 하고 어깨를 떨 뻔했다.

금빛 눈동자.

칠흑같이 검은 머리카락과 어울리지 않게, 마치 사자 같은 맹수를 연상시키는 금회색 눈동자였다. 그가 천천히 눈을 치켜뜨자, 흰 자위가 더 많은 삼백안이 되었다. 남자는 두려울 정도로 박력이 있었다. 남자는 천천히 루슬릭을 바라보더니, 곧이어 옆에 서 있는 장미에게 시선을 돌렸다. 눈이 마주친 순간, 금빛 눈동자가 차갑게 빛났다.

"……!"

"레굴루스! 무슨 짓입니까!"

그것은 비명을 지를 새도 없이, 한순간이었다. 그에게서 뽑혀져 나온 날 선 검이 바람을 가르며 장미의 목 아래로 들어왔고, 칼날이 장미의 여린 피부에 꽂히기 직전에 루슬릭의 외마디 비명과 함께 멈췄다.

"아무리 당신이라 해도 내 손님을 함부로 해할 수는 없습니다! 당장 그 검을 내려놓으세요!"

루슬릭이 외치자, 레굴루스는 천천히 검을 내렸다. 그러면서도 장미를 향한 시선을 거두지는 않았다.

긴 검이 스릉, 하고 다시 칼집 안으로 들어가는 순간에도 그 금 빛 눈동자는 장미를 정확히 주시하고 있었다. 아니, 주시했다기보다는 노려보았다고 보는 것이 맞을 것이다.

"상당히 독특하군, 이건."

그가 입을 열었다. 낮은 목소리가 칼날 같은 침묵을 깨고 나직하게 울려 퍼졌다.

"테란 자체도 메스껍지만, 이건 한층 더 역겹군. 반은 테란이고 반은 가이안이라……. 대체 어떤 취향 나쁜 놈이 테란에게 욕정해서 이런 특이한 것을 만들어낼 생각을 했지? 이건 뭐 완전히 수간도 아니고."

"레굴루스!"

당황했는지 루슬릭이 나섰으나, 레굴루스는 여전히 장미를 거만하게 내려다보며 그 시선으로 쏘아볼 뿐이었다.

적대적인 시선에 더해, 대놓고 모욕적인 말.

카트레야 여왕으로부터, '지상인', 즉 그들 말로 '테란'이라는 이유만으로 이곳 가이아에서 냉대를 받지 못한다는 건 알았다.

그러나 방금 건 차원이 달랐다.

"사과하세요."

모욕감에 온몸이 떨릴 뻔한 것을 겨우 진정했다. 장미는 두 눈을 똑바로 뜨고 당당하게 항의했다. 여전히 눈앞에 남자는 두려울 정도로 위압적이었지만, 신기하게도 두려움이 날아갔다.

"나에 대한 모욕과 공격이라면 참을 수 있어요. 초면에 칼을 빼든 것 정도, 그래요, 당신들은 테란을 싫어한다고 들었으니까 이해해 드리죠. 하지만 당신은 방금, 테란이라는 이유만으로 내 어머니까지 모욕했고 무엇보다도 용서할 수 없는 건…… 아직 나도 얼굴조차 못 본 내 아버지를 모욕했어요. 그냥 넘어갈 수 없어요."

어디서 그런 용기가 솟아났는지 모르겠다. 장미는 레굴루스의 금회색 눈을 똑바로 쏘아보며 말을 마쳤다. 이 무례하고 오만방자한 남자가 기분이 나빠지면 다시 칼을 휘둘러, 바람보다도 빠르게 장미를 한 칼에 보내 버릴 수도 있겠다는 두려움 따위는 순간 날아갔다.

레굴루스는 여전히 거만한 눈으로 장미를 내려다보고 있을 뿐, 기대했던 사과의 말 같은 건 없었다.

"사과하세요. 오늘 안 되겠다면 내일, 내일이 아니면 모레라도. 유감스럽게도 난 당신들이 그렇게나 지긋지긋해하는 테란이지만, 당신 말대로 반은 이곳의 피가 흐르는지도 모르겠네요. 난 여기가 맘에 들었고, 아버지와 어머니의 흔적을 찾기 전까지는 돌아가지 않을 생각이니까. 기억하세요. 나중에라도 반드시, 사과는 받아낼 거예요."

"머리 나빠 보이게 생긴 여자애가 말도 많군."

"레굴루스! 그 이상 장미를 모욕하면, 아무리 당신이라도 내가 참을 수 없습니다."

루슬릭이 끼어들었다. 레굴루스의 시선이 장미에서 루슬릭으로 옮겨갔다.

"이건 또 뭐야."

흥미롭다는 듯, 레굴루스가 웃었다. 입가만 움직여 웃는 모습이 정나미 떨어진다고 장미는 생각했다.

"물론 지금 나는 당신에게 도전할 수 없는 존재겠지만, 기억하세요. 내 성년식과 대관식이 끝나는 날이 머지않았다는 것. 가이아의 다음 국왕은 납니다."

"테란에게 발정하는 입맛 나쁜 녀석은 아무래도 한 명이 아니었나 보군. 아직 그럴 나이는 아닌 걸로 아는데."

"레굴루스!"

"어쩐 일로 이 시간에 여기 있느냐고 물었지. 방금 네 엄마와 자고 오는 길이다. 아직 성년식을 안 치른 너는 모르겠지만 히프노스 기간이 시작됐거든."

"……."

레굴루스의 말에, 루슬릭은 얼굴이 빨개졌다. 달리 대꾸할 말을 찾지 못하는 듯했다.

"아…… 알고 있습니다. 어머니의 히프노스 기간 정도는."

"늦게까지 잠들지도 않고 쉴 새 없이 수다를 떨어대더군. 베갯머리송사 따위는 사양하고 싶은데 말이야. 빌어먹을 히프노스 기간만으로도 이미 충분히 힘들다고. 카트레야는 정말 귀찮을 정도로 말이 많아."

"……."

"그리고 너도. 오늘은 모자가 똑같이 귀찮게 하는군."

뭐지 이 분위기는. 갑자기 얼굴이 새빨개져서 고개를 들지 못하는 루슬릭과 그런 루슬릭을 재미있다는 듯 바라보는 레굴루스 사이에서 장미는 열심히 분위기를 파악하려 노력했다. 장미는 베갯머리송사가 무엇을 의미하는지 정도는 알 나이다. 그런데 히프노스가 뭐지. 나중에 아브릴에게 물어봐야 할 게 하나 더 생겼다고 생각했다.

레굴루스는 그렇게 말하고, 왔을 때와 마찬가지로, 아무런 기척도 발걸음 소리도 내지 않고 사라져 갔다.

마치 눈앞에서 검은 그림자로 변해서 땅으로 스며든 것 같은 느낌이었다.

아마도 이게, 가이아에서는 흔한 이동 수단이고, 장미가 이곳으로 올 수 있었던 방법이라는 '텔레포트' 일 것이었다.

장미는 멍하니 그가 사라진 자리를 바라보았다.

"와…… 엄청난 비호감. 진짜 성격 더럽고 말투도 더럽다. 뭐 저런 게 다."

그가 사라진 것을 확인한 후, 장미가 속사포처럼 내뱉었다. 레굴루스가 사라진 걸 확인한 장미는 다리의 힘이 풀리는 느낌이었다. 장미의 말에 루슬릭이 작게 웃었다.

"미…… 미안해. 안 좋은 경험만 자꾸 하게 해서. 네가 여길 싫어하게 되면 어떡하지."

"왜 사과하는데? 네 탓이 아니잖아."

"레굴루스는 가이안이라는 사실에 대해 대한 자부심이 강한 사람이라 더 그럴지도 몰라. 같은 지구인이라도, 테란을 가이안보다 열등하고 진화가 안 된 인류라고 보고 있으니까."

"그런데 루슬릭. 너 아직 성년식 전이라는 게 무슨 소리야. 보통 성년식은 20살이나, 늦어도 21살에는 하잖아? 내 나이 듣고서 우린 친구니까 말 편하게 하라고 할 때부터 뭔가 이상하긴 했지만…… 너 혹시 십대니?"

"……."

루슬릭은 대꾸하지 않았다. 장미는 확신했다.

이 녀석 나보다 어렸구나.

"루슬릭! 대답해. 너 나보다 연하지?"

"그래 봤자 한 살 차이야!"

루슬릭은 어느새, 레굴루스 앞에서 어쩔 줄 몰라 하던 얼굴은 어디 가고 뻔뻔한 무표정으로 돌아와 있었다.

"참나, 어디서 센 척을…… 야, 누나라고 불러."

"절대 안 불러. 미안하지만 그것만큼은 아무리 장미를 좋아해도 절대 들어줄 수 없어."

"어쭈?"

"그만 들어가자."

루슬릭은 어딘지 자존심이 상한 듯한 얼굴이었다. 처음 정원에 나올 때는 기분 좋게 웃고 있었는데, 레굴루스의 등장 탓도 있어선지, 장미는 루슬릭이 뭔가 분해하는 것처럼 느껴졌다.

레굴루스는 노골적으로 장미를 인간 이하의 그 어떤 존재로 취급하고 있었고, 루슬릭은 '애' 취급하고 있었다.

정말 최악으로 기분 나쁜 첫 만남이었지만, 그가 가진 어떤 강렬함은 그가 '특별한 존재'라는 사실을 장미에게 인지시켰다.

차가운 금회색 눈동자에 칠흑 같은 흑발. 거기에 레굴루스는, 기사의 정복 같은 느낌의 검은 옷을 입고 있었다. 그 모습이, 만월의 장미 정원과 함께 소름 끼칠 정도로 잘 어울렸다.

그리고 가장 분한 것은, 인정하기 싫지만 그가 비현실적으로 아름다운 남자였다는 것이다.

짙고 강렬한 장미 향기와 그를 둘러싸고 있던 어둠. 그 모든 것들이, 한순간의 꿈같았다. 짧고 강렬한 환상을 본 것 같은 기분이었다.

장미는 레굴루스가 사라져 간 곳을 뒤돌아보았다.

아직도 그 자리에서 짙은 장미 향기가 나는 것 같은 기분이 들었다.

"뭐, 당신에게 반은 가이안의 피가 흐르고 있을 거라는 생각은 했습니다. 애초에 당신이 순혈의 테란이라면 텔레포트든 뭐든 불가능했을 테고, 여길 올 일도 없었을 테니까요."

아브릴에게 레굴루스와의 강렬했던 첫 만남과 그에게 들은 이야기를 늘어놓자, 아브릴의 반응은 맥 빠질 정도였다. '그렇게 당연한 걸 뭘 굳이 나에게 확인하느냐'는 느낌이었다.

"그럼 그가 한 말이 진실이라는 건가요?"

아브릴은 느긋하게 눈앞에 찻잔을 집어 들더니, 한 모금 들이켰다. 그는 결코 대답을 서두르지 않았다.

얄미울 정도로 느긋한 태도에, 장미는 애가 탈 지경이었다.

"나는 내 아버지를 찾고 있어요. 내 아버지가 누군지 알고 있어요?"

어쩌면 아브릴은, 천 년을 넘게 살았기에 모르는 게 없는 현자라서 모든 것을 다 알고 있지만 장미에게 고의적으로 진실을 숨기는 게 아닐까 하는 생각마저 들 정도였다.

"제가 아무리 천 년을 산 어스 드래곤이라 해도 당신이 말하지 않은 사실마저 알아낼 재주는 없습니다. 굳이 그렇게 할 생각도 없고요."

장미가 무슨 생각을 하는지 꿰뚫어 본 듯, 아브릴이 그렇게 대답했다.

"레굴루스가 당신을 보자마자 그렇게 말했다고 해서, 그게 진실인지 아닌지 여부는 알 수 없죠. 그는 상당히 독특한 존재고, 다른 사람이 보지 못하는 것들을 볼 수도 있습니다만, 그렇다고 해서 그가 하는 말을 전부 맹신할 필요는 없습니다. 다만 당신이 텔레포트가 가능하다는 전제하에, 그리고 당신의 어머니가 순수한 테란이라면, 당신 아버지는 상위 계급의 가이안이었을 가능성이 큽니다. 정확히는 기사 계급 이상의 가이안."

"……그게 무슨 소리죠? 조금 더 얘기해 줘요."

지금 장미는, 아버지에 대한 아주 작은 단서라도 잡고 싶었다.

지푸라기라도 붙잡고 싶다는 심정이 이런 것일 테다.

근본도 없는 외국인의 씨.

최현희 여사가 항상 장미에 대해, 설씨 집안의 사람들에게 하던 말이었다. 아무리 어머니가 넘칠 정도로 사랑을 주었더라도, 어머니가 돌아가신 후 세상에 끈 떨어진 연처럼 혼자 남겨졌던 장미에게 있어 '누구인지 모르는 아버지의 존재'는 오랜 트라우마로 남았다.

그 아버지에 대한 정보라면, 아주 조그마한 단서라도 매달리고 싶었다.

"텔레포트는 가이아 안에서 이동 수단으로 일상화되어 있다고 말씀드렸습니만, 그렇다고 해서 아무나 그 능력을 구사할 수 있는 건 아닙니다. 특수 능력의 남용은 체제의 붕괴를 일으킬 수 있기 때문에, 일정 계급 이상만 그 능력을 구사할 수 있도록 엄격히 금지되어 있죠. 텔레포트는 가이안 중에서도 성년식 이후의 기사 계급 이상만이 지니는 능력입니다. 기사 계급 이상이라 하면 왕족, 고위 성직자, 그리고 귀족, 그리고 기사라는 얘기죠. 그리고 그 능력은 피, 즉 DNA에 의해 유전됩니다. 테란인 당신의 어머니에게는 그 능력이 없었을 테고, 그렇다면 당신 아버지로부터 유전되었다고 보는 게 이치에 맞겠네요."

"기사 계급 이상이라면 기사를 포함하는 건가요?"

"그렇죠. 하지만 지금 가이아에는 기사 계급이 사라졌습니다."

"왜죠?"

아브릴은 음미하고 있던 차 한 모금을 천천히 삼킨 후, 조용히 찻잔을 내려놓았다. 잠시 그는 할 말을 고르는 듯했다.

"기사 계급이 사라진 사연은…… 얘기하면 길어요. 반은 가이아의 피가 흐를 가능성이 있다곤 해도 외부인인 당신에게 어디까지 가이아의 정보를 공개해야 할지는 잘 모르겠군요. 간단히 말하면, 기사단은 왕실을 위해 존재하는 집단입니다. 다른 사람들을 수호 하기 이전에, 왕실과 그 친족들을 수호하는 것이 기사 계급의 존재 이유죠. 약 20여 년 전까지만 해도, 기사단은 건재했습니다. 하지 만 그 무렵에, 어떤 '배신'이 있었습니다. 기사단이 그들 자신의 존재 이유인 '왕실 수호'에 반기를 들고 가이아이에 예속되기를 거부한 거죠. 왕실기사단장이자 여왕의 전속 수호기사였던 자가 그 시작이었다고 합니다. 이유가 어떻든 그것은 여왕 폐하의 입장 에서 용서될 수 없는 일이기에…… 그 사건에 상처받은 여왕 폐하 가 기사 계급을 몰살시킴과 동시에 기사단을 해체시켰죠. 단 한 명, 장미 기사 레굴루스를 빼고."

긴 이야기였다. 아브릴은 더는 이야기하고 싶지 않다는 눈치였 으나, 장미는 끈질기게 파고들었다.

"어째서죠? 그런데 레굴루스만은 왜 남겨둔 건가요? 그도 기사 일 텐데."

"폐하조차도 그를 죽일 수가 없었다는 게 되겠죠. 저도 레굴루 스에 대해서는 잘 모릅니다. 그는 절대로 자기 자신의 정보를 외부 에 공개하지 않아요. 타인과 교류하거나 소통하지도 않고요. 사람 을 싫어한다고도 볼 수 있겠죠. 저도 알고 싶군요. 처음엔 평범한 가이안으로 태어났을 그가 어쩌다 불로불사가 된 건지, 그리고 그 런 존재인 그가 어떤 연유로 왕실에 저당 잡혀 아직도 기사로서 일 하고 있는 건지."

"그러게요. 만약 레굴루스가 그토록 전지전능한 존재라면, 어째 서 그 스스로 왕실을 뒤집어엎고 왕이 되지 않는 거죠? 1인자가 될 수도 있을 만큼 강력한 존재가 가이아 왕실을 위해 기사로 일하고 있는 이유가 뭔지 궁금하네요."

"아직 어린 당신으로선 이해할 수 없는 이야기겠지만, 힘을 가진 모든 존재가 다 왕이 되고 싶어하는 건 아닙니다. 내가 본 레굴루스는 권력의 속성 자체를 싫어하는 사람으로 보였어요. 뭐 내가 그에 대해서 많이 아는 건 아닙니다만. 하지만 그가 대대로 왕실을 위해 일하고 있는 이유는 나도 궁금하군요. 아마도 그는 가이아 왕실에 어떤 약점이 잡혀 있는 것으로 짐작합니다만."

"……흥미로운 이야기네요."

"그렇습니까? 그나저나, 차를 거의 안 드시네요. 오늘은 뭘 할 계획입니까?"

장미 앞에 놓여진 찻잔의 차는 거의 다 식어가고 있었다. 아브릴과 달리, 장미는 홍차를 그다지 즐기지 않기 때문이었다. 장미는 시원하고 달콤한 음료가 취향이었다. 날씨도 그리 춥지 않은데 뜨거운 차를 즐기다니 노인 같군, 이라고 장미는 내심 생각했지만 아브릴에게 굳이 그걸 전달하지는 않았다.

외모로는 그냥 평범한 청년으로 보이는데 천 년을 살아왔다는 아브릴은 확실히 침착하고 다소 노인 같은 부분이 있었다. 하지만 나이 들었다고 말하면 무척 싫어했다. 자신은 젊은 용이며, 그저 인간과 다른 시간을 살고 있을 뿐이라고 매번 항변하는 것에서 그것을 느낄 수 있었다.

"글쎄요. 이곳에서 나와 어울려 주는 사람이라고 해봤자 당신과 루슬릭뿐인데…… 궁중의 고용인들은 어떤 연유에서인지 다들 나를 피해 다니고. 마냥 환자처럼 침실에서 놀고먹을 수도 없고, 내가 여기서 뭘 하면 좋을까요, 아브릴."

"고용인들의 태도는 이해하십시오. 그들 모두도 여왕 폐하와 마찬가지로, 테란을 싫어합니다. 루슬릭 전하 때문에 당신에게 적개심을 드러내진 않겠지만, 기본적으로 가이안은 테란을 싫어합니다. 어쩔 수 없다고 생각하세요."

"눈치채고는 있었지만, 쓸쓸하네요."

"텔레포트를 연습해 보는 건 어떤가요?"

뜻밖의 제안에, 장미는 눈을 크게 떴다.

"텔레포트요?"

"네. 만약 당신에게 텔레포트 능력이 잠재되어 있는 게 사실이라면, 이곳에 올 때 그 능력을 사용했듯이 몇 번이라도 그 능력을 쓸 수 있겠죠. 위기 상황뿐 아니라 원하는 때 언제든 텔레포트 능력을 쓸 수 있다면, 그건 꽤 유용할 겁니다."

"텔레포트 능력…… 그걸 연습하면 늘기도 하나요?"

"타고난 모든 재능은, 연습과 훈련으로 계발이 가능합니다. 당신 역시 지금은 그렇지 않다지만 언젠가 테라로 돌아가고 싶어질지도 모르고. 그때를 대비해서라도, 익혀두는 게 좋다고 생각합니다만."

"……그렇네요."

"만약 텔레포트가 자유자재로 가능한 정도로까지 계발이 가능하다면, 그거야말로 당신에게는 상위 계급 가이안의 피가 흐르고 있다는 증거가 되겠죠. 어쨌든 한번 연습해 보세요."

장미의 두 눈이 반짝였다. 드디어 뭔가, 할 일을 찾은 느낌이었다.

"저, 해볼래요! 연습은 어떻게 하면 되는 거죠?"

"가고 싶은 곳을 머릿속에 정하세요. 목적지가 정해지면, 그다음은 그곳에 있는 당신을 상상하면 됩니다. 그리고 자신의 몸을 구성하는 원자들에게 명령하세요. '이동하라'고."

"그렇게 간단해요?"

"원리 자체는 간단합니다. 되는 사람과 안 되는 사람이 있을 뿐. 한번 시도해 보세요."

말을 마친 아브릴은 시계를 보더니 자리에서 일어섰다. 그리고 시간이 벌써 이렇게 되었느냐며, 수다를 너무 떨었다고 투덜대더니 방을 나갔다.

말로는 바쁘다고 투덜거려도, 이곳에서 장미를 가장 오랜 시간 상대해 주는 건 아브릴뿐이었다. 루슬릭은 생각보다 이런저런 일들로 일과가 채워져 있어 얼굴 보는 것이 어려웠으며, 거의 매일 항상 바빴다. 장미는 그가 '새삼' 왕자이며, 후계자 수업을 받고 있는 중이라는 사실을 실감하게 되었다.

장미는 아브릴이 한 말을 떠올렸다.

'텔레포트를 연습해 보자.'

아무도 없는 조용한 방, 마침 연습하기엔 최적이었다. 장미는 조용히 눈을 감고, 심호흡을 했다.

'진정해, 긴장하지 마. 한 번은 했던 거야. 그러니 두 번이라고 못할 거 없어.'

조용히 심호흡을 하면서 머릿속으로 가고 싶은 목적지를 상상했다.

먼저 머릿속에 떠오른 건, 성. 어머니가 찍은 그 사진 속의 고성. 사람을 싫어하는 장미 기사 레굴루스가 혼자 살고 있다는 성.

'천천히……'

머릿속으로 그 사진 속의 성을 상상했다. 그리고 명령했다.

"이동하라."

머릿속으로 생각하는 정도에서 그치지 않고, 조금 더 집중하기 위해 소리를 내어 말했다. 그리고 떨리는 마음으로 천천히 눈을 떴다.

"……."

여전히 눈을 뜨니 장미는 루슬릭의 방 안이었다 .

"그렇게 간단할 리가 없나."

장미는 자조했다. 하지만 여기서 포기할 마음은 없었다.

'내게 가이안의 피가 흐른다는 걸 증명해 보이겠어. 만약 이걸 성공하면, 이곳에서 내 아버지를 찾는 데 도움이 될 수도 있을 거야.'

어렸을 때부터 자신을 향했던, 이유도 없이 싸늘한 시선들.

근본 없는 것, 이라고 책망하던 할머니의 혼잣말.

역겨운 테란, 이라고 말하던 카트레야 여왕과 레굴루스…….

순간 울컥, 하고 마음속 깊은 곳에서 뭔가 폭발이 일어나는 것 같았다.

'괜찮아. 냉대에는 익숙하니까.'

그렇게 자기 입으로 말했었지만, 사실은 별로 괜찮지가 않았다.

마음속에는 하나둘씩 슬픔이 쌓여가고 있었고, 이미 그 슬픔은 폭발 직전까지 곪아 있었다.

테라에서의 장미는 스스로의 마음을 들여다볼 시간조차 없이 그저 일상을 살아내는 것에만 급급했지만, 언제나 어딘가로 도망치고 싶었다.

'그래. 나는 단순히 어디론가 도망치고 싶었던 게 아니야. 나는 그냥…….'

스스로의 마음을 들여다본 순간 직면한 건 그간 계속 인정하고 싶지 않았던 가난한 진실이었다.

'나는 그냥 외로웠던 거야.'

너무나도 쉽게 인정한 순간 툭, 하고 눈물이 떨어졌다.

아주 오랜 시간을 참아왔던 눈물이었다.

'장미는 나이에 비해 어른스럽고 침착하네. 하지만 항상 뭔가 고민이 있어 보여서…… 십대에는 십대다운 게 제일 좋은데, 선생님은 그게 걱정이야.'

중 2때였던가, 면담에서 담임교사가 그렇게 말했었다.

'고민 같은 거 없는데요.'

그때 자신은 분명 그렇게 답했었다.

부정하고 싶었던 것은 스스로의 약함이었을까, 아니면 외로움이었을까.

인정하는 순간 애써 버티고 있는 무언가가 무너져 내릴 것만 같았다.

참아왔던 눈물이 쏟아져 내리는 순간, 장미는 누구라도 붙잡고 울고 싶어졌다.

'엄마, 왜 그렇게 나를 일찍 떠나셨어요? 아빠, 도대체 어디에 계신 거예요.'

마음속으로 외쳐 봐도 대답하는 목소리가 없는 말들.

이 세상은 그저 새카만 어둠이고, 온기라곤 없으며, 오직 넓은 세상에 나 혼자 남겨져 있을 뿐이라는 그 어둡고 막막한 감각.

그리고 혈육이라는 사람들의 차가움.

그것이 이제까지 장미가 사는 세계의 전부였다. 굉음과 함께 흔들리는 비행기 속에서 탈출해 이 기묘한 세계에 오기 전까지.

장미는 머릿속으로 떠올렸다. 어머니의 유작 속 고성을. 장미 기사의 성이라는 그 고성을. 예전에는 왕실기사단이 살고 있었고, 지금은 레굴루스가 혼자 살고 있다는 성.

아버지는 이곳의 기사였던 걸까.

'불꽃을 타고 이곳에 가야만 한다.' 어머니의 메모는 그렇게 말하고 있었다.

아마도 줄곧 어머니는, 그곳에 가고 싶어했을 것이다. 불꽃을 타고 가야 하는 곳. 가이아, 지저 세계의 왕국. 아버지에게 가고 싶었던 것이다.

장미 때문에 갈 수가 없었던 것뿐.

'그곳에 가야만 해…….'

이 바람은 어머니의 바람일까 장미의 바람일까.

장미는 머릿속으로 다시 한 번, 고성의 풍경을 떠올렸다. 온 힘을 다해 집중해서, 그 풍경 안으로 몰입했다. 수동적으로 상상하는 것이 아니라, 능동적으로 느껴보고자 노력했다. 온 힘을 다해 집중하며 호흡을 골랐다. 그렇게 얼마의 시간이 흐르자, 어느새 장미는 그 풍경 속에 있었다. 칠흑같이 어두운 가이아의 밤하늘, 인공 태양이 진 후의 그 완전한 어둠. 밤하늘의 냉기가 온몸을 감싸고, 성의 돌벽이 내뿜는 차가운 공기가 뺨에 와 닿았다…….

어느새 장미는, 상상 속에서 그곳에 와 있었다.

'이동하라.'

조용히, 하지만 분명하게 명령을 내렸다. 그러자 잠시, 어지러운 현기증 같은 감각이 전두엽에 내달렸다. 마치 누군가가 온몸을 붙잡고 흔드는 것처럼 강렬한, 회전하는 감각. 장미는 비명을 질렀다. 하지만 기절하지 않으려고 노력했다.

정신을 잃을 것만 같은 어지러움이 덮쳐 왔고, '이제 한계다', 싶었을 때, 그 현기증은 멈췄다.

'성공한 건가?'

질끈, 감았던 눈을 떴다.

눈을 뜨자, 전혀 낯선 풍경이 눈앞에 펼쳐져 있었다.

그리고 장미는 자신이 텔레포트에 성공했음을 알 수 있었다.

"해냈…… 다."

성취감에 뿌듯했지만, 어지러운 감각은 여전히 남아 있었다. 차멀미를 오래 한 것과 같은 종류의 메스꺼움이었다. 손발을 움직여 보니 감각이 천천히 돌아오고 있었다. 빠른 순간에 몸이 완전히 해체되었다가 다시 조합된, 그런 느낌이라고 보면 될까.

장미는 고개를 들어 주변을 둘러보았다. 높은 천장. 그리고 오래된 돌벽이 내뿜는 차가운 냉기. 호화롭게 장식된 창가의 스테인드글라스.

그리고 믿기지 않는 것을 바라보는 듯한, 놀란 얼굴의 한 남자.

레굴루스.

그가 있었다.

"너…… 어떻게 여기에? 텔레포트가 가능한 건가?"

기사의 정복 차림이 아닌 하얀 셔츠에 실내용 가운 같은 것만 걸친 차림으로, 그는 침대에 앉아 있었다. 셔츠는 단추가 몇 개 풀어 헤쳐져 있어, 어른 남자에 면역이 없는 장미는 순간 자기도 모르게 눈을 돌렸다.

"예, 예고 없이 침입해서 미안하지만 나도 당신의 방에 올 생각은 없었어요. 그냥 여길, 성을 떠올렸을 뿐인데……."

그는 자기의 방에서 휴식을 취하고 있었던 걸까. 사람이 살고 있다는 생활감이 전혀 들지 않는 썰렁한 방. 장미는 가구가 최소한으로 놓여진 넓은 방을 둘러보았다. 갑자기 텔레포트에 성공해서 오게 된 건 좋았지만, 이런 상황은 솔직히 예상치 못했기에 당황스러웠다.

순간 헉, 하고 거친 호흡 소리가 들렸다. 레굴루스가 숨을 몰아쉬고 있었다.

"괘, 괜찮아요? 어디가 아픈 거예요?"

장미는 그에게 다가갔다.

"가까이 오지 마……!"

그가 날카롭게 비명을 질렀다.

"말했듯이 히프노스의 기간이다. 아픈 게 아냐. 그리고 너, 당장 여기서 꺼져."

레굴루스는 힘겹게 말을 마치고, 다시 거친 숨을 몰아쉬었다. 머리를 싸맨 채 답답한 듯 호흡하는 그는 한눈에 보기에도 힘겨워 보였다.

히프노스의 기간이라니, 도대체 그게 뭐지. 어제부터.

아브릴에게 그걸 묻는다는 걸 깜박했다.

장미는 주저하며, 그에게 다가갔다.

"하지만 당신, 많이 불편해 보여요."

장미는 망설이며, 앉아 있는 그에게로 손을 내밀었다.

"내가 뭔가 도울 수 있는 게 있다면…… 악!"

말을 마치기 전, 시야가 크게 흔들렸다. 그리고 레굴루스가 자신을 내려다보고 있었다. 등 뒤에 와 닿는 침대의 감촉이 순간 소름 끼쳤다. 그가 힘으로 자신을 찍어 누른 채 팔을 붙잡고 있었다.

"가까이 오지 말라고 했잖아. 이런 일을 당하고 싶은 게 아니라면."

금빛 눈이 섬뜩할 정도로 빛났다. 장미는 본능적으로, 지금 그를 괴롭히는 게 무엇인지 어렴풋이 알 수 있었다.

정염.

어른 남자에게 면역이 없는 장미지만, 그래도 어렴풋이 알아차릴 수 있었다. '이런 일'이 무엇인지 정도는.

"아니면 너도, 이런 일을 당하고 싶은 건가? 그 발정 난 카트레야처럼 말이야. 아, 그러고 보니 짐승 같은 테란은 항상 발정 상태라지? 항상 히프노스 상태라니, 그것도 괴롭겠군."

짝, 하는 소리가 벽을 울렸다.

태어나서 처음으로 누군가의 뺨을 때렸다. 장미는 눈앞에 흉포한 남자의 고개가 돌아간 채 잠시 말이 없는 걸 다소 싸늘한 기분으로 지켜보았다.

"……짐승 같은 건 당신이잖아."

싸늘함을 넘어 참담한 기분이었다. 그가 내뱉는 말 하나하나에 서려 있는, '사람'에 대한 증오. 칼날 같은 말들은 사람을 거부하고, 그에게 와 닿는 모든 손길을 밀어낸다.

장미는 어쩐지 직감처럼, 알 수 있었다.

이 남자가 자신의 운명을, 그에게 주어진 생명을 저주하고 있다는 것을.

"그런 식으로 만나는 사람들을, 그리고 자기 자신을 저주하면서 살면 재미있어요?"

정곡이었는지 모르겠다.

타는 불에 한순간 찬물을 끼얹은 듯, 이글거리던 그의 금빛 눈에 이성이 돌아오는 게 보였다. 장미를 찍어 누르던 남자의 팔에서 힘이 빠졌다. 그 틈을 타 장미는 몸을 일으켰다. 그리고 침대에서 내려왔다. 다리가 아직 두려움으로 후들거렸다.

"……나가."

짐승이 으르렁거리는 듯 낮은 목소리였다. 이윽고 그 낮은 목소리는 날카롭게 변했다.

"나가라고! 당장 여기서 꺼져!"

"말하지 않아도 나갈 거예요! 그리고."

장미는 문 쪽으로 달려갔다. 더 이상 저 남자를 건드렸다간 어떤 일이 생길지 상상조차 하기 싫었기 때문이다.

"나 당분간 이 성에 머물게 해줘요. 당신 방 근처에는 얼씬도 안 할 테니, 걱정하진 말아요. 어차피 이 성에 빈 방 많죠?"

대답을 듣기 전에, 잽싸게 문을 열고 방문을 닫았다.

문을 닫자마자 가슴을 쓸어내렸다. 지금 생각해도, 어디서 그런 용기가 나왔는지 모르겠다. 여기 머물게 해달라고 제안하다니.

스스로가 대견한 동시에, 한편으로는 무모했다고도 생각했다.

그가 어떻게 나올지는 모르겠으나, 어쨌든 아무 성과도 없이 돌아갈 수는 없었다. 어떻게 들어온 곳인데. 다음 번 시도에 또 텔레포트에 성공할 수 있을지 아닐지도 모르는데, 이대로 허망하게 돌아갈 수 없었다.

반드시 이 성에서 아버지의 흔적을 찾고야 말겠다고, 장미는 다짐했다.

한참 동안 성을 헤집고 돌아다닌 것 같았다. 도대체 얼마나 몇 시간쯤 흘렀을까. 가늠조차 할 수 없었다.

성은 생각보다 넓었다. 몇 개의 계단을 오르내리고, 몇 개의 방문들을 열어본 걸까. 수십 개는 되는 것 같다. 그러다 어느 한 방, 응접실같이 보이는 창이 넓은 방에 도달하자 장미는 지쳐 바닥에 주저앉았다.

"다음에 루슬릭을 만나면 시계를 달라고 해야겠어."

정확한 시간을 알 수 없으니 답답했다. 그러고 보니, 루슬릭과 아브릴에게 아무런 말도 없이 나왔다는 생각이 뒤늦게 들었다.

'지금쯤 루슬릭, 날 걱정하고 있을까.'

루슬릭에게 조금은 미안한 마음이 들었다.

저쪽 세상처럼, 핸드폰이 있었더라면 루슬릭에게 연락하는 건 손쉬운 일이었겠지. 벌써 테라가 그리워질 줄은 몰랐다. 그것도 이런 사소한 것 때문에. 이런 잡다한 생각들을 하고 있는데, 멍하니 앉아 있던 장미의 눈에 들어온 것이 있었다.

그것은 한쪽 벽을 차지하는 커다란 초상화였다.

초상화의 주인공은 아마도 기사로 추정되는 남자로, 위풍당당하게 갑옷을 두르고 말 위에 앉아 자신감 있는 눈으로 장미를 바라보고 있었다.

은빛 갑옷은 그와 완벽하게 잘 어울렸다. 쇄갑에 싸여진 어깨는 넓었고, 한 손에 든 투구는 은빛으로 빛나고 있었다. 약간 잿빛을 띠는 어두운 금빛 머리카락은 갈색으로도 보였으며, 두 눈은 투명한 푸른빛이었다. 늠름한 턱 선은 이지적이면서 남자다움을 과시하고 있었으며 입가에 살짝 걸린 미소에서는 여유로움이 느껴졌다.

누굴까, 이 인물은.

장미는 뭔가에 홀린 듯한 기분으로 그림을 향해 다가갔다.

그림이 마치 장미를 향해 말을 거는 듯한 기분이 들었다.

"그쯤 하는 게 좋을 거다, 테란."

장미가 그림을 향해 자기도 모르게 손을 뻗으려던 순간, 등 뒤에서 기척도 없었는데 목소리가 들려왔다. 장미는 이제 그것이 무엇인지 알 수 있었기에 예전보다는 놀라지 않았으나, 여전히 조금은 놀라웠다.

텔레포트 한번 깔끔하게 하는군. 얄미울 정도로 말이야.

"말했지, 나가라고. 이 성에서 나가라. 여긴 내 집이고, 난 누구와도 공간을 공유하는 게 싫어 성에 고용인조차 들이지 않는다. 네게 줄 빈 방 따위 없어."

레굴루스가 으르렁거리듯 또 한 번 못 박았다.

"당장 꺼져."

"대체 왜 그렇게 사람을 싫어하는 거죠?"

장미가 그를 향해 물었다.

"말했잖아요. 당신 방 근처에는 얼씬도 하지 않겠다고. 나는 이 성에서, 찾고 싶은 것이 있어요. 그러니까……."

"프레데릭의 망령이라도 찾고 있는 건가?"

갑자기 튀어나온 낯선 이름에, 장미는 두근거렸다.

그는 혹시, 내 아버지에 대해 알고 있을까. 오랜 세월을 살아온 존재라고 했다. 그러면 어쩐지, 알지도 모른다……!

일말의 기대가 장미의 심장을 뛰게 했다.

"왜 그렇게 사람을 싫어하느냐고 물었나? 사람이 아니라, 네가 싫은 거다. 네 그 역겨운 얼굴을 보면, 속이 뒤집어지지. 처음 봤을 땐 반신반의했지만, 다시 보니 알겠더군. 20년 전쯤 이 나라를 뒤집어놓고 사라진, 프레데릭의 핏줄이었어. 프레데릭과 그 가증스런 테란 여자를 반씩 섞어 닮은 그 얼굴로 네가 다시 내 앞에 나타났을 때, 내가 어떤 기분이었을 지 네가 짐작이나 할 수 있겠느냔 말이다."

"……!"

프레데릭.

장미는 그의 입에서 튀어나온 이름을 곱씹었다.

"아버지와 어머니를…… 알아요?"

"당장 꺼져. 내 인내심이 아직 유효할 때, 말을 듣는 게 좋을 거다."

레굴루스는 일방적으로 하고 싶은 말만 던지고 뒤돌아섰다. 그가 텔레포트로 흔적도 없이 사라질까 봐, 장미는 순간 자기도 모르게 그의 팔을 붙잡았다.

"나는 내 아버지를 찾고 있어요!"

비명처럼 내지른 말에, 그가 멈칫 하는 것이 느껴졌다.

"그게 어떤 기분인지 알아요? 내가 어디서 왔고, 부모님은 어떤 분인지 그걸 온전히 모른다는 게…… 평생 어떤 곳에도 속해 있지 않은 기분으로 산다는 게, 얼마나 비참하고 외로운지 아느냐고요."

레굴루스는 아무 말이 없었다. 장미는 그의 앞으로 달려갔다. 그리고 그의 금색 눈에 눈을 맞췄다.

"제발…… 뭐라도 말해줘요. 내 부모님에 대한 거라면, 어떤 거라도 상관없어. 제발…… 내 아버지의 이름은 프레데릭이었나요? 그는 어떤 사람이었죠?"

"시끄럽게 쨍알거리지 마. 아이 돌보기에는 취미가 없어."

싸늘하게, 한쪽 입꼬리를 올려붙이며 그가 그렇게 말했다. 자신의 절박함이 부정당했다는 생각에 장미는 순간 비참해졌다.

정말이지 이 인간은. 어쩌면 이렇게 비뚤어졌지!

"하지만 어른 여자라면 얘기가 달라지지."

그 말과 함께 레굴루스의 금빛 눈이 순간 어둡게 빛나는 것을, 장미는 알 수 있었다.

"때마침 지겨운 히프노스 기간이고, 이 기간을 버티기 위해 여자는 필요하거든. 내가 여길 머물게 해준다면 넌 어쩔 거지? 그 몸으로 날 즐겁게 해줄 수 있나? 테란의 피가 섞인 건 역겹지만, 히프노스 기간은 어차피 상대를 가릴 때가 아니거든."

그가 한 발짝, 장미에게 다가왔다. 장미는 본능적인 두려움으로 뒤로 물러섰다. 하지만 레굴루스를 쏘아보는 건 잊지 않았다.

"역겨운 테란이라면서, 성욕은 풀고 싶은가 보죠? 제멋대로네요. 그리고 여기에 공짜로 있겠다고는 안 했어요. 가사 노동에는 자신이 있어요. 식사 준비와 청소. 그걸로 안 되나요?"

"나는 식사하지 않아. 에너지 섭취가 필요치 않기 때문이지."

"사람인데 식사하지 않을 수 있나요? 가이안은 원래 그래요?"

"나는 사람이 아냐. 시간과 공간의 법칙에서 벗어난 저주받은 존재지."

방금 레굴루스가 내뱉은 말로, 장미는 그가 그 자신을 어떻게 생각하는지를 알 수 있었다.

저주받은 존재. 그는 그 자신의 생명을, 저주하고 있었다.

"그런데 성욕은 있다는 거군요."

잘은 모르겠지만, 히프노스라는 기간이라는 건 이 세계 사람들에게 있어 일종의 번식 기간, 즉 성욕이 일어나는 기간과 비슷하다는 추측이 들었다.

"어쩔 수 없어. 저주에 걸렸을 때 불사뿐 아니라 불로를 명령받았으니까. 나는 나이 들지 않아. 영원히 같은 시간의 굴레 속에 갇혀 있지."

"……."

"내가 무서운가?"

장미를 향해 그가 한 발짝 다가섰다. 이번에 장미는 뒷걸음으로 물러서지 않았다.

"무섭지 않아요."

장미는 또렷이, 그의 눈을 보고 말했다.

"다만, 가여워요."

그런 식으로 스스로를 저주하고, 자기 자신조차도 사랑하지 않는 당신이.

왜냐하면 그건 마치 예전의 내 모습과 닮았으니까.

그 말은 속으로 삼킨 채 그렇게 말했다. 그러자 눈앞에 남자의 표정이 일그러졌다.

"네 동정을 바란 적은 없다."

쿵, 소리와 함께 난폭하게 몸이 벽으로 밀어붙여졌다. 몸이 밀어붙여지면서 벽의 액자를 건드린 모양이었다. 눈앞에는 난폭한 남자가, 피에 굶주린 짐승 같은 눈을 하고 장미를 바라보고 있었다.

"……다시 한 번 말한다. 내 인내심이 유효할 때, 당장 여기서 나가."

그는 위협을 주려는 듯, 낮은 목소리로 으르렁거리며 귓가에 대고 속삭였다. 그의 호흡이 여전히 고르지 않다는 것이, 가까이 닿자 느껴졌다. 그가 여전히 매우 힘들어하고 있다는 것을 알 수 있었다.

그리고 동시에, 이 남자를 향해 강렬한 동정심이 일었다.

누구에게도 자존심을 다치는 것이 싫어, 다만 스스로와 타인을 저주하기를 택한 사람.

장미 기사는 그에게 딱 맞는 호칭이라는 생각이 들었다.

가까이서 본 그는 아름다웠다. 아니, 사실 그를 정원에서 처음 봤을 때부터 그림 속에서 튀어나온 남자 같다는 생각을 했다. 루슬릭이나 아브릴도 물론 미남자지만, 레굴루스에게는 독특한 분위기가 있었다. 보는 이를 압도하는 분위기.

장미는 자기도 모르게 그의 어깨에 손을 둘렀다. 흠칫, 하고 그가 굳는 것이 느껴졌다. 하지만 그는 밀어내거나 쳐내지 않았다.

'내가 왜 이랬지.'

자기도 모르게 나온 행동에 장미는 당황했다. 그러나 레굴루스가 가만히 있자, 다른 한쪽 손도 그의 어깨에 올렸다.

장미는 눈앞에 그를 보며 생각했다. 입만 열면 밉상스러운 말만 뱉어내지만, 그래도 정말 아름다운 금빛 눈동자라고.

그리고 아름다운 남자지만 맹독을 두른 채 사람들을 밀어내는 건, 가시 돋친 장미와 똑같다고.

그런 그를, 위로해 주고 싶었다. 단지 그게 전부였다.

토닥토닥하고 그의 어깨를 감싼 손을 조심스럽게 움직였다. 레굴루스는 여전히 가만히 있었다. 두 눈에는 '이게 뭔가' 하는 듯한 의문이 가득한 표정이었다.

"테라에서는, 누굴 위로할 때 이렇게 해요. 토닥토닥."

"……."

"그냥 지금, 당신이 많이 지쳐 보여요. 그뿐이에요."

레굴루스는 아무 말이 없었다. 잠시, 정적이 흘렀다. 탁, 탁 하고 그의 어깨를 치는 단조롭고 작은 소리 외에는 아무런 소리도 들리지 않았다.

잠시, 아니, 어쩌면 꽤 긴 순간을, 그렇게 그와 눈을 맞춘 채 장미는 그렇게 서 있었다.

얼마나 그렇게 있었을까. 얼음장처럼 미동이 없던 레굴루스가, 쾅 하고 난폭한 소리와 함께 갑자기 눈앞에서 사라졌다.

텔레포트했군.

"가면 간다고 말이나 해줄 것이지……."

물귀신처럼 기척 하나 없거나, 굉음이 함께하거나. 하여간 그의 극단적인 텔레포트 방식에는 적응이 되질 않았다.

장미는 다시 벽의 그림으로 시선을 돌렸다.

그리고 액자 아랫부분에 조각된 글자에서, 위풍당당한 기사의 이름이 무엇인지를 알 수 있었다.

—프레데릭. 19대 왕실기사단장.

장미는 그림 앞에 무릎을 모으고 앉아, 오래도록 그 글자와 그림을 번갈아 보며 그림 앞을 지키고 있었다.

왜 이토록 이 인물이 처음부터 친근하게 느껴졌는지 비로소 알 수 있었다.

그는 그토록 오랜 시간 동안 만나고 싶어했던, 장미의 아버지. 지금은 해체되고 없는 가이아 왕실기사단의 마지막 단장이었던 남자, 프레데릭이었다.

응접실 정중앙을 위풍당당하게 차지한 그는 한때 기사단 본부이자 기사단장의 사택으로 쓰였다는 이 성의 성주였음이 분명했다.

지금은 먼지 쌓인 가구들만이 놓여 있고 사람의 온기라고는 없는 이 방 곳곳에서, 그의 흔적들을 찾을 수가 있었다.

장미는 뭔가에 홀린 듯이, 한쪽 구석에 놓여 있는 붉은색 벽돌 난로로 다가갔다. 그 위에는 아마도 장식용이었을, 오래된 말린 장미 묶음이 놓여 있었다. 손대면 바스라질 정도로 연약한 바싹 마른 꽃잎들이 애처로웠다. 그리고 그 아래에서, 누렇게 바랜 오래된 편지 봉투가 보였다.

장미는 조심스럽게 그것을 집어 들었다. 그리고 그 안에서, 먼지 쌓인 편지지를 발견했다. 다른 사람의 편지를 훔쳐본다는 죄책감도 잠시, 거기서 발견한 눈에 익은 글씨에 순간 장미는 놀라 비명을 지를 뻔했다.

장미는 천천히 편지를 읽어 내려갔다.

―가장 멋진 기사이자, 내 인생 최고의 남자였던 프레데릭.

이 편지가 당신에게 쓰는 처음이자 마지막이 될 거예요.

당신이 처음 내게 고백했을 때부터 사실 이별을 생각했어요.

당신은 남자답고 클래식한 기사도 스타일로 내게 청혼을 했었지요. 내 손등에 당신의 입술이 처음 닿았던 그 순간부터, 언젠가는 반드시 찾아올 이별의 미래가 내게 밀려드는 기분이었다고 한다면 당신은 서운해할까요.

당신의 고백을 받아들이고 당신을 사랑하게 된 후에도 언제나 생각했어요. 한정된 시간 속에서 앞으로 얼마나 사랑을 주고받을 수 있을까.

언젠가는 반드시 찾아올, 우리 둘 사이의 이별.

그것을 알면서도, 그저 당신을 원해, 당신에게 모든 것을 맡겼어요.

당신을 사랑했던 마음에 거짓은 없었어요. 망설임은 있었을지라도.

달콤한 시간은 끝나고, 이제 때가 된 것 같네요.

부탁하건대, 제발 나 때문에 슬퍼하지 말아요. 늘 나를 넉넉히 안아주었던 당신의 그 넓은 가슴을 멍들게 할 정도로 가치 있는 여자가 못되니까.

애초에, 이 지구에 영원히 지속되는 사랑이라는 것이 있을까요?

가이아든 테라든, 다른 세계 같지만 결국은 같은 인력의 법칙이 작용하고 있어요. 지구는 강한 부정성의 행성이죠. 그리고 언제나 끝없는 사랑으로 인류를 품어주었던 이 아름다운 푸른 별을 그렇게까지 병들게한 건 우리 인간의 탓일 테지요.

처음 만났을 무렵부터 두 사람을 끌리게 만들었던 인력이라는 것이 지금은 서로를 각자의 길로 인도하고 있어요. 그것뿐이에요……

사실, 프레데릭. 이 편지를 쓰면서도 지금 눈물이 계속 흘러내려 앞을 가려요. 애써 침착하려고 하지만 글자조차 제대로 보이지 않네요.

테라의 언어, 그중에서도 한국어로 썼지만 당신은 이해할 수 있을 거라고 생각해요. 당신은 고위 계급 가이안답게 항상 온갖 세계의 말들을 자유롭게 구사하곤 했었으니까.

사실 당신에게 아직 말하지 못한 비밀이 있어요. 그걸 당신에게 끝까지 밝히지 않는 건, 당신을 향한 내 때늦은 배려라고 생각해 주세요.

일방적으로 결정해서 미안해요. 하지만 이게 최선이라고 생각해요. 이제 나는 나 혼자서 살아갈게요. 테라에서, 내가 태어난 나라에서, 당신이 남겨준 추억과 우리 아이과 함께.

당신도 당신의 길을 걸어가세요.

참, 우리 딸의 이름은, 장미라고 지었어요. 그리고 이 편지는 본 뒤에 태워주세요. 나와의 관계가 드러나서 가이아에서의 당신의 입지가 위험해지는 것 원치 않아요.

편지는 거기에서 끊겨 있었다.

장미는 편지를 천천히 다시 접어서, 봉투에 집어넣었다. 그리고 그것을 소중히 품에 안았다.

두 가지는 알 수 있었다. 아버지와 어머니는 깊이 사랑했던 사이였고, 어머니는 끝까지 아버지에게 말하지 못한 비밀이 있었다는 것.

'아버지, 어머니 말대로 이 편지를 태우지 않았네요. 어째서였나요.'

초상화를 향해 말을 건네보아도, 돌아오는 대답은 없었다. 편지의 주인들은 모두 죽고 없는데, 그들보다 오랜 시간을 살아남은 편지를 바라보며 장미는 눈물이 났다.

제4장 루슬릭

쿵, 소리와 함께 바닥이 가라앉는 게 아닐까 싶을 정도의 충격이 공간을 울렸다. 깜짝 놀라 뒤돌아보니, 그곳에는 절박한 얼굴의 루슬릭이 있었다.

"장미!"

"루슬릭……? 여긴 어쩐 일이야. 내가 여기 있는 건 어떻게 알고."

"레굴루스와 아무 일 없었어?"

다짜고짜 장미를 붙잡고 그렇게 말하는 루슬릭에게, 장미는 쓴웃음을 지어 보였다.

"무슨 소리야 그게."

"그게…… 히프노스 기간이니까."

"히프노스가 도대체 정확히 뭐야? 안 그래도 물어보려고 했었어."

"쉽게 말해서 번식이 가능한 기간이야. 히프노스(hypnos), 잠이라는 뜻이거든. 사랑하는 사람과 잠을 자는 기간이라고 해서 그렇게 부르지. 가이안은 테란과 달리 성욕이 항상 일어나지는 않고, 한 달에 한 번 있는 히프노스 기간 동안 강하게 일어나거든. 히프노스 기간 동안의 남자는 자제력을 잃기 쉽기 때문에, 그럴 마음이 없는 상대와는 같이 있지 않는 게 좋아."

"걱정 마. 걱정할 만한 일은 아무것도 없었으니까. 조금 예상치 못한 상황이 있을 뻔 하긴 했지만……."

"어떤 상황?"

루슬릭의 푸른 눈이 날카롭게 빛났다. 그의 얼굴에서 웃음기가 사라지는 것을 보고, 장미는 말을 돌렸다.

"텔레포트를 연습하다 성공했고, 이 성에 왔고, 레굴루스를 만났어. 많이 힘들어 보였어. 그게 다야…… 그는 내게 손대지 않았어. 날 보자마자 칼을 빼 들고 죽이려고 할 정도로 날 싫어하니, 그럴 마음이 안 들었나 보지."

"어쨌든 정말 아무 일도 없었던 거지?"

"그래."

"다행이다. 다시는, 두 번 다시는 말도 없이 사라지지 마. 얼마나…… 얼마나 걱정했는지 알아?"

루슬릭은 그렇게 말하면서 장미를 품으로 당겨 꼭 끌어안았다. 갑작스런 포옹에 장미는 순간 당황했지만 딱히 밀어낼 이유도 없었기에 가만히 있었다.

쿵, 쿵 하고 빠르게 뛰는 그의 심장박동 소리가 들렸다. 어쩐지 쑥스러워진 장미는 자신을 안고 있는 루슬릭의 팔을 조심스럽게 풀었다.

"내가 여기 있는 건 어떻게 안 거야?"

"추적. 텔레포트하고 나면 흔적이 남아. 일부러 지우지 않는 이상. 그래서 위치 추적이 가능하거든."

몰랐다. 순간 이동해도 추적이 가능하다니. 그리고 추적하지 못하게 흔적을 지우는 것도 가능하다니, 나중에 아브릴에게 그 방법도 물어봐야겠다고 장미는 내심 생각했다.

"루슬릭, 너도 텔레포트가 가능했구나."

"응. 텔레포트는 가이아에서 본래 성년이 넘은 후에만 허락되지만, 왕위 계승권이 있는 왕족은 제외야. 암살의 위협에 항상 노출되어 있고, 언제 어디로 납치되어도 탈출해 돌아올 수 있어야 하니까."

장미로서는 현실감이 없는 종족이 왕족이라 평소에는 전혀 실감하지 못하는 사실이지만, 루슬릭이 왕자라는 것을 이럴 때 느낄 수 있었다.

"어쩐지 슬프다. 암살 위협 때문이라니."

장미의 말에, 루슬릭은 환하게 웃었다.

"걱정해 주는 거야? 걱정할 필요 없어. 뭐든 익숙해지면 아무렇지 않게 돼."

이렇게 웃고 있는, 마냥 천진해 보이는 도련님 같은 남자아이가 나중에 한 나라를 책임지게 된단 말이지…… 장미는 생각했다. 그건 얼마나 견디기 힘들 정도로 무거운 중압감일까. 자신이라면 절대 감당할 수 없을 거라고 생각했다.

"그나저나, 엄청 을씨년스러운 성이네. 사람이나 생활의 기운이 전혀 느껴지지 않아."

"응. 하지만 온 보람은 있었어. 역시, 이 성에 와야만 했어. 오길

잘했어."

"그래? 뭔가 찾았어?"

"응. 아버지를 만났어. 비록 만나자마자, 고인이신 걸 알게 되었다 해도…… 여한은 없어. 아버지를 알게 됐으니, 난 이제 속 시원히 죽을 수 있을 것 같은 기분이야."

장미의 말에, 프레데릭은 정면에 걸린 초상화를 바라보았다. 그리고 조금은 씁쓸한 듯한 얼굴을 했다.

"알게 됐구나. 고 프레데릭 경이 네 아버지라는 걸."

"……너도 알고 있었어, 루슬릭?"

"내가 태어나기 전의 일이니까, 잘은 몰라. 하지만 어머니에게 들었어."

"왜, 말해주지 않았어?"

"……미안. 일부러 숨긴 건 아니었어. 하지만 네가 스스로 알아차리기 전까지는 말해줄 수 없었어. 폐하께서 그걸 원치 않으시니까. 20년 전의 그 '사건'에 대해 이야기하는 걸."

20년 전의 사건이라면, 장미가 태어난 해의 사건일 것이다.

대체 그해, 가이아에는 무슨 일이 있었던 걸까. 프레데릭 경, 장미의 아버지와 어머니에게는 대체 무슨 일이 일어났던 걸까.

아버지가 누군지도 알게 되었는데, 그것만 알아내면 시원해질 줄 알았는데. 하나의 매듭이 풀리면 다른 하나가 생겨나는 식으로 의문은 꼬리를 이었다.

아버지와 어머니는 어떻게 만났고, 어떻게 헤어졌던 걸까.

아브릴이 말해준 내용이 기억났다. 기사단은 해체되었다고. 이 큰 성은 원래 왕실기사단이 건재하던 시절의 총본부이자 기사단장의 사택이었다고. 그런데, 지금 이 성은 썰렁한 유령의 집처럼 되어 있고 사람을 싫어하는 존재인 장미 기사 레굴루스가 혼자 살고 있다.

누구도 말해주지 않는 이야기. 도대체, 20년 전에는 어떤 일이 있었던 걸까. 그리고 엄마의 비밀은 무엇이었을까.

혼자 복잡한 생각에 빠진 듯한 장미를, 루슬릭의 목소리가 다시 현실로 끌어냈다.

"일단 여기를 떠나자. 이곳에 오래 있기 싫어. 여긴 너무 음산해."

"궁으로 돌아가는 거야?"

"아니, 너와 함께 가보고 싶은 곳이 있어."

하지만 나는 아직 이곳에서 찾아보고 싶은 것들이 더 있는데. 그렇게 장미가 말을 하려는 순간, 루슬릭은 장미를 안아 올렸다. 깜짝 놀라서 루슬릭의 목에 매달리자, 루슬릭이 씩 웃었다.

"꽉 잡아! 두 명분의 텔레포트는 처음이니까, 좀 어지러울 수도 있어."

그 말을 마지막으로, 익숙하지만 절대 적응되지는 않는, 온몸이 해체되면서 정신이 아득해지는 현기증 같은 감각이 찾아왔다.

❖

"여긴……."

조심스럽게 눈을 떴다. 감각이 돌아오는 속도가 아까보다 빨라진 듯했다. 여전히 어지러웠지만, 눈앞에 풍경은 눈을 번쩍 뜨게 했다.

"가이아에서 가장 아름다운 장소 중 하나지."

"와…… 어쩐지 물소리가 들린다 했더니."

기기묘묘한 암석들 사이로 물이 흐르고 있었고, 그 위를 비추는 달빛이 수면 위로 눈부시게 부서져 황홀한 달그림자를 만들었다.

마치 꿈속에서나 본 듯한, 몽환적인 풍경. 그 신비로운 분위기에 감탄사가 절로 나왔다.

"미혹의 샘에 온 걸 환영해."

장미가 감탄하자, 루슬릭은 뭔가 뿌듯해하는 것 같았다. 의기양양한 목소리로 장소를 소개했다.

"왜 미혹의 샘이야?"

"달이 뜨면 물에 비친 달그림자가 너무나도 아름다워 사람을 미혹시킨다고 해서, 미혹의 샘이라는 이름이 붙게 되었지."

"그럴싸한데. 그런데 루슬릭."

"응?"

"텔레포트 끝났으면 이제 그만…… 내려주지 않을래? 내가 이런 식의 공주님 안기에는 적응이 안 돼서."

"뭐야. 좀 더 그대로 있어도 난 괜찮은데."

장미의 말에 루슬릭은 김빠진다는 듯, 투덜거리면서도 장미를 내려주었다. 장미는 조심스럽게 물가에 앉았다.

"여기의 또 다른 이름이 뭔지 알아?"

루슬릭도 장미를 따라 옆에 앉았다.

"밀회의 샘."

그렇게 말하면서 그는 씨익, 웃었다. 뭔가 비밀스러운 것을 공유하는 것 같은 장난기 가가득한 표정이었다.

"밀회라니, 불륜 같은 거야?"

"아니, 꼭 불륜이어야 할 필요는 없고. 그냥 연인들이 종종 저

바위 밑에 숨어 달빛 아래서 사랑을 나누곤 해서 그렇게 부르는 거지."

"로맨틱하네. 달빛 아래라니……."

물소리가 영롱하게 들렸다. 거기에 조용히 수면 위로 부서지는 달빛이 물 위로 반짝거렸다. 아니, 그것은 마치, 반짝거린다기보다 쏟아지는 느낌이었다.

쏟아져 내리는 달빛. 그리고 그 속에서 사랑을 나누었을 수많은 연인들.

확실히 로맨틱한 기분이 들게 하는 장소라고 장미는 생각했다. 미혹의 샘이라는 이름 그대로, 그저 이곳에 있는 것만으로도 사람을 미혹시켜 홀리게 하는 것 같은 감각이 드는 것을 이해할 수 있었다.

"아직 왕궁조차 제대로 다 둘러보지 못했겠지만, 앞으로 너와 이런 식으로 함께 둘이 가보고 싶은 곳이 아주 많아."

그렇게 말하며 미소 짓는 루슬릭의 옆얼굴은 마치, 꿈꾸는 듯했다.

"너에게 천천히, 이 세계를 보여주고 싶어."

"……."

장미는 꿈꾸는 듯한 루슬릭의 옆얼굴을 바라보면서 생각하고 있었다.

이 아이는 어쩌면 이렇게 올곧게, 처음 만났을 때부터 한결같은 호감을 부딪쳐 오는 걸까.

묻고 싶었다. 네가 꿈꾸는 미래 속에서 나는 어떤 모습이길래, 너는 그렇게도 행복한 얼굴을 하는 거냐고.

"네 얘기를 좀 들려줘, 장미. 어릴 때 넌 어떤 아이였어?"

"그냥 평범했어. 너는?"

"나? 난, 사고뭉치였지."

"그래? 그런 타입으로는 안 보이는데."

"어머니가 아끼는 장미 정원을 망쳐 놓거나, 왕궁에 장식된 화병을 종종 깨곤 했었지. 사고를 쳐서라도 매사에 냉정한 어머니의 관심을 받아보려고 했었어. 하지만 어머니는 별로 관심은 주지 않으셨고, 내가 무슨 짓을 해도 무심하게 한 번 바라보신 후에는 그냥 메이드를 시켜 치우게 하셨지. 별다른 말씀이 없으셨어."

그렇게 말하고 루슬릭은 웃었으나, 장미는 웃지 않았다. 장미는 조용히 생각했다. 루슬릭에게는, 어린 시절 어머니의 관심을 바라던 만큼 받지 못했던 것에 대해 결핍이 있구나. 카트레야 여왕의 그 바늘로 찔러도 피 한 방울 나오지 않을 것 같던 얼굴을 떠올리면 무리도 아니라고 장미는 생각했다.

어쩌면 그게, 이 아이가 한편으로는 너무나도 상냥해 보이면서도 때때로 마치 다른 사람이라도 된 것처럼 차가운 얼굴을 하는 이유인 걸까.

장미에게는 한결같이 잘해주지만, 루슬릭에게서 가끔 보이는 웃는 얼굴 속에 숨은 무표정한 가면은 장미로 하여금 그를 쉽사리 판단하기 어렵게 만들었다.

첨벙, 하고 물소리가 크게 났다. 장미는 놀라서 고개를 들었다.

"장미! 너도 들어와. 물속, 생각보다 그렇게 차갑지 않아."

"뭐 하는 거야, 루슬릭. 애처럼."

루슬릭이 장난기 가득한 어린애처럼 웃으면서 장미이 손을 잡아끌었다. 그리고 다음 순간, 첨벙 소리와 함께 장미도 물에 빠져 있었다.

"그, 그만해! 난, 수영을 못한단 말이야."

장미가 당황해서 물속에서 허우적거리자, 루슬릭은 웃으면서 그런 장미를 끌어안았다.

"침착하고 발을 봐. 어때, 땅에 닿지?"

"……."

진짜였다.

"여긴 수심이 그렇게 깊지 않다고. 수영을 전혀 못해도 상관없어."

그렇게 말하면서 루슬릭은 장미를 더 당겨 안았다. 당황해서 고개를 돌린 장미의 귓가에 루슬릭의 가슴이 닿았다. 젖은 셔츠가 피부에 붙어 생각 외로 단단한 골격을 그대로 드러내고 있었다.

다시 한 번 말하지만 장미는 '어른 남자'에 대해 면역이 없었다.

지금과 같은 분위기와 이런 상황은 더더욱 그랬다.

쿵. 쿵. 귓가에 터질 듯한 심장 소리가 들렸다.

소리는 강렬해서, 고개를 돌려도 계속 들려왔다.

쿵. 쿵. 쿵.

"……춥네. 이제 그만 돌아가자."

장미가 그렇게 말하며, 루슬릭의 팔을 풀어냈다.

"정말, 멋대로 물에 빠뜨리고……. 다 젖었잖아. 이게 뭐야."

물가에 나온 장미가 머리카락의 물기를 짜냈다. 그리고 시선을 돌리자, 황홀한 광경을 바라보는 사람처럼 그 광경을 바라보고 있는 루슬릭과 눈이 마주쳤다.

"사람 민망하게, 뭘 그렇게 빤히 봐."

"난 서두르지 않을 거야."

뜬금없는 대답이라는 듯한 눈으로 바라보고 있는 장미에게, 루슬릭이 다시 한 번, 못을 박듯 천천히 말했다.

"난 천천히, 네 맘을 얻겠어."

말을 마친 루슬릭이 장미의 손을 가져갔다. 그리고 그 손등에 천천히 고개를 숙여 입을 맞췄다.

"좋아해."

루슬릭이 말했다.

"이미 말한 것 같지만 널 좋아해. 그러니까 네가 나를 좋아하지 않아도 상관없어. 왜냐하면 너도 곧 나를 좋아하지 않을 수밖에 없도록 만들 거니까."

"……"

장미는 루슬릭이 그렇게 하는 동안 얼어붙은 듯 서 있는 것 외에 달리 할 수 있는 일이 없었다.

제5장 무도회

장미는 눈부신 햇살에 눈을 떴다. 아침잠이 많지 않은 덕에 알람 시계 없이도 일정 시간에 눈을 뜨는 것은 오랜 습관이었지만, 가끔 씩은 늦잠을 자고 싶어도 루슬릭이 내어준 방은 너무나 햇살이 잘 드는 방이었기에 아침에 눈을 뜨지 않을 수 없게 만들었다.

커튼을 열었다. 눈부신 인공 태양이 허공 한가운데에서 당당히 빛을 발하고 있었다. 루슬릭이 인공 태양이라고 말해주지 않았더 라면, 인공이라는 점을 절대 알아채지 못했을 것이다. 가이아에 온 지도 어느덧 한 달, 장미는 슬슬 이 세계에 친숙해지고 있었다.

이곳은 이상한 세계였다. 달도 태양도 전부 인공으로 만들어 띄 울 정도이니 기술력은 눈부시게 발전되어 있는 것으로 보였다. 위 성과 우주선을 만드는 기술 또한 테라와 비교가 안 될 정도라고 아 브릴은 말했다.

그러나 테라에서 흔한 컴퓨터나 핸드폰 같은 전자 기기, 화학 약품의 사용은 예외적인 경우가 아니면 철저히 금지되어 있고, 사람들의 복장이나 생활 방식이 전체적으로 전근대적이었다. 모든 것이 느리고, 대량 생산이란 게 없으며, 철저히 핸드 메이드라고 생각하면 될까. 그것이 이해가 가지 않아 루슬릭에게 물어본 적이 있었다. 루슬릭은 이렇게 대답했었다.

"그건 모두가 합의한 불편함이라고 생각하면 돼. 가이아는 테라와 달리, 지구를 보호하는 것이 인류의 편의나 기업가의 이익보다 우선이거든. 편리함을 이유로 대량 생산을 허용하기 시작하면, 테라처럼 모든 공간이 쓰레기로 뒤덮이는 건 시간문제가 될 테니까."

납득이 가는 이야기였다. 어쨌거나 장미는 이곳의 생활이 꽤 마음에 들었다. 시끄럽게 울려대는 전자음도, 정신을 산만하게 하는 과잉 정보도 없는 지극히 평온한 일상. 친구 하나 없이 이방인인 것은 외롭지만, 테라에서도 어차피 마찬가지였으니 상관없다고 생각했다. 전통과 자연 보존 같은 가치들을 존중하며, 다소 오만하고 배타적이긴 하나 정신적으로 테라의 사람들보다 진화되어 있다는 가이아의 사람들도 마음에 들었다.

"안녕하세요."

방에서 나와 문서고로 향하면서, 마주친 왕궁의 고용인에게 인사를 했다. 일어나자마자 문서고에 출근하다시피 하며 가이아의 책들을 뒤지는 것은 어느새 장미의 일과가 되었다. 인사를 받은 고용인은 대답 없이 지나갔다. 장미는 쓴웃음을 지었다. 이젠 좀 정들어서라도 인사를 받아줄 줄 알았는데, 변함없이 그림자 취급이군.

'테란은 열등한 야만인이야. 가까이하면 안 돼.'

한 번, 메이드들이 그녀를 두고 뒷담화 하는 것을 들은 적이 있었다. 그때 장미는 이곳 사람들의 테란에 대한 높은 경계심을 다시 한 번 확인할 수 있었다.

친구 사귀기는 여기서도 글렀다고 생각했지만, 어차피 타인에 대해 기대하거나 의존하는 성격이 아니었기에 개의치 않았다.

"이래서는, 땅 위에 사는 사람들을 야만인이라고 생각하는 것도 무리는 아니겠는데."

살인 범죄 발생 건수가 0으로 표시된, 가이아의 연별 범죄 기록 통계 서류를 문서고에서 확인하고 장미는 혀를 내둘렀다.

가이아에 대해 알면 알수록, 이곳은 테라와 비슷한 듯 많이 다른 세상이라는 것을 실감하고 있었다. 그 어느 외국어에서도 본 적 없는 문자도 그랬다. 처음 장미는 문서고에 들어갔을 때, 가이아어를 배운 적도 없는 자신이 가이아의 언어와 문자를 해독할 수 있다는 사실에 깜짝 놀라 아브릴에게 이유를 물었다. 아브릴은 마치 기다렸다는 듯 설명해 주었다.

'가이아의 모든 아이들은 태어남과 동시에 가이아의 언어와 문자를 해독할 수 있는 언어 코드를 내재화하고 태어납니다. 언어를 인위적으로 습득하고 교육받아야 하는 테라와 달리, 이곳 가이아에서 언어와 문자는 DNA로 유전됩니다. 태어남과 동시에 부모로부터 자동 다운로드한다, 라고 말하면 이해가 빠를까요. 또한 가이아의 자기장 전체에 외부 언어가 입력되어도 그것을 자동으로 해독하여 각자의 정보량에 맞춰 받아들이도록 하는 일종의 자동 번역 시스템이 작용하고 있기 때문에 이곳에는 원래 언어 장벽이란 것이 존재하지 않습니다. 당신의 경우 혼혈이기 때문에 말을 이해할 수는 있더라도 언어 코드마저 완벽히 유전된 거라고는 생각 못 했습니다만, 문서도 읽을 수 있다니 놀랍군요.'

덕분에 장미는 요즘, 때아닌 독서에 빠져 있었다. 매일 문서고를 뒤지며 가이아에 대한 정보를 수집하고 있었다. 운이 좋으면 부모님과 관련된 작은 정보라도 찾을 수 있기를 바라면서.

"장미! 역시 여기에 있었구나."

익숙한 목소리가 들렸다. 루슬릭이었다.

"항상 이 먼지 덮인 곳에서만 있고. 책을 그렇게 좋아하는 줄은 몰랐어."

"책은 별로 안 좋아해. 다만, 이 세계에 대해 좀 알고 싶어서."

루슬릭은 웃었다. 그는 장미가 가이아에 대해 알고 싶어하는 것을 긍정적으로 받아들이는 모양이었다.

"정말 한결같네."

"한결같은 건 전하도 마찬가지입니다, 루슬릭. 매일 아침 수업 전에 반드시 장미 양을 봐야겠다고 여길 들르시니…… 온 궁에 소문이 다 났습니다. 왕자 전하가 테라에서 온 여자애에게 홀딱 빠졌다구요."

루슬릭의 뒤에서 불쑥 나타난 아브릴이 기다렸다는 듯 한마디 거들었다.

"그게 뭐 어때서? 실제로 내가 장미에게 푹 빠진 건 사실이고."

"빨리 아침 수업이나 가시죠. 이러다 늦겠습니다."

아브릴의 잔소리에 루슬릭은 결국 발길을 금세 돌려야만 했다. '저녁 시간 비워놔! 또 같이 산책하자!' 고 외치며 문서고를 나서는 루슬릭의 뒷모습을 바라보며 아브릴은 한숨을 쉬었다.

"정말 당신에게 푹 빠진 것 같군요."

아브릴의 말에 장미는 달리 뭐라고 대꾸해야 할지 몰라 애매한 웃음을 지었다.

"그의 마음에 응해줄 자신이 없다면, 빨리 이곳을 떠나는 게 좋을 겁니다. 어린 혈기에 무서운 속도로 당신을 향해 마음이 달려가고 있는 게 눈에 보일 정도니까."

"저도 그러는 게 좋다고 생각해요. 이 세계에 대해 파악이 되는 대로, 왕궁을 빨리 떠날 생각이에요."

장미의 말에 아브릴은 의외라는 듯한 얼굴을 했다.

"가차 없는 대답이 좀 놀라운데요. 당신도 루슬릭 전하를 어느 정도는 마음에 두고 있는 것 아니었습니까? 어찌 됐든 그는 이곳에서 고귀한 혈통에, 곧 왕이 될 남자고. 당신이 원래 세계에서 만날수 있는 그 어떤 남자보다도 매력적인 조건이긴 할 텐데요. 그야물론 연인으로서는 아직 애송이겠지만, 인간은 누구나 나이가 드니까."

"전 누가 막 저 좋아하고 그러는 거 별로예요. 전 제가 좋아해야돼요."

장미의 대답에 아브릴은 잠시 멍한 얼굴을 하더니 이내 풉, 하고 소리 내어 웃었다.

"이것 참. 설마 이런 대답을 할 거라고는. 정말 머리를 한 방 맞은 기분인데요?"

"그리고."

장미는 잠시 주변을 살폈다. 그리고 아무도 없는 게 확인되자, 아브릴에게 바짝 다가가서 비밀스럽게 속삭였다.

"만약 재랑 결혼하면 무시무시한 시어머니가 생기는 거잖아요. 카트레야 여왕. 아무리 왕자라고 해도 그런 시어머니가 딸려오면 싫어요. 사양할래요."

아브릴은 한층 더 소리 내어 웃었다. 장미는 다시 보고 있던 책으로 눈을 돌렸다.

"이런, 꿈도 낭만도 없는 스무 살 같으니. 벌써부터 그렇게 현실적이어서야, 평생 살면서 어디 연애나 한번 할까 걱정되네요."

"어쩌겠어요. 살면서 단 한 번도 황홀한 연애나, 왕자 같은 거 꿈꾼 적이 없는걸요."

사실이었다. 예전에 장미는 잡지에서 우연히, '날 만나기 위해 준비된 백마를 탄 왕자는 분명히 있다! 그는 어떤 왕자일까?' 라는 문구를 본 적이 있었다. 아마도 '노블레스 결혼'을 표방하는, 결혼을 통한 신분 상승을 노리는 여성들을 위한 결혼정보회사 지면광고였던 것으로 기억한다.

그런 문구를 보면, 스무 살 정도의 여자라면 누구나 마음속에 그려온 나름의 이상형이나 '왕자님'이 있기 마련이므로 다들 각자 자신만의 대답을 내놓을 것이다. 다이아몬드 반지와 꽃다발을 든 신사거나, 다정한 사람이거나, 남자다운 호남형의 사람이거나 하는 식으로 이상형은 끝도 없이 나올 수 있다. 그러나 그때 장미의 대답은 이것이었다.

'백마 위에 누가 타고 있든, 솔직히 관심도 없거든. 왕자 빼고 백마만 가질래.'

장미는 애초에 자신 외에 다른 타인에게 의존하거나 기대하는 마음이 적은 것인지도 몰랐다. 또래에 비해 낭만적이지 못하다는 힐난을 들어도 할 말은 없다고 생각했다.

그런 장미에게 지금 루슬릭의 감정은 가슴 설레는 것이라기보다는, 불편하고 얼떨떨한 것에 가까웠다.

아브릴이 웃으며 장미의 옆에 의자를 당겨 앉았다.

"달리 마음에 둔 상대가 있어서 루슬릭에게 마음이 안 가는 건 아닌가요?"

아브릴의 뜬금없는 질문에, 장미는 읽던 책에서 눈을 돌렸다. 천 년 넘게 살았다는 이 용이 아직 젊은 용이라는 건, 가끔 이럴 때 실 감하게 된다. 쓸데없는 데 오지랖이 넓고, 수다스럽다.

"무슨 말씀이시죠?"

"장미 기사. 만났죠? 그의 성에서. 텔레포트에 성공했다고 전에 그랬었잖아요."

"사실 그전에 만났어요. 정원을 산책하면서. 묻지도 않았는데, 카트레야 여왕과 자고 오는 길이라고 떠벌리질 않나. 보자마자 첫 눈에 악담을 늘어놓질 않나. 참 여러모로 최악의 첫인상이었죠."

"하하, 하긴 히프노스의 기간이니까. 이 세계에서 성적인 교합 은 전혀 죄악이 아니에요. 테라에서는 성적 욕구나 본능적인 부분 들이 은밀함 혹은 죄책감과 연결되어 있는 경우가 많은 것 같지 만…… 여기 가이아에서는 전혀 그렇지 않죠. 내가 지금 발정 중이 다, 라고 대놓고 이야기하는 건 적어도 가이아에서는 전혀 이상한 게 아니라는 얘기죠. 악담을 들은 건 유감이지만…… 뭐, 그는 테 란을 싫어하니깐요. 여기 사는 다른 모든 가이안과 마찬가지로. 당 신을 아무 이유 없이 좋아하는 루슬릭이 특이한 거예요. 그나저나 레굴루스, 참 아름다운 남자 아닌가요?"

"아름답…… 아브릴, 그런 남자가 취향인가 봐요?"

"무슨 기분 나쁜 소릴! 난 평범하게 드래곤, 그중에서도 여자를 좋아해요. 하지만 레굴루스를 보고 나서 첫눈에 반하지 않는 여자 는 지금까지 없었거든요. 그가 사람을 피해 다니게 된 이유도 무시

무시한 귀부인들의 구애를 감당하지 못해서라는 설이 유력할 정도
니."

아름다운 남자라, 확실히 외모만으로 보면 그럴싸할지도 모른
다. 하지만 그의 내면에 있는 무시무시한 어둠이 도대체 얼마나 깊
을지 상상조차 할 수 없으면서, 그를 사랑하겠다고 덤비는 무모한
여자가 있을까. 장미는 잠시 생각했다.

어둠. 그리고 지독한 고독. 스스로에 대한 저주.

그의 눈에서 그런 것들을 읽었다. 그리고 그에게 닿았을 때, 그
가 안타깝다고 생각했다.

하지만 이 감정은 단순한 동질감이지, 사랑 같은 게 아니다. 장
미는 그렇게 생각했다. 자신은 그저 스스로의 외로움을 그를 통해
보고 있는 것일 뿐이라고.

"그에게 반하지 마세요."

아브릴이 의미심장하게 한마디 했다.

"그건 절대로 순탄할 거라고 볼 수 없는 사랑의 시작이 될 테니
까."

"무슨 뜬금없는 소리예요. 난 그를……."

"사랑인지는 몰라도 끌리고 있죠. 당신 마음속의 어둠이, 그의
마음속의 어둠에 반응하는 겁니다. 실제로 그에게 상당한 동질감
을 느끼고 있지 않나요? 나만큼 고독한 존재라고 생각하면서."

"……."

장미는 난감한 기분이 들었다. 정확했다. 마음의 일부를 그대로
손바닥처럼 뒤집어 보인 기분이었다. 아브릴은 장미의 눈을 바라
보며, 무슨 기분일지 안다는 듯한 얼굴로 덧붙였다.

"고의는 아닙니다. 인간들 속에 인간의 모습으로 오래 섞여 살

다 보니까 인간화된 건지, 인간들의 감정이라든지 마음에 좀 더 예민해지게 됐죠. 그래서 가끔, 본의 아니게 읽혀요."

"네…… 뭐, 이해해 드리죠. 돈 드는 것도 아닌데 마음대로 읽으시고 다시 제자리에 놓아만 두세요."

그렇게 농담으로 얼버무린 장미는 다시 아브릴에게서 시선을 거두고, 책에 집중하려고 노력했다. 하지만 쉽게 집중되지 않았다.

사실 요 며칠간, 계속 그를 생각하고 있었다. 그의 성에서 돌아온 후, 다시 그 성으로 텔레포트한 적은 없었다. 몇 번 연습 중에 시도는 해보았으나 실패했다. 분명히, 그가 신경이 쓰였다. 다른 일에 집중하려고 할 때마다, 정신을 차리면 레굴루스를 생각하고 있는 스스로를 발견할 때마다 그런 자기 자신에게 놀랐다. 그 무례하고 오만한 남자를 떠올리고 있다니. 게다가 그는 첫 만남에 테란이라는 이유만으로 장미와 부모님까지 모욕하지 않았던가.

'테란 자체도 메스껍긴 하지만 이건 한층 더 역겹군. 반은 테란이고 반은 가이안이라…….'

다시 한 번 떠올려 봐도, 그가 장미를 처음 봤을 때 한 말은 치가 떨릴 수준으로 최악이었다.

도대체 왜. 상관하려고 하지 마. 신경 쓰지도 마. 게다가 그는 나를 싫어해. 그렇게 스스로를 타일렀다.

하지만 그는 여기서 온전히 혼자잖아. 마치 나처럼.

그가 신경이 쓰였다. 한번은, 그가 멀쩡한 상태에서, 제대로 된 이야기를 나눠 보고 싶었다. 그도 나와 같은 고독한 존재라면, 어쩌면 우린 친구가 될 수 있지 않을까. 세상의 어디에도 속하지 못하는 이 고독감을 그라면 이해하지 않을까. 일견 그렇게 생각한 것도 사실이었다.

하지만 이 불확실하고 안이한 감정이, 결코 '사랑'일 리는 없다고 생각했다.

"이만 가보아야겠군요. 독서를 방해해서 미안했습니다."

아브릴이 그렇게 말하며, 자리에서 일어섰다. 장미는 고개를 끄덕였다.

"그는 당신과 같은 시간을 사는 인간이 아니에요. 그러니 당신과 다릅니다. 같지 않아요. 그를 사랑하지 마세요. 어떤 경우에도 분명히 당신을 불행하게 할 테니까."

아브릴은 마지막까지 수다스러웠다.

의미심장한 여운을 남기고 그가 사라진 문서고는 사람 그림자 하나 없이 조용했다. 그럼에도 불구하고, 장미는 눈앞에 문자에 전혀 집중할 수 없었다.

사랑하지 말라니, 무슨 소리야. 그건 마치 내가 그를 사랑하게 될 거라는 말 같잖아. 드래곤의 예지력이라니, 그런 거 안 믿어. 내 마음을 읽을 줄 안다고 해서, 뭐든지 다 아는 신이라도 되는 것처럼 말하지 말라고.

생각 같아선, 아브릴에게 그렇게 시원하게 쏘아주고 싶었지만, 그렇게 하지 못하는 건 스스로도 머릿속이 복잡했기 때문이었다.

한밤중에 갑자기 선잠에서 깨어났다. 악몽을 꾸고 난 뒤처럼 다시 잠이 오질 않았다. 장미는 다시 잠드는 것을 포기하고 몸을 일으켜 앉았다. 그리고 신선한 공기를 마실 생각으로, 창문의 커튼을 젖혔다. 창문을 열고 깊게 심호흡을 하며 부드럽게 부는 봄밤의 공기를 들이마셨다. 만물이 생동하는 봄. 정원에 흐드러진 꽃향기가 바람을 타고 간간이 실려와, 기분을 온화하게 했다. 가이아의 봄 공기는 따뜻했다.

장미는 무심코 정원을 보고 싶어 창문 아래를 내려다보았다. 그리고 잠이 완전히 달아나 버리고 말았다.

레굴루스.

어둠 속에서, 그가 서 있었다. 정확히는, 이쪽을 올려다보며 서 있었다.

"……레굴루스?"

짙은 장미향이 밤바람을 타고 날아왔다. 눈을 의심해 봤지만, 그 향이 그가 맞다는 것을 각인시켜 주었다.

눈이 마주쳤다. 그는 미동도 없었다. 장미와 시선을 맞추어도 표정의 변화 하나 없이 가만히 서 있을 뿐이었다.

"……왜 여기에?"

장미의 물음에도, 돌아오는 대답은 없었다.

그리고 잠깐 눈을 깜박인 순간, 그가 시야에서 사라졌다.

역시 잘못 본 거였나.

그렇게 생각하고 다시 창문을 닫으려는 순간, 짙은 장미향이 났다.

창문을 닫고, 향기가 난 방향을 바라보았다. 그리고 이번에는 아까보다 더 가까운 곳에 서 있는 그와 두 눈이 마주쳤다.

창문 아래 서 있었던 그는 어느샌가 다시 눈앞에 나타나 있었다. 그리고 장미는 순간, 이곳이 그녀의 방 안이고 둘뿐이라는 사실에 비명을 지를 뻔했다.

"무슨 짓이에요! 텔레포트로 내 방에 멋대로 들어오고……!"

"너도 예전에 그랬었지. 아닌가?"

그가 한 말은 사실이었기에, 할 말이 없었다. 예전에 장미도 그의 방에 무단 침입했던 적이 있었던 것이다. 비록 고의는 아니었다 해도.

거의 한 달 만에 다시 본 그는, 마지막으로 만났을 때와 달리 어떤 감정도 읽을 수 없는 조각상 같았다.

"편안해 보이네요. 그때보다."

그는 아무런 대답도 없었지만, 명백하게 그의 히프노스가 끝났음을 알 수 있었다. 레굴루스는 그의 성에서 만났을 때처럼 불안한 상태가 아니었다.

"편안하지 않아."

싸늘한 어조는 여전히 감정을 읽기 어려웠다.

"……여긴 뭐 때문에 온 거죠? 보다시피 여긴 내 방이에요. 그리고 난 이제 자야겠고요. 그만 나가줬으면 좋겠는데요."

장미는 무시하려고 노력했다. 심장이 스스로도 알 수 있을 정도로 높게 뛰었다.

그를 보자마자 동요하기 시작한 심장을 믿을 수가 없었다.

"……자고 싶어."

"뭐라고요?"

그가 작게, 중얼거리듯 한 말이 분명히 들리지 않아 장미는 되물었다. 그리고 다음 순간, 장미는 그의 힘에 의해 침대에 쓰러졌다.

"무슨 짓……!"

숨이 막힐 정도로 짙은 장미향, 그리고 어깨를 눌러오는 어른 남자의 무게. 당황한 레굴루스의 어깨를 온 힘을 다해 밀어내 보았으나, 남자는 꿈쩍도 하지 않았다.

"이게 대체……! 기가 막혀 진짜. 당신은 왜 만날 때마다 항상 이런 식이죠!"

"자고 싶어. 자고 싶어도 편히 잘 수가 없어. 프레데릭의 망령이 떠돌아다니는 그 성에서는."

"……!"

쿵, 쿵 하고 뛰는 심장박동 소리가 비현실적으로 크게 들렸다. 이렇게 밀착된 상태에서는 그게 레굴루스의 것인지 장미의 것인지조차 구분할 수 없었다.

"그래. 20년 전이었지. 이미 내게 시간은 의미가 없지만…… 그날 프레데릭이 그렇게 죽은 후로 단 하루도 편하게 잠들어본 적이 없다."

"……무슨 소리예요?"

"넌 대체 뭐지. 프레데릭이 널 여기로 보낸 건가? 제발 그 저주받은 레굴루스를 편히 죽여달라고 말이지. 홋…… 제발 그랬으면 좋겠군."

"레굴루스."

"그럴 리가 없지. 저주가 그렇게 간단히 풀릴 리 없어. 죽음이라는 상이 그렇게 쉽게 주어지지 않는다는 걸 이제 알아. 다만…… 잠들고 싶다. 단 한순간이라도 편안히……."

"……."

"여기 있으면…… 잠들 수 있을까."

가까이 다가온 그의 금회색 눈동자가, 점점 더 가까워졌다. 맞닿은 팔에서 느껴지는 온도가, 그와 닿아 있음을 실감케 했다. 생생하고 낯선 감각에 장미는 자기도 모르게 질끈 눈을 감았다.

"사과하라고 했지. 지난번에 네가."

"에?"

뜻밖의 말에, 장미는 감았던 눈을 크게 뜨고 눈앞에 남자를 올려보았다.

"미안했다."

그리고 다음 순간, 툭, 하고 몸 위로 뭔가가 떨어지는 감촉이 들었다.

장미는 일순간 긴장이 풀려 멍해졌다. 갑작스럽게 덮쳐 왔던 커다란 남자는 마치 배터리가 다한 로봇이라도 되는 것처럼 툭 하고 장미 위로 쓰러져 있었다.

이윽고 새액, 새액 하는 숨소리가 귀에 들려왔다.

"……."

기가 막혔다.

멋대로 자기 하고 싶은 말만 하고 기절이라니.

"이봐요, 레굴루스……."

기절한 건지 잠든 건지, 아무튼 자고 있는 남자는 말이 없었다.

"좀…… 일어나 봐요. 댁은 다른 사람이야 어찌 되든 아무래도 상관없겠지만, 무겁단 말이에요."

색, 색 하고 숨소리까지 내는 걸 보면 진짜로 숙면 상태에 돌입한 모양이었다.

"어휴, 진짜!"

장미는 끙끙대며 몸 위의 남자를 옆으로 밀쳐 냈다. 힘이 빠진 상태라 그를 밀쳐서 옆으로 눕게 하는 것이 가능했다. 남자의 무게에서 빠져나오는 데 성공한 장미는, 안도의 한숨을 내쉬었다.

바로 옆에서 속 편하게 자고 있는 남자의 숨소리를 듣고 있자니 어이가 없었다.

뭐지. 이 한밤중의 불청객은.

'게다가 자기 하고 싶은 말만 하고 잠들었어…….'

프레데릭의 망령, 이라고 했다.

그건 분명, 돌아가신 아버지를 말하는 거겠지.

그가 깨면, 반드시 그에 대해서 물어보리라 다짐했다. 이곳의 누구도 말해주지 않는, 아버지의 죽음에 대해.

잠든 레굴루스를 바라보았다. 그의 자는 얼굴은 얄미울 정도로 정갈했다.

'그를 본 여자는 누구나 사랑에 빠지거든요.'

아브릴의 말의 납득이 가기도 했다. 장미는 순간 몰두해서 그의 얼굴을 바라보았다. 긴 검은 속눈썹. 반듯한 이마와 깎은 듯한 턱선. 입만 열면 얄미운 소리만 하지만 얌전히 잠들어 있을 땐 그저 잘생기고 단정한 입술이었다.

'말도 안 돼. 지금 멋있다고 생각한 거야? 괜히 낮에 아브릴이 이상한 소릴 해서는.'

장미는 한숨을 쉬었다. 그리고 침대의 한쪽을 차지한 불청객의 옆에 털썩, 하고 돌아누웠다.

'그야…… 잘생긴 건 사실이지만.'

장미는 힐끔, 하고 고개만 뒤로 돌려 등 뒤의 남자를 바라보았다. 길고 검은 속눈썹. 상아처럼 반듯하게 깎인 이마 위로 흘러내린 몇 가닥의 검은 머리카락조차도 그림처럼 근사한 남자였다. 이목구비 어디를 뜯어봐도 흠잡을 데가 없다.

'저 잘생김만이 유일한 장점이라니 정말 유감이야.'

장미는 다시 고개를 돌렸다. 그리고 다시 잠을 청하려 눈을 감은 순간 쿵, 쿵 하고 심장이 뛰는 소리를 들었다. 그리고 이내, 그것이

다른 누구도 아닌 장미 자신의 심장 소리라는 것을 깨달았다.

'미안했다.'

기억하고 있었어.

장미는 그가, 자신의 말을 기억하고 있었음이 어쩐지 묘하게 기뻤다. 모욕적인 언동에 대해 사과하라고 한 건 자신이었지만, 설마 진짜로 받아낼 수 있을지는 몰랐다.

간밤에 불쑥 쳐들어와 자기 할 말만 하고 잠들어 버린 불청객이었지만, 그래도 사과해 준 게 기뻤다. 마음의 응어리가 하나 덜어진 느낌이었다.

"오늘도 장미 양에게 제일 먼저 가는 겁니까?"

"당연한 걸 왜 묻는 거야. 아침 훈련이 끝나나마자 장미 정원에 가서 장미를 꺾어다 바칠 여자라면, 한 명밖에 없잖아."

"대체…… 후, 저는 전하를 그렇게 여자에 목매는 연애 바보로 키운 적이 없다고 믿었습니다만……."

"아브릴, 말은 똑바로 하자. 네가 날 키운 건 아니지. 넌 날 가르치긴 했지만, 키우진 않았잖아? 난 어머니가 고용한 왕궁의 육아 전문 인력에 의해 자라났지."

"이래서 애들이란. 애써 키워놓으면 자기가 혼자 큰 줄 알죠."

"말에 토 달지 마."

아침부터 복도는 떠들썩했다. 아침 훈련을 마치자마자 아침 이슬을 머금은 갓 핀 장미 한 다발을 든 채 장미의 방으로 달려가는 루슬릭과 잔소리에 열심인 아브릴 때문이었다. 아브릴은 이제 이런 광경에는 익숙하다는 듯, 루슬릭을 말리지는 않았으나 잔소리 하는 건 빠뜨리지 않았다.

"장미! 나야. 들어가도 돼?"

장미의 방 앞에서 노크를 해도 들려오는 소리가 없자, 루슬릭은 소리 내어 방 주인을 호출했다.

한 번. 두 번.

여러 번 노크해도, 방의 주인은 대답이 없었다. 알람 없이도 아침에 규칙적으로 일어나던 장미치고는 드물게 늦잠을 자나 싶었다.

"돌아가죠. 피곤한가 본데요."

"혹시 어디 아픈 거 아닐까? 이런 적 없었잖아."

"루슬릭, 걱정도 지나치면 극성인 법입니다. 장미 양에게도 늦잠을 자고 싶은 날이란 게 있는 거겠죠."

"하지만 걱정되는걸. 그냥 텔레포트로 들어가 보면 안 될까?"

"무슨 소리를 하시는 겁니까. 남의 방에 불쑥 들어가는 건 상식 밖이잖아요."

아브릴이 칼같이 대답했으나, 루슬릭은 그냥 돌아서기 마냥 아쉬운 눈치였다. 아브릴은 한숨을 쉬었다. 이러다 다시 자기 방에서 자라고 하겠군. 너무 걱정돼서 밤에 잠은 어떻게 자나.

"역시 아브릴, 한 번만 열어볼래. 장미는 아직 이 세계가 익숙지 않으니까 갑자기 몸이 안 좋아진다거나 그럴 수 있잖아."

"지나치게 잘 적응해서 가이아 문자로 책까지 읽는 사람에게 무슨 소릴 하는 겁니까. 위화감 없이 텔레포트도 하고 다니는 것 같던데요 요즘은. 지난번에는 가지 말라고 경고했는데 레굴루스의 성에 다녀왔다고 하질 않나……."

"아냐, 그래도 역시 봐야겠어."

"루슬릭!"

아브릴의 만류에도 불구, 결국 루슬릭은 텔레포트를 하고야 말았다.

"대체……."

아브릴은 고개를 설레설레 저었다. 그리고 닫혀진 문 너머로 사라진 루슬릭을 잡으러 들어갈까 말까, 잠시 고민했다.

'역시 안 되지. 상식 밖이야.'

그렇게 판단한 아브릴은 문 밖에서 기다리기로 결정했다. 그리고 장미의 괜찮음을 눈으로 확인한 연애 바보 루슬릭이 곧 머쓱한 얼굴로 방문을 나서기를 문 앞에서 기다렸으나, 루슬릭은 어째 감감무소식이었다.

"……루슬릭? 괜찮은 겁니까, 장미 양은?"

대답이 없었다. 그것도 아주 한참 동안이나.

뭔가 평소와 다른 분위기, 심상치 않음을 감지한 아브릴은, 문을 열어보기로 했다.

"장미 양, 실례합니다. 잠시 열겠습니다. 루슬릭?"

그렇게 정중하고 소심하게 방 안으로 들어선 아브릴은, 전혀 예상치 못한 광경과 마주쳤다.

"이건 대체……."

루슬릭은 장미의 침대 앞에 서 있었다. 장미를 위해 꺾은 장미꽃이 바닥에 떨어져 흩어져 있었지만, 그런 것을 신경 쓰기에는 눈앞에 광경이 주는 충격이 너무 큰 듯했다.

침대 위에서 장미는 세상모른 채 잠들어 있었다. 그리고 그 옆에는, 역시 누가 업어가도 모를 듯하게, 아주 편안한 얼굴로 잠든 남자가 누워 있었다.

"……."

잠시, 눈앞에 광경을 어떻게 받아들여야 할지 몰라 아브릴도 역시 침묵했다.

방 안에 흐르는 정적 속에서 잠시 서 있던 아브릴은, 한편으로는 진심으로 감탄했다.

쌀쌀맞고 재수 없기로 악명 높은 장미 기사 레굴루스. 그가 이런 얼굴도 할 줄 아는 남자였나.

늘 날 선 얼굴만 보았기에, 몇 번 본 적은 없지만 항상 그런 남자인 줄로만 알았었다. 때문에 아브릴은 눈앞에 광경에 진심으로 놀랐다.

"……루슬릭."

아브릴이 조심스럽게 불러보았으나, 루슬릭은 말이 없었다. 다만 눈앞에 두 사람을, 연인처럼 다정하게 한 침대에 누워 잠든 남녀 한 쌍을 가만히 바라보고 있을 뿐.

"그만 돌아가죠."

아브릴이 다시 한 번 말을 건넸다. 루슬릭은 조용히, 바닥에 떨어진 장미꽃이 이제야 눈에 들어왔는지 몸을 숙여 그것들을 집었다. 그리고 늘 꽃을 꽂아두는 침대 옆 화병에 그것들을 꽂아두었다.

그리고 천천히, 뒤돌아 나갔다. 무슨 생각을 하는지 알 수 없는 무표정한 얼굴이었다.

아브릴은 그런 그를 따라 방을 나가면서, 다시 한 번 등 뒤의 광경을 뒤돌아보았다. 세상모르고 잠들어 있는 두 사람은 더할 나위 없이 평화로운 광경이었다.

곧 뭔가, 갑작스런 파란이 있을 것 같군.

그건 본능적으로 이지가 밝은 용이기에 가능한, 마치 섬광 같은 직감이었다.

—아름다운 꽃은 시들기 쉬우며, 인간 세상의 사랑도 변하기 쉬운 법이지요. 젊은이는 무릇 반하기는 쉽고 사랑하기는 어렵다 했으니, 장밋빛 뺨의 젊은이가 속삭이는 사랑처럼 덧없는 것이 저 새벽이슬이 나리면 져 버릴 정원의 장미 말고 또 있을까요. 당신의 사랑을 내 무엇으로 믿어야 할까요!

아아, 고대부터 현인들은 '카르페 디엠, 순간을 잡으라'고 했고, 장미는 딸 수 있을 때 따야 합니다. 카르페 로사스(carpe rosas)! 저 음울한 장미십자단의 신비주의 철학이 뭐라고 지껄이든, 당신만이 내 만다라이며 신인 것입니다. 태고에 신이 세상을 만들 때 거대한 아름다움이 있었으니! 당신의 아름다움이 나를 눈멀게 했습니다. 그러나 잔인한 여인, 교회당의 장미창을 장식한 꽃도 이보다 더 정숙하지는 않겠습니다. 부인이여, 무엇이 두려운 것입니까?

교회의 장미 장식이 비밀을 암시하는 전통에서 생겨났다는 것을, 기사 지망생인 당신이 모르지는 않겠지요. 침묵의 신 하르포크라테스(Harpokrates)의 회의실 천장 중앙에 붙인 장미꽃을 걸고(sub Rosa) 내 오늘 일은 무덤까지 침묵으로 지킬 것을 맹세하지요. 그러니 당신도, 한순간의 열정에 져 모든 것을 침묵으로 돌리지 않게 조심해야 할 것이에요.

장미는 천천히 보고 있던 책을 덮었다. '장미' 라는 테마로 쓰여진 연애소설이었다. 내용은 요즘 말로 표현하면 불륜일까. 정숙한 귀부인이 열렬한 연하의 기사 지망생의 구애를 받아 둘은 밀회에 빠지게 되고 결국은 파멸로 치닫는 결말의 흔한 비극적인 연애소설이었다. 내용은 그다지 장미의 취향이 아니었지만, 테라의 서양이 배경인 것 같아 흥미롭게 보고 있었다.

이곳에서는 의외로 테라가 배경인 소설이나 테라를 다룬 책들을 어렵잖게 찾아볼 수 있었다. 특히 이 소설은, 여주인공의 이름이 로사(Rosa)여서 그런지 유난히 'Rosa' 라는 단어를 이용한 말장난 같은 문장이 많았다. 여주인공의 이름이 서양식으로 장미꽃을 의미하기 때문인지, 유난히도 이입해서 읽어버렸던 모양이다.

장미는 대충 결말을 확인한 후, 더는 읽고 싶지 않아져 책을 덮었다. 아무리 소설이라고 해도 두 사람이 파멸로 끝나는 비극은 싫었다. 특히나 여주인공에 자신을 이입해 버렸다면 더더욱 그랬다.

책을 덮고 나서 장미는 창밖을 바라보았다. 좋은 날씨였다. 장미가 이곳으로 온 이래 가이아는 연일 화창한 날이 계속되고 있었다.

'그러고 보니 그날 이후로 그를 본 적이 없네.'

혼자 있으니 또 그날 밤의 기억이 떠오른 탓에, 장미는 자기도 모르게 입술을 깨물었다. 입을 앙다물고 입술을 지긋하게 깨무는 것은 혼자 깊은 생각에 빠졌을 때 장미의 습관이었다. 레굴루스가 한밤중에 불청객처럼 찾아들어 본의 아니게 한 침대를 써야만 했던 그날 밤 이후로, 레굴루스를 성안에서 만나는 일은 없었다.

도대체 그 밤, 그는 무슨 생각이었던 걸까.

다시 그를 만나면 따져야겠다고 생각했다. 왜 그날 내 방에 온 거냐고. 왜 그날 밤, 창가에 그렇게 서 있었냐고. 묻고 싶은 것도,

따지고 싶은 것도 많았다. 하지만 그는 그날 이후 장미의 눈에 띄는 일은 없었다. 혹시나 그를 다시 볼까 해서, 매일 밤 그를 처음 만난 그 왕궁 정원에 산책을 나갔다. 하지만 역시나 그를 다시 볼 수는 없었다.

그리고 그날 이후 신경 쓰이는 것이 하나 더 있었는데, 그것은 루슬릭의 태도였다.

루슬릭은 레굴루스가 다녀간 다음날부터 틈만 나면 장미를 만나러 왔다. 물론 그전에도 시간이 날 때마다 점심을 같이 먹자는 둥, 산책을 같이하자는 둥, 애프터눈 티타임을 가지자는 둥 하루가 멀다 하고 장미를 보러 오긴 했었다. 그러나 그날 이후, 루슬릭의 방문 빈도는 더 잦아졌다. 하루에 한 번에서 두 번꼴로 오던 루슬릭이 그야말로 아침에 한 번, 점심 때 한 번, 저녁에 한 번, 잠들기 전에 한 번 장미를 만나러 왔다.

용건은 가지가지였다. 같이 식사를 하자는 것이나 차를 마시자는 것이 주된 용무였지만 대개는 그냥 '얼굴을 보러 왔다' 며 정말 얼굴만 보고 사라지거나, '보고 싶어서 왔다' 면서 싱겁게 몇 마디 말만 나누고 돌아가는 일도 많았다. 그럴 때는 정말로, 수업 중이나 다른 업무 중에 짬을 내어 보러 온 것이라는 티가 났기 때문에 장미는 의아했다.

왜 저렇게까지 하지. 바쁠 텐데, 하루에 네 번을 만나러 오다니. 아무리 같은 왕궁 안에 있다지만 귀찮지 않나. 루슬릭은 유일한 왕위 계승자였고, 후계자 수업을 받기 위해 아침부터 저녁까지 타이트하게 짜여진 스케줄에 따라 움직이고 있었다. 일국의 왕위 계승자란 것이 그렇게 한가한 위치가 아니라는 것은 장미도 알고 있었다. 그럼에도 불구하고 루슬릭이 어찌나 뻔질나게 드나드는지, 어찌 보면 '왕세자는 보기보다 꽤 한가한 직업인가 봐'라는 생각을 했을 정도였다.

"무슨 생각을 그렇게 해?"

갑자기 등 뒤에서 들린 목소리에 장미는 소스라치게 놀랐다.

"루, 루슬릭?"

"응, 왜 그렇게 놀라? 정말로 생각에 깊이 잠겨 있었나 봐."

네가 아무런 기척도 없이 오니까 그렇지.

장미는 한숨을 쉬었을 뿐, 그 말을 입 밖으로 내지는 않았다. 눈앞에 루슬릭이 즐거운 듯 웃고 있었기 때문에 퉁명스러운 말을 하기가 어쩐지 어려웠다.

"책 읽고 있었어? 요즘 계속 여기에만 있는다고 그러더라. 책을 좋아하나 봐."

루슬릭이 장미의 옆에 의자를 당겨 앉았다. 그리고 장미의 어깨를 작게 끌어당겨 머리카락에 입을 맞추었다.

"좋은 향기가 나, 네게서는."

요즘 들어 이런 뻔뻔한 스킨십이 잦아졌다지.

장미는 조심스럽게 루슬릭을 밀어내고 그와 거리를 두었다. 그러자 루슬릭은 더 다가오지는 않았지만, 기분이 별로 좋아 보이지는 않았다.

"네가 원하면 네 전용 서재를 만들어줄 수도 있어. 네 방 옆에."

루슬릭의 말에 장미는 고개를 저었다. 그 정도로까지 책을 좋아하는 것은 아니었다. 즐길 거리와 매체가 풍부한 테라와 달리 책과 자연 외에는 엔터테인먼트가 없는 이곳에서 유일하게 즐길 거리가 바로 이 도서관이고, 이 세계에 대해 알아갈 필요성을 느꼈기에 여기 있는 시간이 많은 것일 뿐이었다.

그런데 루슬릭은 무섭도록 진심인 듯, 필요하면 언제든 말하라며 진지한 눈으로 못 박기까지 하고 있었다.

"말만으로 고마워. 그런데 무슨 용건으로 여기까지 왔어? 한창 수업 받을 시간일 텐데."

"네게 이걸 전해주려고."

루슬릭이 장미에게 손에 들고 있던 것을 건넸다. 그것은 곱게 포장된 리본으로 매여져 있는, 고급스러운 편지 봉투 같은 것이었다.

장미는 얼떨결에 받아 들었다. 그리고 리본을 풀자, 봉투 위에 쓰여진 '초대장'이라는 글씨가 선명히 보였다.

"무도회 초대장이야."

루슬릭의 목소리에 장미가 고개를 들었다.

"무도회?"

"응. 와줄 거지? 이번 생일에 내가 성년이 되거든. 그래서 이번 은 단순한 생일 연회가 아니라 아주 큰 무도회가 될 것 같아."

루슬릭의 갑작스러운 말에 장미는 큰 눈을 깜박일 뿐, 잠시 대답이 없었다.

"와줄 거지?"

장미가 대답이 없자, 루슬릭은 한 번 더 확인하려는 듯, 싱긋 웃으며 물어왔다.

"글쎄, 일단 난 이런 자리에 입고 갈 만한 옷도 없고, 아무래도 사람 많은 데는 별로 내키지 않아서……."

장미가 주저하며 대답하자, 루슬릭은 무슨 그런 게 걱정이냐는 듯 환히 웃어 보였다.

"그거라면 전혀 걱정할 필요 없어. 내가 고용인을 시켜 네 편으로 적당한 옷을 몇 벌 보낼게. 그중에서 마음에 드는 걸 고르면 돼.

드레스 차림은 네게 아주 잘 어울릴 거야."

"아니, 네게서 뭔가 받는 건 이 옷 하나로 족해. 지금도 왕궁의 방 하나를 내어주고 있고, 여기서 생활하고 있고…… 이미 넘치도록 신세를 지고 있는데 그럴 수 없어."

장미가 단칼에 거절하자 루슬릭의 표정이 조금 굳어졌다. 방금 전까지 웃고 있었기에 더 눈에 띄게 신경이 쓰였다. 장미는 애써 부드러운 미소를 지어 보였다.

"그러니까……. 이미 네게 너무 많은 도움과 보살핌을 받고 있다고 생각해. 이 이상 민폐 끼치는 건 미안해서 그래. 그리고 난 무도회 같은 데 가본 적도 없고……."

"네게 해주는 모든 건 전부 내가 좋아서 하는 거니 미안해할 필요 없어."

루슬릭이 단호하게 말을 잘랐다. 다시 루슬릭의 얼굴에 미소가 돌아왔지만, 더 이상의 반론은 용납하지 않겠다는 듯 강한 어조였다.

"이번 생일은 성년식이라 내게도 의미가 커. 그리고 나는, 장미 네가 그 자리에 있었으면 좋겠어. 그게 너무 큰 욕심일까? 만약 네가 정말로 미안해하고 싶은 거라면, 내 부탁을 한 번 정도 들어주지 않을래?"

그렇게 말하면 거절할 수가 없잖아.

장미는 한숨을 쉬었다.

그렇게 말하며 권하는 루슬릭의 눈은 분명히 웃고 있었지만, 어딘지 모르게 다소 밀어붙이는 느낌이 들어 장미는 아무런 대답도 할 수 없었다.

분명히 '부탁'하는 것 같은 말의 내용인데, 묘하게 박력이 느껴졌다. 장미는 루슬릭에게 이런 식의 미묘한 박력이 생긴 시점을 희미하게 알 것 같았다.

며칠 전, 레굴루스가 찾아왔던 그 밤 이후였다. 늦잠을 자고 아침에 일어나 보니 레굴루스는 말도 없이 사라져 있었고, 침대 옆 테이블 위에 놓인 화병에 갓 꺾어온 듯한 장미꽃이 있는 것으로 방에 루슬릭이 다녀갔음을 어렴풋이 짐작할 수 있었다.

그때 장미는 묘한 기분을 느꼈다.

아마도 루슬릭은 레굴루스를 봤을지도 모르겠다는 생각이 들었다. 하지만 루슬릭이 아무런 말도 꺼내지 않고 아무것도 묻지 않았기에 딱히 장미 쪽에서 한밤중의 뜻밖의 방문자에 대해 *끄집어내* 이야기하는 일은 없었다.

그러나 분명히 그날 이후, 장미를 대하는 루슬릭의 태도는 뭔가 달라졌다.

장미에게 뭔가를 제안했을 때 장미가 거절하면, 특유의 느긋하고 낙천적인 성품으로 '그래, 뭐. 아직 시간은 많으니까' 라고 말하며 조금 아쉬워하기는 해도 받아들이던 루슬릭이 자신의 의견을 밀어붙이기 시작한 것이다.

장미는 그렇게 눈치가 빠른 건 아니지만, 그렇다고 대놓고 둔한 편도 아니었다. 루슬릭이 이러는 이유를 알 것도 같았지만, 비록 장미가 짐작하는 그런 종류의 감정이 아니기만을 바랄 뿐이었다.

왜냐하면 거기에 대해 장미는 지금 대답해 줄 만한 마음이 없으니까.

루슬릭은 장미가 원하기만 하면 무엇이든지 해줄 것 같은 눈으로 장미를 바라보고 있었지만, 솔직히 고마움을 느낄 정도의 범위를 넘어선 호의는 부담스러움 외 다른 아무것도 아니었다.

루슬릭은 장미에게 '내 호의를 이용하라'며 대놓고 말했었지만, 안타깝게도 장미는 그럴 수 있을 만큼 뻔뻔하지 못했다.

"저녁에 재단사를 시켜 사이즈를 재도록 할게. 드레스는 삼 일 후쯤 도착할 거야. 마음에 드는 걸로 골라봐. 그리고 저녁에 같이 산책하자. 데리러 올게, 쉬고 있어."

장미가 결국 아무런 말 없이 침묵으로 일관하자, 루슬릭은 일방적으로 그렇게 대화를 마무리하고 방을 나갔다.

당연히 장미가 무도회에 참석할 것을 전제하고 있는 말투에, 장미는 한숨을 쉬었다.

무도회라니. 정말 여러 의미로, 다른 세상이네.

장미는 조용히 중얼거렸다.

평소에 사람 많은 데라면 질색이어서 번화가조차도 가기 싫어하는 장미에게, 화려하고 북적이는 장소에 있으라는 건 고역이었다. 주목받는 걸 별로 좋아하는 성격도 아닌데, 드레스 차림으로 갖춰 입어야 하는 것도 마음에 들지 않았다. 어쨌거나 루슬릭이 저렇게까지 나오는데, 루슬릭의 호의로 궁에 머무는 객 처지인 장미가 그를 강하게 거스르는 것도 쉽지 않은 일이었다.

정말로 내키지는 않지만, 초대해 준 루슬릭에 대한 성의로 일단은 참석한 후 적당히 있다 중간에 빠져나와야겠다고 생각했다.

이때 장미는, 이 무도회에서 본인이 얼마나 주목을 받게 될지 상상조차 못하고 있었다.

장미는 눈을 깜박였다. 그리고 눈앞에 화려한 광경에 적응하려고 노력했다.

"짐은 이 자리를 빛내준 그대들 모두를 마음으로 반기는 바다."

짙은 붉은색 장막에는 왕실을 상징하는 화려한 장미 문양이 수놓아져 있었다. 그리고 그 너머에는, 화려한 옥좌에 앉은 카트레야 여왕이 환영사를 하고 있었다.

그 옆에서, 예식용으로 평소보다 멋을 낸 듯한 화려한 망토를 두르고 순백의 연미복 차림을 한 루슬릭은 새삼 다른 사람처럼 느껴졌다. 자세는 당당했고 표정은 온화한 동시에 의연했으며, 쭉 뻗은 등에선 왕족다운 귀품이 느껴졌다. 커프스에서는 멀리서 알아볼 수 있을 만큼 큼직한 다이아몬드가 빛났다. 보통 사람이라면 옷에 잡아먹힐 듯한 패션 디테일을 무리 없이 소화하는 모습에서, 장미는 새삼 감탄했다. 마냥 열아홉 살 어린애로만 봤던 루슬릭에게 저렇게 왕자다운 모습도 있었다니.

루슬릭은 정말로 '왕자'였구나. 마냥 어린애가 아니었어.

그를 올려다보면서 장미는 생각했다. 새삼, 루슬릭이 무척 멀게 느껴졌다.

"짐은 곧 가이아 왕실의 전통대로, 성년이 된 루슬릭에게 왕관을 물려줄 생각이오. 또한 가이아 왕실의 전통의 수호자로서, 전통대로, 바로 지금 이 순간, 모든 결정권을 루슬릭에게 위임하겠소. 오늘 이 자리는 가이아에 곧 새로운 젊은 왕이 탄생할 것을 미리 축하하는 자리이기도 하니, 부디 마음껏 즐기다 가시길 바라오."

카트레야의 목소리가 위엄 있게 넓은 홀을 가득 채우고 있었다. 첫인상은 그냥 쌀쌀맞은 여자, 정도였던 그녀에게서 처음으로 국왕의 기품이 무엇인지를 보게 되는 순간이었다. 장미는 그런 그녀를 넋을 잃고 바라보았다.

뭐야, 솔직히 멋있잖아.

"높은 곳에 영광을(Gloria in excelsis Deo)."

카트레야가 하늘 높이 손을 들어 올렸다.

"높은 곳에 영광을!"

그녀를 따라, 국왕의 말을 경청하던 다른 수많은 귀족들이 손을 함께 들어 올렸다. 이곳에도 지상 세계와 마찬가지로 신앙이나 종교가 존재하는지는 알 수 없지만, 아무래도 여왕이 말하는 그 구호는 아무래도 어떤 신성한 의미를 담은 것인 모양이었다.

"또한 하늘에서와 같이, 땅에서도(As above, as below)."

"또한 하늘에서와 같이 땅에서도!"

귀족들이 다시 따라 소리쳤다.

"국왕이며 가이아 시스템의 수호자 나 카트레야가, 내가 가진 모든 명예로 여기 있는 그대들을 축복하오. 가이아 시스템의 가호가 있기를."

짧은 환영사를 마치고, 카트레야는 다시 장막 너머로 사라졌다. 그리고 그것이 끝이었다. 카트레야는 더 이상 모습을 드러내기 싫다는 듯, 장막을 내릴 것을 명령했다. 아직 충분히 젊고 아름다워 보이는 여왕은, 어딘지 모르게 몹시 피로해 보였다. 아들의 성년식이라는 특별한 날임에도 별로 기뻐 보이지 않는 그녀는, 아무래도 떠들썩한 파티를 즐길 생각이 별로 없는 것 같았다.

카트레야의 환영사에 박수 소리가 온 홀을 채웠고, 카트레야 곁에 서 있던 루슬릭이 댄스홀 중앙 계단으로 내려와 환호하는 귀족과 왕족들에게 인사를 하는 모습이 보였다.

장미는 그 모습을 바라보며 생각했다.

'그래, 언제 또 이런 구경을 하겠어. 공주도 뭣도 아닌 내가, 무

도회에 초대받다니. 그것도 다른 세상에서 열리는.'

장미는 생각했다.

마치 모든 것이, 텔레비전 화면 속의 박제된 세상처럼 자신과 관계없는 것처럼 느껴졌다. 장미는 무심히 서서 눈앞에 펼쳐지는 광경을 그저 방관자처럼 바라만 보았다.

아직 다 내려가지 않은 장막 너머로 어렴풋이 보이는 카트레야의 옆에 서 있는 남자, 그리고 그가 레굴루스라는 것이 눈에 들어오기 전까지.

카트레야의 옆에 선 레굴루스는, 파티용 예복을 화려하게 차려입은 루슬릭과는 달리 평상시의 정복 모습이었다. 그는 사람들 앞에 나올 생각도, 파티를 즐길 생각도 없는 것처럼 초연하게 그저 거기 있었다. 카트레야가 그를 향해 무언가 말하는 것이 보였다.

레굴루스는 무표정한 얼굴로 카트레야의 말을 듣고 있었다. 그러다 뭔가 잘 들리지 않는 듯, 그가 카트레야 쪽으로 고개를 숙였다. 카트레야는 키 큰 기사를 위해 고개를 높이 들고 바짝 붙어 귓속말을 전했다. 두 사람의 거리는 가까웠다. 그리고 장미는, 스스로가 놀랄 정도로 그 사실에 자신이 동요하고 있는 것에 당황했다.

장미는 뚫어져라 두 사람을 응시하고 있었다. 곧이어 장막은 완전히 내려갔고, 두 사람은 보이지 않게 되었다.

"전하께서 오늘의 첫 번째 댄스 파트너를 정하시겠답니다."

오늘의 진행을 맡은 듯한 왕실 서기관의 목소리가 댄스홀에 울려 퍼졌다. 회장은 순간 동요와 설렘으로 술렁였다. 파티의 모든 참석자들, 특히 곱게 차려입은 귀족 여성들의 얼굴에서 들뜬 호기심과 일말의 기대 같은 것을 읽을 수가 있었다.

그들은 모두, 왕자의 첫 번째 댄스 상대가 자신이기를 기대하고 있으리라. 왕자는 공식적으로 미혼이었다. 젊고 아름다운, 이제 갓 성년이 된 왕자. 사랑하기 쉬운 조건일 터다.

댄스홀 구석에서 조용히 샴페인만 홀짝이고 있는 장미에게는, 모두, 다른 세상의 이야기 같은 느낌이었다.

단상에서 내려와 긴 계단을 가로질러 마침내 댄스홀까지 내려온 루슬릭이, 서기관에게 귀띔으로 무어라 속삭이는 것이 보였다. 서기관은 당황한 얼굴을 했다. 장미는 이때까지만 해도, 루슬릭이, 설마, 자신을 향해 걸어올 것이라고는 꿈에도 생각하지 못했다.

머릿속은 온통 방금 전에 본 레굴루스와 카트레야의 다정해 보이는 모습으로 복잡했으니까.

루슬릭과 눈이 마주쳤다. 그리고 그가 싱긋, 하고 장미를 향해 웃었다. 장미도 얼떨결에 따라 웃어주었다.

장미의 미소에, 그는 세상을 다 얻은 것 같은 얼굴을 했다.

'와줬구나.' 멀리서 그가 말하는 것이 입 모양으로 느껴졌다. 기분이 좋아 보였다. 그리고 성큼성큼, 결코 서두르지도 초조해 보이지도 않지만 다분히 힘 있는 걸음걸이로 그야말로 왕자답게 루슬릭이 장미에게 다가오고 있었다. 그리고 그가 장미를 향해 손을 내밀었다.

"오늘 이 자리에서 당신이 제일 아름답네요. 저랑 춤을 추시겠습니까?"

"……이러지 마."

당황해서 일단 부정부터 해버렸다. 평소보다 격식을 차린 말투에 장미는 적잖이 당황했다. 하지만 그보다 더 장미를 놀라게 한건, 말의 내용이었다.

"난 춤 못 춘다고 얘기했었잖아!"

장미가 뜨악한 얼굴을 한 채 소리쳤다. 그러자 루슬릭이 말없이 웃으며 장미의 손을 끌어당겼다. 순식간에 루슬릭에게 끌어당겨져 허리가 안긴 자세가 됐다. 눈 깜짝하는 사이에 벌어진 일이라 장미는 당황할 틈조차 찾지 못했다.

"루슬릭."

"쉿, 괜찮아."

뭔가 하려던 말이 있었는데, 루슬릭의 눈을 마주치자 그가 싱긋, 하고 웃어 보이는 바람에 장미는 그만 말문이 막혀 버렸다.

"괜찮지 않아. 너 진짜로, 네가 보내준 구두에 발 밟히고 싶니?"

"내게 맡겨. 천천히, 리듬을 타기만 하면 돼."

"잠깐만! 이건 말도 안……."

장미가 항의했으나, 말을 마치기도 전에 음악이 시작되었다. 그리고 회장이 술렁거렸다. 댄스홀을 가득 채운 이들의 동요가 느껴졌다. 무도회에 모인 선남선녀들의 시선이 전부 다 이쪽을 향하고 있었다. 명백히, 주목받을 수밖에 없는 상황인 것이다.

파티의 주인공은 왕자, 그리고 그 왕자님이 고른 첫 춤 상대. 그녀는 명문가의 자제도, 절세미인이라고 소문난 루슬릭의 사촌 파블리나 대공녀도, 이 나라 남자들의 로망이라는 요염한 왕실 무희 로마쥬 양도 아니었다. 어디서 왔는지조차 모르는 사람이 많은, 이름 없는 소녀. 그리고 그녀의 정체를 아는 일부 왕실 고용인들은 혐오와 경악의 시선을 보냈다.

장미 덩굴에 떨어져 있던 소녀.

장미는 고용인들로부터 그렇게 불리고 있었다. 그것을 비록 장미는 몰랐지만.

그녀를 왕자가 유난히 신경 쓰고 있다는 것은 이미 궁의 고용인들에게는 익숙한 사실이었지만, 이곳의 귀족들에게는 아니었다.

왕자가 성년식 무도회에 첫 댄스 파트너로 정하고 춤을 청할 만큼 중요한 입지를 가진 여자가 이 나라에 또 있던가?

아직 약혼은커녕 성년식도 안 치렀기에 비는 고사하고 정부나 애인도 하나 없는 왕자가 눈에 띄게 총애하는 여자가 있었다고?

사교계의 말 많은 귀족 마담들은 아마도 저런 생각들을 지금쯤 하고 있을 것이며, 이 경악할 만한 소식이 나라 전체로 퍼져 나가는 데는 하루도 채 걸리지 않을 것이었다.

자신을 향한 수많은 시선들을 눈치챈 장미는 순간 겁이 났다.

"이…… 이런 식으로 주목받는 건 난 질색이야, 루슬릭!"

장미가 다급한 마음에 외쳤지만, 이미 시작되어 버린 음악과 함께, 루슬릭은 멈출 생각이 없어 보였다.

"쉬—"

루슬릭이 귓가에 속삭였다. 갑자기 낮아진 목소리에 장미는 잠시 소름이 돋을 뻔했다.

"당황하지 마. 내가 하라는 대로 따라 하면 돼. 자, 왼발."

루슬릭은 장미의 귓가에 대고 스텝을 하나하나 알려주었다. 여전히 한 손은 그녀의 손을 잡고, 나머지 한 손으로는 그녀의 허리를 끌어안은 채였다.

음악이 점점 웅장해지고, 그에 따라 천천히 댄스 플로어의 수군거림도 잦아들었다. 처음에는 느린 박자였던 스텝은 점점 더 빨라졌다. 루슬릭은 결코 서두르는 법 없이 리드했다. 루슬릭의 리드는 꽤 능숙했지만, 이런 종류의 댄스에 전혀 경험이 없는 장미가 따라하기에는 벅찼다.

"이런 얘기는 없었잖아!"

장미가 잔뜩 날을 세운 목소리로 루슬릭에게 외쳤다.

"미안."

싱긋, 하고 웃는 루슬릭은 전혀 미안하지 않은 얼굴이었다.

"그냥 파티에 오라고만 했지, 설마 춤을 청할 줄은 몰랐어."

"미리 말했으면 네가 도망갈 걸 알고 있었으니까."

"그야 그랬겠지만……."

"오늘 예뻐. 정말로."

그렇게 말하며 사람 좋게 웃어 보이면, 심한 항의를 할 수가 없게 되잖아.

그 말은 속으로만 삼키며, 장미는 한숨을 쉬었다. 리듬이 조금 바뀌더니, 갑자기 시야가 휙 하고 돌아가며 자세가 바뀌었다. 루슬릭이 장미의 허리를 안고 들어 올렸다. 장미는 어안이 벙벙했다. 진지한 눈을 하고 올려다보는 시선을 향해 눈을 흘겼다.

"어지러워!"

"괜찮아."

귀엽다는 듯, 루슬릭이 킥킥대며 웃었다. 루슬릭이 웃으면 장미는 어딘지 모르게 약해졌다. 아마 저 푸른 눈을 예쁘다고 생각했기 때문일 것이다. 처음 만났던 그 순간부터.

항의의 말이 또 튀어나오기 전, 자세가 다시 바뀌었다. 조금 빠른 리듬에 맞춰 빙글빙글 돌아가는 댄스가 시작되었다. 따라서 장미의 시야도 빙글빙글 돌았다. 그러다 눈이 마주치면, 루슬릭의 푸른 눈동자는 어김없이 웃고 있었다.

"즐거워?"

"무척."

장미의 물음에 얄미울 정도인 즉답이 돌아왔다. 빠른 동작이 멈추고, 느린 왈츠 리듬이 시작되었다. 루슬릭이 다시 장미의 허리에 손을 얹고 손을 잡아끌었다.

"너는? 즐겁지 않아? 모두가 너만 보고 있어. 지금 이 순간 널 위한 자리야, 여긴. 한번 즐겨보지 그래?"

루슬릭이 물어왔다.

"난 죽을 맛이야. 내가 세상에서 제일 싫어하는 게 두 가지 있는데, 하나는 주목받는 거고 다른 하나는 몸 움직이는 거거든. 근데 그 두 가지가 동시에 일어나고 있어."

장미의 말에 눈앞에 남자가 웃음을 터트렸다. 루슬릭은 정말로 진심으로 즐거워 보였다.

"난 기뻐. 어릴 때부터 무도회는 수도 없이 했지만, 내가 좋아하는 여자와 춤춘 건 처음이거든. 잊지 못할 성년식 선물이 될 거야."

"어릴 때부터 이런 걸 수도 없이 했다고? 너 보기보다 대단하다. 하긴, 왕자는 아무나 하는 게 아니긴 해."

좋아하는 여자, 라는 말이 귀에 들어왔지만 장미는 모른 척했다. 달리 뭐라고 반응해야 할지 모르겠는, 받아줄 수도 내팽개칠 수도 없는 마음. 루슬릭의 호감은 눈치채고 있었지만, 이렇게까지 돌직구를 던져 올 줄은 몰랐다. 그래서 그냥 말을 돌렸다.

장미의 대답에 루슬릭의 눈썹이 미묘하게 굳어지는 것이 느껴졌지만, 여전히 입가는 웃음을 유지했다.

'그보다 더 중요한 말을 했는데'라고 말하고 싶은 듯한 표정이었다. 장미는 말을 돌리기 위해 딴 얘기를 꺼냈다.

"그래, 오늘이 네 성년이란 말이지?"

"응. 이제 너와 나이가 똑같아졌어. 스무 살이야."

그렇게 말하는 루슬릭은 어딘지 자랑스러운 얼굴이었다. 장미는 풉, 하고 웃었다.

"어쨌든 어른이 된 거 축하해. 십대 사춘기 괴물 탈출이네?"

"난 내 나이에 관심 없어. 단지 너와 동등해졌다는 게 기쁠 뿐."

잠시, 둘 다 아무런 말이 없었다. 그리고 장미는 루슬릭의 시선이 그녀의 드러난 어깨에 머무른 것을 눈치챘다. 루슬릭이 보내준 디자이너가 '아가씨의 체형에 잘 어울리실 겁니다' 라고 장담하며 장미에게 선사한 드레스는 어깨와 쇄골이 훤히 드러나고, 허리 라인이 강조되면서 치마가 풍성해 보이는 디자인이었다. 지금까지 한번도 입어본 적이 없는 스타일의 드레스에 장미는 다소 식겁했다. 하지만 결국 한숨을 쉬며 무도회니까, 하고 받아들였다.

"아까도 말했지만 오늘, 정말 예뻐."

루슬릭이 장미의 귓가에 대고 속삭였다.

아니, 저기. 속삭이지 않아도 잘 들리거든.

장미는 뭔가 근질근질하고 어색한 기분을 애써 참아냈다. 루슬릭이 다시 눈을 맞춰왔다. 똑바로 바라보는 시선은 강했다. 그 눈으로 뭔가 장미에게 하고 싶은 말이 아주 많다는 것을 느낄 수 있었지만, 장미는 애써 모른 척 고개를 돌렸다.

"짙은 선홍색 드레스가 네게 잘 어울릴 거라고 생각했어."

루슬릭이 한 글자 한 글자 진심을 담아 말하는 것이 느껴졌다.

"……고마워."

장미는 뭐라 대답할까 잠시 고민하다 간단히 대답했다.

마치 타는 것 같다.

시선으로 불태울 수 있다는 것이 이런 느낌일까. 루슬릭의 시선이 뚫어져라 자신을 향하고 있는 것이 민망해, 시선을 다른 곳으로 돌렸다. 루슬릭의 등 뒤 너머로 보이는 2층 발코니에 무심코 시선을 던졌다.

그리고 어딘지 익숙한 시선과 눈이 마주치고 말았다.

뚫어져라 이쪽을 바라보는 시선. 그리고 숨 막히는 기시감.

레굴루스였다.

"……!"

장미는 자기도 모르게 눈동자가 크게 울렁이는 것을 막을 수 없었다.

그는 2층 발코니 난간에 비스듬히 기대 선 채로, 이쪽을 뚫어져라 바라보고 있었다. 장미와 시선이 마주쳐도 미동조차 없이, 무표정한 얼굴이었다. 마치 며칠 전, 창문을 무심코 열었다가 정원에서 창가를 바라보고 있던 그와 시선이 마주쳤던 그 밤처럼 그의 시선은 가늠하기 어려울 정도로 아무런 감정도 읽을 수가 없었으며, 시간과 공간을 벗어나 있는 것처럼 현실감 없이 아득했다.

도대체 언제부터 그렇게 바라보고 있었던 것일까.

'왜 저기에 혼자 있는 거지? 카트레야 여왕과 함께 있는 게 아니었어?'

묻고 싶은 의문들이 머릿속을 복잡하게 했다. 그때, 음악이 바뀌면서 몸이 돌아가며 시야에서 발코니가 사라졌다.

그리고 어딘지 장미를 향한 시선이 아까보다 서늘해진 푸른 눈동자의 남자가 보였다.

'아, 루슬릭과의 춤. 아직 끝난 게 아니었지.'

순간적으로 이곳이 무도회장인 걸 머릿속에서 지워 버릴 뻔했다. 그 정도로, 잠깐 보인 남자의 존재감은 장미에게 압도적이었다.

　루슬릭이 눈치챌 정도로 명백한 동요. 아마도 루슬릭은, 장미가 자신과의 춤에 집중하고 있지 못한 것을 깨달았을 것이다.

　'눈치챘을까? 레굴루스를 바라보고 있었다는 걸.'

　장미는 어딘지 날카롭게 가라앉은 듯한 루슬릭의 눈이 신경 쓰였다. 잠시, 누구도 아무 말도 하지 않았다.

　스텝이 꼬이고, 오른손과 오른발이 같이 나가고, 루슬릭의 발을 수도 없이 밟은 뒤에야 춤이 끝났다. 음악이 멈추고, 모든 춤추던 커플들은 댄스홀에 멈춰 서서 상대를 해준 서로에게 예를 표했다.

　"어울려 줘서 고마워."

　루슬릭이 말했다.

　"아니야. 발 밟히느라 고생 많았어."

　장미가 멋쩍은 듯이 말하자, 루슬릭은 작게 웃었다. 두 사람은 서로를 마주 보고 웃었다. 그리고 다시 또 말이 없어졌다.

　"……너를 어쩌면 좋을까."

　루슬릭이 혼잣말처럼 중얼거렸다. 장미는 루슬릭을 올려다보았다. 웃고 있지만, 어딘지 모르게 울 듯한 얼굴을 한 남자가 보였다.

　루슬릭은 작게 한숨을 쉬더니, 장미를 끌어안았다.

　"내가 너를 어찌해야 좋을까."

　회장의 모든 사람들의 시선이 아직 자신들을 향해 있는 걸 알기에, 장미는 편치 않은 마음으로 그 포옹을 받았다. 밀어내면 루슬릭이 무안해질 것 같아 얌전히 안겨 있었으나 루슬릭이 놓아줄 생각을 하지 않자, 장미는 손을 뻗어 루슬릭의 등을 작게 쓸었다.

　"루슬릭, 네가 무슨 생각을 하는지는 모르겠지만 일단 성년이 된 거 축하해. 넌…… 내게 따스한 환대를 줬어. 다른 세계에서 온 불청객인 데다 생면부지의 나를 쫓아내거나 미워하지 않고 잘해준 마음 따뜻한 사람이니까 넌 분명 좋은 사람이야. 네가 국왕이 되어도, 좋은 왕이 될 거야."

"좋은 사람? 그리고 좋은 왕이라고. 내가?"

루슬릭이 풉, 하고 작게 웃었다. 그리고 장미를 향해 똑바로 시선을 던지며 물어왔다.

"정말 그렇게 생각해?"

"응. 그리고 이건 좀 놔줬으면 하는데."

장미의 말에 루슬릭이 끌어안은 팔을 풀었다. 눈앞에 남자는, 웃는 것도 무표정인 것도 아닌 미묘한 얼굴을 하고 있었다. 입가에는 미소가 걸려 있었으나 장미를 향한 눈은 웃고 있지 않았다.

"넌 완전히 틀렸어, 장미. 내가 너에게 잘해준 건 따스한 마음에서 우러나온 순수한 호의 같은 게 아냐. 처음부터 일관되게 흑심이었어."

장미는 뭐라고 대답해야 좋을지 모를 말을 들으며, 뚫어져라 응시하는 루슬릭의 시선을 받았다.

또다.

그, 태워 버릴 것 같은 시선.

"샴페인을 가지러 갔다 올게."

그 시선에서 벗어나기 위해 장미는 일단 뒤돌아서 뛰었다. 루슬릭이 '내가 가져다줄게'라고 말하는 것을 무시하고, 일단 뛰었다.

루슬릭의 복잡한 얼굴이 무엇을 의미하는지 장미는 아직 몰랐다.

장미는 아직 한 여자를 향한 연심에 눈이 먼 남자의 얼굴을 본 적이 없었다. 그렇기에, 갓 사랑의 정념에 빠진 젊은 남자가 어디까지 무모해지고 대담해질 수 있는지도 전혀 알지 못했다.

❖

차가운 샴페인을 한 잔 들고 겨우 댄스홀의 인파를 빠져나오긴
했으나, 어디로 가야 할지는 몰랐다.

회장의 떠들썩함으로부터 도망치듯 빠져나와 잠시 숨을 돌리며
발코니에서 뒤돌아본 세상은, 여전히 눈부시도록 반짝거리는 무도
회장이었으나 한 가지는 명백해 보였다.

저곳에 내가 있을 자리는 없어.

루슬릭은 달콤하게 속삭였다. 지금 이 순간 여기는, 너를 위한
자리라고. 즐기라고.

하지만 사람들은 '루슬릭과 함께 있는 장미'를 주목한 것이지,
어디서 온 지도 모르는 낯선 여자아이의 존재에 주목한 것이 아니
었다.

루슬릭이 없는 장미는 이곳에 아는 사람 한 명 없는 그야말로 완
벽한 '이방인'일 뿐.

그것을 장미는 아플 정도로 느끼고 있었다.

장미는 드레스의 풍성한 치마가 바닥에 닿는 것도 신경 쓰지 않
고, 발코니 난간에 앉았다. 혼자라는 사실은 일종의 해방감이기도
했다. 불편한 옷, 불편한 시선들, 그리고 익숙지 않은 댄스 스텝.
그것들로부터 잠시 도망쳐 있을 수 있다는 것이 편했다.

발코니의 시원한 바람이 볼 위의 머리카락을 간지럽혔다. 장미
는 샴페인을 한 모금 들이켰다. 편안한 마음에 바닥에 주저앉고 싶
어졌다. 아까 긴장을 너무 한 탓인지 갑자기 졸음이 쏟아지는 것

같기도 했다.

"자고 싶어."

하품을 하며 혼잣말을 했다. 무심코 고개를 돌렸다. 그리고 발코니에 들어온 또 한 명의 손님과 눈이 마주쳤다.

"드레스는 이 자리의 그 어떤 여자보다 사치스러운 주제에 앉아 있는 자세는 꼭 마구간에서 도망쳐 나온 망아지 같단 말이지."

눈이 마주친 남자는 밉살스럽게 말하며, 장미가 앉아 있는 발코니 난간으로 다가왔다. 깜짝 놀란 가슴을 쓸어내릴 틈도 없이, 장미는 갑작스런 불청객을 멍한 얼굴로 바라보았다.

레굴루스.

얼마 만에 마주하고 이야기하는 건지 모르겠다. 며칠 전 그 알 수 없는 밤 이후 내내, 그의 이름을 단 한시도 잊지 않고 있었다는 게 분했다. 여전히 무표정했고, 여전히 차가운 남자는 늘 그렇듯 얄미운 말로 속을 뒤집어놓아야 직성이 풀리는 것 같았다.

"입만 안 열면 좀 더 환영받을 수 있는 캐릭터일 텐데. 진짜 얼굴이 아깝다니깐."

장미도 지지 않고 쏘아붙였다. 레굴루스는 대답하지 않았다. 다가온 그는 말없이 난간 옆에 서서, 장미를 내려다보았다.

"이런 데서 혼자 피신해 있는 건가?"

그가 물었다. 장미는 고개를 끄덕였다.

"너를 찾는 것 같던데. 그 꼬맹이가."

루슬릭을 말하는 것이라는 걸 직감으로 알았다. 왜냐하면 이 세계에서 장미를 찾을 사람은 루슬릭밖에 없으니까.

"왜 혼자 있지?"

루슬릭의 곁에 붙어 있지 않고 왜 혼자 있느냐는 말로 들렸다.

"당신이야말로 카트레야 여왕과 함께 있어야 되는 거 아닌가요? 왜 혼자 돌아다니는 거죠. 딱히 이런 자리를 즐기는 것 같지도 않은데."

말하고 나서, 스스로가 뱉은 말에 놀랐다. 장미는 그때 깨달았다. 자신이 카트레야 여왕에게 질투하고 있다는 것을.

바짝 붙어 그에게 귓속말을 하던 카트레야와, 그 옆에서 고개 숙여 경청하는 것처럼 보이는 레굴루스의 모습을 떠올리자 심장이 욱신, 하고 저려오는 것 같은 감각을 느꼈다.

당혹스러웠다.

이 낯선 감각은 뭐지? 스스로의 심장에 물어봐도, 대답을 찾을 수 없었다.

"나와 카트레야는 그렇게 친한 사이가 아냐."

레굴루스가 서늘한 눈으로 말했다.

"서로의 필요에 의해 함께 있을 뿐이지."

장미는 자기도 모르게 붉어진 얼굴을 숨기기 위해 레굴루스로부터 시선을 돌렸다. 어쩌면 회피했다는 표현이 더 맞을 것이다.

두려웠다.

그의 존재에 동요하고 있는 자신을 들키는 것이.

"친한 사이는 아니고, 잠만 자는 사이라는 건가요? 각자 필요한 때에. 그것참 편하기 그지없겠네요."

가시 돋친 빈정댐에 레굴루스는 대답하지 않았다.

시선을 돌려 그의 표정이 보이지 않아, 레굴루스의 침묵이 무엇을 의미하는지 몰라 불안했다. 하지만 의지와 관계없이 말은 더 날카롭게 튀어나왔다.

"히프노스의 기간이 뭔지 알게 됐거든요, 나도. 이 세계에선 히프노스이기만 하면 누구랑 동침하든 딱히 상관없나 봐요? 필요할 때 서로의 욕구를 해결해 주는 사이. 그것참 편리하네요."

자기도 모르게 말이 날카롭게 나오고, 다른 여자와 함께 나란히 서 있었다는 것만으로 신경이 쓰이고, 어찌할 바 모르게 된다.

이 감정이 설마 '질투' 라는 걸까.

장미는 자기 자신조차도 몰랐던 자신의 모습을 만나고 있었다.

아닌데. 사실, 이따위 말을 하고 싶었던 게 아닌데.

속으로 다급하게 그렇게 외쳤으나, 이미 한 말을 쓸어 담을 수는 없었다.

'요즘 잠은 푹 자요?'

계속, 다시 만나면 그것을 물어보리라 생각했었다.

그가 신경이 쓰이고 걱정이 된다. 동시에, 그렇게 그에게 끌리는 자신을 용납할 수가 없다. 이 복잡한 감정의 맨얼굴을, 정체를, 장미는 아직 알지 못했다.

"테란은 히프노스도 따로 없이 2차 성징 이후로는 거의 늘 발정 상태라고 들었는데. 다른 사람도 아닌 테란에게서 성도덕을 비꼬는 말을 듣고 싶지는 않군."

"처음 만났을 때부터 날 테란이라는 이유만으로 싫어하고 모욕했었잖아요? 그러니까 이 정도 말에 기분 나빠하지 말아요. 서로 사이좋게 주고받은 거니까."

"테란은 욕구가 일어난다는 이유로 상대가 동의하지 않아도 강제로 교합하는 일이 빈번하지 않나? 가이아에서는 적어도 그런 일은 일어나지 않는다. 테라에서는 공공연한 성적 유혹은 만연한 반면, 돈을 주고 성적인 만족을 사는 것 같은 행위는 금지되어 있다지. 어딘가 기만적이고 야만적이지. 테란다운 발상이야."

"전부터 생각했는데, 대체 왜 그렇게 테란을 싫어해요?"

"기생충이니까."

"뭐라고요?"

장미는 자기도 모르게 되물었다. 못 들은 건 아니지만, 대꾸할 말이 없어 기가 찼기에 그저 되물을 수밖에 없었다는 것이 맞을 것이다.

"같은 별을 공유하며 생명을 유지하는 입장에서, 가이안이 테란을 그저 이유 없이 경멸한다고 생각하나? 테란은 이 별의 기생충이다. 아무리 시간이 흘러도 진화가 없지. 그저 욕심을 채우기 위해서 살아가는, 조화와 공생 따위는 모르는 원시적인 인류. 그건 이 별의 입장에서 보면 완전히 민폐일 뿐이다."

"환경오염을 말하는 거라면 할 말이 없긴 한데, 잠깐. 그래도…… 말이 너무 심하잖아요."

장미는 발끈했으나, 딱히 하나하나 반박할 말이 떠오르지 않는 것이 더 분했다. 아무래도 레굴루스를 상대로 테란을 싫어하지 말라고 설득해 보는 것은 어려울 듯했다. 왜냐하면 장미 역시 그렇게 인류애적인 성격이 아니었기 때문이다. 장미조차도 왜 사람들을 좋아해야 하는지 이유를 가끔 모르겠는 때가 있는데, 테란을 싫어하지 말라며 무조건 레굴루스에게 밀어붙일 수는 없었다. 그래서 언쟁을 벌이는 대신 전부터 궁금했던 걸 물어보기로 했다.

"당신, 왜 그렇게 날 싫어하죠? 내가 단순히 테란의 혼혈이라는 이유는 아닌 것 같아요. 내 아버지 때문에 무슨 일이 있었나요?"

아무것도 읽을 수 없던 금색 눈이, 심하게 일렁였다. 그 순간을 놓치지 않고 장미는 바라보았다.

"……어린애라 그런지 자의식 과잉이 심하군."

언제 그랬냐는 듯 곧 원래의 차분한 눈으로 돌아온 레굴루스는 차갑게 내뱉었다.

"널 싫어할 만큼 난 너를 신경 쓰지 않아."

"그 말은 날 싫어하지 않는다는 건가요?"

"싫어하고 말고 할 정도로 너에게 관심이 없어. 단순히 너를 포함한 테란이 혐오스러울 뿐. 이래서 어린애들이 곤란하다는 거다. 네 주변의 모든 사람들이 너에게 관심이 있다고 착각하지 마라."

"그럼 그날 밤, 내 방에는 왜 온 거죠?"

발끈해서 내던진 물음에 레굴루스는 대답하지 않았다. 마치 그런 일 따위 기억나지 않는다는 듯, 무표정한 얼굴이 얄미울 정도로 평온했다.

"당신, 아까 루슬릭과 내가 춤출 때. 계속 날 보고 있었죠?"

장미는 난간에서 일어섰다. 그리고 레굴루스를 향해 다가섰다. 그의 금빛 눈에 눈을 맞추고, 한참 그저 말없이 들여다보았다.

아무리 봐도 참 묘한 눈이다. 벽안은 서양인들에게서 많이 봤지만, 이처럼 미묘한 금안이라니. 마치 호박석을 녹인 듯한.

장미의 시선을 그는 피하지 않고 그저 가만히 돌려주고 있었다.

침묵.

그것이 못 견뎌진 장미가 한 번 더, 물었다.

"아닌가요?"

레굴루스는 여전히, 아무 말도 없었다. 장미는 한숨을 쉬었다.

'이 남자를 상대로 뭔가 대화를 해보려 시도하다니, 내가 꿈이 야무졌지.'

그렇게 생각하면서 장미는 그를 향해 손을 뻗었다. 정확히는 그의 뺨을 향해서였다.

"……!"

그의 뺨에 손이 닿은 순간, 장미는 멈칫 하고 손을 다시 거둬들였다.

내가 왜 그랬지.

무의식적인 행동이었다. 마치 뭔가에 홀린 듯한 상태로, 장미는 그의 뺨을 쓸어내릴 뻔했다.

그를 만지고 싶다, 고 자기도 모르게 생각했다는 것이 놀라워서 장미는 그저 눈을 깜박깜박거렸다.

눈앞에 남자 역시 조금 놀란 얼굴이었다.

"……요즘도 잠을 못 자요?"

머쓱한 분위기가 견디기 어려워 툭 던진 장미의 말에, 그의 눈빛에 이채가 돌았다.

그런 것을 물어볼 줄은 예상조차 못했다는 듯이.

"……그런 게 왜 궁금하지?"

대답 없이 침묵으로 일관하던 레굴루스가 입을 열어 장미에게 질문을 되돌렸다.

"몰라요. 이런 게 왜 궁금한지 나도 모르겠다구요. 당신이 잠을 푹 자든 말든, 내 알 바가 아닌데……."

펑―!

창밖으로, 축포가 터지는 소리가 들렸다.

그 소리에 깜짝 놀라, 무도회장 안의 사람들이 술렁이는 소리가 들렸다.

폭죽 소리는 몇 번 더 울렸다. 정원에서 터지는 축포와, 장내를 울리는 빠른 리듬으로 돌아가는 댄스 음악은 파티가 절정임을 알리고 있었다.

　그러나 유감스럽게도, 장미는 그런 것들에 관심이 없었다.

　그리고 지금 이 순간, 어머니가 돌아가신 후로 무엇에도 관심이 없다고 믿어왔던 자신의 세계가 단 한 명의 남자로 인해 변하고 있는 것을 감지할 수 있었다.

　눈앞에 남자는 말이 없었다. 폭죽 소리, 웅성이는 사람들의 말소리, 왁자지껄한 웃음소리가 섞여 들려오는 가운데 둘 중 누구도 아무 말을 하지 않았다.

　장미는 눈앞에 남자의 눈을 바라보았다. 금색 눈의 남자는 눈을 피하지 않았다. 아무것도 읽을 수 없는 시큰둥한 표정과 싸늘한 눈.

　지겨울 정도로 오랜 세월을 살아왔을 것이다. 어쩌면, 남자의 쌀쌀맞음은 저 외로움에서 오는 것이 아닐까.

　장미는 생각했다. 외로움의 세월을 살아온 길이는 다를지 몰라도, 나 역시 누구보다도 저 지독함을 잘 안다고.

　혼자라는 느낌, 세상에 홀로 남겨졌고 어디에도 속해 있지 않고, 누구도 나를 이해할 수 없다는 느낌.

　그것을 누구보다도 잘 알고 있었다.

　장미는 레굴루스의 눈을 맞추며 또박또박 말했다.

　"분하지만 난, 아무래도 당신에게 관심이 있는 것 같아요."

　레굴루스는 아무 대답도 하지 않았다.

　그러나 시선을 피하지도 않았다. 침묵 속에서 한참 두 사람은, 서로를 노려보듯 바라보고 있었다.

　분명히 '네 관심 따위 바란 적 없다'고 비아냥거리던가, 뭔가 반박하던가, '그래서 어쩌라고'라는 식의 반응이 아무튼 있을 거라고 생각했던 장미는 레굴루스가 아무런 대답도 하지 않는 것에 놀랐다. 그는 여전히 어떤 표정도 읽을 수 없는 눈으로, 장미를 그저 바라보고만 있었다.

어쩐지 민망해졌다.

누군가를 향한 마음을 인정하는 데는 용기가 필요한 거였구나. 말하고 나니 덜컥 밀려드는 거절에 대한 두려움에, 그 사실을 처음으로 배웠다.

"역시 난 이런 자리는 안 맞네요. ……들어가 봐야겠어요."

자리에서 일어서서 도망치듯 뒤돌아섰다. 하지만 장미는 뒤돌아섰을 뿐, 발걸음을 한 걸음도 옮기지 못했다. 한쪽 팔을 강한 힘으로 붙잡혔기 때문이었다.

"……이게 뭐 하는 거죠?"

"……."

팔을 붙잡은 남자는 아무 말이 없었다. 단지 조용히 팔을 잡고 있을 뿐이었다.

"저기, 팔 좀 놔주실래요."

"싫어."

"……네?"

잘못 들은 건가 싶어 순간 귀를 의심하자, 눈앞에 남자가 아무런 감정도 없는 눈으로 이쪽을 바라보며 똑바로 말하고 있었다.

"가지 마."

"……."

왜죠? 라고 묻고 싶은 것이 목까지 차올랐으나, 장미는 그냥 눈으로만 묻기로 했다. 하지만 장미가 의문 가득한 눈으로 남자를 노려보아도, 레굴루스는 한마디도 대답해 주지 않았다. 그는 그냥 장미를 붙잡고 있었을 뿐이었다. 그러다 그의 시선이 창밖으로 향했다.

"눈이 오는군."

"……네?"

한겨울에나 볼 수 있는 게 눈 아닌가? 그런데 정원에는 봄 장미가 한가득 만발해 있는데 세상에 눈이라니. 장미는 믿기지 않는 눈으로 창밖을 내려다보았다.

"……와, 진짜로."

창밖에는 눈이 내리고 있었다. 그것도 함박눈이.

전혀 춥다거나 기온이 떨어지는 느낌은 들지 않았는데, 하얗게 날리는 눈송이를 보고 있으니 뭔가 이상한 기분이 들었다. 귀신에 홀린 기분이라고 하면 정확할까.

"맙소사, 봄에 어떻게 눈이 내리죠?"

"마음에 들어?"

"네?"

"지난번 밤의 답례라고 해두지. 그 하루는 푹 잤으니까."

그가 그렇게 말하면서 자리에서 일어섰다. 그리고 어리둥절해하는 장미를 내버려 둔 채 발코니를 나갔다.

그의 멀어지는 뒷모습과 창밖에 날리는 눈을 번갈아 바라보면서 장미는 뭔가에 홀린 기분이었다.

지난번 밤의 답례라면, 그와 본의 아니게 하룻밤을 같이 보냈던, 정말로 그냥 같은 침대에서 잠만 잤었던 그 밤을 말하는 건가.

멍하니 발코니에 서 있는데 옆 발코니에서 탄성 소리가 들렸다.

"맙소사, 눈이네요! 누가 이렇게 고전적이고 멋진 마법을 썼을까. 봄의 정원에 내리는 눈이라니, 낭만적이기도 해라!"

"누군가 고백할 여자라도 있었나 보지. 분위기 잡고 싶은 사내들 마음이야 다 똑같은 거 아니겠어?"

"자기도 그럼 날 위해 저런 거 해줄 수 있어요?"

"아니, 유감스럽게도 마법이고 주술이고 전혀 인연이 없어서. 미안, 레티시아. 대신 겨울에 별장에 가자. 진짜 눈을 마음껏 보여줄게."

옆 발코니 닭살 커플의 킬킬대는 애정 행각을 담은 말소리가 고스란히 들려왔고, 장미는 시선을 돌려 창밖에 흩날리는 하얀 눈송이들의 춤을 바라보았다.

마법이구나, 저 눈이. 하긴 장미가 피는 계절에 눈이 내릴 리가 없지. 날씨가 추워진 것도 아닌데.

그날 밤의 답례랍시고 그가 보여준 것이었다고 생각하니, 장미는 자기도 모르게 풉 하고 웃음이 나왔다.

장미는 뒤돌아서 발코니를 나섰다. 여전히 떠들썩한 회장을 지나 종종걸음으로 문을 찾았다.

빠져나가기 위해 춤추는 커플들 사이를 요리조리 피해 지날 때마다, 밀려드는 호기심 어린 시선들이 느껴졌다.

'아까 왕자랑 춤춘 정체 모를 여자애.'

사람들의 호기심의 원인은 아마도 그것일 테다. 애써 무시하며 걷는데, 누군가 뒤에서 팔을 잡아왔다.

"누구……! 아, 루슬릭……."

"내내 찾았어. 여태 어디에 있었어?"

"미, 미안해. 몸…… 이 좋지 않아서. 좀 쉬고 싶어."

갑자기 거짓말을 하려니 말이 더듬더듬 나왔다.

"많이 안 좋아? 그럼 나랑 발코니에서 좀 쉴래?"

"아, 아니. 괜찮아. 혼자 있고 싶어."

그렇게 말하며 루슬릭의 팔을 뿌리쳤다. 마치 회피하듯이.

순간적으로 마주친 루슬릭의 표정이 굳어졌다. 그게 신경 쓰여 장미는 순간 멈칫했다.

마치 상처받은 듯한 얼굴이었다.

"……방에 데려다줄까?"

"고마워. 하지만 혼자 갈게."

루슬릭은 뭔가 더 할 말이 있는 것 같은 얼굴이었지만, 장미는 애써 그것을 무시했다.

도망치듯, 뒤도 돌아보지 않고 걸었다. 루슬릭이 마음에 걸렸지만, 지금 그를 신경 쓰기에는 스스로의 감정만으로도 너무나 벅찼다.

"네게 할 말이 있어."

등 뒤에서 들려오는 루슬릭의 목소리에도 장미는 뒤돌아보지 않았다.

"내일 들을게."

쉬고 싶어, 라고 작게 중얼거리며 장미는 뛰듯이 돌아나갔다.

아름다운 복도를 종종걸음으로 잰 듯이 달리면서 장미는 얼굴에 열이 오르는 것 같은 감각을 느꼈다.

이 기분은 뭐지.

그리고 루슬릭의 표정이 뭔가 심상치 않았다는 것이 잠시 떠올랐으나, 이내 머릿속에서 사라졌다.

그가 하려던 말이 무엇인지 모르겠지만 대수롭지 않게 넘길 수 있을 것이라고 생각했다.

원래 어떤 관계에서든, 사랑받는 자들은 무신경한 법이니까.

꽃무늬 장식이 중앙에 놓여 있었다.

아침에 눈을 뜨면서부터 어쩐지 기분이 좋지 않았다. 살짝 머리가 아픈 것도 같았고, 오랜만에 몸을 움직여서인지 발에 맞지 않는 구두 때문이었는지 근육통이 있는 것도 같았다. 눈에 익은 천장의 문양을, 두어 번 눈을 깜박이며 노려보듯이 바라보았다. 그러고 나서 침대에서 내려왔다.

바닥에는 어젯밤 잠옷으로 갈아입으면서 엉망으로 벗어놓은 드레스가 나뒹굴고 있었다.

"다시 봐도 참 예쁜 옷이네."

내게는 과분할 정도로 사치스럽고 말이지. 이런 걸 보내다니 루슬릭은 대체 날 뭐라고 생각하는 거야.

장미는 한숨을 쉬며 몸을 굽혀 그 드레스를 집었다. 한 나라의 여왕이 입어야 할 듯한 화려한 선홍색 드레스를, 지금 뒤늦게라도 잘 정리해 걸어두는 것이 옷에 대한 예의라는 생각에서였다. 그리고 몸을 일으키는 순간, 방 안에 들어와 있던 낯선 누군가와 눈이 마주쳤다.

"누누누, 누구!"

"일어나셨습니까."

눈이 마주친 그녀가 허리를 숙여 인사했다.

"결례를 저지르게 되어 죄송합니다. 다만, 이곳으로 가서 대기하라고 루슬릭 전하께서 지시하셔서 출근하자마자 와 있을 수밖에 없었습니다. 계속, 깨어나시는 것을 기다리고 있었습니다."

왕궁 고용인으로 보이는 그녀는 메이드의 정복을 착용했으며,

단정한 얼굴과 흐트러짐 없는 자세를 한 채로 장미에게 인사를 했다. 그녀는 한눈에 보기에도 기품이 있었으며, 왕궁의 수많은 메이드 중에서도 꽤 높은 등급의 메이드 같았다.

"오늘부터 아가씨를 모시게 된 1급 메이드 줄라이입니다."

"맙소사, 누가 누굴 모셔요?"

장미는 벙찐 얼굴로 그녀가 인사하는 것을 바라보았다.

"제가 오늘부터 아가씨의 전속 메이드로서, 장미 님을 모시게 됩니다."

"대체 왜? 난 메이드 같은 거 필요 없어요. 그런 건 왕족이나, 여하튼 높으신 분들이나 거느리는 거잖아요. 난 손발 멀쩡하고, 시중도 필요 없고, 전부 혼자서 알아서 할 수 있다구요!"

"다시 한 번 말씀드리지만 루슬릭 전하의 명입니다."

"루슬릭에게 내가 이야기할 테니, 돌아가셔도 돼요."

"그럴 수는 없습니다, 비전하."

"네?"

줄라이의 입에서 튀어나온 말에, 순간 잘못 들었나 싶었다.

"루슬릭 전하께서 말씀하셨습니다. 일주일 후 있을 대관식에 장미 님과 정혼할 것이고, 정식 가이아 왕국의 국혼 절차에 따라 정비로서 장미 님을 맞이할 것이라고. 그러니까 곧 비전하가 되시는 겁니다."

"뭐…… 라구요?"

"모르셨나 보군요. 오늘 아침 브리핑에서 전하께서 직접 발표하신 내용이고, 지금 왕궁의 모든 고용인들이 알고 있는 내용입니다."

"말도 안 돼. 농담하는 거죠? 이건 혹시 뭐, 만우절 농담 그런 건가? 여기도 만우절이 있나요?"

줄라이의 완고한 표정은 누가 봐도 농담하는 것처럼 보이지는 않았다.

장미는 다리의 힘이 풀리는 기분이었다. 다시 침대에 주저앉았다.

"루슬릭."

루슬릭을 만나러 가야겠어, 그렇게 생각한 순간, 줄라이가 다가 왔다.

"전하를 만나러 가실 생각이라면, 의장을 갖추세요. 이제 장미 님은 가이아 국왕의 왕비가 되실 분입니다. 제가 전속 메이드로 배속된 이상, 더는 전처럼 어설픈 복장으로 궁 안을 배회하도록 둘 수 없습니다. 그것은 왕실의 명예와 법도를 손상하는 일입니 다."

"맙소사. 이거 놔요!"

줄라이의 손에 질질 끌려 화장대 앞에 강제로 앉혀졌다. 호리호 리해 보이는 그녀는 보기보다 힘이 장사였다.

돌아가는 상황을 믿을 수가 없었다.

"우선 세수부터 해야겠군요. 피부 정돈도 신경 쓰셔야 할 것 같 습니다. 나쁜 피부는 아닙니다만, 최상의 상태는 아닙니다. 오늘부 터 제가 관리해 드리겠습니다. 왕족 여성의 기품은 최상의 피부에 서 시작되니까요."

맙소사, 이게 뭐지? 내가 아직도 꿈을 꾸나? 아침이 된 게 아닌 가?

장미는 멍한 머리로, 자신의 의지와 상관없이 격변하는 상황을 쫓아가기 위해 애쓰고 있었다. 그리고 결심했다. 루슬릭을 만나면,

오만 정이 떨어질 만큼 쌀쌀맞게 퍼부어줄 거라고.

아침 해는 빛나고 있는데, 혼자서만 멍하니 꿈속에 있는 기분이
었다.

제6장 폭풍 전야

"루슬릭! 루슬릭, 이거 열어. 너랑 할 말이 있다고!"

루슬릭의 방문 앞에서 문이 부서져라 노크를 해대도, 아무런 답이 없었다.

"아무리 친밀한 사이라고 해도, 상호 격식은 지키십시오. 그게 왕족이라는 것입니다."

매서운 얼굴로 옆에 선 메이드가 못마땅한 듯 한마디 했으나, 지금 장미의 귀에 그런 소리가 들어올 리 만무했다.

"루슬릭! 이거 열어. 안 열어? 결혼이라니, 나랑 한마디 상의도 없이 이게 무슨 소리야! 농담하는 거지!"

닫힌 문을 향해 소리를 질렀다. 비로소 문이 움직이더니, 루슬릭이 모습을 드러냈다.

"기쁜데. 네가 먼저 나를 찾아오다니. 이런 일은 처음인 것 같아."

미소 짓는 루슬릭을 향해 장미는 기가 차다는 듯 쏘아붙였다.

"지금 그게 중요한 게 아니잖아! 결혼이라니, 나랑 한마디 상의도 없이 이게 뭐야. 결혼은 둘이 하는 거 아니었어?"

"다이아몬드 반지가 없어서 화가 난 거라면, 결혼 후에 질릴 정도로 받게 해줄게."

"루슬릭!"

장미는 흥분해서 소리를 질렀으나, 루슬릭은 그 어느 때보다 차분했다.

"만약 미리 너에게 동의를 구했다 쳐. 넌 동의했을까?"

"당연히 아니지!"

"일단 들어와. 흥분을 좀 가라앉혀. 줄라이, 넌 잠깐 밖에 있어."

문이 닫혔다. 장미는 루슬릭의 방 안에 들어온 게 실로 오랜만이라는 것을 깨달았다. 장미가 요구해서 새로운 방을 얻어 나간 후로, 이곳에 들어온 건 처음이었다.

"편한 데 앉아."

장미는 구석의 소파에 앉았다. 루슬릭이 그 옆에 앉자, 장미는 자기도 모르게 한 칸 옆으로 물러섰다.

"날 경계하는 거야? 왜?"

"어제까지는 네가 별로 무섭지 않았는데, 이제 네가 무서워."

"왜?"

그렇게 말하며 루슬릭은 싱긋, 하고 웃고 있었다.

장미는 다소 섬뜩함을 느꼈다. 그리고 '네가 무슨 짓이든 마음먹으면 할 수 있는, 이 세계의 권력자이자 극단으로 치달을 수 있는 미친놈이라는 사실을 깨달았기 때문' 이라는 말은 목 속으로 삼켰다.

"루슬릭, 제발 부탁이야. 이건 아니잖아. 결혼이라니, 취소해
줘."

루슬릭이 목으로 웃었다.

"언제나 네 부탁이라면 무엇이든 들어줄 거라고 생각했었지. 하
지만 방금 건 못 들어주겠는데."

루슬릭이 바싹 몸을 붙여오자, 장미는 무의식적으로 뒤로 물러
섰다. 하지만 이미 소파 뒤로는 도망칠 공간이 없었다. 루슬릭이
웃으며 장미의 양 볼을 사랑스럽다는 듯 감쌌다.

"긴장한 거야? 날 상대로? 걱정하지 마. 내가 언제 너에게 나쁘
게 한 적 있어? 내가 너에게 아주 약한 거 잘 알고 있잖아."

가만히 있으면 너랑 꼼짝없이 결혼해야 하게 생겼는데, 어떻게
안 긴장할 수 있냐고. 장미는 소리라도 지르고 싶었으나, 그냥 고
개를 옆으로 돌렸다.

어제 카트레야 여왕은, 공식적으로 모든 결정권을 가이아 왕실
의 전통에 따라 루슬릭에게 위임한다고 말했었다. 그는 이제 왕이
었다. 그의 머리 위에 있는 이는 아무도 없고, 모든 이가 그의 발밑
에 엎드릴 것이다. 태어날 때부터 당연한 것처럼 약속되어 있던 권
력을 무리 없이 손에 쥔 상황이니, 루슬릭은 가질 수 있는 건 뭐든
가질 수 있다고 믿는 게 분명했다.

장미는 루슬릭을 자극해서 좋을 게 없다는 생각이 들었다. 그는
이 세계의 권력자였다. 그동안 잊고 있었을 뿐, 루슬릭은 그냥 애
송이가 아니었다. 그는 힘을 가진 애송이였다. 루슬릭을 자극하지
않으면서 회유할 수 있는 방법이 뭐가 있을까 장미는 잠시 고민했
다.

"네 머리 돌아가는 소리가 여기까지 들리는 것 같은데. 소용없어, 장미."

장미의 생각을 읽기라도 한 듯, 루슬릭이 웃음 섞인 목소리로 말했다.

"……."

장미는 고개를 돌려, 그와 눈을 맞췄다. 그리고 볼을 감싼 루슬릭의 손을 천천히 한쪽 손으로 감쌌다.

의외의 반응에 루슬릭의 눈동자가 커지는 것이 보였다.

"루슬릭, 넌 그때 미혹의 샘에서 분명…… 천천히 내 마음을 얻겠다고 했었잖아. 그건 거짓말이었어?"

천천히, 한 글자 한 글자 내뱉으며 루슬릭의 눈에 눈을 맞췄다. 눈앞에 푸른 눈동자가 살짝 가라앉아 짙은 남색이 되어 있는 것이 보였다. 루슬릭이 기분이 나쁠 때면, 평소에 빛을 받으면 투명한 물빛에 가까워질 정도인 눈동자가 이렇게 어두워진다는 것을 장미는 이제 깨닫게 되었다. 천천히, 루슬릭의 다음 말을 기다렸다.

"……그건 그때는 진심이었어. 분명."

루슬릭이 입을 열었다. 그리고 다시 침묵했다. 그는 할 말을 고르는 것처럼 보였다.

"넌 분명 내 것이 될 거라고 믿었어. 장미 정원에 쓰려져 있던 널 데려온 것도 나고, 여기서 네가 의지할 수 있는 것도 나뿐이고. 함께 시간을 보내다 보면 결국에는 자연스러운 절차처럼 넌 내 것이 될 거고, 네 마음을 얻을 수 있다는 자신이 있었어."

루슬릭은 천천히, 고심하면서 말을 이어갔다. 그리고 잠시, 생각하기 싫은 것을 떠올리는 듯 눈빛이 차분히 가라앉았다.

"하지만 전혀 예상치 못한 변수가 나타나 버렸거든."

"……."

"괴로웠어. 레굴루스와 함께 있는 너를 보고."

잠시간 말없이 루슬릭은 장미의 볼을 어루만졌다. 마치 그녀가 눈앞에 있는 것을 확인이라도 하는 것처럼, 어딘지 불안함이 깃든 말과는 정반대로 두 눈은 완고했다.

"난 네가 레굴루스와 함께 있는 걸 보고 싶지 않아. 그런 걸 보려고 널 내 궁에 머물러도 좋다고 허락한 게 아니야."

"……."

"네 마음을 얻는 게 어렵다면, 수단 방법을 가리지 않고 널 곁에 붙들어둘 거야. 설령 그게 지금 당장은 너에게 미움받는 일이 될지라도."

말을 마친 루슬릭은 쓰게 웃었다. 그 웃음은 덧붙이고 있는 것 같았다. '네가 싫어해도 소용없어'라고.

"난……! 네가 싫지 않아, 루슬릭. 오히려 그 반대야. 넌 내가 처음 사귄 친구야. 아브릴과 마찬가지로…… 난 테라에서 친구 하나도 없었고, 누구에게도 마음을 열지 못했어. 하지만 네가 내게 베푼, 묻지도 따지지도 않는 호의…… 그런 마음은 처음 받아봤어. 네겐 진심으로 감사하고 있어, 정말이야."

장미는 루슬릭의 한 손을 두 손으로 잡아 감쌌다. 그리고 할 수 있는 한 최대한의 간절함을 담아, 루슬릭에게 말했다.

"부탁이야, 루슬릭. 결혼을 취소해 줘. 난 이렇게 뭔가에 쫓기듯이, 성급하게 결혼을 결정하고 싶지 않아. 난 너를 이 세계에서 유일하게 의지할 만한 친구라고 생각하고 있어. 부탁이야, 제발 내가 너를 미워하게 만들지 말아줘."

루슬릭은 잠시 아무 말이 없었다. 그저 장미의 손에 붙잡힌 자신의 한쪽 손을 가만히 내려다보았을 뿐, 무표정한 얼굴로는 무슨 생각을 하는 건지 전혀 읽을 수가 없었다.

"말해두겠는데."

한참을 침묵한 끝에 루슬릭이 입을 열었다.

"내가 원하는 건 '친구'의 자리가 아니야. 난 네가 내 것이길 원해."

오랜 침묵 끝에 루슬릭의 입에서 떨어진 고집스런 말은, 결국 실망스런 것이었다.

"……그런 눈으로 보지 마."

그렇게 말하는 루슬릭의 눈은 웃고 있었지만, 장미는 그 눈이 어딘지 아프게 울고 있는 것처럼 보였다.

내가, 너에게 저런 눈을 하게 만든 거니?

평생 다른 사람에게 상처받으며 살아왔고 그래서 누군가에게 상처 주고 싶지 않다고 생각했었는데, 내가 지금 너를 아프게 하고 있는 거야?

장미는 안타까운 기분으로, 그를 바라보았다. 루슬릭이 한없이 쓴웃음에 가깝게 미소 지으며 장미의 뺨을 천천히 쓰다듬었다.

"그렇게 바라봐도 소용없어. 널 놓아주지 않을 거야."

"……."

"사랑스런 장미. 나를 사랑하지 않는, 너무나 사랑스러운 장미. 하지만 내가 어떻게 널 미워할 수 있겠니? 처음 본 순간부터 너에게 완전히 반해 버렸는데."

"루슬릭."

"날 미워하고 싶으면 미워해도 좋아. 그래도 난 널 사랑스럽다고 느낄 테니까. 네가 원하는 건 뭐든, 정말 뭐든 다 들어주고 싶어. 하지만 이 결혼을 취소할 순 없어. 넌 테라로 돌아가지 않고 여기 있겠다고 네 의지로 결정했어. 그리고 네가 이 세계, 내 왕국에 있는 한 넌 이미 머리카락 한 올까지 전부 내 것이야."

순간 장미는 소름이 끼쳐서 자리를 박차고 일어설 뻔했다.

"루슬릭, 분명 난 내 의지로 이 세계에 있겠다고 했어. 하지만 그건 네 아내가 되기 위해서였던 건 아냐."

"당분간 푹 쉬어둬. 국혼은 일주일에 걸쳐 치르는 게 관습이거든. 결혼식이 막상 시작되면, 잠잘 시간도 없이 바빠질 테니까."

루슬릭이 그렇게 말하며 장미의 이마에 키스했다. 그리고 자리에서 일어섰다.

"몇 가지 처리해야 할 일들과 공식 일정이 있어서, 먼저 가봐야 할 것 같아. 오늘부터 신분이 바뀌어 버렸거든. 결혼 발표 건으로 인해 미움받아 버린 어머님을 설득해야 하고, 몇몇 귀찮은 귀족들도 구워삶아야 하고. 왕이란 여러 가지로 피곤한 자리야. 좋은 점보다 나쁜 점이 더 많지. 그러니 이렇게 피곤한 자리를 견뎌낼 만한 포상조차도 없으면 어떻게 내가 버티겠어?"

"루슬릭."

"그거 알아? 미혼의 젊은 왕은 잠잘 여자도 자기 마음대로 못 정해. 후궁을 뽑아다 바치는 몇몇 귀족들에게 왕이란 단순히 아이 만드는 종마일 뿐이야. 어릴 때부터 사생활이란 거의 없고, 일거수일투족을 철저하게 관리당해. 여자랑 자는 법까지 교육받아. 후계를 만드는 건 왕의 의무 중 하나거든. 안쓰럽지 않아? 이런 내 처지가."

"루슬릭."

"유일한 왕위 계승자라는 내 운명을 받아들인 이래로 거기에 대해 불만은 없었어. 난 별로 공부를 좋아하는 편은 아니었지만, 그럭저럭 모든 교육을 소화했고 하라는 대로 행동했지. 만약 내가 왕이 되기를 거부하면, 이 세계의 질서는 무너지니까. 내가 뭘 할 수 있겠어? 그저 받아들이고 왕이 되는 수밖에. 난 그렇게 태어났고, 그렇게 길러졌으니까. 난 착한 아이였지. 어머니의 명, 아버지 가문의 요구에 따라 움직였어. 하지만 단 한 번쯤은, 제멋대로 굴고 싶어졌어. 욕심을 부리고 싶은 게 생기더라고. 그게 너야."

"……."

장미는 조용히 입을 다물었다. 루슬릭에게 더는 어떤 말도 들리지 않는 것 같았다. 장미는 그가 진심이라는 것을 충분히, 넘치도록 알았다.

진짜로 루슬릭은 장미와 결혼하려고 하는 것이다. 진심으로.

루슬릭이 멍한 장미의 얼굴을 바라보며 씨익, 하고 눈을 가늘게 휘었다. 진심으로 즐겁다는 듯이.

"이대로 하루 일정 따위 물리고 너와 종일 시간을 보내고 싶지만…… 왕은 바쁜 자리고, 난 이제 나가봐야 할 시간이야. 아쉽네."

루슬릭은 그렇게 말하며 장미를 끌어안았다. 작게 한숨을 쉬는 것이 진심으로 장미를 품에서 떨어뜨리는 것이 안타까운 모양이었다.

"점심 같이 먹자. 오전에는 이대로 내 방에 있어. 침대를 써도 되고, 쉬고 싶은 만큼 쉬다 가도 좋아."

"루슬릭, 나 지금 벽을 향해 얘기하고 있는 기분인 거 알아? 이런 게 네가 바라는 결혼이야?"

"포기해. 어떻게 해도, 이 결정이 뒤집어지는 일은 없어. 왕이 스스로 정한 배우자에 대해서는, 계급과 종족을 막론하고 절대로 반대할 수 없다는 것은 이 왕실의 오랜 관례거든. 그건 이 세계의 존속을 조건으로 별과 계약하고 모든 자유를 저당 잡힌 가이아 국왕이 단 한 가지 누릴 수 있는 특권이기도 하고."

장미는 허탈한 기분으로, 루슬릭이 닫고 나간 방문을 멍하니 바라보았다. 그리고 루슬릭에 대해 적어도 한 가지는, 그녀가 오해했다는 것을 알게 되었다.

장미는 그녀에게 소탈하게 대해주는 어딘지 어린아이 같은 루슬릭이, 왕자 같지 않다고 생각했었다. 그를 친근하다고까지 느꼈었다. 하지만 루슬릭의 사고방식은 절망스러울 정도로 권력자의 그것이었다.

장미는 루슬릭을 친구라고 생각해 대화를 간청했고, 루슬릭은 담담한 권력자의 얼굴을 하고 거절했다. 이제 갓 대관식을 앞둔 이 젊은 왕은 진심으로 한 존재를, 그렇게나 간단히 자신의 손안에 소유할 수 있다고 믿는 것이었다.

'포기해. 어떻게 해도, 이 결혼이 뒤집어지는 일은 없어.'

그렇게 말하던 루슬릭의 표정을 떠올렸다. 그는 진지하게 이야기하고 있었다. 철없이 아름답기만 한 푸른 눈은 진심이었다. 어린아이가 손쉽게 가지고 싶은 장난감처럼 일방적으로 손에 넣어지듯, 이렇게 결혼 '당해' 버릴 순 없었다.

'네 생각대로는 되지 않을 거야, 루슬릭.'

장미는 입술을 깨물었다.

"아브릴! 아브릴, 제발 도와줘요. 거기 있죠, 아브릴!"

한참을 두드린 끝에 문이 움직였고, 그 너머로 남자가 모습을 드러냈다. 남자는 어딘지 피로한 눈이었다. 장미가 무엇 때문에 왔는지 알고 있다는 얼굴로, 아브릴은 한숨을 쉬며 긴 머리카락을 쓸어 넘겼다. 평소보다 덜 정제된 듯한 의관이 그가 가르쳐 온 젊은 군주에 대한 그의 근심을 말해주는 듯했다.

"이해합니다. 당신도 많이 놀랐겠고, 궁 안의 모든 사람들도 똑같이 놀랐습니다. 카트레야 님을 포함해서요."

"도대체가! 이게 말이 된다고 생각해요? 아브릴, 제발 부탁이에요. 루슬릭을 설득해 줘요. 루슬릭은 당신이 가르쳐 왔잖아요. 당신은 천 년 넘게 살아온 지룡이고, 현명한 사람이잖아요. 제발 그를 현명한 방식으로 설득해서 제정신이 돌아오게 해줘요. 난 내 뿌리를 찾고 싶은 마음으로 여기에 남기로 한 거지, 갑작스레 등 떠밀리듯이 결혼 같은 걸 할 생각은 없었다구요!"

아브릴은 담담하고 깊은 눈으로 장미가 속사포처럼 쏟아내는 말들을 그저 지그시 듣고 있었다. 그러다 곧, 깊은 한숨과 함께 입을 열었다.

"해결 방법은 간단합니다. 사실 하나밖에 없죠."

장미가 눈을 반짝였다.

"뭔데요?"

"당신이 원래 왔던 세계, 테라로 돌아가는 것. 그럼 루슬릭은 절대로, 쫓아오지 못합니다."

"……왜죠? 그는 텔레포트로 어디든 갈 수 있는 게 아니었나요?"

"가이아에 속한 존재는 가이아 밖으로 나갈 수 없습니다. 특히 루슬릭은 더욱 그렇죠. 그는 가이아의 왕이니까요."

"……하지만 나는, 반은 이곳 사람인데 난 테라로 갈 수가 있는데."

"두 세계 모두에 속해 있지만 동시에 어디에도 온전히 속해 있지 않으며, 그렇기에 있을 곳을 스스로 선택할 수 있는 당신과는 다릅니다. 그는 가이아에 귀속되어 벗어날 수 없어요. 당신과는 인연이 없는 위치라 이해하기 어렵겠습니다만, 왕이란 본래 그런 겁니다. 대지의 의리에 매어 있는 계약자라고 보면 될까요. 가이아의 왕은 단순한 권력자가 아닙니다. 가이아 왕, 가이아 시스템의 수호자라는 것은 그런 의미입니다. 최초의 왕족이었던 루슬릭의 선조는 고향 별의 세력 다툼에서 밀려나 지구로 도망쳤고, 가이아를 벗어나지 않으며 자손 대대로 이 별을 지킨다는 조건으로 이 별과 계약하여 거주를 허락받았습니다. 가이아 왕족이 지성체인 드래곤을 신하로 부릴 수 있도록 허용되는 것도 그 태초의 '신성한 계약' 때문이니까요."

잠시 무거운 침묵이 내려앉았다.

처음 안 사실이었다.

텔레포트를 자유자재로 구사하며, 레굴루스의 성으로 간 장미를 바로 뒤쫓아왔을 정도인 루슬릭조차 갈 수 없는 곳이 있었다. 그곳은 장미가 왔던 세계, 테라였다.

간단히 말하면 장미는 두 세계 모두에 속해 있는 거나 마찬가지만 루슬릭은 가이아를 벗어날 수 없고, 따라서 장미가 테라로 간다면 쫓아올 수 없다는 이야기였다.

"내가 테라로 돌아가는 선택지 외에는 없다는 건가요? 루슬릭이 이 결혼을 포기하게 만드는 방법이."

"말했잖습니까. 이제 루슬릭이 왕이에요. 어제 카트레야 님이 전권을 위임하셨죠. 그리고 가이아의 왕이 내린 결정을 뒤집을 수 있는 것은 가이아에서 그 어디에도 없습니다."

장미는 입술을 깨물었다. 분한 마음이었다. 루슬릭은 철없는 열 아홉 살 남자아이라고 생각했었다. 한 번도 그의 위치가 '왕자'라는 점에 대해 진지하게 생각해 본 적이 없었다. 하지만 스무 살이 되었다는 이유만으로 왕자 루슬릭은 문자 그대로 왕이 되었고, 여긴 그런 루슬릭이 통치하는 세계였다.

새삼 스스로의 순진함에 화가 났다.

루슬릭을 얕보고, 그의 감정을 별것 아니라고 간주했었다. 한 번도 그가 이렇게까지 무모하고 위험하게 돌변할 수 있는 '남자'임을 진지하게 고민해 보지 않은 스스로에게 진심으로 화가 났다.

"그가 지금 이렇게까지 하는 이유를 모르겠습니까? 장미 양."

장미는 고개를 들어 아브릴의 눈을 바라보았다. 아브릴은 장미의 패닉을 이해한다는 듯, 측은한 얼굴이었다.

"그는 당신에게 미쳐 있어요. 그래서 당신을 뺏길까 봐 두려운 겁니다. 레굴루스에게."

갑자기 레굴루스의 이름이 나와서 깜짝 놀랐다. 장미는 고개를 저어 부정했다.

"갑자기 그 이름이 왜 나오죠? 레굴루스와 나는 아무 사이도 아니에요."

"하지만 당신이 그를 좋아하잖습니까?"

"……."

장미는 대답할 말을 찾지 못했다.

아브릴은 격려하는 것도 같고, 어딘지 안쓰러워하는 것도 같은 표정으로 그녀의 어깨를 토닥거렸다.

"부정하지 않는군요."

"……모르겠어요. 내가 레굴루스를 어떻게 생각하는지. 나는 아직 사람을 사랑한다는 게 어떤 건지조차도 명확히 모른다구요. 테라에서도 연애 한 번 못해봤는데 당연하죠. 다만, 한 가지는 알아요. 루슬릭과 이런 식으로 결혼하는 걸 내가 원치 않는다는 것."

"뭐, 나쁠 것도 없잖습니까? 지금 그가 서두르는 이유는 당신에게 콩깍지가 씌었기 때문이고, 당신이 테라로 돌아가 버리거나 레굴루스에게 가버리기 전에 어떻게든 곁에 묶어두려는 심산이니까요. 결혼은 확실한 방법이죠. 가이아 왕족이 '신성한 계약'으로 이별에 묶여 있듯, 당신 역시 결혼 계약으로 루슬릭에게 묶이게 되면 더는 자유로운 처지가 못 될 테니까요. 당신이 두 번 다시 테라로 돌아가지 않아도 좋다는 각오만 서 있다면, 이대로 그와 결혼하는 건 그렇게 나쁜 선택은 아닐 겁니다."

"무슨 말을 하는 거예요!"

"현실적인 이야기를 하고 있는 겁니다. 어쨌든 루슬릭과 결혼하면 당신은 왕비가 될 거고, 후계를 이을 아이가 태어나면 당신의 위치는 확고해지겠죠. 테라와 달리 가이아는 여성들이 임신을 하기가 어렵습니다. 왕실은 특히 더 손이 귀하죠. 루슬릭 역시 외동이었으니까요. 태양빛이 닿지 않기 때문인지, 하여튼 여기는 테라처럼 아이들이 많이 태어나지 않고 인구도 일정 수준 이상은 늘어나지 않습니다. 이상한 일이죠. 테란은 그렇게 생식 능력이 좋은데."

"아이요? 맙소사, 지금 내가 애 낳는 도구로 보이나요?"

후계자? 결혼도 당황스러운데 후계자를 낳으라고? 맙소사, 너무 멀리 갔다. 아이라고? 장미는 아연실색한 표정으로 아브릴을 노려보았으나 눈앞에 용은 꿈적도 하지 않고 태연했다.

"애 낳는 도구라니, 그런 말은 한마디도 안 했습니다만. 그저 장미 양에게 기대해 볼 수 있겠다, 라고 말한 겁니다. 어쩌면 이렇게 되는 것이 순리상 옳다는 느낌도 드는군요. 두 세계의 DNA를 모두 가진 당신은, 가이아의 테라에 대한 오랜 혐오를 해소하고 두 세계 간의 통합과 협력을 가져올 수 있을지도 모릅니다. 당신은 실로 상당히 독특하고 유일한 존재니까요. 테라와 가이아의 유전자 정보를 모두 가진 존재라니, 어디에 또 있겠습니까? 전무후무하죠, 당신은."

"이봐요, 똑똑한 지룡 씨. 두 세계 간의 통합과 협력 같은 거창한 문제에는 난 조금도 관심이 없어요. 내 관심사는 오직 내 부모님이고, 나 자신일 뿐. 당신들의 문제에 날 이용하려 들지 말아요!"

장미가 소리를 지르자, 아브릴의 시선은 차갑게 굳었다. 장미는 순간적으로 감정적이 된 것을 후회했다. 지금 아브릴은 나름대로 자신에게 조언을 해주기 위해 이렇게 시간을 내어주고 있는 것이었다. 그에게 적대해서 좋을 것은 조금도 없었다.

"당신을 위한 조언이기도 했습니다, 설장미 양."

아브릴의 말에 장미는 흠칫 놀랐다. 설장미. 이곳에 온 후로 늘 성을 빼고 '장미'로만 불려왔었다.

테라에서 쓰던 그 이름을 여기서 다시 들을 거라고는 생각조차 하지 못했었다.

"당신은 테라와 가이아 어디든 있을 곳을 선택할 수 있는 사람이죠. 맘만 먹으면 다시 테라로 돌아갈 수도 있을 겁니다. 지금 당장이라도. 아직 텔레포트가 매끄럽지 못하긴 해도, 분명히 가능하니까. 하지만 당신은 테라로 돌아가지 않았죠. 여기에 남는 걸 선택했어요. 왜였죠? 익숙한 세계를 버릴 정도로, 이곳이 신기했습니까?"

"말했잖아요. 난, 내 부모님에 대해 뭐라도 찾아내고 싶어서……."

"그것만은 아니겠죠. 한 가지 묻겠습니다. 테라에서 당신, 행복했었습니까?"

"……."

"자신이 있을 곳이 없다고 느끼는 사람만이, 절실하게 그곳을 떠나기 위한 행동을 취합니다. 당신이 애초에 여기 있는 이유 자체가, 테라에서 견딜 수 없을 정도로 외로웠기 때문 아닌가요? 내가 관찰한 당신은, 눈앞에 현실을 충실하게 사는 대신 항상 먼 곳을 바라보는 느낌이었습니다. 그 먼 곳이 당신 어머니가 아직 살아 계셨던 과거든, 얼굴도 보지 못한 아버지가 태어난 땅이든 그건 별로 중요치 않았을 겁니다. 현실에서 죽 혼자였을 당신에게."

할 말이 없었다. 정곡이었기 때문이었다. 장미는 고개 숙인 채 바닥을 바라보았다. 자기도 모르게 주먹을 꽉 쥐고 있었다. 그런 장미를 아브릴은 안쓰럽다는 듯 바라보았다.

"내내 '있을 곳'을 찾던 당신에게, 이 세계, 그리고 지금 이 상황이야말로 그야말로 그린 듯한 이상향 아닌가요? 여기서 당신이 루슬릭의 곁에 있기를 선택한다면, 가이아의 왕족이 되어 가이아 시스템에 묶이게 됩니다. 당신이 루슬릭을 남자로서 사랑하지 않는다고 해도, 강한 소속감과 우정, 유대 관계만으로 충분히 부부 관계가 가능할 수도 있는 거죠."

"무슨 소리를 하는 거예요!"

"소녀답게, 당신이 꿈꾸는 로맨스는 아마도 이렇겠죠. 머리를 온통 어지럽게 만들어 제정신으로 있을 수 없는 가슴 뛰는 드라마. 소녀들은 흔히 아픈 상태를 진정한 사랑이라고 착각하죠. 그리고 그 주인공은 정체를 알 수 없는 어떤 신비한 남자. 하지만 한 가지는 확실합니다. 그는 당신에게, 루슬릭만큼의 안정감을 주지 못할 겁니다."

"……!"

모든 것을 꿰뚫어 보는 듯한 아브릴의 말에 반박하고 싶었다. 하지만 그럴 수 없음이 어쩐지 분했다.

"그는 셀 수도 없이 긴 세월을 살아왔죠. 그리고 그 세월 동안, 수도 없이 많은 여자들이 그를 사랑했습니다. 강하고 아름답고 신비한 남자, 거기에 더불어 함락되지 않을 것만 같은 그 차가운 분위기. 가히 여자를 미치게 하죠. 가아아에서 천 년을 살아온 내가, 그런 여자들을 얼마나 봤을 거라고 생각하십니까? 그렇기에 장담할 수 있습니다. 지금까지 내가 본 그 어떤 여자도 그의 마음을 얻지 못했고, 그건 앞으로도 같을 겁니다."

"어째서 그렇게 장담하는 거죠? 앞으로도 그럴 거라는 건 너무 단정적이잖아요."

장미가 반박하듯 물었다.

아브릴은 잠시, 할 말을 고르는 듯 지그시 장미를 바라보았다. 그리고 장미가 고개를 들어 시선이 마주치자, 그때서야 조심스럽게 입을 열었다.

"왜냐하면 이미, 그 어떤 로맨스도 그의 마음을 비집고 들어갈 틈이 없거든요. 불로불사의 존재, 아름다운 장미 기사 레굴루스. 생명 그 자체인 듯한 강하고 아름다운 젊은이. 수만 번의 전투에서 살아남았고, 그 어떤 무기도 해칠 수 없는 남자. 그가 온 마음을 다해 짝사랑하는 유일한 상대, 그의 영혼을 온통 사로잡고 있는 존재가 무엇인지 아십니까?"

장미는 고개를 저었다.

"그건 '죽음' 입니다."

어지러운 감각을 애써 참으며, 두 다리에 힘을 주고 무너지지 않으려고 노력했다. 참았던 숨을 천천히 뱉으며 두 눈을 뜨고 주변을 둘러보았다. 눈에 익은 고성의 오래된 돌벽과 횃불 하나 켜두지 않은 복도에 깔린 스산한 어둠이 말해주고 있었다. 항상 반짝반짝하고 곳곳까지 사람의 손길이 닿은 느낌이 확연한 왕궁과는 다른 을씨년스러운 광경. 그로 인해, 장미는 텔레포트가 성공했음을 알 수 있었다.

'두 번째는 그래도 토할 것 같은 감각이 덜하네.'

여전히 어지러웠지만, 처음 텔레포트를 시도해서 성공했을 때의 감각과 비교하면 확연하게 몸이 적응된 느낌이 들었다. 처음에 뭔지도 모른 채 가이아로 왔을 때는 기절을 해야 했을 정도였고, 두 번째는 어지러워서 토할 것 같은 감각을 느꼈었다. 그리고 지금은 여전히 어지러웠지만 견딜 만했다. 이로 인해 장미는, 몸의 세포들이 '텔레포트' 라는 새로운 정보를 받아들이기 시작했다는 것을 알 수 있었다.

레굴루스의 성으로 주인의 허락도 없이 무단 침입해 왔지만, 인사를 하고 싶어도 성 주인이 보이지 않았다. 장미는 천천히 복도를 걸었다. 그리고 이 넓은 성 어딘가에 있을 레굴루스를 찾아 보이는 문마다 하나하나 열어보기로 했다.

다시 한 번 느끼지만, 정말 큰 성이었다.

"레굴루스!"

소리 높여 그를 불렀다. 하지만 돌아오는 건 텅 빈 복도 끝에서부터 울리는 자신의 메아리뿐이었다.

"이 성은 왜 이리 쓸데없이 큰 거야."

장미는 혼잣말을 하며 어두운 난간을 종종걸음으로 올라갔다. 아직 텔레포트의 흔적을 지우는 방법 같은 건 모르기에, 혹시 장미가 궁에 없는 걸 알면 루슬릭이 또 뒤쫓아올 수도 있었다. 그렇기에 마음이 초조했다. 그전에 그를, 레굴루스를 만나야만 했다.

"레굴루스! 어디 있어요? 나예요. 우리 얘기 좀 해요!"

장미는 소리 높여 그를 불렀다. 하지만 여전히 돌아오는 것은 메아리뿐이었다.

한참을 그렇게 그를 찾아 헤매다 장미는 익숙한 문을 발견했다. 눈에 익은 문을 열자, 낯익은 공간이 모습을 드러냈다. 이전에 들어왔던, 아버지 프레데릭의 초상화와 어머니가 남긴 편지를 발견한 응접실이었다.

그리고 프레데렉의 초상화 앞에서 뜻밖에도 누군가가 서 있음을 발견하고, 자기도 모르게 몸이 굳었다.

그 인물은 처음에 긴 후드가 달린 망토를 뒤집어써서 얼굴이 잘 보이지 않았으나, 장미가 들어온 것을 느끼고 이쪽으로 천천히 몸을 돌리더니 후드를 이내 내렸다.

그리고 그 인물이 정말 의외의 존재였기에, 장미는 그 자리에서 더 굳어버리고 말았다 .

"카트레야……."

그녀와 눈이 마주쳤다. 카트레야는 장미를 발견하고, 명백하게 싸늘한 눈을 했다. 무표정한 얼굴과 경멸을 담은 두 눈. 화장기가 전혀 없음에도 여전히 아름다운 얼굴을 하고 있었지만, 도무지 이 얼굴에는 익숙해질 것 같지 않았다.

그녀가 천천히 입을 열었다.

"처음 볼 때부터 네가 싫었다."

"……."

어쩌라고. 달리 대답할 말을 찾지 못해 장미는 침묵했다.

"그래, 처음 볼 때부터. 정확히 20년 전부터 네가 싫었지. 프레데릭이 테라에서 태어난 자기 아이라며 갓난쟁이를 데리고 와 내게 보여줬을 때부터, 너와 나의 질긴 악연을 예상할 수 있었거든."

갑자기 튀어나온 아버지의 이름에 장미는 깜짝 놀랐다. 천천히, 이쪽을 향해 카트레야가 걸어왔다.

"프레데릭은 죽음으로 이 세계의 규율을 어긴 대가를 치르고, 너를 지키려 했지. 죽음은 많은 카르마를 정화시키기 때문이다. 네 부모의 피와 희생으로 살아남아 자라난 네가 행복해져야만 하는 것은 순리겠지. 죽은 네 부모가 그토록 바랐던 것은 오직 네 행복 하나였을 테니."

"……!"

"하지만 인생의 재밌는 부분이 뭐냐면 말이다. 그렇게 살아남은 아이들은, 절대로 자기 행복을 위한 선택을 하지 않아. 제 발로 위험을 향해 걸어 들어가고, 눈앞에 행복보다는 잡히지 않는 뜬구름을 쫓아가다 제 명을 재촉하지."

그녀가 천천히 장미를 향해 걸어왔다. 어느덧 바로 눈앞까지 다가온 카트레야는 의미심장한 말을 마친 후, 그저 가만히 장미를 응시했다.

"자길 사랑해 주는 여자를 버리고 굳이 처음 보는 테란을 쫓아가서, 그 대가를 목숨으로 치러야 했던 불쌍한 남자. 잘생기고 순수하며 무모했던…… 그리고 고집스러웠던 '나의' 프레데릭. 너는 그의 아이지."

카트레야의 말에 장미는 온몸의 피가 싸늘하게 굳는 기분이었다.

아버지가 죽은 이유에는 설마, 어머니가 관련되어 있는 건가.

"제발 말해주세요. 대체…… 20년 전 무슨 일이 있었던 건가요?"

카트레야는 대답이 없었다. 대신, 조용히 장미를 노려보더니 입가를 비틀며 웃었다.

"곧 네가 몰고 올 폭풍이 눈에 보이는 것 같구나. 카르마여, 그리고 태고부터 무심한 우주여. 높은 곳에 있는 영광은 지하에서 고통받는 인간들의 고뇌에는 관심이 없느니."

"……!"

그녀의 스산한 웃음에, 자기도 모르게 장미는 한 발자국 뒤로 물러섰다.

"이런 여자애랑 결혼하겠다고 설치는 덜떨어진 남자애가 내 아들이라는 걸 믿을 수가 없지만, 이것 또한 내가 저지른 짓에 대한 카르마라면 받아들여야겠지."

혼잣말만 남기고, 카트레야는 사라졌다. 마치 눈앞에서 증발해 버린 것처럼. 공기나 수증기가 되어 허공에 섞여 들어간 것처럼, 스르륵 없어져 버리는 아주 깔끔한 텔레포트를 눈앞에서 본 것이 처음이 아니지만 여전히 믿을 수가 없었다.

믿을 수가 없네 진짜. 자기 할 말만 일방적으로 퍼부어대고, 사라지다니.

"저기요, 당신만 사람을 싫어할 줄 아는 게 아니에요! 나도 당신이 싫거든요! 그러니 마음껏 싫어하세요. 우린 서로 비긴 거네요!"

허공을 향해 소리 질러봐도, 일방적으로 하고 싶은 말만 하고 사라진 여자로부터 대답이 들려오지는 않았다.

"또 넌가."

기척도, 발자국 소리도 없었지만 알 수 있었다.

진한 장미향이 났다. 장미는 말소리가 들린 곳으로 고개를 돌렸다.

찾던 남자가 거기에 서 있었다.

"레굴루스."

장미는 그를 향해 다급히 한 발자국 다가섰다. 그는 물러서지도, 다가오지도 않고 공기처럼 다만 그 자리에 서서 장미를 지켜보고 있었다.

늘 그렇듯이 얄미울 정도로 평온한 태도로.

"당신에게 부탁이 있어서 왔어요."

장미는 똑바로 레굴루스를 향해 시선을 맞췄다. 키가 커서 올려다봐야 하는 남자의 눈은, 기분을 가늠하기 힘든 표정으로 장미를 향하고 있었다.

장미는 잠시, 깊게 숨을 들이마셨다. 각오했고, 결심이 섰으며 그것에 대해 확고한 마음으로 왔다고 생각했다. 하지만 막상 말을 꺼내려니 입이 떨어지지 않았다.

오만한 시선으로 내려다보는 차가운 표정의 남자를 바라보았다.

이 남자를 믿을 수 있을까.

인간으로서 신뢰할 수 있을지 아닐지도 모르는 사람에게, 어찌 보면 미친 짓을 하는 거라는 생각이 들었다.

하지만 물에 빠진 사람은 지푸라기라도 잡고 싶은 법이다. 궁지에 몰린 심정인 장미는 어차피 잃을 것이 없었다. 그리고 지금 이 순간, 이것이 최선이라는 생각이 들었다.

"나와 도망쳐 주세요."

잠시 묘한 정적이 흘렀다. 레굴루스는 듣고도 아무런 말이 없었다. 장미 역시, 막상 던져 놓긴 했지만 자신의 입으로 내뱉은 말을 어떻게 더 부연 설명하면 좋을지 몰랐다.

"도와주세요. 루슬릭이 나와 결혼하려고 해요."

"테란에 발정하는 취향 나쁜 녀석이 또 있군. 20년 주기로 도는 돌림병인가."

무슨 의미냐고 묻고, 특유의 악담에 쏘아주고 싶었지만 지금은 그럴 시간조차도 없었다. 시간은 테라에서나 가이아에서나 기다려주는 법이 없었다. 장미는 공간을 이동하는 법은 알아도 시간을 멈추게 하는 법은 몰랐다. 장미가 그의 말을 무시하고 말을 이었다.

"제발 부탁이에요. 당신은 장미 기사라면서요. 이 나라의 누구보다도 강하고, 대대로 가이아 왕실을 지켜왔다면서요. 아브릴에게서 들었어요. 그런 당신이라면 날 지켜줄 수 있을 거라는 생각이 들었어요."

"너를 도와서 내게 무슨 이득이 있지?"

"공짜로 도와달란 말은 안 했어요. 나와 거래해요. 날 루슬릭으로부터 멀리 데려가 주세요. 그 대신 내가 당신이 원하는 걸 줄게요."

장미의 말에 레굴루스의 미간이 미세하게 흔들렸다. 그것은 자세히 보지 않으면 눈치채기 어려울 정도로 작은 변화였지만, 장미는 그것을 알아챌 수 있었다.

"내가 원하는 것?"

네가 나에 대해 뭘 알고, 라고 말하고 있는 것처럼 들렸다. 레굴루스의 눈이 가늘어졌다. 웃고 있는 것도 같고 아닌 것도 같은 눈이었다.

팽팽한 공기에, 장미는 자신도 모르게 숨을 크게 삼켰다. 긴장을 들키지 않기 위해, 할 수 있는 최대한의 평정을 가장했다.

태연함을 연기하며, 장미는 입을 열었다.

"내가 당신에게 죽음을 줄게요."

눈앞에 금색 눈동자가 순간, 크게 흔들렸다. 장미는 그것을 확연히 눈치챌 수 있었다.

왜냐하면 그 눈이 평소에 얼마나 차가운지, 얼마나 깊고 어두운 슬픔을 안고 있는지 잘 알고 있었으니까.

언제나 흔들림 없던 눈동자가 처음으로 크게 흔들리는 것을 장미는 보았다.

"아브릴에게 들었어요. 가이아에서 태어난 존재는 절대 가이아를 벗어날 수가 없다는 이 세계의 규칙. 가이아의 왕을 포함해서 이곳에 속한 존재들 중 어느 하나라도 규칙을 무시하고 가이아 밖으로 나가거나 테라에 간섭하는 순간, 이 땅속 왕국은 통째로 붕괴된다는 약속. 이 별과 가이아의 왕이 한 계약 내용이라면서요. 그리고 당신이 받은 저주의 조건, 이것 역시 아브릴에게 들었어요. 가이아에 속한 그 어떤 존재도 당신을 죽일 수가 없다면서요. 하지만 나는 이 세상에 속해 있지 않아요. 가이아에도 테라에도 속해 있지 않기에, 두 세계 모두에 존재할 수 있죠. 나라면 당신을 죽일 수 있어요."

장미가 말을 마쳤다. 정적이 찾아왔다. 눈앞에 남자는, 무슨 생각을 하는 건지 알 수 없는 얼굴로 돌아가 있었다.

한 번 더, 못을 박듯 장미가 힘주어 말했다.

"나라면 당신을 죽일 수 있어요. 그러니 나와 거래해요. 궁지에 몰린 나를 도와 루슬릭으로부터 도망시켜 줘요. 그리고 아직은 난 이 세계에서 나 혼자 힘으로 나를 지킬 수 없으니, 내가 홀로 설 수 있을 때까지 당신이 나를 지켜주세요. 그럼 내가 당신을……."

"……."

"죽여줄게요."

적막한 침묵 속에서 말을 마친 장미는 무슨 생각을 하는지 알 수 없는 남자의 시선을 피하지 않고, 똑바로 마주 보았다.

마주함 속에서 다만 정적이 흘렀다. 남자는 잠시간, 어쩌면 오래도록 말이 없었다.

그리고 잠시 후, 장미는 레굴루스에 의해 몸이 끌어당겨지는 것을 느꼈다.

"뭐 하는 거예요! 갑자기……."

"도망간다면서 텔레포트 흔적도 안 지우고 왔나 보군. 꼬맹이가 쫓아왔다."

"안 한 게 아니라 할 줄 몰라서……!"

레굴루스의 말이 끝나기가 무섭게, 장미의 눈앞에 누군가가 텔레포트해 오는 것이 보였다. 소리도 없고 기척도 없으며, 매우 빠르고 매끄러운 텔레포트였다.

그렇게 나타난 사람은 다름 아닌 루슬릭이었다.

장미는 자신과 눈이 마주치며 차갑게 식은 푸른 눈동자를 바라보았다. 그리고 동시에, 끌어당겨진 몸이 단단한 팔에 안아 들어 올려지는 것을 느꼈다.

"꽉 붙잡아. 지금 이동한다."

귓가에 속삭이는 레굴루스의 낮은 목소리를 통해, 그가 이제부터 텔레포트하려 한다는 것을 알 수 있었다.

장미는 눈을 꽉 감았다. 눈을 감기 전, 경악스러운 표정으로 이쪽을 바라보던 루슬릭의 얼굴이 시야에 들어왔다. 그가 이쪽을 향해 알 수 없는 언어로 뭔가를 소리쳤다. 직감하기로는 주문 같았다. 그리고 장미는 정신을 잃었다.

정신을 잃기 전 마지막으로 들은 것은, 귓가에 대고 나지막하게 속삭이던 레굴루스의 낮은 목소리였다.

"⋯⋯거래 성립이다, 테란."

제7장 비극

아침을 깨우는 것은 늘 그렇듯, 눈부신 햇살이었다. 이곳의 태양은 인공이라는 게 믿기지 않을 정도로 정교하게 만들어진 걸작품이라고 장미는 매일 눈 뜨면서 생각했다. 장미는 눈을 떠 낯선 천장을 한참 바라보았다.

"레굴루스?"

아마도 잠들어 있을 남자의 이름을 불렀다. 하지만 대답이 없었다.

"레굴루스."

한 번 더, 그의 이름을 불렀다. 대답이 돌아오지 않자 장미는 침대에서 몸을 일으켰다. 비좁은 나무 침대가 삐걱, 소리를 냈다.

"일어났어요?"

노크도 없이 문이 열리며 누군가가 들어왔다. 이 집의 주인 아주머니였다.

"네…… 제가 늦잠을 잤네요."

"농가의 아침은 빠르죠. 이곳에 정착해서 생활하는 데 익숙해지려면 하루를 일찍 시작해야 해요."

주인 아주머니는 그렇게 말하며 사람 좋게 웃었지만, 한편으로는 '이 집에 신세 지는 주제에 젊은 애가 참 늦게도 일어나는군'이라고 말하고 있는 것처럼 들렸다.

"바깥양반이라면, 아침 일찍 일어나서 나갔어요."

두리번거리는 장미를 보고 주인아주머니가 한 말이었다.

순간 장미는 '바깥양반'이라는 단어에 조금 흠칫 하고 놀랄 뻔했으나, 이내 태연한 척하며 되물었다.

"그래요? 어딜 간다고 말도 없던가요?"

"장에 간다던가…… 마을에서 사올 게 있다던데요. 난 또, 아가씨에게 말하고 간 줄 알았지. 나이도 어린 부부가 한창 뜨거워도 모자랄 신혼에 데면데면하네, 참."

장미는 웃었다. 장미라면 몰라도, 레굴루스는 절대 어린 나이가 아닐 텐데. 누가 그를 보고 상상이나 하겠는가. 그가 보통 사람이 몇 번은 죽어 땅으로 묻힐 세월을, 상상도 하지 못할 어마어마한 시간을 살아온 남자라고. 역시 젊은 남녀가 함께 다니면 그렇게 보이는 걸까.

남매도 아니고, 친구도 아니고, 연인도 아니고 하필이면 '부부'로 오해받은 것을 딱히 정정하지 않은 것은 단순히 번거로운 설명을 하고 싶지 않아서였다. 누군가 둘의 관계를 물을 때 '계약 관계'라고 말한다면 어쩌다 계약을 하게 되었는지 긴 이야기를 털어놓아야 할 테고, 도망 다니는 신세가 된 이유까지 구구절절 풀어야 할 것이었다.

그렇지만 이 '부부'라는 말을 들을 때마다 적응이 안 되는 건 어쩔 수 없었다. 하지만 마냥 싫은 것은 아니고, 어딘가 간질간질한 기분이었다. 장미는 주인 여자의 말에 떨떠름한 얼굴로 얼버무렸다.

"그런가요? 그냥 보통이라고 생각하는데요."

"처음 봤을 때 아가씨가 '제발 살려달라' 고 부탁하던 걸 보고 참 열렬히 사랑하는 사이로구나, 했었죠. 집안에서 반대하는 결혼을 하고 도망친 젊은 연인들인가 싶기도 했고. 젊다는 건 좋구나, 좋을 때구나 하며 나랑 우리 집 양반이 처음 만났을 때 생각도 해보고……. 하여튼 지금도 그날 밤을 떠올리면 아찔해요. 웬 아가씨가 도와달라며 문을 두드리는데, 입고 있던 흰 이브닝드레스가 온통 새빨갛게 피로 물들어서……."

그날 밤을 생각하면 아직도 아찔한지 아주머니는 고개를 저으며 말했다.

그날을 떠올리면 아찔한 건 장미 역시 마찬가지였다. 레굴루스가 장미를 안고 텔레포트를 시도했을 때, 그 자리에 나타났던 루슬릭을 피해 아슬아슬 도망친 것까진 좋았다. 레굴루스의 텔레포트는 놀라울 만큼 신속하고 깔끔했다. 눈을 질끈 감았다 뜨니, 어지러운 느낌은 잠시였고 완전히 새로운 곳에서 눈을 떴던 것이다.

성의 차가운 돌벽 대신 울창한 나무와 끝없이 펼쳐진 목초지가 두 사람을 맞이하고 있었다. 그리고 텔레포트가 성공한 것을 확인하기가 무섭게, 레굴루스는 바닥에 무너지듯 주저앉았다. 가슴에서 피가 철철 흐르는 것을 보고 장미는 기겁했다. 그리고 이동 직전에, 레굴루스를 향해 루슬릭이 외웠던 주문이 일종의 공격 용도의 주술임을 직감할 수 있었다. 루슬릭이 그런 것도 할 줄 알았다니, 진심으로 놀라웠다.

하긴 그것뿐일까. 루슬릭에 대해 장미가 알지 못하는 점은 많을 것이다. 그 밖에도, 얼마나 더 많이 숨겨진 모습들이 있을까. 하여튼 장미는 아찔한 그날을 떠올리며 고개를 저었다. 왕이 되기 위해 온갖 것들을 교육받고 매일 뭔가를 연습하는 건 알았지만, 거기에는 주술이나 마법도 포함되는 모양이었다.

'그렇다고 해서 공격해 올 줄은.'

한 치의 망설임도 없이 레굴루스를 향해 공격 주문을 외우던 루슬릭의 싸늘한 표정이 떠올랐다. 그날 레굴루스가 흘린 피가 어찌나 엄청났는지, 장미가 입고 있던 드레스를 온통 물들일 정도였다.

장미는 눈에 보이는 가장 가까운 농가에 달려가서 실례라는 것도, 밤중이라는 것도 잊고 그저 무작정 문을 두드렸다. 필사적으로 도움을 청했다. 그리고 다행히 문을 열어준 농가의 노부부는 레굴루스가 다친 것을 보고 기겁하긴 했어도 다행히 생면부지의 그들을 받아들여 주었고, 하룻밤 머물 수 있게 해주었다.

'놀랄 거 없어. 이 정도 상처로 죽지 않으니까.'

장미가 어쩔 줄 모르고 있을 때, 레굴루스가 했던 말이었다.

'그게 피를 철철 흘리며 할 말이에요?' 라고 묻던 장미에게 레굴루스는 또 대답했다.

'이 정도 상처는 하루도 안 지나서 저절로 나아.'

그럼 그렇다고 말이라도 해주던가. 놀랐잖아요. 뾰족이 나오려는 말을 애써 삼키고, 장미는 그의 곁을 지켰다. 숨을 몰아쉬며 괴로운 것을 참고 있는 얼굴로 레굴루스가 미간을 찌푸린 채 금세 잠이 들었고, 장미는 그 옆에서 거의 뜬눈으로 밤을 지새웠다. 그리고 다음 날 아침 해가 떠오르자 장미는 정말로 레굴루스가 멀쩡한 모습으로, 언제 다쳤냐는 듯 말끔한 상태로 깨어나는 것을 보고 긴장이 턱 풀려서 잠에 들었었다.

레굴루스가 너무 빠른 속도로 나은 것을 보게 되면 그들에게 선심을 베푼 노부부가 이상하게 생각할 거라고 판단했는지, 그는 아주머니가 감아준 붕대를 풀지는 않았다. 그리고 하루는 거동을 할 수 없는 사람인 것처럼 방 밖으로 나가지 않았다. 보통 사람이라면 간단히 죽었을 정도로 피를 쏟던 그가 하루도 안 돼서 말끔히 낫는 것을 보고 장미는 새삼 실감했다. 레굴루스가 정말로 불로불사라는 것을.

"그런데 혹시 괜찮다면, 아침을 먹고 나서 잡초 뽑는 걸 좀 도와줄래요? 새댁에게 너무 무리한 부탁인가."

아주머니의 말이 상념에 잠겨 있던 장미를 현실로 데려왔다.

"아니에요. 당연히 도와드려야죠. 생면부지의 저희를 도와주신 은인이신데."

"고마워요. 그럼 부엌 식탁 위에 준비해 둔 스튜랑 빵을 먹고 밖으로 좀 나올래요? 요즘은 농번기라 나도 우리 집 양반도 일을 쉴 수가 없어서."

말을 마친 아주머니는 분주히 뭔가를 채비하더니 이내 밖으로 나갔다. 장미는 부엌 식탁에 놓여 있는 말라빠진 호밀빵을 주워 들었다. 궁에서 먹던 음식과는 달랐지만, 불평을 할 처지가 아니었다. 어제 하루는 놀라서 거의 아무것도 입에 대지 않았지만 오늘은 입맛이 돌아왔는지 먹을 만했다. 식욕이 느껴졌다.

밖으로 나와서 하늘을 올려다보니, 눈이 쨍하게 시리도록 맑은 날이었다.

장미는 아주머니의 지시대로 텃밭에 물을 주고, 화단에도 물을 준 다음 밭의 잡초를 뽑아내는 일을 도왔다. 뜨거운 햇살 아래 몸을 움직이니 금세 땀이 났다.

"귀하게 자란 아가씨 같은데, 너무 힘든 일을 시키는 거 아닌가 모르겠어요. 그래도 잘 부탁해요."

아주머니는 그렇게 말하고 과수원에 가봐야 한다며 바삐 사라졌다.

장미는 한참 일에 몰두하다 잠시 허리를 폈다. 신선한 공기가 기분 좋았다. 시골 특유의 청명한 아침이었다.

그때, 어디선가 말발굽 소리가 들렸다. 장미는 소리가 난 쪽을 향해 고개를 돌렸다. 레굴루스가, 어디서 났는지 모를 말 한 필을 끌고 이쪽을 향해 오고 있었다.

"……새벽같이 일어나서 어딜 나갔다더니."

안 봐도 어딜 갔는지 알 수 있을 것 같았다. 아마도 시장에 나가서 말을 사온 것 같았다.

"다음부터는 어딜 가면 간다고 얘기 정도는 해줘요. 메모라도 남겨주든가."

"네가 이렇게 일찍 일어날 줄 몰라서."

"뭐, 맘 같아선 더 자고도 싶었지만 아주머니가 시골의 아침은 빠르다고 하시니 신세 지는 처지에 더 잘 수도 없고 해서. 그런데 웬 말이에요? 이동은 텔레포트로 하면 되잖아요."

"왕궁 밖은, 텔레포트를 경험해 본 적도 없는 사람들이 대부분이다. 남들 눈에 의심받지 않고 편하게 이동하려면 말이 있는 편이 좋아. 괜히 고위 계급이라고 광고하고 다녀서 좋을 건 없으니까."

과연. 장미는 고개를 끄덕였다. 다른 사람들이 다 보는 앞에서 텔레포트를 한다거나 하는 일은 자제하는 편이 좋다는 이야기였다. 듣고 보니 그랬다. 어쨌든 루슬릭이 장미를 찾는 걸 포기할 때까지 도망 다녀야 하는 처지, 괜스레 눈에 띄어 좋을 건 없었다.

"그리고 이건 널 위한 거다."

레굴루스는 그렇게 말하며 장미에게 뭔가 옷 같은 것을 건넸다. 펼쳐 보니 그것은 모자가 달린 망토 같은 형태의 긴 겉옷으로, 후드를 뒤집어쓰면 얼굴이 반쯤 가려지게 되어 있었다. 장미는 그것이 테라의 판타지 영화 속에서나 보던 '수상한 마법사 옷' 같다고 생각했다.

"이걸 입고 다니라구요?"

"넌 시선을 끄는 얼굴이니까."

사돈 남 말 하시네. 장미는 속으로만 그렇게 생각하며, 도무지 이 소박한 시골의 풍경과는 어울리지 않는 화려한 외모의 미남자를 올려다보았다. 밝은 햇살 아래서 그를 본 적이 없어서 몰랐는데, 그는 정말로 미남이었다. 새삼스럽다고 생각했지만, 정말로 그랬다. 한참 그를 올려다보다 눈이 마주쳤다. 시선이 마주치자 그가 물어왔다.

"왜 그러지."

"……."

"내 얼굴에 뭐가 묻었나?"

장미는 황급히 고개를 돌렸다. 그리고 말을 돌렸다. 어딘지 쑥스러웠다.

"아무것도 아니에요. 그런데 내가 그렇게 튀게 생겼나요? 한눈에 봐도 테라에서 온 게 느껴질 정도로."

"아니. 보통 사람은 널 봐도 테라의 혼혈인 걸 모를 거다."

"그런데도 어쨌든 조심은 하라는 거죠? 후드 같은 건 답답해서 쓰고 다니기 싫은데. 어쨌든 고마워요. 내가 좋아하는 스타일은 아니지만, 잘 입을게요. 이거, 얼마면 돼요?"

레굴루스는 장미의 물음에 이해할 수 없다는 얼굴을 했다.

"무슨 소리를 하는 거지?"

"이거, 얼마였냐구요. 나중에 돈으로 갚을 테니까."

"……갚을 필요 없다. 내가 너에게 준 것이니 그건 네 것이다."

그의 대답에, 장미가 눈을 크게 떴다.

"아…… 고마워요. 잘, 입을게요."

장미는 망토를 걸쳐 보았다. 아주머니가 결혼한 딸이 입던 옷이라며 내어준, 발목을 겨우 가리는 길이의 소박한 목면 소재 드레스에 잘 어울렸다. 루슬릭이 준 옷들은 바닥까지 치맛자락이 닿는 것들이 대부분이었는데, 아주머니가 준 옷은 활동성을 중시해서인지 왕궁에서 입던 드레스들과는 디자인이 조금 달랐다. 그리고 당연한 말이지만 소박했다. 이곳도 서민이 입는 옷과 고위 계층이 입는 옷은 차이가 있는 모양이라고 장미는 생각했다.

그리고 레굴루스가 사온 망토를 물끄러미 바라보았다. 엷은 상아색의 그것은 자세히 보니 재단 상태나 소재가 그렇게 투박하지 않았고, 꽤 예뻤다. 꽤 질 좋은 면을 사용한 것 같고, 색상은 은은하고 기품 있는 느낌이었다. 눈에 띄지 않도록, 변장하기 위한 용도의 옷이겠지만 그래도 기왕이면 예뻐서 나쁠 건 없었다. 장미는 옷가게나 시장의 어딘가에서 장미를 생각하며 여자가 입을 만한 망토를 고르고 있는 레굴루스의 모습을 떠올렸다. 그리고 웃음 지었다.

"처음이에요. 어머니 돌아가신 후로, 누군가에게 옷을 선물 받는 거."

그렇게 말하는 장미를 레굴루스는 말없이 바라보았다. 잠시 두 사람 사이에 정적이 흘렀다.

"오전 안으로 여길 떠날 거다. 들어가서 준비를 해."

"네? 하지만 아주머니 밭일을 도와드리기로 했는데."

"집주인 부부에게는 이미 마을에 다녀오면서 바꾼 돈으로 간단히 사례를 했어. 네가 숙박비랍시고 달리 뭘 할 필요는 없다는 얘기다."

"네? 언제 그렇게 벌써……."

장미는 뭔가 서운한 기분이었다.

"왜? 무슨 문제라도 있나?"

"그런 건 아닌데……."

레굴루스가 등을 돌려 걷기 시작했고, 장미도 따라 걸었다. 떠날 채비를 이미 완료한 듯한 레굴루스의 걸음은 빨랐다. 방 안에 남은 짐들을 실으러 들어가는 그를 뒤따라가면서, 장미가 잠시 멈칫 하고 걸음을 멈췄다.

"왜 그러지?"

레굴루스가 물어오자, 장미는 쉽게 말을 꺼내지 못하고 잠시 머뭇거렸다.

"우리……."

"……."

"우리 그냥, 여기서 살면 어때요?"

장미의 말에 레굴루스는 아무 대답도 하지 않았다. 대신, 무슨 말을 하는 건지 알 수 없다는 얼굴로 장미의 다음 말을 기다렸을 뿐이다.

장미가 말을 이었다.

"여긴 아무것도 없잖아요. 수군거리는 사람들도, 시끄러운 도시도, 북적임도, 그리고 모든 골치 아픈 의무도…… 그저 매일매일의 정직한 노동과 자연과 평화가 있는 이런 삶도 나쁘지 않을 것 같다는 생각이 들어서."

"……."

"그리고 무척, 아름다운 곳이지 않아요? 저 뒤쪽의 산도 그렇고, 조금만 더 나가면 큰 호수도 있다고 하더라구요. 난 평생 도시에서만 살아서 이런 시골을 동경했었거든요."

"떠나올 때 공격을 받아서 텔레포트의 흔적을 완벽히 지우질 못했어. 아마 루슬릭이 계속 우리의 위치를 추적 중일 거다. 텔레포트하기 전 남긴 잔상을 복구하는 일은 시간이 좀 걸리지만, 그래도 삼 일이면 완벽히 복구가 가능해. 그때부터 루슬릭은 우리의 위치를 쫓기 시작할 거다. 너는 지금 도망쳐 온 신세라는 걸 잊지 않았으면 좋겠군."

장미의 말에 레굴루스가 가차 없이 대답을 내어놓았다. 한마디로, 어디 한군데든 오래 있는 것은 좋지 않다는 의미일 것이다. 장미는 어딘지 할 말이 없어져 버린 허탈한 기분으로 고개를 끄덕였다.

"알겠어요. 떠나죠. 스릴 넘치는 도망 생활, 나쁘지 않네요."

시선이 느껴져 고개를 들자, 레굴루스가 장미를 바라보고 있었다.

"왜요?"

"이 모든 건, 네가 루슬릭과 결혼하겠다고 마음만 먹으면 끝날 일이야."

"……도망자 신세가 된 게 마음에 안 드나 싶어서."

"뭐, 좋을 리는 없죠. 살면서 어디 누구에게 범죄라도 저지른 것도 아니고, 내가 도망자 신세가 될 줄 누가 알았겠어요. 그래도 어쩌겠어요, 받아들여야죠. 루슬릭은 지금 설득이 들어 먹히는 상태가 아니고, 그대로 왕궁에 있다간 빼도 박도 못하고 강제 결혼식을 올려야 했을 테니."

장미가 한숨을 쉬었다. 정말이지 이런 날이 올 줄 누가 알았을까. 권력자의 눈에 들어서 자기 의지와 상관없이 결혼을 올려야 할 처지에 놓여, 도망치는 것으로 자기주장을 해야 하는 상황이라니.

"그렇지 않으면 내심, 즐기고 있나? 그 녀석이 쫓아와 잡혀주기를 바라면서."

"그럴 리가 없잖아요!"

말도 안 되는 소리에 장미가 발끈하자, 레굴루스는 한쪽 입가를 비틀며 웃었다.

"감히 이 나에게 거래를 제시하던 그때의 패기는 다 어디 가고, 시골에서 살자는 둥 한가한 소리를 해대기에 한 말이었다. 나는 너와 루슬릭의 치정 싸움에 어울려 줄 생각이 없어. 그러니 확실히 해라. 이 나를 움직이게 할 정도였으면, 거기에 대한 각오는 되어 있겠지."

"……치정 싸움이라니, 말이 안 되잖아요. 말한 것 같지만, 난 루슬릭과 아무 관계도 아니라고요. 연애도 해본 적 없는데 결혼식을 치를 판이니, 얼마나 황당했는지 알아요?"

장미가 쏘아붙였지만 레굴루스가 하는 말은 사실 맞는 말이긴 했다. 어찌 됐든 루슬릭과 장미 사이의 일에 레굴루스까지 끌어들여 버렸다. 그가 개입된 이상, 더는 장미 혼자만의 싸움이 아니었다. 장미가 한 일은, 가이아 왕실을 위해 일하는 기사인 그로 하여금 가이아 국왕인 루슬릭을 등지게 한 일이기도 했던 것이다. 장미는 순간 머리가 멍해졌다. 안이하게 생각할 일이 아니었다.

잠깐, 생각해 보니까 나는 레굴루스에게 무슨 짓을 한 거지.

이 일이 만약 실패해서 다시 왕궁으로 잡혀 들어가는 그런 최악의 상황을 가정한다면, 장미야 모르지만 레굴루스는 무사히 살아남을 수 있을 거라는 보장이 없었다.

"그래요…… 알겠어요. 명심할게요. 우린 관광 온 게 아니라, 도망 다니는 신세라는 걸. 철없는 소리를 해서 미안했어요."

스스로의 선택에 책임을 져야만 했다. 다른 사람까지 끌어들이게 한 이상, 더더욱.

이제 누구도 보호해 주지 않고, 보호자가 필요한 미성년자 신세를 탈출한 성인인데 이래서야 레굴루스의 말처럼 '자의식 과잉 어린애'에 지나지 않는다. 장미는 순간 스스로를 향한 자기혐오에 빠져 고개를 숙였다.

도망쳐 오긴 했지만, 도피성 여행은 아니다. 스스로 한 선택의 결과로 일어난 이 현실을 책임져야만 했다. 장미는 정신을 반짝 차려야겠다고 다짐했다.

"……사과할 것까진 없어. 네 거래를 받아들이기로 한 건 내 의지니까."

앞서 걸어가던 레굴루스가 무뚝뚝하게 덧붙였다. 장미는 다시 고개를 들었다.

키 큰 남자의 검은 머리카락이 바람에 흩날리는 것을 바라보았다. 이렇게 눈부신 아침 햇살 아래서 그를 바라보는 것은, 그러고 보니 처음인 것 같았다.

"네 제안을 받아들인 이상, 나도 이 상황에 대해 책임이 있으니까."

그러고 보면, 레굴루스가 제안을 받아들일 줄은 솔직히 기대하지 않았었다.

만약 그가 거절하면 혼자로라도 도망칠 방법을 모색해 볼 생각이긴 했지만, 장미는 그가 따라와 준 것이 솔직히 기뻤다.

말만 좀 덜 얄밉게 하면 좋을 텐데.

그렇게 생각하면서 장미는 그가 선물해 준 망토의 후드를 뒤집어썼다. 길을 떠날 시간이었다.

여행은 이미 시작되어 버렸고, 이 여행길의 끝에 뭐가 있을지는 아직 누구도 알 수 없었다.

"레굴루스."

장미의 부름에, 앞서가던 그가 뒤돌아보았다.

"뒷머리 뻗쳤어요. 잠버릇 나쁘네요."

그는 잠시 장미를 바라보더니, 뒷머리를 한번 다시 만져 보는 일도 없이 곧 다시 뒤돌아서서 걸었다.

하여간 무뚝뚝하긴.

변함없이 재미없는 성격이었다.

말을 타고 검문소를 지나면서, 문지기에게 잡혔다. 신분증을 제시하라고 했는데 하지 않은 탓이었다. 몇 번의 실랑이 끝에 결국 문지기는 '오는 길에 강도를 만나 모든 짐을 털렸고 맞서 싸우다 남편은 다치기까지 했다. 난리 통에 신분증은 잃어버렸다' 라는 장미의 끈질긴 설득에 백기를 들어주었다.

"어디서 강도를 만났습니까? 이 일대는 도둑이 잘 없는데요……
치안이 불안한 국경 지대도 아니고, 평화로운 농가 마을에 도둑이
라니. 들을수록 이상하네요."

문지기는 마지못해 검문소 문을 열어주면서도, 마지막까지 의심
스러운 눈초리를 거두지 않았다.

"감사합니다, 문지기 아저씨! 복 받으실 거예요."

장미가 애교를 담아 웃으며 손을 흔들자, 그는 못 이기는 척 한
숨을 쉬며 더는 아무것도 묻지 않았다.

"열어줘서 다행이에요. 의심은 좀 산 것 같지만. 그래도 부부라
고 말하니 그건 의심 안 하네요."

"이런 데서 기운 안 빼도, 만약 안 열어주면 기절시키고 가면 되
는 일이었어."

"일일이 힘 뺄 것 없잖아요. 아, 잠깐만. 혹시 지금 내가 쓸데없
는 일을 한 거예요?"

장미의 말에 레굴루스는 대답하지 않았다. 그는 어딘지 기분이
안 좋아 보였다.

"강도 이야기를 해서 괜히 눈에 띄게 만들었나……? 어쨌든 잘
통과했잖아요. 그럼 된 거죠."

"생글생글 잘 웃더군."

"네?"

영문을 알 수 없는 말에 장미가 되묻자, 레굴루스는 이내 입을
다물어 버렸다. 침묵 속에서 말발굽 소리만 다각 다각 하고 땅을
울렸다.

"그런 식으로 네가 웃는 걸…… 처음 본 것 같다."

레굴루스의 말에, 장미는 순간 복잡한 기분이 들었다.

그건 당신과는 딱히 웃을 일이 없었으니까. 일단 첫인상부터도 최악이었고.

라는 말은 그저 목으로 삼키며, 장미는 어떻게 대답해야 하나 고민했다.

"당신도 마찬가지잖아요. 웃는 모습을 본 적이 없어요."

장미가 작게 항의하듯 말했다. 레굴루스는 묵묵히 말을 몰 뿐, 거기에 대해 대답하지 않았다.

한참을 말을 달려, 검문소 지역을 벗어나 마을 번화가에 도착했다. 이곳은 가이아의 왕궁이 있는 왕도 '렘'이라는 도시로부터 가장 많이 떨어진, '로움'이라는 이름의 지방이라고 레굴루스가 얘기해 주었다.

건국 이래 단 한 번의 내전도 없이 바뀐 적이 없는 왕조 아래서 강력한 중앙 집권을 이룩하고 있는 가이아 왕국에서는 영주 같은 지방 귀족의 통치를 인정하지 않는다. 왕이 지명하여 지방에 파견하는 관리와 그 지역의 세력가들로 이루어진 일종의 지방 자치회가 있는데, 중앙 정부와 밀접한 형태라고 레굴루스는 간단히 설명했다.

지방 정부의 보고는 영주 같은 중재자를 거치지 않고 중앙 정부로 바로 올라간다. 한마디로 아무리 외진 지역이라도 국왕의 눈이 닿을 수 없는 곳은 없고, 왕궁과 바로 소통할 수 있는 이들이 도처에 있을 수 있으니 행동거지를 조심히 하라는 의미로 이해되었다.

마을에 들어섰지만, 번화가에서조차 큰 건물을 찾아보기 힘들어 아기자기한 느낌이었다. 오래된 돌길과 흙먼지가 날리는 시장의 풍경이 친근한 느낌을 줬다.

"어릴 때 엄마를 따라 유럽 여행을 한 적이 있는데, 꼭 영국 시골 같은 느낌이네요."

장미의 감상에 레굴루스는 별다른 대꾸를 하지 않았다. 때마침 번화가에서는 장이 서고 있었다. 상인들은 물건을 길가에 늘어놓고 지나가는 사람들에게 상냥한 얼굴로 권하며 나름의 호객 행위에 한참이었다.

레굴루스가 말을 한곳에 세웠다. 장미도 따라 말에서 내릴 준비를 했다. 시장에 들를 생각인 것 같았다.

"어서 오세요. 오늘 아침 수확해 온 신선한 제철 과일입니다. 사과는 어떠신가요? 요즘같이 햇살이 따가운 날에 사과만큼 맛있는 과일도 없죠."

두 사람을 향해, 사람 좋아 보이는 과일 장수가 물건을 권했다. 굳이 권하지 않아도 살 생각이었던 듯, 레굴루스가 장미에게 먹고 싶은 걸로 고르라고 말했다. 때마침 점심때라 배고팠던 터라 장미는 과일을 잔뜩 샀다.

"고마워요. 도망친 이래로 자꾸 신세만 지는 것 같지만, 여기 돈이 없어서. 이것들은 나중에 테라에 돌아가서라도 꼭 갚을게요."

"필요 없어. 어차피 쓸 일도 없는 돈이 처치 곤란할 정도니. 내가 몇 년을 살아왔다고 생각하는 거냐. 쌓인 게 돈이야."

"방금 그 대사 뭔가 굉장히 부러운데요……."

"나중에 네가 할 일이나 제대로 이행해라. 그게 우리 계약의 조건이니까."

레굴루스의 말에 순간, 장미는 한 번 더 깨달았다. 다소 들떴던 기분이 식는 것 같았다. 그랬다. 레굴루스가 바라는 건 죽음이었고, 장미는 그것을 위해 그와 계약했다.

언젠가는 자신의 손으로 죽여야 한다.

한 번도 사람을 죽여본 적이 없는데, 할 수 있을까? 장미는 순간 두려운 느낌이 들었다. 그때 그에게 그런 거래를 제안한 스스로가 조금은 믿기지 않는 기분조차 들었다.

"젊은 부부네요. 함께 장 보는 신혼부부라니, 보기 좋습니다."

넉살 좋은 과일 장수가 거스름돈을 내어주며 한마디 덧붙였다.

두 사람은 아무 말도 하지 않았다. 단지 서로를 서먹하게 쳐다볼 뿐이었다. 장미는 과일 바구니를 품에 꼭 안은 채 빵 장수를 향해 다가가는 레굴루스의 뒤를 따라 걸었다.

"먹고 싶은 걸로 골라."

빵 장수의 가판 앞에서 레굴루스가 말했다.

"당신은요?"

"난 식사할 필요 없어. 에너지 섭취를 하지 않아도 죽지 않으니까. 내가 뭔가를 먹는 건 음식 낭비다."

그러고 보니, 식사하지 않는다고 예전에 그로부터 들은 기억이 나긴 했다.

"그래도 같이 먹어요. 먹는다고 큰일 나는 거 아니잖아요. 맛있는 걸 먹을 때의 기쁨이 얼마나 큰데."

장미의 말에 레굴루스는 뭔가 생소한 것을 들은 얼굴이었다.

"먹는 게 기쁘다고?"

"네. 먹는 재미로 산다는 사람들도 많잖아요. 요즘 테라에서는 TV고 인터넷이고 온통 먹는 이야기뿐이고…… 아 미안해요, 테라 얘기를 해서. 무슨 말인지 모르겠죠."

장미는 보기에 맛있어 보이는 빵들을 넉넉히 고른 후, 계산을 했다. 그리고 옆에서 장미가 건넨 과일 바구니를 안고 서 있는 무표정한 남자에게, 빵 하나를 건넸다.

"자요. 먹어봐요."

레굴루스는 무표정한 얼굴로 장미가 내민 **빵**을 바라보았다.

"말했잖아. 내가 식사하는 건, 빵의 낭비다. 언제가 마지막 식사였는지 기억조차 나지 않아."

"그래도 먹어봐요. 꼭 에너지 섭취를 위한 식사뿐 아니라, 단순히 먹고 싶어서, 맛있을 것 같아서, 기쁜 마음으로 먹는 그런 감각의 식사도 있는 거잖아요."

"식사같이 번거로운 일은 질색이야. 식사가 기쁘다는 건 처음 듣는 소리다."

레굴루스는 끝내 **빵**을 받아 들지 않았다. 장미는 건네준 손이 무안해진 기분이었다.

저러니 사는 게 재미가 없지.

장미는 한숨을 쉬며 그의 뒤를 따라 계속 걸었다. 레굴루스는 필요한 것을 샀으니 이제 말을 매어둔 곳으로 돌아가려는 듯했다.

"이제 마을 여관으로 간다."

"조금만 더 둘러보면 안 돼요? 가이아의 시장 구경은 처음이라 재밌는데."

장미의 말에 레굴루스는 한숨을 쉬며 허락했다. 꼭 어른에게 고집을 부리는 어린아이가 된 기분이었다. 하지만 어차피 일찍 들어가 보아야 할 일도 없고, 장미는 조금 더 마을 구경이 하고 싶었다.

"예쁜 부인에게 액세서리를 하나 선물해 주시는 건 어떠세요? 공방에서 제가 하나하나 직접 수작업 한 거랍니다."

가판대에 머리끈과 액세서리를 늘어놓고 팔던 인상 좋은 여자가 레굴루스를 붙잡으며 말을 걸었다. 레굴루스는 순간 무슨 말을 들은 것인지 모르겠다는 얼굴로 상인을 뚫어져라 바라보았다.

"부인, 이런 기회에 한번 선물을 졸라보세요. 이 빨간 리본이 잘 어울리실 것 같은데요. 장미 문양을 모티브로 이염을 들인 부드러운 실크 스카프는 어떠신가요?"

레굴루스의 무반응에 무안해졌는지, 그녀가 옆에 선 장미를 붙잡고 말을 걸어왔다.

"어디, 이걸 한번 해보세요. 여기 이 반지는 제 야심작이에요. 진짜 진주를 사용해서 조금 가격이 있긴 하지만 젊은 부인에게 딱일 것 같은데요. 바깥 분 차림을 보니 꽤 지체 높은 분 같은데…… 혹시 수도의 군인이신가요? 그럼 이 정도 반지는 부인에게 선물할 만하죠."

액세서리를 만드는 여자라 그런지 눈썰미가 날카로웠다. 군인은 아니었지만 비슷했다. 그가 이 나라에 한 명밖에 없는 왕실기사라는 말을 할 수는 없었기에 장미는 얼버무렸다.

"아하하, 말씀 고맙지만 이이도 보기보다 돈이 별로 없어요. 그리고 마음에 드는 건 스스로 사는 주의라서요. 다음에 돈 가지고 혼자 올게요."

장미가 어색하게 웃으며 거절하자, 옆에서 내내 말이 없던 레굴루스가 뜻밖에도 상인이 건넨 반지를 받아 들었다.

"이걸로."

가격도 묻지 않고, 레굴루스는 반지의 대금을 상인에게 지불하려 하고 있었다. 상인의 입이 귀에 걸리는 걸 보면서 장미는 순간 당황했다.

"자, 잠깐만요! 뭐 하러 그런 건 사요. 난 필요 없어요, 액세서리 같은 건 귀찮아서 하지도 않고."

"630니켈입니다. 대단히 감사합니다, 손님! 다음에 또 찾아주세요."

여자가 함박웃음을 지었고, 레굴루스가 말없이 값을 치렀다. 장미가 옆에서 당황하거나 말거나, 레굴루스는 계산을 마친 반지를 장미에게 건넸다.

"……주는 거예요? 갑자기 왜요?"

"그럼 내가 하려고 샀겠나?"

"아니, 그러니까 느닷없이 반지는 왜."

"네게 잘 어울릴 것 같았다."

무뚝뚝하게 덧붙이는 설명이라곤 그것이 전부였다. 장미는 갑작스런 선물에 당황했지만, 어쨌든 준 것이니 받아 들었다.

장미의 손바닥 위에서는 하얀 진주 반지가 빛나고 있었다. 장미는 그것을 오른쪽 네 번째 손가락에 끼웠다.

"어때요, 어울려요?"

레굴루스를 향해 자랑스럽게 오른손을 펼쳐 보이자, 그가 희미하게 웃은 것도 같았다.

"그래."

돌아온 것은 역시나 두 음절짜리 간단한 대답이었으나, 그것만으로 장미는 조금 기분이 말랑해지는 것 같았다.

"뭔가 갑작스럽고 이상하긴 하지만 기왕에 주는 것이니 기쁘게 받을게요. 예쁘네요."

루슬릭에게서 무도회에 와달라며 호화로운 드레스를 떠안기듯 받았을 때는, 돌려주지도 못할 마음을 일방적으로 끌어안는 것 같아 부담스럽기만 했었다.

하지만 시장 가판대에서 산 이 작은 반지—진주라고는 하지만 진짜 진주인지 확인할 길은 없는—는 장미의 마음을 들뜨게 만들었다.

시장 구경을 마치고 말을 매어둔 곳으로 다시 돌아올 때까지, 장미는 몇 번이고 손가락의 반지를 들여다보았다.

두 사람이 말을 매어둔 시장 입구에 거의 다다랐을 무렵, 장미는 빠르게 지나는 누군가와 부딪쳤다.

"앗, 죄송합니⋯⋯."

부딪친 사람에게 사과를 하기 위해 뒤돌아보았다.

그리고 장미는, 순간 말을 잊었다.

"아닙니다."

부딪친 남자가 고개를 살짝 숙이며 장미를 향해 미소를 지어 보였다. 그리고 그는 빠른 걸음으로 곧 다시 시야에서 사라졌다.

장미는 순간 자신이 본 것이 무엇인지 믿을 수가 없었다.

"⋯⋯프레데릭?"

장미의 말에, 말안장 곁에 시장에서 산 것들이 떨어지지 않도록 단단히 실어 매는 작업에 한창이던 레굴루스도 놀라 고개를 들었다.

분명, 그였다.

그림 속에서밖에 본 적이 없는, 장미의 친아빠. 그리고 20년 전의 '어떤 사건'으로 인해 카트레야 여왕의 분노를 샀고 기사단의 해체를 불러왔으며, 지금은 죽고 없다는 전대 왕실기사단장 프레데릭.

그림 속에서 본 푸른 눈에 살짝 잿빛이 도는 금발, 그리고 입가에 걸린 여유 넘치는 미소. 단정하지만 남자다운 이목구비. 기억하고 있는 그 얼굴 그대로였다. 잘못 볼 리가 없었다. 한참 동안, 그림 앞에 서서 눈에 새기듯이 들여다보았으니까.

방금 전 장미와 부딪친 남자는, 놀라울 정도로 그림 속에서 만난

'아버지'와 닮아 있었다.

❖

침대에 누웠지만 잠이 오질 않았다. 여행에 지친 몸은 금방이라도 기절할 것처럼 피곤했지만 쉽사리 잠들 수 없었다. 그리고 불면의 원인이 단순히 잠자리가 바뀌었기 때문만은 아님을, 장미는 잘 알고 있었다. 몇 번이고 뒤척거리며 잠을 청해보던 장미는 결국 포기하고 자리에서 일어섰다.

시골 여관의 밤은 조용했다. 방문을 열고 썰렁한 기운이 감도는 복도로 나와, 옆방 문 앞에 섰다. 노크하기 전 잠시 망설였지만, 그래도 확인하고 싶었다.

문이 열리고, 레굴루스가 모습을 드러냈다.

"뭐지."

"자고 있었다면 미안해요. 내가 방해했나요?"

그는 장미의 물음에 아무 대답도 하지 않았다. 하지만 졸려 보이지는 않았다. 문득 그가 잠에 잘 들지 못한다는 것이 생각났다. 레굴루스가 가만히 장미 쪽을 응시했다. 차분하게 가라앉아 있는 그 눈은 여전히 속을 짐작하기 어려웠다. 어서 용건을 말하라는 듯한 눈이었다.

"한 가지 물어보고 싶은 게 있어요."

장미는 잠시 머뭇거렸다.

"내 아버지는 정말로…… 돌아가신 게 맞나요?"

"그래."

전혀 주저함이 없는 확답이 돌아왔다. 허무할 정도의 즉답에, 머뭇거린 게 조금 싱거울 정도였다.

"혹시라도, 살아 계실 가능성은 없나요?"

"……시장에서 프레데릭과 똑같이 생긴 사람을 봤다는 것. 그 때문인가."

그가 작게 한숨을 쉬었다.

"만약 프레데릭이 살아 있다고 한들 20년 전과 똑같은 모습은 아니겠지. 테란보다 수명이 길어 느리게 노화한다고 해도, 정상적인 사람이라면 반드시 노화한다. 그리고 성의 그림으로 단 한 번 봤을 뿐인 네가, 어떻게 그를 프레데릭이라고 확신하지?"

"하지만…… 어딘가에 살아 계실 수도 있잖아요."

"그럴 일은 없다."

"왜 그렇게 단호해요? 난 실오라기 같은 희망의 여지라도 보고 싶단 말이에요!"

"왜냐하면."

레굴루스가 잠시 말을 멈추었다. 두 사람의 시선은 얽힌 채로 잠시 정적만이 지나갔다. 잠시 망설이는 것 같았지만, 그 주저함은 길지 않았다. 그가 장미와 눈을 맞췄다. 그리고 마침내, 입술을 달싹이며 말했다.

"프레데릭을 죽인 게 나니까."

"……!"

장미는 숨을 들이켰다. 방금 들은 말을 믿을 수가 없었다. 방금 뭔가 끔찍한 사실을 들은 것 같은데, 어떻게 반응하면 좋을지는 몰랐다.

"……뭐라고요?"

"프레데릭은 내 손에 죽었다. 20년 전에."

"……왜죠?"

"카트레야의 명이었다."

"……어, 어떻게…… 아니, 아무리 그래도 그렇지, 어떻게 당신이……? 죽였다구요? 카트레야의 명으로?"

장미는 고개를 저었다. 믿고 싶지 않았다. 믿을 수가 없었다. 방금 들은 말을, 부정하고 싶었다.

아버지를 죽인 건, 카트레야의 명을 받은 레굴루스였다. 믿고 싶지 않은, 묻지 않은 진실이었다. 장미는 자기도 모르게 눈을 두어 번, 깜박였다. 눈을 깜박이고 있다는 것도 몰랐다. 끝도 없는 어둠이 입을 쩍 벌리고 눈앞에 펼쳐지는 것 같았다.

"어떻게 그럴 수가 있어……."

중얼거렸다. 거기에 대답은 돌아오지 않았다. 장미는 다리에 힘이 풀려 복도에 주저앉았다. 그런 장미를 레굴루스가 붙잡았다. 장미는 그 손을 냉담하게 뿌리쳤다.

"살인자……."

"……."

레굴루스는 아무런 대답도 하지 않았다. 변명도 하지 않았다. 그저 장미를 바라볼 뿐이었다.

"정말로 당신이 내 아버지를 죽였어……?"

부정하지 않는 눈에 대고 장미는 절망적으로 외쳤다.

"정말로 당신이 죽인 거야?"

차라리 부정을 해.

장미는 마음속으로 바랐다.

믿고 싶었다. 어쩌면, 좋아하고 있는지도 모르겠다고 생각했다.

처음 장미 정원에서 만났을 때, 그 순간 뭔가에 홀린 것처럼 그에게서 눈을 뗄 수가 없었다. 얄미운 말만 하는 입과는 다르게, 아름다운 남자라고 생각했었다.

그에게 도망치자고 제안했던 건, 어쩐지 레굴루스라면 장미가 내건 조건을 거절하지 않을 것 같아서였기도 했지만 마음 한편에 희미한 기대가 있기 때문일지도 몰랐다.

'그와 함께 있고 싶다' 는 기대.

희미하지만 무시하기는 어려운, 첫사랑의 예감. 어쩌면 태어나서 처음으로 누군가를 사랑할 수도 있겠다는 예감.

그리고 그 상대가 레굴루스가 될 수도 있을 것이라고, 장미는 어쩌면 기대했던 건지도 모른다.

하지만 늘 그렇듯이 현실은 잔인하기만 했다. 세상은 단 한 번도 내 마음 같았던 적이 없고, 현실은 원하는 대로 흘러가 주지 않았다.

상상조차도 할 수 없었던 어마어마한 말에 장미는 그저 숨을 들이켰다. 그것밖에는 할 수 있는 것이 없었다.

'그를 사랑하지 마세요. 반드시 불행해집니다.'

순간, 아브릴의 말이 섬광처럼 머릿속을 스쳤다.

'프레데릭의 망령이 떠도는 그 성에서는 잘 수가 없어.'

잠이 오질 않는다며 장미의 방에 무단 침입했던 그 밤, 그는 그렇게 말했던가.

"……이제 잘 알았어요. 모든 상황이 이해가 돼요. 20년 전, 어떤 '사건' 이 있었어요. 그리고 그 사건으로 인해 아버지는 여왕을 거스르게 됐고, 열 받은 여왕이 당신에게 아버지를 죽이라고 했고, 당신은 충실히 이행한 거군."

장미의 목소리가 가늘게 떨렸다.

"그건 왕명이었고, 나는 기사다."

당연한 일을 했다는 것처럼 말하고 있지만, 그의 목소리가 희미하게 흔들리고 있는 것 같은 느낌이 들었다. 하지만 장미는 냉정하게 말했다.

"가이아 국왕이 시키는 거라면 당신은 뭐든 하나요? 잘 알았어요. 기사란 단순히 그저, 왕실의 개군요."

장미의 말에 그의 눈썹이 미세하게 찌푸려지는 것이 보였다. 스스로 생각하기에도 말이 격해지고 있다는 생각은 들었다. 하지만 멈출 수 없었다. 이미 이성이 작동하는 상태가 아니었다.

장미는 소리 질렀다. 온 지역의 사람들이 전부 들을 수 있을 정도로.

"살인마! 당신이 내 아버지를 죽였어!"

스스로의 안에 이렇게 격렬한 분노가 있을 수 있다는 것을, 처음으로 알았다.

레굴루스는 대답하지 않았다. 반응하지도 않았다. 서늘한 금빛 눈은 아무런 표정 없이 그저 장미를 바라볼 뿐이었다.

"죽여 버릴 거야……."

장미는 자기 자신도 모르게 튀어나오는 음산한 중얼거림에 놀랐다. 하지만 튀어나오는 말을 막을 길은 없었다.

"……."

"그거 알아? 난 평생 내 아버지가 누군지 궁금해하다 여기 와서야 겨우 알게 됐어. 그리고 아버지가 누군지 알게 되자마자, 영영 만날 수 없는 사람이란 걸 또 알게 됐어. 그게 어떤 기분인지 당신이 이해할 수 있냐고!"

장미가 비명처럼 내지른 말에 레굴루스는 계속 대답하지 않았다.

"내 아버지가 저질렀다는 죄가 뭔지, 20년 전의 사건이 뭔지 나는 몰라. 당신네 세계의 그 잘난 규칙도 알 바가 아니야! 단지 난, 두 번 다시 내 부모님을, 이 세상 어디에서도 만날 수 없다구! 그게 어떤 기분인지 당신이 이해할 수 있어? 카트레야도, 그리고 당신도 용서할 수 없어. 그리고 당신만큼은 반드시, 내가 죽여 버릴 거야!"

장미는 되는 대로 내뱉었다. 태어나서 처음으로, 분노로 머릿속에 하얘진다는 게 어떤 건지 경험하고 있었다.

그리고 내내 그런 장미를 침묵으로 지켜보던 차가운 금빛 눈이 희미하게 웃었다.

"그야말로 바라던 바다."

"……!"

그렇다. 이자가 바라는 것은, 죽음. 긴 세월 지루하게 산 것도 죽은 것도 아닌 존재로 이어져 온 생을 끝내는 것. 이 아름다운 남자가 다른 무엇보다도 바라는 것은 바로 그것이었다.

장미의 혹독한 말들은 아무래도 이 남자에게 전혀 심리적인 타격을 주지 못했던 모양이었다. 장미는 두 주먹을 불끈 쥐었다.

장미는 뒤돌아서서 복도를 뛰어나갔다. 도저히 이대로 방에 돌아가 잠들 수 있는 기분이 아니었다.

계단을 달리듯 내려가는 장미의 등 뒤로, 레굴루스의 목소리가 들려왔다.

"이봐! 이 시간에 혼자 멋대로 돌아다니지 마. 위험하다!"

들릴 리가 없었다. 장미는 분노로 뜨거워진 머리를 식혀야 했다. 무작정 달렸다. 1층으로 내려오자, 계단 옆에 앉아 꾸벅꾸벅 졸고 있던 여관 주인과 눈이 마주쳤다.

"아니, 무슨 일이 있습니까? 그보다 아가씨 혼자 이 시간에 어딜……."

무시하고 밖으로 뛰어나갔다. 깊고 깊은 밤의 어둠 속을 혼자서 달려나갔다.

얼마나 그렇게 뛰었던 걸까.

정신 차려보니, 키 큰 풀들을 혼자서 헤치며 휘적휘적 걷고 있었다.

다리에 힘이 풀리고 머릿속이 멍해질 무렵에야, 장미는 마치 마술 구두라도 신은 듯 멋대로 움직이던 두 발을 멈출 수 있었다.

장미는 숨을 몰아쉬며 걸음을 멈추었다. 그리고 동시에, 뒤따라오던 누군가의 걸음도 멈추는 것을 느낄 수 있었다.

그게 누구인지 장미는 뒤돌아보지 않아도 알 수 있을 것 같았다.

일정한 보폭을 유지하며 뒤에서 따라 걷던 남자는 마치 그림자 같았다.

"알고 싶나? 20년 전에 있었던 일."

"……."

등 뒤에서 나직하게 들려오는 낮은 목소리에, 장미는 멍한 얼굴로 고개를 끄덕였다.

계속, 계속 알고 싶었었다.

루슬릭과 아브릴에게 계속 물었지만, 궁의 어느 누구도 말해주지 않았던 '20년 전'의 일을.

남자의 기척이 가까워졌다. 그리고 바로 등 뒤에서 남자의 숨소리가 느껴졌으나, 장미는 뒤돌아보지 않았다.

레굴루스.

이제 그를 어떤 표정으로 대하면 좋을지, 어떤 얼굴로 그를 바라보면 좋을지 전혀 알 수 없었다.

"20년 전에 있었던 일이다."

남자는 고개를 숙여 장미의 귓가에 대고 속삭이듯 이야기를 시작했다.

얼음장처럼 차가운 남자인데 숨소리는 보통 사람처럼 뜨거운 게 신기하다고, 장미는 멍한 와중에도 생각했다.

"20년 전에 한 테란이 가이아에 들어왔다. 그건 상식적인 상황은 아니었지. 너처럼 가이안의 혼혈이라서 텔레포트가 가능한 것도 아니었고, 그저 평범한 테란이 가이아에 올 수 있었던 그 상황이 어떻게 가능했었는지는 지금도 의문이다. 그리고 당시 왕실기사단장이던 프레데릭이 그 테란에게 반했고, 모든 것을 버려서라도 그녀를 따라가고 싶어했지. 프레데릭은 국왕이던 카트레야에게 자신의 직위 해제와 테라로의 이주를 허가해 줄 것을 요청했다. 그리고 카트레야는 그걸 거절했다. 왜냐하면 테라로의 이주는 국법에 의해 금지되어 있는데다, 운 나쁘게도 프레데릭은 당시 카트레야의 약혼자였거든."

"……!"

"카트레야의 프레데릭에 대한 집착은 상상을 초월할 정도였다. 가지지 못할 바에 차라리 죽이고 만다…… 그것이 카트레야의 방식이었지. 그렇게 프레데릭이 죽고 카트레야는 다른 정혼자를 맞아들였고, 그에게서 얻은 게 루슬릭이다."

"아버지는……."

장미가 뒤돌아보지 않고 말했다.

"고통스럽게 돌아가셨나요? 아니면……."

"그는 카트레야가 그렇게 나올 것을 예상했던 것 같다. 프레데릭이 행한 일들은 가이아의 수호를 책임지는 그의 계급과 의무에 맞지 않는 것이었고, 아마도 죽음을 각오한 것 같은 얼굴이었지."

"……."

"그는 죽는 걸 두려워하지는 않았다. 대부분 가이안들에게, 죽음은 일상적인 것이다. 고통스럽게 두려워할 것이 아닌, 자연스러운 것. 생명이 순환하는 것을 안다면 삶에도 죽음에도 그다지 집착할 필요가 없다는 걸, 프레데릭은 알고 있었으니까. 다만 그는 죽기 전에, 단 한 번이라도 테라에 가고 싶었던 것 같았다. 테라에 있는 너와 네 어머니의 안부를 끝까지 궁금해했었지."

"……."

볼을 타고 눈물이 흘러내렸다. 차가운 밤바람이 불어 머리카락을 흩날렸다. 순간 다리에 힘이 풀린 장미는 그대로 바닥에 무너지듯 주저앉았다.

등 뒤의 레굴루스가 그런 그녀를 기다렸다는 듯이 부축해 일으켜 세웠다.

장미는 눈물 어린 눈으로 뒤돌아보았다. 금색 눈과 마주친 순간, 장미는 자기도 모르게 소리를 질렀다.

"놔요! ……당신 따위 진짜 최악이야."

레굴루스의 눈을 똑바로 맞추며 장미가 말했다.

"첫인상부터 최악이었고, 하는 말마다 밉상스러운 데다 자기 필요할 땐 짐승처럼 덤비기나 하고."

"……."

"그리고 아버지의 원수였다니. 살인마였다니."

"……."

"세상에, 어떻게 그럴 수가 있어! 어머니는 아마도 평생, 런던에서 그렇게 돌아가시기 전까지 계속…… 절대로 오지 않는 아버지를 기다렸을 텐데."

"……."

"살인마. 괴물."

장미가 또박또박 내뱉는 얼음 같은 비난의 말들에도, 눈앞에 남자는 꿈쩍도 하지 않았다.

"절대로 용서할 수 없어."

서슬 퍼런 말들을 또 되는 대로 쏟아낸 후, 장미는 잠시 숨을 골랐다. 잠시 침묵이 흘렀다.

이상했다. 아무리 퍼부어대도, 전혀 성이 풀리지 않았다.

한참을, 표정 없는 얼굴로 장미가 하는 말을 묵묵히 듣고만 있던 레굴루스가 처음으로 입을 열었다.

"너의 용서를 바라지는 않는다."

"……."

"다만, 죽음을 바랄 뿐이다."

낮은 목소리가 밤공기를 가르고 은은히 울려 퍼졌다.

장미는 그 목소리가 마치 한숨 같다고 생각했다.

장미는 그의 눈을 똑바로 쏘아보았다. 눈을 채우던 눈물 때문에 흐릿했던 그의 눈빛이, 어둠 속에 익숙해지자 선명하게 잘 보였다.

그리고 장미는, 긴 시간 동안 모든 것을 잃고, 희망조차도 포기한 지 오래인 사람의 눈빛을 보았다.

그의 두 눈 속을 선명히 채우고 있는 어둠의 정체를, 장미는 그때서야 알 수 있었다.

스스로에 대한 깊은 절망.

이 사람은, 자기 자신조차도 사랑하지 않는다.

이런 사람에게서 나는 무엇을 기대했던 걸까.

로맨스? 완전히 틀렸다. 스스로를, 자신에게 주어진 생명조차 사랑하지 않는 사람이 도대체 무엇을 다른 사람과 나눌 수 있단 말인가.

'그를 사랑하지 마세요. 반드시 불행해집니다.'

아브릴의 말이 저주처럼 귓가에 울리는 것 같았다.

"……."

장미는 그를 향해 손을 뻗었다. 흠칫, 하고 그가 굳는 것을 느끼며 그의 뺨을 조용히, 쓰다듬었다.

이 사람은 얼마나 오랜 시간 동안을 이렇게 혼자 살아온 걸까.

아니, 그런 시간을 살아왔다고 볼 수 있을까.

얼마나 오랜 시간 동안을 이렇게 홀로 묵묵히, 버텨온 걸까.

레굴루스는 장미의 행동을 이해할 수 없다는 듯한 눈을 하기는 했지만, 장미의 손을 피하지는 않았다.

"당신이 원망스러워."

장미가 말했다.

"원망스럽고, 미워서 견딜 수가 없는데…… 차마 당신을 저주할 수가 없어."

"……."

"정확히 알았어. 나는 당신을 마음 깊이 동정해. 아마도 당신에게서 나와 같은 동질감을 느꼈던 거야. 난 당신이라는 거울을 통해 내 고독을 비춰 본 거야. 지금은 아버지를 죽인 원수라는 걸 알았고, 그렇기에 원망해. 그래서 그게 또 나를 미치게 해. 증오해야 할 것 같은데, 그렇게 해야 마땅한데…… 그렇게 할 수가 없어! 이제 당신을 어떤 눈으로 바라봐야 할지 도무지 모르겠다고!"

잠시 정적이 흘렀다. 차가운 밤바람이 부는 소리만 귓가를 나른하게 울렸다. 누구도, 아무 말도 하지 않았다.

"나 역시."

한참 후에야, 레굴루스가 입을 열었다.

"……너를 보는 게 고통스럽다."

"……."

"내 손으로 죽인 프레데릭을 닮은 눈을 한 너를 보는 건 괴로움, 처음엔 그 이상도 이하도 아니었다. 처음 정원에서 프레데릭의 눈을 한 널 봤을 때, 매일 꾸는 악몽의 연장선이라고 생각했을 정도니…… 죽은 프레데릭이 지하에서 웃는 소리가 귀에 들리는 것 같았지."

"……."

"프레데릭이 뿌린 씨가 내게 복수하러 보란 듯이 이 땅에 돌아온 것 같았다. 너를 처음 본 순간, 나는 참을 수 없이 불편했다. 진지하게 죽여 버릴까도 생각했었지."

"죽여 버리지 그랬어. 한 명 죽이나 두 명 죽이나. 당신이라면 손쉽게 그렇게 할 수 있었을 텐데."

가시 돋친 말을 내뱉은 장미는 그의 뺨을 쓰다듬던 손을 멈췄다. 아니, 멈출 수밖에 없었다. 그가 자신의 뺨에 닿아 있는 장미의 손목을 붙잡았기 때문이었다.

레굴루스가 붙잡은 장미의 손목을 천천히 입술로 가져갔다.

그리고 장미의 손등에 입을 맞췄다.

"……넌 전혀 나를 두려워하지 않았지. 오히려 나를 위로하려했다. 처음엔 같잖았지. 이제 갓 성년이 된 테란 주제에, 네가 감히 내가 가진 어둠을 짐작할 수나 있을까."

"……."

"그런데 그런 네가…… 루슬릭으로부터 도망치고 싶다고 말했을 때."

"……."

"그때 깨달았다. 그런 네 제안이 기쁘다는 걸."

"……."

"그리고 지금은…… 네게 미움받는 게 두렵다."

장미는 그에게 붙잡힌 손을 잡아 뺐다. 그가 입술을 누른 손등에 감촉이 남아 있었다. 차가웠다. 살아 있는 사람 같지가 않았다. 그게 섬뜩한데, 이상하게 두렵지는 않았다.

위험한 남자라는 걸 알고 있다. 사랑해서는 안 되는 사람이라는 것도 알게 되었다. 그럼에도 불구하고 여전히 나는, 이 남자를.

'이 남자를 원한다.'

머릿속에 든 생각에 흠칫, 하고 놀란 장미는 순간 중얼거렸다. 말도 안 돼. 이럴 순 없어. 장미가 손을 빼자 남자는 천천히, 한 걸음 더 바싹 다가왔다. 그리고 어깨가 붙잡혔다.

장미는 천천히 뒷걸음질 쳤다. 남자는 점점 더 다가오고 있었다.

'그럼에도 불구하고, 나는 이 남자를…… 내가 이 남자를 원한다고?'

혼란스러운 와중에 눈동자를 불안하게 굴리는 장미를, 남자는 언제나처럼 가라앉은 눈으로 지켜보고 있었다.

그 눈에 희미하게 깃든 평소와 다른 빛을 장미는 본 것도 같았다.

'네게 미움받는 게 두렵다.'

미워하지 말아달라는 말 대신에, 남자는 그렇게 말했었다.

그는 두렵다는 말을 입에 담아서는 안 되는 사람이었다. 그는 기사였다. 그는 최강이었다. 어떤 전투에서도 살아남을 수 있고, 오랜 세월 그렇게 살아온 불사의 기사였다. 그럼에도 불구하고 그는 '두렵다'고 말했다.

미움받는 것이 두렵다고.

시야에 들어온 금안을 뚫어지게 바라보며, 장미는 뒤죽박죽 한 머릿속을 정리하려 애썼다. 문득, 그와의 거리가 너무 가깝다는 생각을 했다. 양어깨를 붙잡은 단단한 손의 감촉, 그리고 가까워진 호흡. 장미는 천천히 눈을 감았다. 왜냐하면 이것이 예감하는 것이 무엇인지, 이다음에 올 게 무엇인지 어렴풋 알 것만 같았기 때문이다.

눈을 감자 시야는 차단된 대신에 감각은 더 예민해졌다. 그리고 태어나서 처음으로, 입술에 다른 누군가의 입술이 닿는 감각을 느꼈다.

뜨겁다.

너무나 뜨거워서, 마치 데일 것만 같다.

그렇게, 멍한 와중에도 장미는 생각했다.

제8장 밀월

처음엔 입술, 그리고 그다음엔 혀. 생생한 감각에 소름이 돋았다. 키스는 길었다. 점점 호흡이 가빠지면서 다리 힘이 풀려왔다. 본능적으로 무너지려는 몸을 단단한 팔이 붙잡았다. 손길은 점점 대담해져, 처음엔 망설이듯 머뭇거리던 손은 어느덧 허리를 감아 안았다. 무의식적으로 잡을 것을 찾아 눈앞에 어깨에 매달렸다. 길고, 집요한 키스였다. 더는 숨이 막혀 못 견디겠다 싶을 때쯤에야 끈질기게 혀의 움직임을 따라붙던 숨결이 떨어졌다.

하아, 하고 겨우 자유로워진 입술로 숨을 쉬며, 장미는 눈앞에 남자를 바라보았다.

'그는 당신과 같은 시간을 사는 인간이 아니에요. 그러니 당신과 다릅니다. 같지 않아요.'

아브릴의 말이 번쩍, 하고 섬광처럼 머릿속을 울렸다.

홀로 저주받은 시간을 사는 이 무례한 남자는, 슬프게도, 여전히 장미의 눈에 아름다워 보였다.

갑작스런 키스를 해놓고, 뻔뻔스러울 정도로 아무런 표정 없는 저 얼굴에 대고 뺨을 한 대 치는 게 맞는 걸까 하고 장미는 잠시 고민했지만, 대신에 혼자서 멀리 사라지는 것을 택했다.

장미는 눈을 질끈 감았다. 그리고 텔레포트를 시도했다.

장소는, 이곳이 아닌 다른 어디라도.

지금 당장 이 남자로부터 멀어질 수 있는, 조용하고 안전한 곳으로.

그래, 물가가 좋겠어. 기왕이면 바다로.

격렬한 놀이기구를 탄 것 같은 감각이 온몸을 휘감았다. 질끈 감았던 눈을 다시 뜨니, 눈앞에 있던 갈대밭은 사라지고 파도 소리가 들렸다. 해변이었다. 장미는 놀랐다. 분명, 처음 보는 곳에 와 있었다. 성공한 것이다. 이제까지 시도했던 것 중 가장 깔끔한 텔레포트였다. 온몸의 감각이 예민해진 상태라 평소보다 집중이 잘된 건지 몰랐다.

장미는 해변에 주저앉았다. 그리고 깊게 숨을 들이쉬고, 내쉬었다. 아까 레굴루스가 키스했던 입술은, 아직도 감각이 남아 있는 것 같았다.

지금 거울을 보면 분명히 얼굴이 새빨개져 있을 거라고 장미는 생각했다. 경험치가 상대가 안 되는 건 안다. 상상도 할 수 없이 오랜 시간을 살아온 그와, 이제 겨우 첫 키스를 해본 스무 살. 그렇지만 그런 키스를 해놓고도 정말 얄미울 정도로 태연한 무표정이던 게 정말 믿기지가 않았다.

"맙소사…… 이제 그 얼굴을 어떻게 본다지."

바닷가를 바라보며 중얼거렸다. 파도 소리는 잠시나마 근심을 씻어주었다. 장미는 청량한 밤공기를 들이마시며, 무릎을 모아 앉은 채 고개를 파묻었다.

온몸의 열기가 얼굴로 몰린 듯, 두 볼이 화끈거렸다.

그때였다.

등 뒤에서 누군가의 기척이 느껴졌다. 깜짝 놀라 고개를 드니, 그곳에 레굴루스가 서 있었다.

"……이런."

장미가 혀를 찼다. 허를 찔린 얼굴을 한 장미에게 얄미운 남자는 뻔뻔스럽게도 다가와 아무렇지 않다는 듯 손을 내밀었다.

"네 텔레포트는 어린애 수준이야."

"……."

"싱거울 정도로 쫓기 쉬워서 추적하는 보람도 없을 정도지."

"아, 네 그러시겠죠. 너무 쉬워서 미안하네요! 흔적을 지우는 법 같은 거, 아직 모르거든요. 당신한테 물어본다는 걸 깜박했어요."

너무도 간단히 장미를 쫓아온 것이다. 텔레포트를 하면 흔적이 남고, 추적이 가능하다는 것을 잠시 잊고 있었다.

장미가 레굴루스가 내민 손을 모른 척하고 고개를 돌렸다. 그가 장미를 향해 몸을 숙였다. 그리고 뭔가 불길한 예감이 들었다.

예감이 적중했다. 장미는 몸이 위로 들어 올려지는 느낌에 기겁했다.

"이거 놔요!"

"넌 입만 살았고 순 꼬맹이지."

"……뭐라고요?"

"정말로 그게 첫 키스일 줄은 몰랐다."

"……그쪽과 달리, 난 학교에서 공부만 하느라."

거짓말이긴 했지만 머리 위의 남자가 피식, 하고 웃는 게 느껴졌다.

'별꼴이야. 웃기도 하네.'

장미는 순간 '공주님 안기'로 안겨 가고 있다는 사실을 문득 깨달았다. 민망함에 온몸을 버둥거리며 탈출을 시도했다. 레굴루스는 꿈쩍도 하지 않았다. 소용없는 짓이었다.

"얌전히 들어가서 자도록 해. 내일 아침 새벽같이 떠날 거니까."

"좀, 혼자 있게 해줘요. 잠시 정도는. 혼자 있고 싶어요. "

"그리고 신나서 여기저기 이동해 대지 마라. 텔레포트는 편리한 이동 수단이긴 하지만 너 같은 초보가 즉흥적으로 막 써댈 건 아니야. 네가 이렇게 하면 할수록 루슬릭이 널 추적하는 게 더 쉬워진다."

"……."

잊고 있었던 이름이 불쑥 튀어나왔다. 장미는 조용히 고개를 숙였다.

루슬릭. 잘 지내고 있을까.

루슬릭에게 미안한 마음이 전혀 안 든다면 거짓말이 될 터였다. 어쨌든 그는 이 세계에 와서 장미가 처음으로 만난 사람이었고, 장미에게 처음으로 청혼한 남자이기도 했다. 하지만 이제 와서 루슬릭에게 달리 무슨 말을 할 수 있을까.

이미 다른 남자와 함께 도망친다는, 최악의 방식으로 그를 거절해 버렸다.

이제 와서 예전으로 돌아가는 것 따위는 불가능했다.

"숙소로 돌아간다. 지금 이동할 거니까, 꽉 붙잡아."

레굴루스의 목소리가 들려왔다. 파도 소리에 감상을 씻어버리듯 장미는 고개를 흔들어 루슬릭의 생각을 털어버렸다.

그리고 어떤 어지러움도 멀미도 없이, 눈 깜짝할 새 장미는 여관 방의 침대 옆으로 돌아와 있었다.

텔레포트를 한 천 번쯤 하면 이렇게 잘할 수 있게 될까. 장미는 진심으로 감탄했다.

"멀미 없이 훌륭한 승차감이네요. 서비스 고마워요."

빈정댐을 섞은 칭찬에 반응하지 않은 채 장미를 침대에 내려놓은 레굴루스는 뭔가 안도한 얼굴을 했다. 그리고 다시 평소의 무뚝뚝한 무표정으로 돌아갔다.

"내일 아침 일찍 깨울 거다."

딴짓 말고 얌전히 일찍 자라는 말로 들렸다. 장미는 침대에서 일어나, 레굴루스의 앞을 막아섰다.

"지금 뭐 하자는 거예요?"

"내 방으로 가려고 문을 열려던 참인데. 저 문을 열고 나가면 되는 거리에도 내가 일일이 텔레포트를 해야 하나?"

"그게 아니고, 그전에…… 왜 나한테 키스한 거죠? 당신은 내 아버지를 죽인 원수고, 그런 당신이랑 난 방금 키스했고…… 악! 내가 대체 여기서 뭐 하고 있는 거람! 아무튼 난 지금 좀 많이 혼란스럽다고요. 지금 이 상태로 내가 잠이 올 것 같냐고요!"

"그래서, 다시 밖에 나가겠다고?"

"그게 아니고! 아무튼 난, 지금 좀 혼자 있고 싶어요! 우리 당분간 좀 떨어져 있으면 안 될까요? 난 지금 당신 얼굴을 보는 게 솔직히 좀 혼란스러워요. 당신에 대한 내 생각을 좀 정리할 시간이 필요하다고요!"

장미가 소리 지르자, 레굴루스는 빤히 이쪽을 바라볼 뿐 아무런 대답을 하지 않았다.

잠시 침묵이 흘렀다.

"그건."

침묵을 깬 쪽은 레굴루스였다.

"내가 곤란한데."

"뭐라고요?"

"안 되겠다고. 너와 떨어져 있는 것."

"왜…… 왜요?"

"내가 곤란하니까."

"그러니까 왜 곤란한데요?"

"내가 그러고 싶지 않으니까."

"난 그러고 싶어요."

레굴루스와 장미는 서로를 팽팽히 노려보았다.

"왜지? 왜 나와 떨어져 있고 싶다는 거지?"

"그야 당신을 어떻게 받아들여야 할지 아직 내 안에서 정의가 안 끝났으니까요! 당신은 내 아버지를 죽였잖아요."

"난 네가 테란의 혼혈에 프레데릭의 딸인 게 딱히 이젠 신경 쓰이지 않는데."

"난 신경이 쓰여요!"

레굴루스의 섬세한 미간이 살짝 찡그려졌다. 그것을 장미는 눈에 힘을 풀지 않은 채 바라보고 있었다.

"넌 나를 좋아하는 거 아니었던가?"

눈썹 하나 흐트러지지 않은 뻔뻔한 질문에 장미는 순간 기겁했다.

"뭐, 뭐라고요……? 아니, 물론, 그랬을 수도 있죠. 그때 그 무도회에서 내가 그런 비슷한 말을 하긴 했죠. 뭐 분명, 그땐 당신에게 관심이 있었죠! 그건 사실이에요! 호기심이 있었으니까. 근데 그건 당신이 내 아버지를 죽였다는 걸 알기 전이었잖아요."

뭐 이런 인간이 다 있어, 라고 소리 지르고 싶은 걸 애써 참으며 장미는 관자놀이에 힘을 주었다.

이곳에 와서 잔병치레 한 번 해본 적 없지만, 어쩐지 테라의 두통약이 절실히 생각나는 순간이었다.

"테란은…… 아니, 여자는 예민하군. 만약 네 안에서 그 정리라는 게 안 끝나면, 어떻게 되는 거지?"

"그거야…… 나도 모르죠. 아버지가 살아 계실 리도 없고, 어머니도 이 세계에 없다면…… 다 때려치우고 그냥 테라로 돌아간다는 선택지도 있겠죠. 이 세계에 더는 있을 이유가 없어져 버렸으니까."

"나와의 계약은? 없던 일로 하는 건가?"

"……거기까진 생각을 안 해봤는데. 계약과 무효하게 내가 당신을 죽인다는 선택지도 있을 수 있겠죠. 일석이조네요. 자식 된 도리로 복수도 하고, 당신이 죽음을 그토록 바라기도 하니."

다시 또, 정적이 흘렀다.

"아무튼 피곤하니까 지금은 혼자 쉬고 싶어요. 내일 아침에 깨우지 말아요. 당신 얼굴 보고 싶지 않으니까. 며칠 여기 있으면서 조용히 생각 좀 하고 싶어요."

장미는 말을 마치고 뒤돌아섰다. 온몸의 기운이 소진된 듯 격렬하게 피곤했다.

장미의 뒤통수에 대고 레굴루스가 말했다.

"다음에 할 땐 코로 숨 쉬는 걸 연습해 보도록 해."

저 인간이 분위기 파악 못하고 저딴 소리를 또. 장미는 진심으로 짜증이 남과 동시에, 아까 한 키스의 기억이 떠올라 얼굴이 화악 하고 달아올랐다.

"웃기고 앉았네! 다음이 또 있을 줄 알……!"

소리 지르며 뒤돌아보니, 그는 이미 나가고 없었다.

허탈해진 장미는 침대에 털썩, 하고 쓰러졌다.

'그를 사랑하지 마세요. 어떤 경우에도 분명히 당신을 불행하게 할 테니까.'

아브릴의 말이 머릿속을 맴돌았다.

당신이 맞았어요. 아브릴, 나는 이미 불행한 것 같아요.

장미는 속으로 읊조리며 불행한 운명을 한탄했다.

그저 첫사랑을 했을 뿐인데 사랑한 남자가 최악의 상대였다.

장미는 대답이 올 리 없는 질문을 던졌다. 저승에 계신 아버지 어머니, 만약 제가 레굴루스를 사랑한다면 이런 절 용서하실 건가요?

머릿속으로는 안 된다고 생각하면서, 심장은 그와 나눈 키스의 감각을 기억하며 의지와 상관없이 빠르게 뛰고 있었다.

장미는 옆으로 돌아누우며 자기혐오에 빠져들었다. 남자 보는 눈도 지지리도 없지. 주책맞게 심장은 왜 이렇게 빨리 뛰고 난리야.

'그를 사랑하지 마세요.'

장미는 깨달았다. 아브릴, 당신은 천 년 넘게 살았지만 분명히 모태 솔로였을 거야. 왜냐하면 그건 애초에 잘못된 조언이었으니까.

사랑이란 게, 하는 것이었던가.

틀렸다. 사랑은 그냥 빠지는 것이었다.

복잡한 마음과 상관없이 아침은 밝아오고, 무자비한 햇살은 여지없이 게으름 피울 틈도 없이 눈꺼풀에 내려앉아 잠을 깨웠다.

온몸이 물에 젖은 솜처럼 늘어져 몸을 일으키는 것이 힘들었다. 그렇다고 다시 잠을 청해보자니, 잠이 오지 않았다. 장미는 적당히 옷을 챙겨 입고 산책을 나갔다.

여관 주변은 인적이 드문 느낌이었으나, 갈대처럼 생긴 긴 풀들이 숲처럼 무성히 자라난 산책로는 운치 있는 풍경을 선사했다. 복잡한 머릿속을 비우는 데는 어쨌든 몸을 움직이는 방법이 최고였다. 장미는 긴 풀들이 바람에 살랑이는 모습을 지켜보았다.

"……따라오지 말아요. 어제 말했듯이 지금 아직 당신 얼굴 보고 싶지 않거든요."

언제부턴가 등 뒤에서 따라붙은 인기척에 대고 장미가 퉁명스럽게 말했다. 뒤돌아보지 않아도 누군지 알 수 있었다. 주변에 장미하나 피어 있지 않은데 짙은 장미향이 났다.

"널 따라온 적 없다. 내 길을 갈 뿐인데."

뻔뻔스러운 대꾸가 돌아왔다. 장미는 한숨을 쉬고 더는 대화하기를 포기했다.

터벅. 터벅. 터벅.

침묵 속에서 갈대가 바람에 사스락거리는 소리, 그리고 두 사람 분의 발걸음 소리만 묵직하게 공기를 울렸다.

탁, 탁, 탁.

어쩐지 짜증스러운 마음에 장미는 종종걸음으로 조금 빨리 걸었다. 구두가 흙 땅을 세차게 내딛는 소리가 났다.

그리고 뒤를 돌아보았다. 뛸 듯이 빨리 걸었는데도, 레굴루스는 바짝 더 가까이 등 뒤에 다가와 있었다.

"아 쫌! 따라오지 말라니깐요!"

"여기밖에 길이 없다."

레굴루스는 대꾸하고, 뭔가 민망한 듯 헛기침을 했다. 장미는 기가 막혀 소리쳤다.

"말이 되는 소리를 해요! 저기도 갈림길이고, 이 앞에도 길이고, 맘만 먹으면 풀 위로도 걸을 수 있잖아! 저쪽에도 넓은 산책로 하나 있네! 이 넓은 들판에서 갈 데가 여기밖에 없어요?"

"네가 간 길이 가장 좋아 보였다."

"……참 나."

장미가 뭐라 말해도, 레굴루스는 눈썹 하나 꿈쩍하지 않았다. 장미가 어딜 가든 따라갈 기세인 눈앞에 남자를 향해 장미는 헛웃음을 지어 보였다.

"말했잖아요. 난 지금 당신 얼굴 보고 싶지 않다니까."

"죽고 싶어한 건 프레데릭의 의지였다."

"……!"

갑작스럽게 나온 이름에, 장미는 표정이 굳었다. 레굴루스는 특유의 무표정으로 담담히 말을 이었다.

"카트레야는 그가 테란 여자와의 사이에서 아이까지 만든 것을 알고도, 그에게 한 번 기회를 주었어. 만약 카트레야와 결혼하는 걸 선택했다면, 프레데릭은 죽지 않아도 됐을 거다. 당시 카트레야의 프레데릭에 대한 집착은 엄청났으니. 프레데릭은 명백하게, 가이아 시스템을 어겼다. 시스템을 위반하는 자에게 자비를 베푸는 권력은 어디에도 없지. 그럼에도 카트레야는 순전한 사심으로, 프레데릭을 바로 죽이지 않았다. 그에게 한 번 더 기회를 주었지. 그 정도로 프레데릭을 원했다는 거겠지."

"……."

"프레데릭은 이곳에서의 삶이 '끔찍하다'고 그 입으로 말했었다. 가이아에서 한번 생명을 받으면 절대로 가이아를 떠날 수 없는 폐쇄적인 시스템도, 왕실기사단장이라는 임무도, 왕의 약혼자라는 지위도. 그가 죽기 직전, 내 얼굴에 대고 말했었단 말이다. '난 내 삶이 끔찍하게 싫어, 레굴루스. 차라리 기쁘게 죽겠다. 제발 날 죽여달라'고."

"……!"

"물론 그렇다고 해서 내가 그를 죽인 사실이 사라지지는 않아."

레굴루스가 한 발짝 더 가까이, 장미에게 다가섰다. 장미는 그런 그를 그저 말없이 지켜보았다.

"네가 날 용서할 것을 기대하지 않는다."

"……."

"그렇기에 네 용서를 구하지도 않는다. 다만."

장미는 순간 흠칫, 하고 놀라 한 발짝 뒤로 물러섰다. 그가 한쪽 무릎을 바닥에 꿇고, 다른 한쪽 무릎은 세운 자세로 장미의 앞에 고개를 숙인 채 앉았기 때문이었다. 그가 천천히, 고개를 들어 장미와 눈을 마주쳤다. 깊고 차분한 눈이었다. 장미는 그 눈을, 그리고 그가 천천히 장미의 손을 향해 한 손을 뻗는 것을 뭔가에 홀린 듯이 말없이 바라보았다.

레굴루스는 천천히 손을 뻗어 장미의 오른손을 가져가더니, 하얀 손등을 잠시 바라보았다. 어떤 경건한 의식이라도 치르는 것처럼, 거기에 대고 조용히 입술을 눌렀다.

"한 가지 약속하지."

낮은 목소리가 울려 퍼졌다. 그가 장미의 눈을 똑바로 맞추며 말했다.

"내 목숨은 완전히 네 것이다."

뭐라고 대꾸해야 할지 몰라 장미는 그저 조용히 눈만 굴렸다. 그런 장미를 올려다보며, 레굴루스가 담담히 말을 이었다.

"네가 여기 있는 동안 난 널 지킬 것이다. 계약과는 상관없이, 이건 내가 일방적으로 네게 바치는 맹세다."

그가 말을 마치자, 그가 입을 맞췄던 장미의 손등에 문신처럼 선명한 장미가 나타났다. 장미는 깜짝 놀라 순간 손을 뺄 뻔했으나, 그는 쉽사리 손을 놓아줄 생각이 없는 듯했다. 그는 장미의 새하얀 손등에 선명한 장미의 표식이 나타났다가 다시 사라지는 것을 확인한 후에야, 장미의 손을 놓아주었다.

"방금 이건……?"

귀신에 홀린 기분으로, 장미가 물었다. 손등에는 장미 표식은 사라지고 없었다. 하지만 방금 전 분명히 눈에 보였던 선명한 장미는 환상이 아니었다.

"어스 드래곤과 함께 가이아 시스템의 수호자인 장미 기사가 충성을 맹세한 상대가, 가이아 국왕에서 너로 바뀌었다는 의미다. 방금 전에."

"……뭐라고요? 좀 알아듣기 쉽게 설명해 줘요. 방금 전 그 장미 표식은 뭐고…… 난 손에 문신 같은 거 한 적 없는데."

레굴루스가 일어섰다. 그리고 장미를 향해 똑바로 눈을 맞춰왔다. 키가 커서 올려다봐야 하는 그를, 장미는 또 무심코 넋을 잃고 바라보았다. 태양빛 아래 서 있는 그는 여전히, 그 눈 속에 있는 깊은 어둠이 믿기지 않을 정도로 눈부시게 빛났다.

"일종의 일방적인 서약이다. 나는 네 기사고, 너를 지키며, 너를 절대로 해치지 못한다. 방금 전 네게 나타난 손의 장미 표식이 그 증거다."

"……왜 이렇게까지 하죠?"

당연한 것을 왜 묻냐는 듯한 얼굴로 레굴루스가 말했다.

"당연한 걸 왜 묻지? 네 신뢰를 얻고 싶어서겠지."

"……그러니까 왜요?"

"네 마음을 얻고 싶어서다."

장미를 똑바로 바라보며, 레굴루스가 눈을 맞춰왔다. 올곧게 바라보는 시선에 꿰뚫릴 것 같았다.

역대 가이아 국왕에게 귀속되어 그들을 수호해 왔던 존재인 장미 기사. 아브릴은 그렇게 말했었다.

그 무도회의 밤. 당연한 듯이 그의 곁을 지키고 서 있었던 그를 바라봐야만 했던 그 밤, 어쩌면 장미는 그날 카트레야를 질투했었던 것도 같다. 의무든 귀속이든 간에 그가 기사로서 곁을 내어준 그녀를.

그는 기사고, 기사는 뭔가를 수호하는 것이 당연한 존재고, 카트레야는 가이아 국왕이기에 가이아 국왕을 지키는 것이 그의 임무이겠거니 하고 받아들였다.

그런데 방금 전 장미에게 일어난 일의 의미는 이제 더는 그렇지 않다고 말하고 있었다. 그것은, 가이아 국왕 대신에 장미가 그의 주인이 되었다는 의미였다.

"내 생명의 주인이 너라는 얘기다."

"……."

그가 그 자신의 생명을 얼마나 대수롭지 않게 여기는지 알고 있다. 그러나 동시에, 얼마나 스스로의 종족이나 위치에 대해 긍지와 자존심이 높은 사람인지도 어렴풋이 알고 있다. 가이아에 대해서도, 기사라는 입장에 대해서도.

그런 남자가, 한 여자의 마음을 얻기 위해 자신을 바치겠다고 말한다.

장미는 생각했다. 아아, 망했다.

아무래도 완전히 망해 버린 것 같다. 난 이제, 이 남자로부터 도망칠 수 없다. 장미는 눈앞에 선 남자에게 눈을 맞췄다. 짙은 금안이 비추고 있는 것은, 다름 아닌 장미 자신이었다.

처음 본 그 순간부터 어쩌면, 반했던 건지도 모르겠다. 이 아름다운 얼굴에.

도대체 어느 누가, 이 남자의 고백에 굴복하지 않을 수 있을까.

무릎은 그가 꿇었지만 사실 이 순간 항복은 장미의 몫이었다.

장미는 포기를 선언했다. 진심으로 이젠, 아무래도 좋다고 생각했다.

장미는 자신을 똑바로 응시해 오는 금색 눈을 바라보면서, 그 눈속에 비친 자신을 보았다. 그리고 까치발로 서서 그의 고개를 끌어당겨 안았다. 그리고 그의 입술에 키스했다.

돌발적인 행동에 그는 잠시 놀란 것 같았지만, 이내 응해왔다.

'열 받아.'

키스가 너무 능숙한 게 또 생각해 보면 화가 났다. 장미는 키스하다 말고 그를 밀어냈다. 어느 틈에 또 허리로 뻗어온 손을 찰싹

하고 쳐냈다.

"카트레야랑도 이런 거 했겠죠. 아니, 잠깐만, 이런 게 다 뭐야. 더 심한 것도 했겠지. 히프노스에 잔다는 게 어떤 의민지 내가 모르지는 않거든요."

레굴루스는 잠시 할 말을 찾는 듯한 얼굴이었다.

"네가 어려서 아직 이해를 못할 수도 있지만, 히프노스 기간에 동침한다는 건 말이다. 예를 들면 아주 더운 날씨에 길을 걷다 목이 마르지? 그럼 갈증을 해소하기 위해 물 한잔 마시는 것과 똑같은 거다."

"어린애 취급하지 말아요! 물 한번 시원하게 잘 마셔서 매번 참 좋았겠네. 하긴 뭐, 그간 긴긴 세월을 살았을 텐데 한 여자가 카트레야뿐이었겠어요!"

"난 널 어린애로 취급하지 않는다."

진지한 눈으로 그가 말했다.

"그리고 히프노스가 아닌데 안고 싶다고 생각한 여자는 네가 처음이다."

"……."

직설적인 말에 얼굴이 빨개졌다. 꼭 이렇게, 예상치도 못한 순간에 허를 찔러오듯 직구를 던져 와 받아치지도 못하게 만든다.

뭐, 뭐야. 도대체 저런 말에 어떻게 반응해야 되는 거야.

"이리 와."

토라진 얼굴을 한 채 뒤돌아선 장미의 손을 다시 잡아끄는 남자를 향해, 장미는 못 이기는 척 끌려가 주기로 했다.

그가 또 입을 맞춰왔다.

이제, 코로 숨 쉬는 법에 익숙해져야 할 것 같다고 장미는 생각하고 있었다.

심장이 감당할 수 없을 만큼 빠르게 뛰었다.

이러다 미쳐 버리는 게 아닐까.

멍한 머리로, 그렇게 생각했다.

시간도 공간도 멈춰 버린 것 같았다. 그저 존재하는 거라곤 생생한 감각, 감각, 그리고 또 감각뿐.

짙은 장미향과 피처럼 선명한 체취, 생생한 촉감. 단단하게 감싸 안아오는 팔. 그 모든 것이 잠들어 있던 감각을 깨웠다.

심장이 미칠 듯이 높게 뛰었다.

그저 매일 당연하게 받아들였던 감각, 심장이 뛰고 있다는 것. 그것을 처음으로 질릴 정도로 생생하게 느끼고 있었다.

사랑해선 안 될 사람을 결국 사랑해 버렸다. 이 말도 안 되는 상황이 서글픈 동시에 또, 처음으로 사랑하게 된 사람이 미칠 정도로 사랑스러웠다.

누군가를 사랑한다는 것이 이렇게 온 존재로 심장이 뛰는 일이라는 것을, 태어나서 처음으로 알게 되었다.

짧게나마 잠이 들었던 것 같다. 장미는 무거운 눈꺼풀을 천천히 들어 올렸다.

가이아의 낮은 짧았다. 어느덧 태양이 저문 자리에는 석양도 없는 짙은 어둠이 깔려 있었다. 바깥에 푸르스름하게 깔린 어둠으로 인해 장미는 지금이 밤 시간임을 직감했다.

그리고 희미하게 귓가에 느껴지는 숨소리와 느껴지는 누군가의 체온에 안심했다.

눈을 들어 올려다보니, 눈을 감고 잠든 단정한 얼굴이 보였다.

사랑에 빠지지 않는 것이 불가능했다.

단정한 잠든 얼굴을 바라보며, 문득 그렇게 생각했다.

그날, 그 장미 정원, 그 달빛 아래서 그를 처음 본 그날부터, 이렇게 될 것을 어렴풋이 알고 있었는지도 모른다.

입만 열면 지독한 말만 하는 남자였지만, 그래도 솔직히 처음 본 그 순간부터 눈을 뗄 수가 없었다고 장미는 멍한 머리로 생각했다.

말없이 그의 얼굴을 바라보고 있으면, 시간이 멈추는 것 같은 감각을 경험할 때가 있었다.

시간과 공간이 멍하니 날아가고, 오직 존재하는 것은 두 사람뿐인 듯한 감각.

스스로가 꽤 현실적인 사람이라고 생각해 왔는데 누군가를 사랑한다는 것이 이처럼 터무니없는 비현실감을 동반한다는 것을 일찍이 알지 못했다.

그의 얼굴을 좀 더 바라보고 싶어서, 몸을 일으켰다. 그리고 하나하나 차근히 바라보았다. 새벽이 밝기 직전의 밤처럼 짙은 머리카락, 깎아놓은 듯한 이마, 반듯한 콧날과 날렵하게 이어지는 남자다운 턱 선을 천천히 바라보았다.

이대로 시간이 멈춰 버렸으면 좋겠다. 시간이 멈추고, 세상이 멈춰서, 오직 할 수 있는 것이라곤 이렇게 당신을 바라보는 것뿐이었으면.

진심으로 그렇게 바랐다. 한참을 그렇게 바라보고 있는데, 잠들어 있던 눈꺼풀이 흔들렸다. 익숙한 금회색의 눈동자가 모습을 드러냈다.

"깼나······?"

낮게 속삭여 오는 목소리에는 조금도 설풋한 잠기운이 남아 있지 않았다. 장미는 천천히 고개를 끄덕였다.

여전히 낮고 차가운 목소리지만, 이제는 이 목소리가 품고 있는 한없이 다정한 기운을 희미하게나마 느낄 수가 있었다.

"아직 밤은 길어. 내일 새벽에 여길 떠나야 하니, 좀 더 자두는 게 좋을 거다."

장미는 웃었다.

"그거 알아요? 당신 되게 잔소리 많다는 거."

레굴루스는 몸을 일으켰다. 그리고 장미를 끌어안으며 어린아이에게 하는 것처럼 머리카락을 조심스럽게 쓰다듬어 헝클어뜨렸다.

"그래. 그럼 네가, 내가 하는 말들을 하나도 안 듣는다는 것도 알겠군."

"하는 말투도 되게 옛날 사람 같은 거 알아요?"

"당연한 이야기를 하는 것 같지만, 난 옛날 사람이야."

"······할 말 없네요."

어쩌다 보니 어른에게 반항하는 어린아이가 되어버린 상황이라, 장미는 입을 삐죽거렸다. 장미는 불만스러운 얼굴로 다시 몸을 눕혔다.

"이리 와."

돌아눕는 장미를 레굴루스가 끌어당겨 품에 가뒀다. 장미는 조심스럽게 그의 가슴에 고개를 기댔다. 품에 얼굴을 묻는 장미의 등을 레굴루스가 천천히 쓸어내렸다. 눈을 감고 그 감각을 온전히 느끼던 장미는 문득 생각난 듯 중얼거렸다.

"······아침 같은 거 영영 오지 말았으면."

아침이 오기 전의 고요 속에서, 속삭이는 소리마저도 유난히도 크게 울렸다.

"지구의 태양이든 가이아의 태양이든 영영 뜨지 못하게 우주 어딘가로 치워 버리고 이대로 영원히, 영원히 밤이었으면 좋겠어요. 아침 따위, 영원히 오지 못하게."

레굴루스는 대답하지 않았다. 그저 말없이 장미를 끌어안고 있을 뿐이었다. 장미는 그의 품에 파묻었던 고개를 다시 들어 그와 눈을 맞췄다.

지금 이 눈 속에, 내가 비춰지고 있을까.

만약 그렇다면 지금 나는 당신의 눈 속에서 어떤 모습일까.

장미는 조심스럽게 손을 들어 올렸다. 그리고 그의 뺨을 천천히 쓰다듬었다.

"내게 말해요, 레굴루스."

그가 똑바로 응시해 왔다.

"내가 저 달처럼 들을게요. 저기 저 떠 있는 별처럼 새길게요."

"저건 별이 아니고 치안 유지용 인공위성이야. 이 인위적인 세계에 인공이 아닌 것을 찾기가 사실 더 힘들겠지만."

"……분위기 깨는 말은 하지 마요. 모처럼 내가 분위기 잡고 있는데."

장미가 눈썹을 찌푸리자, 그가 풉 하고 웃었다. 이렇게 웃을 줄도 아는 사람이었다.

"가끔 꿈을 꾸는 것 같다가도, 여기가 판타지 세계가 아니라는 걸 이런 식으로 확 하고 깨달을 때가 있죠. 별이든 인공위성이든 그런 건 됐고, 아무튼 당신 이야기를 해봐요."

장미는 궁금했다. 처음으로 사랑한 남자의 이야기가.

그러니 전부 듣고 싶었다. 그에 대한 모든 것이 궁금했다. 살아온 시간은 다르지만, 내가 태어나기 전부터 이 세상에 있었을 그의 이야기를.

"그러니 내게 전부 말해요. 당신의 지나간 이야기들을."

"……."

부모님은 어떤 분이셨는지, 형제나 친구들은 있었는지. 어쩌다 왕실의 기사가 되었는지, 어느 계절에 태어났는지, 학교는 다녔는지, 그리고 어릴 때 어떤 아이였는지, 어쩌다 가이아 왕실과 계약하고 죽지도 늙지도 못하는 저주를 받아 장미 기사로 불리게 되었는지.

묻고 싶은 이야기들이 넘쳐 났다.

"일단 오늘은 자둬. 내일부터 부지런히 도망 다녀야 할 테니."

"잠이 안 와요. 그리고 우린 아직 서로에 대해 알아갈 게 많잖아요. 당신은 나에 대해서 궁금한 게 없어요?"

"오늘 밤 말고도 시간은 많아. 넘치도록."

"……칫."

장미가 불만스러운 얼굴을 하자, 그는 작게 미소 지었다. 잠시 서로를 응시하고 있자니, 묘한 기류가 감돌았다. 그의 얼굴이 입술에 내려온다 싶을 때, 장미가 그를 막았다.

"키스로 넘어가려 하지 말아요. 난 이야기를 좀 나누고 싶다구요. 당신과."

"정말 귀염성이라곤 없는 성격이야."

"지금 자기 얘기하는 거죠?"

장미가 한마디도 안 지고 쏘아붙이자, 레굴루스는 그만 여기서 실랑이를 끝내고 싶다는 듯 그녀를 꽉 끌어안았다.

장미의 귓가에 쿵, 쿵 하고 희미하게 심장박동 소리가 들렸다.

이렇게 평범하게 심장이 뛰고 있고, 시간이 질투해 그 젊음을 할퀴어 버릴 게 분명할 만큼 젊고 아름다운 당신이 셀 수도 없이 긴 시간을 살아온 불로불사의 존재라는 게 믿기지 않아요.

하지만 이 말을 입 밖으로 꺼내는 대신, 그저 눈을 감고 그 심장 소리에 귀를 기울였다.

"있죠, 레굴루스. 나 가고 싶은 데가 있는데. 당신이 날 데려가 줄 수 있어요?"

고요를 깨고 장미가 어렵게 입을 열었다.

"내 성만 아니라면 어디든지."

"나, 아버지의 무덤에 가보고 싶어요."

눈앞에 남자는 무표정한 눈을 할 뿐, 아무런 대답이 없었다. 장미는 개의치 않고 말을 이었다.

"……가서 아버지에게 용서를 빌고 싶어요."

당신을 사랑해 버린 것에 대해, 라는 말은 속으로 삼켰다.

"고인에게서는 대답이 없을 텐데."

"내 마음이 편해지기 위해서예요. 왠지 아버지의 무덤을 보고 나면, 진짜로, 받아들일 수 있을 것만 같아요. 그분은 돌아가셨으며, 여기 이 세상에, 나와 같은 세상에 있을 수 없다는 것을."

장미의 말을 들으며 레굴루스가 장미의 머리카락을 느릿하게 쓰다듬었다.

"내일 날이 밝으면."

"……."

장미가 기대에 찬 눈으로 올려다보자, 그가 한숨을 쉬었다.

"그때 바로 출발하도록 하지."

"고마워요!"

장미는 짧게 감사를 표시하고, 남자의 품에 고개를 파묻은 채 눈을 감았다.

마음이 조금이나마 편안해졌다. 비로소 잠들 수 있을 것 같았다.

❖

왕가의 상징인 장미 문양이 새겨진 붉은 장막이 천천히 흔들렸다. 그 광경을, 카트레야는 멍하니 바라보았다.

바로 며칠 전까지 저 장막 너머에 앉아 사람들을 알현했던 건 그녀였다. 하지만 지금은, 그 자리에 새로운 왕이 앉아 있었다.

"별일이군요. 어머님께서 저를 뵈러 오시다니."

장막 너머로 모습을 드러낸 아들을, 카트레야는 물끄러미 응시했다.

"안색하곤. 얼굴 꼴이 아주 엉망이구나."

루슬릭이 웃었다.

"정말 별일이네요. 어머니가 절 걱정해 주시는 겁니까? 그럴 필요 없습니다. 해야 할 일들은 전부 처리하고 있으니까요. 제 마음이 번잡하다고 해도, 그게 가이아 시스템에 영향을 미치게 하면 안 되죠. 저는 이제 이 시스템의 관리자, 국왕이니까요."

루슬릭은 며칠 만에 분위기가 많이 변한 것 같았다. 소년같이 철없고 청량하던 모습은 없고, 어느새 제법 어른스럽고 엄격한 말투를 구사하는 아들의 모습을 지켜보는 카트레야는 만감이 교차하는 기분이었다.

기쁘다고 해야 할지, 아니면 뭔가 기분 나쁜 일이 일어날 것 같은 예감에 찜찜하다고 해야 할지.

"어머니께서 걱정하시는 일은, 일어나지 않습니다. 염려 마세요."

"네 입장을 잘 이해하고 있다니 다행이다만."

루슬릭을 엄격한 눈으로 응시하며, 카트레야는 루슬릭에게 가지고 온 것을 건넸다.

"이건……?"

"가이아 왕실의 일원인 이상 네가 이것이 무엇인지 모르지는 않겠지."

카트레야가 내민 것은, 투명한 진공 상태의 유리병 속에 박제되어 있는 붉은 장미였다.

"페이털 로즈군요. 가이아 왕실과 장미 기사의 계약의 상징."

"그래. 그와 우리 사이의 계약서지. 처음 레굴루스에게 저주를 걸어 그를 불로불사의 몸으로 만들었던 선대가, 귀속의 서약으로서 만든 것이다."

루슬릭은 카트레야로부터 유리병을 받아 들었다. 그리고 그것을 뚫어져라 바라보았다.

"선대가 만성 우울증에 흑마술을 자유자재로 다루던 음울한 분이었다는 건 익히 들어서 알고 있지만, 이 정도일 줄은 몰랐는데요. 실제로 보니 굉장히 정교하고 아름답고 소름 끼칠 정도로 오싹하네요, 이거."

"애정을 갈구했다 거절당한 마음이 집착이나 증오로 바뀌는 건 흔한 일이지. 네가 바로 지금 그걸 제대로 이해하고 있으리라 생각한다만."

"……무슨 말씀이신지. 전 아직 거절로 받아들이지 않았는데요."

"아무튼, 그 얘기를 하고자 온 것은 아니야. 만들어진 이래로 시든 적이 없다는 저 페이털 로즈가 어제저녁부터 조금씩 시들고 있다. 저건 이제 더 이상 영원히 시들지 않는 페이털 로즈가 아니야. 그냥 유리병에 넣어둔 오래된 장미꽃일 뿐이지. 바삭하게 말라 버린 드라이플라워. 그게 뭘 의미하는지 모르지는 않겠지."

"……설마."

"그래. 계약이 깨졌다. 레굴루스가 다른 이에게 충성을 맹세했어."

"……."

둘 사이에 잠시, 무거운 침묵이 감돌았다.

"그렇군요. 레굴루스가 왕실과의 계약을 깼다 이겁니까."

루슬릭이 한참을 응시하던 유리병을 바닥에 내던졌다.

유리병은 산산조각이 났다. 그리고 눈 깜짝할 사이에, 공기 속으로 흩어지듯 병 밖으로 나온 장미는 사라져 버렸다.

"뭐 하는 짓이지?"

파열음에 깜짝 놀란 듯, 카트레야가 언짢은 얼굴을 했다.

"역시나 단순한 홀로그램이었군요. 너무 정교하게 잘 만들어져 있어서 잠시, 진짜 장미로 착각했습니다. 역시나 흑마술의 결과물이란, 아무리 진짜같이 보여도 이처럼 조잡하고 허망하네요."

"그래도 말도 없이 갑자기 부수다니. 초대 국왕 때부터 대대로 이어 내려온 것인데."

"어차피 레굴루스가 자신의 의지로 계약을 깨고 다른 주인을 섬기기로 한 이상, 저건 더 이상 아무런 힘도 효력도 없는 것이잖아요."

"그건 그렇지. 어쨌든…… 레굴루스가 가이아 왕실을 배반하다니, 있을 수 없는 일이 일어나 버렸다는 것을 네가 알아야 한다."

"일개 기사 따위가 그렇게 중요한가요, 우리 왕실에?"

"모르는 소리 말아라."

루슬릭의 심드렁한 대답에, 카트레야가 얼굴을 찡그렸다.

"그간 우리 왕조가 무탈하게 여기까지 이어져 온 것은 아브릴과 불로불사의 존재라는, 시간에서 벗어난 존재의 수호가 있었기에 가능했다. 가이아의 국왕은 그에게 내린 저주를 깰 수 있는 유일한 존재. 그렇기에 역대 왕들은 지친 그의 눈앞에서 '죽음'이라는 당근을 흔들며 그를 이용해 왔지. 레굴루스가 언젠가는 자신에게 내린 저주를 풀어주고 보통의 인간의 몸으로 되돌아와 죽음을 맞이할 것을 기대하며, 왕실에 충성할 것을 믿어 의심치 않았으니까. 하지만 레굴루스는 그 계약 관계를 스스로 깨버렸어."

"그리고 그가 새롭게 계약을 체결한 상대는 아마도…… 장미겠죠."

루슬릭이 꺼낸 이름에, 카트레야는 섬세한 미간을 찡그렸다. 듣고 싶지 않은 이름이 나왔다는 얼굴이었다.

"넌 기어코 그 여자애를 잡아서 다시 궁에 들일 생각인 거냐."

"어머니, 그 여자애는 제 아내입니다. 약혼 발표까지 한, 이 나라에 하나뿐인 왕의 정혼자죠. 그러니 어머니도 호칭에 예를 갖춰주셨으면 합니다만."

"네가 미친 짓을 벌이는 건 네 자유겠지. 하지만 나까지 네 미친 짓을 목도할 생각은 없다. 가이아 왕실의 신성한 유전자에 잡종 테란의 DNA를 섞을 셈이냐?"

"잡종이라니 말씀이 지나치십니다."

"어쨌든 루슬릭. 네가 지금 그 근본도 모를 테란에게 거절당한 원망에 정신이 팔려 있을 때가 아니라는 얘기다. 어떻게든 레굴루스를 돌아오게 해. 선대처럼 저주를 쓰든지 군주답게 공포를 이용하든지, 아니면 자비를 베풀든지, 방법은 상관없어. 그가 다시 가이아 왕실에 생명을 바치고 복종하게 만들란 말이다! 우주의 수많은 왕조들 중 한때 가장 융성했던 우리가, 쫓기고 쫓겨 이렇게 태양계의 변두리 행성으로까지 밀려난 것도 모자라서 여기서마저 생명의 위협을 느끼며 살아야겠니? 물론 조잡한 지구인 따위가 우리의 적수가 되지는 않는다. 그렇지만 이 변두리 태양계 우주가, 우주에서 가장 비정한 전쟁터라는 것을 네가 모르지는 않을 터인데."

"제게도 생각이란 게 있습니다, 어머니. 걱정 마세요. 장미를 되찾을 뿐 아니라 레굴루스를 생포할 테니까."

"그렇게 됐을 때, 네가 질투에 눈이 멀어 그를 죽여 버리는 실수는 범하지 않길 바란다. 그는 두면서 두고두고 이용하는 편이 우리에게 이득인 존재야. 네가 태어난 이후 계속 이어진 평화 덕에 그의 실력을 제대로 볼 기회가 없었던 것 같다만, 루슬릭…… 그는 정말로 강력하다. 권력자에게 있어 그런 존재는 죽여 버리든지 이용하든지 둘 중 하나지만, 솔직히 죽여 버리면 우리에게 손해란 말이다."

"죽여요? 레굴루스를요?"

루슬릭은 재미있는 이야기를 들었다는 듯 크게 웃었다. 그런 루슬릭을, 카트레야는 뭔가 꺼림칙한 것을 바라보는 표정으로 응시했다.

"……절대로 죽이지 않습니다. 지겹게 이어져 온 삶에 지친 그가 가장 바라는 게 죽음이라는 걸 아는데, 그에게 원하는 바를 이

루게 해줄 수 없죠. 죽이지 않을 겁니다. 하지만 확실한 벌은 내려야겠죠. 왕의 정혼자를 데리고 도망간 대가는 치러야 하니까. 약혼 발표를 하자마자 약혼녀가 기사와 도망쳤다는 게 온 나라에 퍼지는 바람에, 말이 아니게 된 제 명예를 위해서라도."

루슬릭의 푸른 눈이 섬뜩하게 빛났다. 그 눈을 바라보며 카트레야는 생각했다. 마냥 유들유들하고 바보 같은 녀석인 줄 알았더니, 아무래도 가이아 왕실의 피가 흐르기는 하는 모양이라고.

루슬릭의 눈에서는 광기가 보였다. 그리고 한때 소년의 순수한 연정이었을 감정은 집착으로 변해 있었다.

"슬슬 성과가 보입니다. 북쪽 검문소에서 그들을 봤다는 보고가 어제 새벽에 올라왔어요. 레굴루스가 텔레포트 흔적을 지우고 달아나는 바람에 흔적을 복구하는 데 시간이 걸렸지만, 공격을 받아서인지 정교하게 지우지는 못했더군요. 두 사람이 이동한 지역을 알아냈는데, 북쪽의 로쿰이더군요. 검문소의 보고가 올라온 지역과 지리적으로 일치합니다."

"……그 행동력에 기가 막히는구나. 어렸을 때부터 수업을 그 열정으로 받았으면, 제왕학에서 조금 더 내 마음에 차는 흡족한 점수를 받았을 텐데."

카트레야가 혀를 찼다. 그녀는 더는 말이 통하지 않는 아들과 대화를 포기한 듯, 고용인을 불러 장막을 열게 했다.

카트레야의 뒷모습을 루슬릭은 무표정하게 응시했다. 그녀가 나간 자리에는 싸늘한 정적만이 감돌았다.

침묵. 침묵. 이 모든, 지겨울 정도의 침묵.

장미가 나간 왕궁이라는 공간은 매일의 지겨운 일상과 해야 할 의무들, 그리고 지루한 침묵뿐이었다.

루슬릭은 피로가 내려앉은 눈을 두어 번 깜박였다. 장미가 레굴루스와 떠난 걸 알았을 때, 그때 이래로 한숨도 편안히 잠들어본 적이 없었다.

　"레굴루스. 아쉽겠지만, 밀월은 끝났어."

　스스로 듣기에도 음산하게 느껴지는 중얼거림이었다.

제9장 위 협

아침 해가 뜨기 전, 그들은 길을 나섰다. 새벽부터 가랑비가 내리고 있었다. 장미는 망토의 후드를 뒤집어썼다. 그가 선물해 준 옷이었다. 오른쪽 넷째 손가락에 있던 반지는 왼손으로 옮겨졌다. 손가락에 끼워진 반지가 눈에 들어올 때마다 장미는 혼자 흐뭇하게 웃었다. 레굴루스는 아침부터 서두르는 것 같았으나 말은 천천히 몰았다.

"한 가지 물어봐도 돼요? 물론 안 된다고 해도 물어볼 거지만."

얼굴이 보이지 않지만, 등을 껴안고 있는 남자가 조용히 웃는 게 느껴졌다.

"얘기해."

"그동안 가이아 왕실을 위해서 일해왔던 이유가 있나요? 당신이 가이아 왕실에 약점이 잡혀 있는 것 같다고 아브릴이 그랬었거든요."

"저주 때문이었다."

돌아온 대답은 짧고 간결했다. 장미는 부연 설명을 기다렸지만, 그는 한참 동안 말이 없었다.

"저주란, 불로불사의 육신을 의미하는 건가요? 그리고 가이아 왕실이 당신에게 저주를 걸었나요?"

"그래."

장미가 계속 물어볼 것을 직감했는지, 그는 짧게 한숨을 쉬더니 이야기를 시작했다.

"긴 이야기다. 아주 오래전의 일이고…… 간단히 말하면, 나는 가이아 왕국의 최초의 기사였다. 그리고 가이아 왕실의 선조 국왕은 파충류 계열의 외계인이었는데 그녀는 저주와 흑마술에 능했다. 파충류 은하계의 세력 다툼에 패하고 당시 그들의 식민지 행성이었던 지구 변두리까지 쫓겨온 그녀는, 이 행성과 계약을 했다. 테란의 질서에 해를 끼치지 않는 범위라는 조건으로 자신의 왕국을 만들고, 대신 외계 세력이 지구를 침범하지 않도록 지켜주겠다는 계약이었지. 지구는 당시 '진화'를 갈망하고 있었고 외계 세력의 침범에 취약했으므로 그녀의 제안을 받아들였다. 그 당시의 가이아, 그러니까 지구의 지저 세계는 지금처럼 계급 사회가 아니었다. 그저 어스 드래곤, 즉 지금 아브릴의 조상이 되는 지룡이 지저 세계를 수호하는 유일한 지성체였고 그 외에는 지구에서 자연 발생한 인간들이 존재하고 있었지. 나의 부모는 이곳의 태초 인간들 중 하나였어. 그게 얼마나 오랜 시간 전인지 기억조차 나지 않는군. 시간을 세어보지 않은 지 오래됐으니까."

"……정말 옛날 사람이었군요, 당신."

"아무튼 그렇게 지저 세계에 왕국을 만들고 왕으로 군림한 그녀는 이곳을 손쉽게 지배했다. 당시 지구인들의 눈에 월등한 지성과 능력을 가지고 있던 파충류 외계인 왕족은 신처럼 전능해 보였겠지. 그렇게 지배 계급과 피지배 계급이 생기고, 원시 상태에 가까웠던 사회는 빠르게 문명화했다고 한다. 그리고 선대 여왕은 후손을 원했으므로, 인간 남성을 반려로 맞으려고 했지. 그런데 하필 그녀가 마음에 들어 했던 것이 기사단에 갓 입단했던 나였다. 나는 여왕의 배우자가 되라는 그녀의 명령을 거절했다."

"왜요? 그녀가 싫었나요?"

"그때 나는 평범한 인간이었고, 흑마술을 써서 인간 형태처럼 보이고 있을 뿐인 파충류 외계인은 사양하고 싶었거든."

"흐, 흑마술? 그러면 원래 가이아 왕족이 파충류라는 얘긴가요? 루슬릭이나 카트레야도?"

흑마술을 써서 인간 모습을 유지하고 있는 뱀을 순간 상상하자 장미는 섬뜩해졌다. 루슬릭도 설마 그런 거였단 말인가. 적어도 겉보기에는 완벽하게 인간 같았는데. 그것도 꽤 아름다운 인간.

"왕족들은 선대 이후로 대를 거듭하면서 상당히 자연스러운 휴머노이드 형태로 진화했다. 인간의 피가 계속 섞였으니 당연한 거겠지. 카트레야나 루슬릭 같은 지금 왕족들은 그냥 인간에 가깝다고 보면 된다. 하지만 여전히 체모가 적고 피부가 투명한 특성이라든지, 그런 파충류 외계인의 잔재가 남아 있지. 두뇌도 파충류 뇌 성질을 가지고 있고."

"흠, 과연…… 뭐 파충류를 좋아하는 사람도 있겠지만 어쨌든 뱀과 결혼해야 한다고 생각하면 나라도 싫었겠어요. 그래서 당신은 여왕을 거절했고, 그 거절의 대가가 저주였다 이건가요?"

"그래. 파충류 외계인은 원하는 것에 대한 거절을 견디지 못하는 특성이 있었다. 그들은 두려움을 통한 지배와 착취에 능했지. 그 점을 그때의 나는 충분히 이해하지 못했다."

"……하지만 어떻게 보면 그건 저주가 아니지 않나요? 영원한 생명. 그건 평범한 인간의 입장에서 볼 때 특권일 수도 있었을 텐데요."

"아니, 그건 분명 저주였다. 평범한 인간으로 태어나, 부모와 가족과 사랑하는 이들의 죽음을 그저 지켜보면서 홀로 늙지도 않고 죽지도 않은 채 세월만 흘려보낸다는 것이 어떤 기분인지 상상할 수 있나?"

"……."

"그때는 저주가 이렇게 길어질 거라고는 생각하지 못했다. 그녀는 내 저주를 이 세계에 속한 누구도 풀 수 없고, 오직 그녀와 그녀 후손, 즉 가이아 왕실의 국왕만이 풀 수 있을 거라고 했거든. 그래, 네 말대로 죽을 수 없는 것이 저주가 아니라 특권일 수도 있었겠지. 나는 가이아 국왕을 수호하는 기사의 임무를 맡았고, 그건 때때로 전쟁이나 외부 세력의 침략 같은 위급 상황에서 왕실을 수호하기 위해 목숨을 내놓고 싸워야 할 필요성을 포함했다. 하지만 그 어떤 심각한 부상에도 절대로 죽지 않고, 그 어떤 적의 공격에서도 살아 돌아오는 기사라는 존재는 왕의 입장에서 이용하기 좋은 것이었겠지. 결국 초대 국왕은 내 저주를 풀지 않은 채 죽었다. 그래서 나는 그녀의 DNA가 이어지는 한 가이아 왕실을 떠날 수 없었고, 왕실에 묶이게 되었지. 역대 가이아 왕들 중 누군가는 내 저주를 풀어주기를 기대하면서."

레굴루스는 담담한 톤으로 짧게 이야기했지만, 듣는 장미의 입장에서는 가슴 한구석이 먹먹해지는 이야기였다.

장미는 무심코, 그를 껴안은 팔에 힘을 주었다.

얼마나 오랜 시간 동안 이 사람은, 그 긴긴 시간을 견뎌온 걸까.

그 무시무시한 시간의 무게가, 장미는 상상조차 되질 않았다.

"하지만 이젠 아니지. 왜냐하면 내가 그 주종 관계를 스스로 파기했으니까."

"진작 그러지 그랬어요. 정말 긴 시간을 참았네요."

"사실 시간이란 건 하나의 엄중한 실체라기보다 일종의 기억이다. 그렇기에 망각은 시간을 버티게 해주는 도구지. 인간이 초월적인 존재들보다 조금 더 좋은 점은, 수천 번을 다시 태어날 때마다 온전히 자신에 대해 잊어버릴 수 있다는 점이다."

"방금 그 말, 뭔가 오래 산 노인…… 현자 같아요. 그 잘난 척하기 좋아하던 아브릴이 갑자기 생각나네요. 그래도 그 썰렁한 왕궁에서 나랑 놀아주던 건 루슬릭 빼면 아브릴뿐이었는데, 잘 지내려나."

무심코 튀어나온 루슬릭의 이름에 장미는 잠시 아차, 싶었다.

뭔가 그 이름은, 금기 같았다. 장미의 안에서 이젠 다시 생각해내지 말아야 할 것으로 규정지어진 어떤 것.

"바람이 차다. 비가 더 거세질 수 있어. 마을에 도착하기 전까진 속도를 낼 테니, 꽉 붙잡도록 해."

레굴루스가 한 번 하늘을 올려다본 후 말했다.

장미는 그의 등을 붙잡은 손에 힘을 주었다. 텔레포트를 할 수 있음에도, 이런 원시적인 수단으로 이동해야 한다는 것이 어쩐지 재미있었다.

하지만 한 가지는 확실히 느끼고 있었다.

혼자가 아니기에, 먼 길을 돌아가더라도 지루하지 않다는 것.

"아버지의 무덤까지는 오래 걸려요?"

"그렇게 멀지는 않다. 하지만 검문소를 거치지 않는 산길로 좀 에둘러 갈 거야."

"좀 멀더라도 상관없어요. 오래 걸려도."

장미가 그의 귓가에 대고 웃으며 속삭였다.

"여행은 좋은 거잖아요. 둘이 가면, 멀면 멀수록 더 좋은 거예요."

장미는 그의 등에 고개를 파묻었다.

그가 더는 혼자가 아니라고 느끼기를 마음 깊이 바라면서.

등 돌린 남자가 지금쯤 무슨 얼굴을 하고 있을지 궁금했다. 하지만 딱히 얼굴을 보지 않아도 괜찮았다. 같이 있다는 사실, 등에서 느껴지는 온도가 장미를 안심하게 만들었다.

"한 가지만 더 물어봐도 돼요?"

"안 된다고 해도 물어볼 거잖아."

"잘 아네요, 벌써. 나에 대해."

장미가 웃음을 터트렸다.

"어젯밤 왜 나한테 야한 짓 안 했어요?"

잠시 정적이 흘렀다.

"아니, 그냥 신기해서요. 예전엔 질색해도 그렇게 막 덤비더니."

"넌 정말 예측 불가한 꼬마야. 설마 그런 걸 물어볼 거라고는……."

"나한테 꼬마라는 말 사용 금지. 어쩐지 기분 나빠요."

장미가 불만을 표시하자, 레굴루스는 웃음을 터트렸다. 장미는 깜짝 놀랐다. 이렇게 크게 웃는 그를 보는 건, 처음인 것 같았다.

"알고 있나? 네 큰 눈과 미소에는 마음을 끄는 힘이 있다."

"……."

"물론 넌, 단순히 큰 눈과 미소 그 이상이지."

장미는 가만히 그의 등에 한쪽 볼을 대고 그의 말을 경청했다.

그의 말에 언제부턴가 섞이기 시작한 웃음기가 좋았다. 처음 봤을 때, 서늘하고 날카롭던 그의 첫인상 그대로라도 물론 장미는 그를 사랑했겠지만, 한 존재가 자신으로 인해 바뀌어가는 모습을 보는 것은 그것대로 경이로운 경험이었다.

"그래서 당신이 느끼기에 내 매력은 큰 눈과 미소, 그리고 다른 그 무엇. 다른 그게 뭔데요?"

"그게 뭔지는 나도 잘 모르겠다. 한 가지 확실한 건, 수만 년 만에 처음으로 나는 내가 살아 있음을 긍정하고 있다는 거다. 네 덕분에."

가느다랗던 빗줄기가 조금 더 거세지고 있었다. 여행하기엔 다소 궂은 날씨였지만, 장미는 조금도 그런 것들이 신경 쓰이지 않았다.

장미는 웃으며 말했다.

"그건, 나도 마찬가지예요."

장미는 어머니의 죽음 이후로 항상 생각했었다. 어째서 나만 혼자 세상에 남겨진 걸까. 그 하나의 풀리지 않은 의문에 너무 매달린 나머지, 너무 긴 시간을 홀로 차갑게 마음을 닫고 허비해 버린 건지도 몰랐다.

처음으로, 내가 사랑하는 누군가가 있고, 그 누군가의 눈 속에서 자신을 본다는 것. 그것은 우주적 이벤트였다.

태어나서 처음으로 삶을 긍정하게 만들었던, 기적적인 우연.

장미는 간절히 바랐다. 꿈이라면 제발 깨지 말아줘. 거짓이라면 차라리 영원히, 죽을 때까지 속여줘.

진심으로 사랑하는 존재를 잃어버리는 고통에 대해서, 장미는 알고 있었다. 그렇기에 본능적으로 두려웠다. 같이 있는 것만으로도 이 행복이 깨질 것만 같은 두려움이 밀려왔다.

그 모든 것을 잊어버리려는 듯, 장미는 다만 그의 레굴루스의 눈앞을 껴안은 채로 조용히 눈을 감았다.

두려움은 허상이고, 지금 이곳에 있는 그만이 내 현실이다.

그렇게 믿으려고 노력하면서.

중간에 여관에 들러 잠만 잔 시간을 빼면, 거의 이틀을 쉬지 않고 여행한 몸은 피곤했다. 그럼에도 불구하고 목적지에 도착하자 정신은 되려 또렷해졌다. 마치 잠을 깨려고 억지로 카페인 음료를 마셨을 때 각성된 상태 같다고 장미는 생각했다.

"준비됐나."

장미는 레굴루스의 눈을 들여다보며 고개를 끄덕였다. 아버지의 유골을 마주할 마음의 준비가 된 거냐고 묻는 건지, 아니면 텔레포트에 대한 준비를 묻는 건지 알 수 없었지만, 어쨌든 무조건 갈 생각이었다. 준비가 되어 있지 않더라 하더라도 .

바로 눈앞에 거대하고 을씨년스러운 납골당 건물을 마주하고 있었다. 그리고 장미는 레굴루스가 내부로 텔레포트를 통한 진입을 준비한다는 것을 알 수 있었다.

"들어가요."

장미는 고개를 끄덕였다.

텔레포트의 흔적을 남기는 것을 최소화하며 원시적인 방식으로 이동하고 있지만, 그가 굳이 텔레포트를 하려고 하는 것을 보면 납골당이 내부로의 진입이 어려운 구조라는 것을 직감할 수 있었다.

발밑이 흔들리는 것 같은 감각에 익숙해지려 애쓰며 장미는 눈을 감았다. 점점 더 텔레포트가 두렵다기보다는 친근하게 느껴지는 것을 알 수 있었다.

눈을 떠보니, 납골당 안이라는 것이 느껴졌다. 캄캄한 어둠과 몸을 파고드는 싸늘함에 장미는 무의식적으로 레굴루스의 팔에 더 꽉 매달렸다.

"전혀 불이 없네요. 촛불도 안 켜놓은 이런 데서 어떻게 이동해야 하는 건지."

"여긴 죄인들이나 연고 없는 망자의 유골을 모아두는 곳이니까. 방문객이 많지도 않은 건물인데 이런 데서 굳이 불을 켜두지는 않지."

아버지가 이런 데 잠들어 계시다니.

걷기만 해도 을씨년스러움에 절로 몸이 움츠러들었다. 그렇게 생각이 든 장미가 단아한 이마를 찡그렸다. 그것을 눈치챈 레굴루스는 장미를 안심시키려는 듯, 그가 장미의 손을 꽉 잡았다.

"발밑을 조심하고 따라와."

"왜요, 발밑에 해골 있어요? 뼈라도 밟는 거 아닌가 몰라."

말이 끝나기가 무섭게 발밑에 뭔가가 채였다.

"꺄아아아아아아악!"

자기도 모르게 엄청난 하이 톤의 목소리가 나왔다.

"……꽤나 여성스러운 비명을 지르는군."

레굴루스는 웃었지만, 장미는 웃을 기분이 아니었다.

"뼈! 분명 뼈예요! 봤어요? 내가 방금 뼈를 밟았다구요! 사람 뼈를!"

"그야 여긴 원래 납골당이라기보다 지하 무덤, 말하자면 오갈 데 없는 시신을 아무렇게나 유기하던 매장지였으니까. 이런 식으로 건물을 세웠다곤 해도 제대로 관리가 됐을 리가 없으니 바닥에 뼈 같은 게 굴러다녀도 이상하지 않지. 그리고 여긴 지하니 아마 지상층보다 더 관리가 안 될걸."

레굴루스가 대수롭지 않다는 듯 말했다. 지저 왕국에서도 지하에 들어와 있다니, 땅속의 땅속에 있다는 기분에 뭔가 이상한 느낌이 들었다.

장미는 발밑을 조심하면서 레굴루스의 뒤를 따라 걸었다.

"이렇게 허접하고 어두운 지하에 내 아버지가 홀로 쓸쓸히 묻혀 계신다는 거죠?"

"중죄인치고는 상당한 예우였지. 죄인의 시신은 원래 처형 후 들에 유기해 까마귀가 뜯어 먹게 하는 게 이곳의 관습이다."

"……"

장미는 입을 다물었다. 더는 이야기하고 싶지 않은 주제였다. 하는 쪽도 그리 유쾌할 리 없는 이야기일 테다.

그렇게 한참을 따라 걷는데, 레굴루스가 발걸음을 멈췄다. 어느 벽 앞에 가로막힌 듯했다.

레굴루스는 그 벽을 손으로 쓸어보더니, 천천히 힘을 주어 밀었다. 그러자 막다른 벽으로 보이던 그것이 스릉 소리를 내며 움직이기 시작했다.

"세상에."

장미는 감탄했다. 육중한 석문이 흔들리면서 천천히 돌아가더니, 곧 긴 통로가 눈앞에 모습을 드러냈다. 오래된 영화에서나 볼 수 있는 장면 같았다.

그 긴 통로에 진입하자, 한층 더 한기가 느껴졌다. 뭔가 습기가 느껴지는 것 같기도 했다. 그리고 통로의 끝으로 갈수록, 그 습기의 정체를 알 수 있었다. 물 흐르는 소리가 들려왔다.

"여긴……?"

통로의 끝으로 나오자 원시적인 지하 동굴 같은 공간이 모습을 드러냈다.

투박한 암석이 가득한 바닥에는 물이 흐르고 있었다. 문자 그대로 지하수였다. 공간 자체는 꽤 음산한 느낌을 줬다. 그리고 그 느낌을 더하도록, 동굴의 한가운데에는 커다란 관이 놓여져 있었다.

"프레데릭의 관이다."

레굴루스가 굳이 부연 설명을 하지 않더라도, 알 수 있을 것 같았다. 장미는 천천히 관을 향해 걸어갔다.

한 걸음 두 걸음. 천천히 걷는 그녀를 레굴루스는 뒤에 서서 그저 가만히 지켜보고 있었다.

관에 가까이 다가가자, 직감적으로 뭔가 이상한 느낌이 들었다.

"잠깐만요. 관 뚜껑이 열려 있는데요?"

"그럴 리 없다. 시체를 안치한 직후 관을 봉인했으니까. 시체가 살아나서 열었을 리는 없고, 누가 일부러 꺼내지 않고서야……."

레굴루스의 부정에도 불구하고, 관 뚜껑은 견고히 닫혀 있지 않고 미묘한 틈을 유지하며 관 본체 위에 걸쳐 있었다. 장미는 떨리는 손으로 관 뚜껑을 두 손으로 밀어 올렸다.

육중한 소리를 내며 관 뚜껑이 바닥에 떨어졌다.

"이봐! 봉인이 걸린 관이다. 함부로 손대지……."

레굴루스가 놀라 옆으로 달려왔다.

그리고 두 사람은, 잠시 알 수 없는 눈으로 서로를 바라봐야만 했다.

두 사람의 눈앞에 드러난 관 속은 텅 비어 있었다.

"……어떻게 된 거죠?"

장미가 망연자실한 얼굴로 레굴루스에게 물었다.

"내가 묻고 싶은 말이다."

레굴루스는 몸을 숙여, 드러난 관 안을 살펴보았다. 그가 손을 뻗어 관 속을 쓰다듬으니, 먼지만 날아올랐다.

"시체 냄새가 나지 않아. 즉…… 누군가가 시체를, 부패하기 전에 꺼내서 다른 곳으로 옮겼다는 이야기다."

"……그런 일을 할 만한 사람이 가이아에 누가 있을까요?"

"'누구'라는 것보다, '어떤 의도'인지를 알아내는 게 먼저일 테지."

시체를 옮겼다.

도대체 누가, 어떤 의도로?

"이 세계에서는 마술을 쓰는 것 같던데. 루슬릭이 당신을 공격했던 것도 그렇고…… 죽은 사람을 살려내는 마술도 있나요?"

"공격 주술을 포함해서, 네가 말한 것들은 모두 일종의 흑마술이다. 당연히, 이 세계에서 금지된 지식이지."

"선대 국왕이 흑마술사였다면서요."

"가이아 국왕은 뭐든 할 수 있지. 규칙으로 금지한 후 정작 자신들은 규칙에서 자유롭다고 믿으며, 비밀스럽게 금지된 것들을 행하는 기만. 그게 지배 계층이 좋아하는 거니까. 설마 너, 프레데릭이 살아났을 수도 있다고 진지하게 믿는 거냐?"

"……그럴 가능성도 배제할 수 없는 상황 아닌가요, 이제?"

분위기가 무거워졌다. 레굴루스가 작게 한숨을 뱉었다.

"이런 젠장."

그때였다. 무거워진 분위기를 조롱하듯이, 요란스럽게 지축이 흔들리는 소리가 났다.

누군가가 텔레포트해 오는 소리라는 것을 짐작할 수 있었다.

그리고 그들 앞에 나타난 것은, 한 무리의 군사들이었다. 전신을 회색 가면과 은빛 갑옷으로 무장한 그들은 한눈에 보기에도 위협적이었다. 갑옷이 부딪치는 소름 끼치는 소리를 내며 그들이 일정한 보폭으로 열을 맞췄다. 검을 빼 드는 소리가 들렸다. 칼집에서 나온 검은 칼날 부분이 투명한 빛처럼 되어 있었다. 마치 어렸을 때 본 SF영화에 나올 법한 레이저 검 같았다. 장미의 눈이 두려움과 놀람으로 크게 떠졌다.

저건 원시적인, 중세 시대에서나 볼 법한 원시적인 무기가 아니야.

분명 저 검에 닿는 것은 무엇이든 썰어버릴 것이다…….

검의 정체가 무엇인지 몰라도, 그것이 굉장히 위협적이라는 것은 본능적으로 직감했다.

"꽉 잡아."

레굴루스의 대응은 신속했다. 그는 장미를 안아 올린 채 급히 텔레포트를 시도했다.

"생포해라. 여자애는 다치게 하면 안 된다는 폐하의 명이시다!"

그들 중 우두머리로 보이는 이가 급히 명령을 내렸지만, 그들이 달려오는 것보다 레굴루스의 텔레포트가 다행히도 더 빨랐다.

꽤 한참 동안 장미는, 멀미감에 시달렸다. 그런 장미를 옆에서 바라보며 레굴루스는 멋쩍은 듯, 꽤나 무뚝뚝한 사과를 했다.

"미안하다. 본의 아니게 꽤 격한 텔레포트가 돼버려서."

겨우 숨을 고르고 장미가 대답했다.

"아니요, 어쩔 수 없었다는 거 아니까 사과하지 않아도 돼요. 근데 진짜 어지럽네요……. 도저히 이 상태로 말은 못 타겠으니까 조금만 더 이대로 있으면 안 될까요?"

"안 돼. 왜냐하면 흔적 지우는 걸 못했거든."

"……맙소사."

"그들이 추적해 올 테니, 한 시간 안에 여길 뜨는 게 좋다는 의미다."

'폐하'의 명이라고 그 얼굴도 보이지 않던 갑옷들 중 한 명이 말했었다. 그들이 그렇게 부를 사람은 한 명밖에 없었다.

루슬릭. 결국 루슬릭에게 덜미를 잡히고야 말았다는 의미였다. 조금 더 이 달콤한 행복이 계속되기를 바랐건만, 결국.

추적은 시작되고 말았고, 그것은 아직까지는 루슬릭이 그녀를 포기한 게 아니라는 증거였다.

장미는 한숨을 쉬었다. 밀월처럼 달콤한 시간이라고 믿으며, 얼마 전까지만 해도 행복한 기분이었던 여행이 '쫓기는 길'의 악몽으로 변하는 것은 시간문제에 불과했다.

방금 전 상황을 생각만 해도 아찔했다.

만약 레굴루스의 텔레포트가 조금만 늦어졌거나 실패했다면, 어떻게 됐을까.

이대로 다시 잡혀 들어가서 원치도 않는 결혼식을 올려야 하는 걸까? 상상조차 하고 싶지 않았다. 그런 건.

"정말 아슬아슬했어요, 아까 건."

장미는 한숨을 쉬었다. 두 번 다시 그런 아찔한 상황은 겪고 싶지 않았다. 하지만 앞으로 그런 일이 다시없을 거라는 보장은 없었다.

"루슬릭은 아마도 우리가 거기에 오리라는 걸 예측했던 모양이야. 근처에 군사를 잠복시켜 두었던 거겠지…… 거긴 프레데릭이 묻힌 곳이고, 네가 그의 흔적을 찾는 걸 알고 있으니까."

"……."

"루슬릭의 군사와 마주치는 타이밍이 이렇게 빠를 줄은 예상 못했지만. 아무튼, 빨리 여길 떠나야 해."

레굴루스가 장미를 재촉했다. 장미는 힘겹게 몸을 일으켰다.

"레굴루스."

"뭐지?"

"고마워요. 방금 전 상황으로 확실하게 알았어요. 당신이 아니었으면 나 혼자 도망 못 다녔을 거예요, 진짜로."

장미는 진심을 다해 감사를 표했다. 생각해 보니, 그의 수고에 대해 감사를 표한 적이 처음인 것 같다는 생각이 들었다.

그러자 레굴루스의 표정이 미묘해졌다.

"……그렇게 고마워할 거 없다. 내가 널 지키는 건 당연한 일이다."

장미는 그가 고개를 돌리는 것을 바라보며, 조금 놀라고 말았다.

'쑥스러워하네. 별일이야.'

장미가 픕, 하고 웃음을 터트리자, 그런 그녀를 레굴루스가 번쩍

들어 말에 태웠다.

"어지럽더라도 조금만 참아라."

항상 명령조에, 어딘지 모르게 고압적인 고색창연한 말투. 이런 말투마저도 사랑스럽다니, 이미 제정신이 아니다. 장미는 속으로만 웃으며 그렇게 생각했다. 레굴루스가 말에 올라타고, 그의 등을 장미가 뒤에서 끌어안았다.

"그러고 보니 그거 알아요? 언제부턴가 당신에게서 나던 장미향이 사라졌어요."

"페이털 로즈가 부서졌나 보군."

"페이털 로즈? 그게 뭔데요?"

"저주의 매개체. 쉽게 말하면 저주가 완성된 시점에 만들어진, 일종의 노예 계약서지."

"에? 계약서라고요?"

"선대 국왕의 악취미 중 하나라고 보면 된다. 그녀는 저주의 매개체로 장미꽃을 이용했거든. 시들지 않는 장미, 페이털 로즈는 가이아 왕실에 대한 귀속의 증표였다. 내게서 더는 장미향이 나지 않는 건 저주의 매개체가 파괴됐기 때문일 거야."

"어쨌든 당신에게 좋은 거네요?"

완전히 알아듣진 못하겠지만, 대강 이해할 수는 있을 것 같았다. 그는 더는 가이아 왕실이 저주를 풀어주기를 기대하지 않으며 왕실과의 종속 관계를 스스로 청산했다. 다시 말해, 그는 더 이상 가이아 왕실을 수호하는 '장미 기사'가 아니게 되었다는 의미였다.

"그래. 진작에 이렇게 했어야 했지. 어차피 그들은 내 저주를 풀어줄 생각이 없었으니까……. 나는 로열 가이안들로부터 무엇을 기대했던 걸까."

말을 출발시키며 레굴루스가 중얼거렸다. 어딘지 자조적인 말에 장미는 그를 안은 팔에 더 힘을 주었다. 더 꽉 껴안은 채로 그의 귓가에 대고 속삭였다. 마치 달래듯이.

"당신에게서 나던 그 장미향, 꽤 좋아했어요."

"……."

"하지만 지금 당신 등에서는 보통 남자처럼 땀 냄새가 나네요."

장미가 레굴루스의 등에 얼굴을 파묻으며 작게 웃었다. 레굴루스가 고개를 돌렸다. 어딘지 신경 쓰이는 표정이었다.

"하지만 이편이 더 좋아요. 당신이 보통 사람처럼 느껴져서."

"……."

"예전의 당신은 뭐랄까, 살아 있는 인간 같은 느낌이 안 들었거든요. 뭐랄까, 온통 현실감 있는 배경에서 혼자만 툭 튀어나온 그림 같은 거. 뭔가 이질적인 느낌. 그때의 당신도 좋았지만, 지금 당신이 난 훨씬 더 좋아요."

왜냐하면, 지금 당신은 내 기사니까.

그 말을 입에 담는 건 어딘지 쑥스러웠기에, 장미는 다음으로 아껴두기로 했다.

"그래서, 우린 지금 어디로 가요?"

"우선은 저녁까지 달릴 거야. 그리고 마을이 나오면 거기서 말을 매어둘 여관을 찾은 다음, 갈 데가 있다."

"어디요?"

"현자 엘 칸타르에게로."

"에?"

낯선 이름이 튀어나왔다. 장미는 설명을 요구하는 눈으로 레굴루스를 빤히 바라보았다.

"이 세계에서는 지룡 아브릴이 가장 박식한 존재인 것 같지만, 딱히 그렇지는 않다. 현자 엘 칸타르는 지룡보다도 더 오래 살았으니까. 그는 은둔하는 현자이자, 모든 종류의 마술에 통달한 술사이자, 언데드이자, 이 행성의 시작과 끝에 대해 모든 것을 아는 사람이지."

"언데드? 죽지 않은 사람? 좀비 같은 거예요?"

"테라에서는 그걸 좀비라고 부르나? 깨어난 시체를 말하는 거라면, 맞아."

"그게 뭐예요. 무섭잖아요!"

"걱정 마. 그는 이유 없이 사람을 공격하거나 해치지 않아. 다른 모든 인간들과 마찬가지로 그는 선하지도 악하지도 않지만 굳이 어느 쪽이냐고 묻는다면…… 선량한 편이라고 봐야겠지. 속을 알 수 없다는 단점은 있지만."

"무서운 사람은 아니라는 이야기네요? 그럼 됐어요. 만날 수 있어요."

"만나야만 해. 어쩌면 그가 이 사태에 대해 뭔가를 알고 있을지도 모르니까. 왜냐하면 지금 가이아에, 죽은 사람을 다시 살아 움직이게 만들 정도의 흑마술이 가능한 자는 그 엘 칸타르밖에 없거든."

대체 어디서 그런 사람을 만난 건지.

하여간 레굴루스는 가이아에서 오래 살았기 때문인지 별 희한한 인맥을 다 가지고 있었다. 장미는 수긍하며 고개를 끄덕였다.

"무서운가? 그가 언데드라서?"

"음, 조금은…… 아니에요. 한번은 만나볼 가치가 있을 것 같아요."

"설령 그가 널 공격한다 해도 걱정할 필요 없다."

레굴루스는 차분한 목소리였다.

"잊었나? 난 네 기사다. 내가 곁에 있는 한, 가이아에서 누구도 널 해칠 수 없어."

"……"

이거 뭐야. 꽤, 감동적이잖아.

장미는 생각했다.

입만 열면 밉상스러운 말만 하던 레굴루스에게서 듣고 싶은 말을 정확히 듣게 되는 날이 오다니, 실로 놀라운 일이었다.

'하지만 만약 내 존재로 인해 당신이 위험에 처하게 된다면, 그걸 내가 견딜 수 있을까. 나는 이 세계에서 당신을 지킬 수 있는 힘이 없는데.'

두려운 생각이 자꾸만 덮쳐 왔다. 장미는 머리를 흔들어 털어버렸다.

"잘 수 있다면, 좀 자둬. 인공 태양은 배터리 충전을 위해 정확히 일곱 시간 만에 저물 거고, 우리는 몇 시간쯤 더 여행해야 하니까."

우리.

나, 너, 혹은 당신과 내가 아니라 우리.

실로 달콤한 말이었다.

장미는 그를 붙잡은 손에 힘을 주었다.

'잃고 싶지 않아.'

겨우 붙잡은, 이 온기를 잃고 싶지 않다.

하지만 단 한 번도 운명은 '내 편'이었던 적이 없었다.

그것이 장미를 불안하게 했다.

불안과 두려움 속에서, 장미는 그저 눈앞에 남자를 꽉 붙잡았다. 지금은 그저 그것밖에 할 수 있는 것이 없었다.

❖

'그리하여 명하노니, 이 세계에 속한 그 어떤 것도 당신을 죽일 수가 없을지어다.

죽음조차 죽임을 당하는 영원한 시간, 그 사슬 속에 영원히 묶이게 되리라.

다만 이 저주는 짐으로부터 시작되니, 오직 가이아 국왕의 권능을 승계한 자만이 그것을 끝낼 수 있을 것이요,

이 세상에 속해 있는 무엇으로도 그대를 죽일 수 없을 것이나, 언젠가 죽음의 신이 그대에게 입 맞춘다면 그것은 이 세상에 속해 있지 않은 존재를 통해서만이 가능할 것이니.

하지만 그대는 다른 인간들과 마찬가지로, 이곳 가이아를 벗어날 수 없는 몸.

또한 한 손에는 용, 한 손에는 영원한 기사의 수호를 쥔 채 가이아의 왕들은 대대로 영원히 융성하리라. 그들은 그대를 다만 이용할 뿐, 절대 없애려 하지 않을 것이다.

차가운 심장을 가진 자. 나의 충실한 충복이며, 끝까지 나의 것이 될 수 없었던 기사여.

누구도 사랑하지 않는, 그리하여 영원토록 아름다울 나의 레굴루스. 사자자리 한가운데 위치한 별의 이름을 가진 남자답게, 영원토록 길들여지지 않을 사나운 심장을 가진 자여.

사자의 심장(Heart of Lion), 레굴루스.

그대는 그 이름 그대로 영원히 가이아 왕국에 귀속되리라. 그렇게 영원토록 고통받으라.'

❖❖

지금도 가끔, 오래전의 꿈을 꾼다.

영생이란 지독한 것이라고, 레굴루스는 잠에서 깨어나며 새삼 그렇게 생각했다. 오래도록 재생되는 반복되는 악몽이라니.

그는 쓰게 웃었다. 정말이지 염병이었다. 선대 국왕이라니. 그에게 저주를 내린 선대 국왕이 죽어서 왕실 묘지에 엎어진 지 얼마나 오래던가. 그런데 아직까지도, 그 성성한 기세는 바로 어제까지 살아 있었던 사람 같았다.

그 서릿발같이 차가운 저주를 아무렇지도 않게 늘어놓고, 그 지긋지긋한 흑마술로 사람 하나를 너무나도 간단하게 '평범한 인간이 아닌 몸'으로 만들어놓고, 그녀는 어쨌던가. 무책임하게도, 죽어버렸다. 그녀는 살아서도 참으로 지독한 성정의 여자였다. 자신이 가지지 못하면 아무도 갖지 말라며, 레굴루스에게 조금만 관심을 보이는 여자들은 전부 다 죽여 버렸다. 정적도 연적도 용서하지 않았다. 자신의 말을 거부하는 이들에게 용서나 자비라고는 없었다. 그처럼 냉혹한 여자도 파충류 종족의 정치 싸움에서 패배할 정도라니, 도대체 파충류 외계인들은 어떤 족속인 것인지 새삼 상상조차 되지 않았다.

아무튼 그렇게 길길이 날뛰던, 온갖 수상한 흑마술들을 자유자재로 구사하던 그녀조차도 죽음 앞에서 장사는 아니었다. 불로불사의 마법은 상대방으로부터 '죽음'이라는 당연한 삶의 권리를 박탈하는 것이다. 자기 자신에게는 쓸 수 없다. 그 점이 참 또 악랄하고 엿 같았다. 하긴, 그게 가능했다면 그녀는 아직까지도 바득바득 살아 있었을 터다. 레굴루스에게 집착하면서. 그러고도 남을 여자였다.

이미 이 땅에서는 죽어서 없어진 지 오래인 선대 국왕, 그녀가 레굴루스의 꿈속에서는 살아 있었다. 몇 번이고 몇 번이고 되살아나는 저주의 순간이었다.

'너무 걱정 마. 풀리지 않는 저주라니, 그런 건 없어. 세상에 신의 섭리를 이기는 것이 있다고는 들어본 적이 없어. 자네의 저주는 언젠가는 풀릴 걸세. 이것도 뭔가 신의 뜻일 것이고, 영원한 것은 없으니 자네의 괴로움도 언젠가는 끝나겠지.'

예전에 그가 아직 포기하지 않았을 때, 그러니까 저주를 풀어보고자 백방으로 노력하던 시절에 테라에서 어렵게 텔레포트시켜 가이아로 끌고 왔었던 한 사제가 했던 말이었다. 그는 바티칸 소속의 성직자로 특기는 퇴마와 저주 퇴치였다. 그런 그조차도, 레굴루스에게 내려진 저주는 자신의 능력으로는 풀 수 없다며 난색을 표시하며 그를 위로했었다.

레굴루스는 그때 웃었다. 하긴 지구 최고의 술사 엘 칸타르조차 못 푼다고 했으니 기대한 게 잘못인가. 도대체가 염병이었다. 엘 칸타르나 바티칸의 퇴마 사제조차 해결 못할 수준의 저주를 내린 주제에 태연하게 늙어서 천수를 누리다 죽어 자빠져 버린 그 여자도, 그리고 만약 있다고 친다면 그 신이라고 하는 존재도.

신의 섭리라니. 신은 사디스튼가. 도대체 신은 레굴루스가 저주를 받을 때, 평범한 인간으로 생명을 받아 태어난 신의 가여운 피조물이 인간도 괴물도 아닌 것으로 되어갈 때 도대체 어디서 무엇을 하고 있었단 말인가. 손가락만 빨고 있었단 말인가. 신은 오직 창조만 할 뿐, 무엇 하나도 책임지지 않는다는 건가.

잠시 상념에 잠겼다가 옆을 돌아보니, 장미가 잠들어 있었다. 초여름으로 넘어가는 날씨가 더운지, 동그랗고 사랑스러운 이마에 땀이 배어나와 있었다.

네 작은 존재가 얼마나 나를 안심시키는지, 너는 알까.

레굴루스는 손을 뻗어 그녀의 이마에 넘어온 머리카락을 쓸어 넘겨주었다.

장미를 만나고 난 후, 잠을 설치는 나날들이 줄어들었다. 처음 그녀의 침대에서 잠들었던 날은 몇백 년 만에 아침까지 깨지 않고, 죽음처럼 깊은 잠을 잤다.

그럼에도 불구하고 여전히, 한밤중에 잠에서 홀로 깨어나 자신이 아직도 살아 있음을 확인하고 실망하는 이런 순간은 찾아오곤 했다.

'내가 저 달처럼 들을게요. 별처럼 새길게요.'

그 순간을 떠올리며 문득 레굴루스는 웃었다. 저 귀여운 입술로, 조금만 놀라게 하면 금세 겁에 질려 버리는 순진한 눈동자로, 퍽이나 귀여운 소리를 했었더랬다.

하지만 어디까지 너에게 털어놓을 수 있을까.

그는 생각했다. 너는 나를, 내 어둠을, 어디까지 받아들일 수 있을까.

아니, 사실 그보다 더 큰 두려움은 따로 있었다.

유한한 시간을 사는 인간의 짧디짧은 생의 시간 속에서, 너와 '언제까지' 함께할 수 있을 것인가.

그리고 만약 네가 변심해 그 짧은 생의 시간조차도 못 채운 채 나를 떠나기로 결심한다면, 나는 그것을 견딜 수 있을까.

나는 언제 다시 나타날지 모르는, 이 지루하고 버거운 영겁의 시간을 버티게 해줄 구원을 찾아 헤매며 하염없고 기약 없는 시간을 기다려야 할까.

그가 언제부턴가 사랑하는 사람을 만들지 않게 되었던 가장 큰 이유인, 그의 가장 큰 두려움이 레굴루스를 흔들었다.

영겁의 시간을 사는 존재에게 유한한 존재와의 사랑은, 결국 언젠가는 반드시 홀로 남겨진다는 이별의 두려움을 전제로 했다.

그것이 레굴루스를 못 견디게 했다.

"언제 깨어난 거예요?"

혼자 달을 보며 생각에 잠겨 있는데, 잠에서 덜 깬 목소리가 들렸다. 레굴루스는 고개를 천천히 돌려 그녀와 눈을 맞췄다.

항상 올곧게 응시해 오는 눈동자.

이처럼 정직하게 상대를 응시해 오는 소녀를 본 적이 없었다.

장미의 눈동자에는 확실히, 사람의 내면을 파고드는 힘이 있었다. 그것은 그녀의 재능이라고 해야 할지도 몰랐다. 가이아의 블루블러드(상위 계급)들은 모두 그 나름의 특기를 하나씩 타고나니 말이다. 테란과의 혼혈임에도 프레데릭의 피를 이어받은 장미에게는, 어쩌면 사람의 마음을 사로잡는 특기가 있는 것인지도 모르지.

레굴루스는 진심으로 그렇게 생각했다. 그렇지 않고서야 루슬릭이나 자신이나, 이렇게나 속수무책으로 빠져 버렸을 리가 있나. 그리고 설령 장미에게 그런 오컬트적인 재능 따위 존재하지 않는다고 해도, 그녀의 눈을 본 순간 사로잡혀 버렸음을 이제 더는 인정하지 않을 수 없었다.

정말이지 아름다운 눈동자라고, 레굴루스는 그녀의 눈을 바라보며 새삼 한 번 더 감탄했다.

그날 그 장미 정원에서 처음 눈이 마주쳤을 때, 어쩌면 그때부터 이 눈에 사로잡혀 있는 건지도 모르겠다고 생각하면서.

"달을 보고 있었다."

장미가 웃었다. 그 후 바로 응석부리듯 목을 끌어안아 오는 두 팔에, 레굴루스는 말을 잇는 것조차 잊고 잠시 멍해졌다.

"날 보고 있었던 건 아니구요?"

레굴루스는 한숨을 쉬었다. 장미가 이런 식으로 매달려 올 때마다, 잊고 있었던 감각이 날카롭게 되살아난다. 심장 한구석이 뜨거워지는 느낌이었다.

레굴루스는 품에 안긴 그녀의 등을 천천히 쓰다듬으며 말했다.

"……날 너무 부추기지 않는 게 좋아."

장미가 소리 없이 웃는 게 느껴졌다.

"진심이야. 넌 내가 얼마나 참고 있는지 전혀 모르고 있어."

"안 참아도 되는데."

장미가 그렇게 말하며 꽤 도전적으로 눈을 응시해 왔다.

"싫어했잖아, 네가. 싫다는 여자를 붙잡고 강제로 하는 짓은 안 해. 내가 그 짓 못해 안달난 사람인 줄 아느냐."

"내가 언제 싫다고 했는데요?"

장미가 모르는 소리를 듣는다는 얼굴로 바라보자, 레굴루스는 한숨을 쉬었다.

"발정 났다고 역겨운 눈으로 바라봤잖느냐. 그 히프노스의 밤에 그렇게나 분명하게 거절해 놓고 이제 와서 무슨 모른 척인지."

"아, 그땐 확실히 싫었죠. 하지만 그건 당신을 좋아하는 걸 알게 되기 전이었잖아요?"

레굴루스는 젠장, 하고 작게 욕설을 뱉었다.

이 순진한 작은 악마는 어디까지 자신을 시험에 들게 하려는 걸까.

한번 안게 되면, 멈출 수 없을 것 같아서 참고 있는 건데.

차마 입 밖으로 내뱉을 수 없는 말 대신, 레굴루스는 그녀의 입술을 막으려 키스를 했다. 두 번 다시 장미가 얄미운 말을 내뱉지 못하도록.

긴 키스 후에, 숨을 몰아쉬던 장미가 그를 향해 눈을 흘겼다.

"일부러 괴롭히는 거죠?"

"넌 어른의 키스에 좀 더 익숙해질 필요가 있어."

"스무 살은 어른이에요!"

어린애 취급에 불만인 듯 장미의 표정이 뾰로통해졌다. 그 얼굴을 보며, 레굴루스는 유쾌하게 웃었다.

"걱정 마. 널 제대로 어른 여자로 보고 있으니."

"그럼 왜 웃는 거죠? 지금 날 보고 유치하다고 생각했죠!"

장미가 그걸 싫어하리라는 걸 알지만, 연인을 어린애 취급하는 것 외에는 폭주 직전인 마음을 억누르는 방법이 달리 없었다.

레굴루스는 장미를 다시 자리에 눕히며 입 밖으로 나오지 않는 혼잣말을 중얼거렸다.

사실은 내 맘속에 어떤 네가 살고 있는지, 넌 절대 모를 거다. 아니, 평생 모르는 편이 좋지.

머릿속에서는 벌써 수십 번도 더 널 안았다는 걸 네가 알면, 넌 기절할 테니까.

"다시 자. 두 시간 있다가 깨울 거니까. 엘 칸타르를 향해 가봐야 해."

"지금 가죠, 뭐. 어차피 잠도 다 달아났는데."

"그를 만나러 가려면 배를 타야 한다. 그리고 아침은 되어야 배를 빌릴 수 있으니까."

"섬에 살고 있나 봐요?"

"아니. 하지만 육로로는 갈 수 없는 곳이야. 텔레포트로 한번에 이동할 수도 있겠지만, 텔레포트는 편리한 대신 반드시 흔적이 남는다는 위험이 있어서."

"육로로는 갈 수 없는 곳?"

"말해도 넌 모를 거다."

"굉장히 신비한 곳인가 봐요. 말해줘요. 거기가 어딘데요?"

"미혹의 숲."

"……!"

장미의 얼굴에 순간 스친 동요를 레굴루스는 감지했다.

"그 이름을 안다는 얼굴인데? 그곳에 가본 적이 있나 보군."

"……아녜요."

장미는 고개를 돌렸지만, 아마도 미혹의 숲에 가본 적이 있으며, 거기엔 루슬릭이 데려갔으리라고 짐작할 수 있었다. 알 만했다. 거긴 특유의 몽환적인 분위기 덕에, 현실을 잠시 잊고 싶은 불륜 커플들의 밀회 장소로 인기였고 분위기 잡고 싶은 커플들에게는 데이트 코스로 유명한 곳이었으니까.

미묘한 감정이 피어올랐다. 혹시 루슬릭을 아직도 신경 쓰고 있을까.

사춘기 소년으로 돌아간 유치하고 날 선 기분. 레굴루스는 이것이 질투라는 것을 알았다. 루슬릭과 춤추던 무도회의 그 밤, 장미는 눈부시게 아름다웠다. 발코니로 숨어들어 가듯 도망치던 뒷모습을 보고 자신도 모르게 그녀를 쫓아왔던 것을, 뭐에 홀린 듯이 쫓아갈 수밖에 없었던 것을 장미는 알까.

언젠가는 네게 말할 날이 오겠지.

다시 고른 숨소리를 내기 시작하는 장미를 바라보며, 레굴루스는 그녀의 잠든 이마에 키스했다.

가이아의 밤을 비추는 달빛이 그녀의 하얀 이마에 쏟아졌다.

가이아는 달이 수호하는 밤의 왕국이다. 그리고 그녀는 태양처럼 빛난다. 테라의 축복과 사랑을 받고 자라난 아이. 가이아와 테라, 두 세계 모두의 피가 흐르는 아이.

네가 과연, 언제까지 이 땅에 머무를 것인가. 지금은 내 손에 있는 네가 나를 언젠가 떠나기로 결심할 때, 내가 과연 너를 놓아줄 수 있을까. 잠든 네 얼굴을 바라볼 때마다 점점 더 자신이 없어지게 된다.

차마 말이 되어 나오지 않는 고백의 말들을 상념으로 정리하며, 레굴루스는 마음을 잠식한 불안을 애써 털어내려 노력했다.

이른 오전부터 계속된 지루한 항해 끝에, 시야에 작은 동굴이 들어왔다. 동굴이 가까워질수록 그것은 점점 더 커졌고, 마침내 배하나가 완전히 들어갈 정도의 넓이의 입구가 모습을 드러냈다.

"숲이 동굴 속에 있나요?"

"그래. 푸른 동굴 안의 미혹의 숲. 숨기에 최적이라, 밀회 연인들에게는 최적의 장소로 유명하지."

동굴 속에 들어선 장미는 무심코 감탄사를 뱉었다.

푸른 암석들이 기묘하게 빛나고, 반딧불이가 곳곳에서 존재감을 드러내고 있었다.

"세상에, 크리스마스트리 같아요."

아이처럼 순수하게 기뻐하는 장미를 보며 눈앞에 남자는 말없이 미소 지었다.

"크리스마스트리, 본 적 있어요?"

"아니. 하지만 크리스마스가 어떤 성인의 탄생일이라는 건 안다. 예전에 테라에서 온, 그 성인을 섬기는 사제를 만난 적이 있거든."

"굉장히 아름다워요, 테라의 크리스마스는. 언젠가 당신이 테라에 올 일이 있다면 보여주고 싶어요. 난 딱히 크리스마스에 교회에 가거나 하진 않았지만, 엄마가 살아 계실 땐 항상 12월이면 집 안에 트리를 장식했었거든요. 엄마랑 함께 나무를 사서 꾸미던 기억이 지금도 나요. 정말 즐거웠는데."

"테라라…… 언젠가 갈 일이 있었으면 좋겠군. 지금 테라로의 포트는 전부 막힌 것으로 알고 있지만, 찾아보면 어딘가에 더 있을지도 모르니까."

"난 이곳도 정말 마음에 들어요. 가이아는 정말로 아름다운 곳이에요. 낮이 짧다는 걸 빼면 테라와 환경도 비슷하고."

"그야 기본적으로 같은 공간을 공유하고 있으니까."

암석이 푸르스름한 빛을 발하며 조명처럼 어둠을 밝히는 가운데, 동굴 안으로 깊이 들어가면 들어갈수록 반딧불이들은 점점 사라졌다. 그리고 어둠이 찾아왔다.

레굴루스가 노를 젓던 손을 멈췄다.

"여기서부터는 걸어서 가야 한다. 어두우니까 잘 따라와."

장미는 고개를 끄덕이며 그의 손을 잡았다.

동굴의 습한 바닥을 천천히 레굴루스의 뒤를 따라 걸으며, 장미는 주변을 두리번거렸다. 원시적인 동굴을 보는 것은 처음이라 신기했다.

그리고 잠시 후, 동굴의 천장이 뚫린 느낌으로 지상의 빛이 흘러들어 오는 것이 느껴지며 주위가 밝아졌다.

그리고 눈앞에 펼쳐지는 광경에 장미는 탄성을 내질렀다.

시원한 바람과 함께 나무들이 몸을 흔들고 있었다. 짙은 녹색의 숲을 배경으로 한 채 고즈넉하게 자리 잡은 에메랄드 빛 호수가 모습을 드러냈다.

호수의 수면은 석양을 받아 빛나고 있었다.

"미혹의 숲이다."

예전에 루슬릭과 이곳에 왔을 때, 달빛을 받아 빛나던 저 샘을 본 기억이 있었다. 하지만 석양이 물드는 하늘 아래 보랏빛으로 푸르스름하게 물든 하늘을 배경으로 바라보는 샘은 또 다른 느낌이었다.

"동굴 안에 이런 숲이 있다니 볼수록 특이하네요."

"수도의 귀족이 애첩과 밀회하기 위한 용도로, 술사를 시켜 일부러 만들었다는 말이 있다. 자연 발생했다고 보기엔 특이한 환경이어서."

"애첩을 위해 만들었다니, 옛날 사람들이란 대단하네요. 풍류랄까. 스케일이 다른 느낌."

장미는 감탄하면서 샘에 손을 담가보았다. 루슬릭과 왔을 때와는 완전히 다른 느낌이었다.

"레굴루스, 설마 자네가 올 줄이야. 이거 전혀 예상치 못한 손님인데. 어째 오늘은 아침부터 숲의 바람 소리가 하 수상하다 했지."

낯선 목소리에 뒤돌아보았다. 그리고 그곳에서는, 푸른 로브로 온몸을 감싼 키 큰 노인이 서 있었다.

"오랜만이군요."

레굴루스가 인사하자, 그가 히죽 웃었다.

"자네가 이 엘 칸타르를 찾아오다니, 별일이군. 그래, 알고 싶은 게 뭔가."

장미는 그의 모습에 압도당했다. 미묘한 울림이 있는 목소리를 포함해, 그는 성별을 짐작하기 어려웠다. 강렬한 안광은 남성적이 긴 했으나 섬세하고 가느다란 몸의 선은 여성 같기도 했다. 깊은 눈에서는 지혜가 묻어났다. 그는 장미와 눈을 맞췄다. 장미는 자기도 모르게 멍하니 그를 바라보고 말았다.

"레굴루스가 여자를 데리고 온 건 또 처음이로군."

"아, 안녕하세요. 할아버지…… 라고 부르는 게 맞는 건가요?"

장미는 고개를 숙여 인사했다. 그러자 엘 칸타르가 긴장하지 말라는 듯 웃음을 터트렸다.

"그는 남자도 여자도 아니야. 무성이지."

레굴루스가 귀에 대고 속삭였고, 장미가 눈을 크게 떴다. 엘 칸타르는 그 모습을 어딘지 흐뭇한 미소를 지으며 지켜보고 있었다.

언데드이며 지구에서 최고로 뛰어난 술사, 그리고 살아서는 현자로 불렸던 엘 칸타르.

살아 있지도 죽어 있지도 않으며, 남자도 여자도 아닌 존재. 그에 대해 수많은 말들이 속세에 떠돌고 있지만, 정작 본인은 관심이 없다.

미혹의 샘 깊은 곳 어딘가에 은둔하며, 그가 만나고 싶지 않은 사람에게는 절대로 모습을 보이지 않는다. 어떻게든 그를 만나 천문학적인 상담료를 지불하고라도 말 한마디를 나누고 싶은 이들이 수두룩하지만 정작 얼굴 보기는 쉽지 않다는 까다로운 술사가 바로 그였다. 이 세상과 저세상, 어디에도 속해 있지 않은 이질적인 존재이자 베일에 싸여 있는 술사. 아무도 그의 정체를 정확히 몰랐다. 그는 그런 사람이었다.

"제가 당신을 어떻게 부르면 좋을까요? 전 장미라고 합니다."

"수천 년 만에 보는 꽤나 화사한 여자애로구나. 음침하고 무서운 여자라면 많이 봤다만. 예를 들면 최근에는, 그 카트레야 여왕이라든가…… 어쨌든 반갑다. 나는 엘 칸타르다."

카트레야의 이름이 나오자 장미는 흠칫했고, 레굴루스의 얼굴은 굳어졌다. 마치 생각하고 있던 것에 대해 확증을 얻었다는 듯이. 레굴루스는 바로 본론으로 들어가려는 듯, 앞으로 나섰다.

"당신에게 묻고 싶은 것이 있다, 엘 칸타르."

"언데드에 대한 건가?"

그가 빙긋이 웃었다. 그는 마치, 이들의 방문을 예감하고 있었다는 듯한 말투였다.

"마치 알고 있었다는 듯한 얼굴이군. 그럼 말을 돌리지 않고 묻지. 프레데릭이 되살아났나? 그리고 그걸 도운 게 당신인가?"

"네 손에 죽은 전 왕실기사단장 말인가. 언데드가 되어 떠도는 그와 마주치기라도 했나? 어떻게 알았지?"

긍정하는 것이나 마찬가지였다. 순간 레굴루스의 표정이 서늘해졌다.

쾅—

"레굴루스!"

갑작스런 충격에, 동굴 벽의 바위가 흔들렸다. 놀란 장미가 비명을 질렀다.

난데없이 멱살을 잡혀 동굴 벽에 내팽개쳐진 노인이 숨을 몰아쉬었다.

"역시 당신이었군."

"이거, 이거…… 상당히 과격한데."

"어떻게 그럴 수 있지? 한 번 죽은 이를 되살린다는 건 가이아 시스템 위반인 걸 당신이 모르지는 않았을 텐데. 죽은 것도 산 것도 아닌 채로 떠도는 당신처럼 저주받은 동족을 또 늘리고 싶었나?"

"여왕의 명령이었다. 관에서 시체를 꺼내 이곳으로 데려온 것도 그녀였지."

"……젠장, 카트레야……!"

"그녀는 협박했어. 그를 언데드로든 뭐든, 다시 되살리라고. 살아 움직이게 만들라고 말이다. 그렇지 않으면 나를 이곳에서 영원토록 추방시키겠다고 했지. 별수 없잖나? 나는 이곳, 자비로운 가이아가 아니면 받아주는 데도 없는 늙은이라고. 플레이아데스 성단에 있는 고향 별은 전쟁으로 파괴되었고, 다시 떠돌이 신세로 돌아가는 건 정말이지 질색이라 말이지."

"그렇다고 해도……!"

"레굴루스, 그만요! 괴로워하시잖아요!"

장미가 옆에서 소리 지르자, 그때서야 레굴루스는 이성이 돌아온 듯 그의 멱살을 쥔 손에 힘을 뺐다. 바닥에 내동댕이쳐진 엘 카타르는 숨을 몰아쉬었다.

"괜찮으세요?"

장미가 그에게 다가갔다. 엘 칸타르는 미소 지었다.

"상냥한 아이로군. 네가 혹시 프레데릭의 딸인가."

"아버지를 아세요?"

"알다마다. 그는 아주 훌륭한 남자였단다. 미남자인데다 기품과 기사도 정신이 있는, 아주 바른 청년이었어. 카트레야 여왕이 반한 것도 무리는 아니었지."

장미의 얼굴에 미소가 번졌다. 아버지가 훌륭한 사람이었다고 말해주는 사람을 처음으로 만났다.

"단지 고집이 세고 여자 보는 눈이 없었지만. 명을 재촉하는 사랑을 했지."

"……."

이번 말에는 웃어야 할지 난감했다. 어머니에 관련된 것이었기 때문이었다. 어머니를 만나 명이 재촉되었다고? 여자 보는 눈이 없었다고? 장미가 떨떠름한 얼굴로 그를 바라보자 엘 칸타르가 웃음을 터트렸다.

"하하! 그래도 네가 이렇게 살아남아 어른이 되었다니, 전 기사단장이 본다면 뿌듯해하겠구나. 그는 너를 갓난쟁이로밖에 기억하지 못할 테니."

장미는 심장이 빠르게 뛰었다. 아버지를 만날 수 있다. 아버지는 다시 되살아나서, 가이아 어딘가를 떠돌고 있다. 그것만으로, 희망이 생기는 기분이 들었다.

"카트레야의 프레데릭에 대한 집착은 실로 무서운 수준이었군. 가지지 못하면 죽여 버리겠다고 할 때는 언제고, 관에서 시체를 꺼내 여기로 데려왔다니……. 설마 그 정도일 줄은 몰랐다."

"아마 카트레야는, 언데드로 다시 태어난 그가 과거를 잊고 다시 자신을 바라볼 거라고 기대했던 것 같다. 이 얼마나 순진한 기대인지. 그래서 그를 되살렸던 거겠지. 하지만 프레데릭은 되살아나도 그녀 곁에 있는 것을 거부했지. 그리고 테라로 가겠다고 했던 것 같다. 그러자 화가 난 카트레야가 테라로 가는 포트를 모두 막아버렸지."

"역시 그렇게 된 거였군. 쓸데없이 포트를 왜 다 막았나 했는데."

"옆에서 지켜보는 이들이 참 피곤한, 전쟁 같은 연애였어. 아니…… 실제로 그 둘이서 연애를 했다고 말하기는 어폐가 있네. 그냥 일방적인 카트레야 쪽의 짝사랑이고 집착이었지만. 아무튼 테라로의 텔레포트가 불가능한 것을 깨달은 프레데릭은 평생 가이아를 떠도는 삶을 선택했지. 지금도 아마 어딘가를 떠돌고 있을 게야."

"문자 그대로, 죽었다 깨어나도 카트레야를 다시 사랑하는 일은 없었군."

"그래. 가이아를 발밑에 두면 뭐 하나. 사랑한 남자의 마음을 얻지 못해 평생 괴로워했던, 불쌍한 여자였지. 어디서 많이 본 이야기야, 그렇지 않나? 역사는 반복되는 것 같아."

레굴루스를 향해 의미심장한 질문을 던진 엘 칸타르에게, 레굴루스는 대답하지 않았다.

"변함없이 재미없는 성격이야, 자네는. 격한 인사 고맙네. 멱살잡힌 정도로 죽진 않지만, 내가 노인이라는 걸 잊지 말아주었으면 하네만."

"그 정도는 당신에게 위협도 아닌 걸 잘 알고 있어. 엄살 피우지마."

"그나저나 아가씨는, 레굴루스의 지금 애인인가?"

"애인 아니고 아내예요."

장미가 장난스럽게 대답했다. 그러자 레굴루스와 엘 칸타르가 동시에 장미를 향해 외쳤다.

"뭐라고?"

뭐야, 이 반응은.

장미는 조금 상처받고 말았다. 그렇게까지 놀랄 일인가, 이게.

"결혼반지도 받았어요. 이거 보세요."

장미가 왼쪽 손을 들어 보였다. 시장에서 레굴루스가 선물한 반지가 빛나고 있었다.

레굴루스와 장미를 번갈아가며 바라보던 엘 칸타르는 레굴루스를 향해 비죽이 웃으며 비아냥을 섞어 말했다.

"이런 도둑놈 같으니. 결혼했나? 아내와 나이 차가 몇이라고 생각하는 거야."

"날 당신 같은 노인과 동류로 취급하지 마. 스물두 살 때 저주에 걸린 후로, 내 시간은 멈췄으니까."

"아무튼 대단하군. 천하의 레굴루스가 사랑에 빠진 걸 다 보게 될 줄이야, 오래 살고 볼 일이야."

레굴루스는 대꾸하지 않았다. 그는 무표정한 얼굴로 고개를 숙였으나, 귀가 빨개져 있었다. 그걸 본 장미는 레굴루스에게 다가가 팔짱을 꼈다. 그리고 까치발을 들어 그에게 귓속말을 했다.

"장난한 건데. 놀랐어요?"

"……정말이지 넌."

레굴루스가 한숨을 쉬었다.

"날 갖고 놀면 재미있나?"

"어라, 난 그냥 어린애잖아요. 당신한테. 갖고 논다면, 놀아나 줄 건가요?"

레굴루스는 웃었다. 그리고, 그리고 장미의 왼손을 붙잡으며 그녀의 반지를 바라보았다.

"이런 장난감 같은 반지는 그냥 잊어버려. 나중에 훨씬 더 좋은 걸 사줄 테니까."

그 광경을 지켜보던 엘 카타르가 휘파람을 불었다.

"이봐, 신혼이라 자네들이 한창 뜨거운 건 알겠지만 일단 내가 있다는 걸 잊지 말라고. 여기가 밀회 장소인 건 알지만 말야. 애정 표현은 해가 지고 나서 시작하는 게 좋지 않겠어?"

장미의 얼굴이 빨개졌다. 그렇다, 여기는 밀회의 샘이었다. 하지만 밀회라니, 그건 뭔가 장미가 이해하기에는 아직 너무 어른스러운 용어였다.

"알고 싶은 건 그걸로 끝인가? 그럼 난 이만 들어가 쉬어야겠네. 보다시피 노인이라서."

"언데드인 주제에 꽤 인간적인 척하는군."

"레굴루스, 자네는 언제나 만나고 나면 기분이 나빠. 미남자인 주제에 얼굴이 아깝지."

"앗, 저도 레굴루스를 처음 만났을 때 그 생각했었는데! 입만 안 열면 호감이라고."

옆에서 장미가 신나하며 손뼉을 치자, 순간 분위기가 이상해졌다. 엘 칸타르가 곤란한 얼굴을 했고, 흘끔 올려다본 레굴루스는 고개를 돌렸다.

"레굴루스, 설마 방금 걸로 삐진 거……?"

"빨리 여길 떠나는 게 좋겠군. 해가 진다."

레굴루스가 그녀에게 붙잡힌 팔을 빼더니 혼자 뒤돌아 걸어갔다.

세상에, 삐졌네.

장미는 명백하게, 온몸으로 '나 화났음'을 표시하고 있는 등을 바라보면서 한숨을 쉬었다.

"어휴 진짜. 애야?"

장미가 고개를 절레절레 저었다.

"덕분에 재미있는 구경을 했네, 장미 아가씨. 조심히 들어가시게나."

엘 칸타르가 손을 내밀며 악수를 청했다.

"엘 칸타르 님, 저 궁금한 게 하나 더 있어요. 혹시 우리 어머니가 살아 계신가요? 당신은 뭐든지 다 아는 현자라고 레굴루스가 그랬거든요."

장미가 망설이며 물어본 말에 엘 칸타르가 잠시 생각에 잠겼다.

"아무리 나라고 해도, 테라에서 일어나는 일까지 전부 다 여기 앉아 들여다볼 수 있는 재주는 없다네. 현자라고 해서 이 세상 모든 의문에 대한 해답을 다 아는 건 아니거든. 그리고 나를 현자로 보고 싶어하는 건 세상 사람들이 멋대로 갖다 붙이는 그들의 욕망일 뿐, 나는 그저 쇠락한 늙은이에 불과해. 어쩌다 운명이 허락하여 지금 이렇게 죽음에서 한 번 돌아와 있지만, 언젠가 어느 날의 아침 햇살에 스러져 한 줌 재도 남지 않을 시체지."

"……알 수 없다는 말씀이군요."

"알아볼 수는 있어, 아가씨. 하지만 특정한 의도를 가진 흑마술이나 예지를 위한 점성술, 이런 것들은 반드시 대가를 동반해. 그리고 결과가 그 대가를 치를 만큼의 가치는 없는 게 대부분이야.

스스로의 의문에 압도당하지 마. 너같이 생각이 많은 애한테 그런 것들에 대한 관심은 쥐약이나 다름없어. 신경 끄고 그냥 운동이나 하든가, 편안히 호흡하는 게 좋아. 미래 따위는 관심 꺼. 도망치는 자에게도 왕궁에 있는 자에게도 밭을 가는 자에게도 감옥에 있는 자에게도 똑같이 시간은 흘러. 그냥 편안히, 있는 그대로의 삶을 즐기라고."

장미는 시무룩한 얼굴을 했다. 실망감에 고개를 떨군 그녀의 머리를 엘 칸타르가 손을 들어 쓰다듬었다.

"당신들의 여행이 안전하기를 이 엘 칸타르가 바라겠네. 아가씨에게 지구 어머니의 보호가 있기를."

"사실 불안해요. 너무나도 불안해서, 견딜 수가 없어요……. 미래는 알 수 없는 것이고 과거는 가차 없이 시간 속으로 사라져 가는데, 처음 해보는 사랑은 가슴 떨리지만 불안하고. 삶은 무엇 하나 명확함을 약속해 주지 않아요. 이 여행은 그와 함께한다는 것만으로 즐거운 것도 같지만, 한편으로는 돌이킬 수 없는 짓을 저지른 것 같아 미칠 듯이 두려워요. 잠들기 전에 혼자 생각한다구요. 난 지금 여기서 무슨 짓을 하고 있는 거지……? 나중에 묻고 싶은 게 생길 때, 당신을 또 한 번 찾아와도 될까요?"

"아가씨는 생각이 너무 많아. 아가씨 같은 이들은, 스스로의 생각에 도취된 나머지 가끔 스스로에게 멍청한 짓을 하지. 과거고 미래고 관심 따위 가지지 않는 편이 좋아. 나를 찾아올 시간이 있다면 그럴 시간에 운동이라도 해서 생각을 좀 털어버려."

엘 칸타르의 말에 장미가 고개를 들었다.

"복채 두둑이 드릴게요."

"……그럼 가끔은 좀 오든가."

엘 칸타르가 웃었다. 장미가 그에게 마지막 인사를 하고 돌아섰다. 그리고 레굴루스가 사라진 방향을 향해 종종걸음으로 걷기 시작했다.

"만약 레굴루스와 함께하는 것에 고민이 된다면, 스스로의 가슴에 대고 물어봐. 형식적인 걸 신경 쓰기 이전에, 인간으로서 한 인간을 얼마나 사랑할 수 있을까에 초점을 맞춰 보면 답이 나올 거야. 두려움 없이 누군가를 진심으로 사랑하는 사람의 마음에는 고민이 들어설 자리가 없으니까."

장미의 등 뒤에 대고, 엘 칸타르가 마지막 조언을 했다.

그러고 나서 그는 홀로 밤하늘을 올려다보며 중얼거렸다.

"그나저나 오늘 밤은 화성이 밝군……. 뒤숭숭한데."

장미가 뒤돌아보았다. 그러자 그는 벌써 보이지 않았다. 공기 속으로 증발한 듯 사라져 있었다.

그래서 그가 한 마지막 한마디, 불안한 경고 같은 중얼거림은 듣지 못했다.

장미는 웃었다. 세상의 모든 것을 가진 듯 화사한 미소였다. 그리고 그녀를 기다리고 있을, 사랑하는 사람을 향해 달려갔다.

이 앞에 기다리고 있는 것이 설사 나쁜 일이라고 해도, 더는 아무것도 두렵지 않았다.

그녀를 기다리고 있을 그가 있는 한은.

어느덧 해가 저물어, 달이 떠올라 있었다. 장미는 동굴 벽에 기대 그녀를 기다리고 있는 레굴루스에게 달려갔다.

그리고 그의 팔짱을 낀 채 속삭였다.

"화났어요?"

"……아니."

말은 그렇게 하면서, 장미와 눈을 마주치지 않으려고 고개를 돌리는 걸 보며 장미는 웃었다. 의외로 어린애 같은 면이 있다고 생각했다.

"화내지 마요."

장미는 그의 목을 끌어안고 그와 시선을 맞췄다.

"화난 게 아니라고 했잖아."

"화난 게 아니라면 키스해 줘요."

"……."

레굴루스의 눈동자가 짙어졌다. 그리고 장미는 그 순간, 그녀가 그의 열정에 불을 당겼다는 것을 알았다.

"……정말 너는."

그가 웃음 섞인 한숨을 쉬었다. 그의 고개가 내려오는 것을 느끼며, 장미는 눈을 감았다.

입술은 살짝 닿았다가, 아쉬운 느낌을 남기며 떨어졌다. 달콤한 여운을 채 즐기기도 전에, 조금 더 깊은 키스가 이어졌다. 혀가 얽히고, 생생하게 감각을 일깨웠다.

숨 막히게 깊은 키스 후에, 그가 낮게 속삭여 왔다.

"……넌 어디까지 날 뒤흔들 셈인 거지."

어느새 무엇 때문에 화났었는지도 잊어버렸다는 듯, 다시 키스가 이어졌다. 장미는 키스의 도중 잠시 눈을 떠, 하늘에 뜬 달을 바라보았다. 샘의 수면과도 눈을 맞췄다.

머리가 이상해질 것 같았다. 달콤하고 중독성 있는 감각이 온몸을 채웠다.

장미는 눈앞에 남자를 꼭 끌어안았다. 미치게 하는 건 달빛일까, 아니면 이 사랑일까.

더, 더 세게 안아줘. 더 많이 키스해 줘.

당신이 내 것이란 걸 믿을 수 있게.

끝날까 봐 아쉬운 행복이라면, 끝나기 전에 조금이라도 더 만끽하겠어.

한참 정신없이 서로의 입술을 탐하다, 레굴루스가 떨어졌다. 그리고 뒤돌아서 앞장서 걷기 시작했다.

"……점점 머리가 이상해지는 기분이다. 널 보고 있으면, 장소와 시간을 가리지 않고 널 원하게 될까 봐 무서워져."

한숨 같은 속삭임에, 장미는 그를 말없이 끌어안았다.

대답 대신이었다.

그를 끌어안은 채 장미는 등에 얼굴을 묻었다. 조금만 더, 이대로 있고 싶었다.

여행은 계속되어야 하는 걸 알고 있지만, 이 아름다운 장소를 떠나고 싶지 않았다. 저 달빛 때문에 머리가 이상해진 건지도 모르겠다고 장미는 생각했다.

"이 샘이 연인들의 밀회 장소라면서요."

레굴루스가 작게 웃으며 그녀의 손을 감싸 안았다. 손을 잡아끄는 남자의 등 뒤에 대고 장미는 결심했다. 확실히 말을 해야겠다고.

그러고 보면 그에게 한번도 확실한 감정을 말한 적은 없었다. 생각해 보면 그랬다. 처음 이 관계가 시작된 계기는 '계약'이었을지 모르지만, 장미의 일에 말려들게 만들어놓고 그에게 일방적으로 지켜지고 있는, 경호를 받고 있는 상태. 그것에 대해 고마움을 표시한 적은 있었으나, 단 한 번도, 그를 향한 감정을 제대로 말로 표현한 적은 없었던 것이다. 어찌 보면 당연했다. 왜냐하면 그를 내내 의식하고 있었을지는 몰라도, 그를 향한 연심을 제대로 '자각'한 지는 얼마 되지 않았으니까.

그리고 이 마음을 두려움 없이 인정하기에는, 다소 결심이 필요했다. 하지만 언제고 한번은 말해야 할 것이었다. 장미는 크게 심호흡했다. 그리고 눈앞에 선 남자를 향해 말했다.

"레굴루스. 나 이미 말한 것 같아 말 안 했는데, 잘 들어요."

"……."

"당신을 사랑해요."

물이 흐르는 소리가 정적 속에서 조용히 들려왔다.

마치 달빛의 노래처럼, 고요한 정적 속에서 모든 것이 부드럽게 깨어 있었다. 물소리, 쉬지 않고 흐르는 바람 소리, 바람에 나무가 흔들리는 소리. 자연이 만드는 음악에 천천히 귀 기울였다.

장미의 마음속에서 두려움이 아닌, 다른 무언가가 깨어나는 것을 느꼈다. 두려움보다 훨씬 더 강하고 굳은, 다른 어떤 것이었다. 장미는 그것이 무엇인지 이제 알 수 있었다.

스스로의 의지로, 이 사람을 선택했다는 충족감.

그리고 한 존재를 향한 강렬한 사랑의 예감이었다.

"당신은요? 아, 사실 대답 같은 건 필요 없어요. 생각해 보니 당신은 입 열면 얄미운 말 아니면 잔소리만 하니까."

잠시 말을 멈추고, 장미가 웃었다.

"그러니까 아무 말도 안 해도 괜찮아요."

"……."

눈앞에 남자는 정말로 아무 말도 하지 않았다. 무슨 말을 해야 할지 모르겠다는 표정으로 장미를 바라보고 있었을 뿐이었다.

"난 당신과 함께 이 세상을 살아가고 싶어요. 그러니까 당신을 죽이지 않을 거예요. 내 손으로 당신을 죽일 수 있을 리 없어요."

"……."

"그러니까 계약은 없던 일로 해요."

"……."

묵묵한 정적 속에서 두 사람의 발소리와 물소리만이 크게 울렸다. 심장이 크게 뛰고 있어, 장미는 혹시라도 심장 소리가 들릴까 봐 걱정했지만 다행히 그 정도는 아니었다. 무슨 말을 더 해야 할까. 어떤 단어로, 어떤 언어를 여기에 더해야, 이 마음이 전해질까. 장미는 고민하다 곧 입을 다물었다. 그리고 작게 한숨을 쉬었다.

"당신에게 내 심장을 꺼내서 보여줄 수 있다면 좋을 텐데."

말 없던 레굴루스가 갑자기 걸음을 멈추고 뒤돌아섰다. 그가 장미와 마주 섰다. 그의 표정은 늘 그렇듯 읽기가 어려웠다. 하지만 그의 눈동자에서 장미는 따스한 무언가를 읽을 수 있었다.

평소와 똑같이 차가운 표정을 띠고 있는 것 같지만, 그의 표정을 지켜본 장미는 관찰할 수가 있었다. 그의 눈동자에 서린 따스한 감정. 그것은 희미한 열기를 띠고 있었다.

이 사람도 나를 원하고 있어.

그 사실에, 마음이 벅차올랐다.

레굴루스가 장미를 향해 무릎을 꿇었다. 그리고 한쪽 무릎을 세운 채 그녀의 한쪽 손등을 가져갔다. 그리고 손등에 입술을 지그시 눌렀다.

그의 큰 손에 잡힌 한쪽 손을 장미는 멍하니 바라보았다.

"가이아의 전통적인 청혼 방식이다."

"……."

"내 대답이기도 하고."

"청혼, 인 건가요?"

장미가 떨리는 목소리로 물었다. 아니, 아무리 그래도 그렇지 전개가 너무 빠른데. 그런 생각은 이상하게도, 전혀, 들지 않았다.

정신없이 달리는 말 위에 두 사람이 이미 같이 올라타 버린 느낌이었다.

"그래. 널 이런 식으로밖에 묶어두는 방법 말고 난 다른 건 알지 못하니까."

"……난 당신을 떠나지 않을 거예요."

"하지만 넌 테란이다. 반은 가이안이기도 하지. 너는 이곳과 땅 위 세상 어디에든 있을 수 있어. 하지만 나는…… 네가 만약 어느 날 갑자기 테라로 돌아가 버린다면, 널 쫓아갈 수 있을까. 프레데릭도 못했던 일이다."

나지막하게 그의 두려움을 고백한 레굴루스를 향해 장미는 천천히 손을 뻗었다. 그리고 몸을 숙여, 무릎을 마주 꿇은 채 그를 안아주었다.

그것이 그녀의 대답이었다.

"좀 더 제대로 된 곳에서, 시간이 조금 흐른 후에 말하려고 했었는데…… 아마 난 어리석을지도 모르겠다. 테란인 너를 진지하게 사랑하게 되다니."

"……."

"가이아에 묶여 있는 나와 달리, 넌 테라로 돌아갈 수가 있지. 언젠가 네가 때가 되어 테라로 돌아갈 것을 선택한다면 그걸 내가 견딜 수 있을지 생각해 본 적이 있다."

아마도 두려웠던 것은 자신뿐만이 아니었던 것 같다고, 그의 말을 들으며 장미는 생각했다.

"만약 네가 나를 떠나지 않는다고 해도, 넌 언젠가 나를 두고 죽겠지."

"레굴루스, 먼 앞날의 일은 생각하지 말아요. 바로 지금 이 순간과 나, 그리고 우리만 생각해요. 네?"

눈앞에 남자는 쓰게 웃었다.

"저주에 걸리고 줄곧…… 혼자였었다."

"……."

"나는 이 세계에서 유일한 존재였으니까. 혼자 영겁의 시간을 같은 모습으로 늙지도 않고 사는 존재. 이런 몸인 이상, 사랑하는 사람은 만들지 않겠다고 결심했었다. 사랑하는 이의 죽음을 감당할 자신이 없었으니까."

장미는 조용히 그의 말을 들으며, 그를 안은 팔에 힘을 주었다. 상상도 하지 못할 긴 시간의 고독을 끌어안은 채 그는 얼마나 오랜 시간을 버텨왔던 걸까.

그 시간들을 살아왔다고 할 수 있을까. 아니다, 그의 시간은 저주가 걸린 시점에서 이미 멈춰 있었다. 그는 단지, 혼자서, 긴긴 시간을 그저 버텨온 것이다.

"너를 만난 후, 네 눈에 사로잡혔고…… 그리고 그 후, 계속 혼자서 생각했다. 나는 너와 함께 살아가고 싶은 걸까, 아니면 네 손에 죽고 싶은 걸까."

"레굴루스."

"답은, '네가 원하는 대로' 다. 네가 그걸 원한다면, 너와 함께 이 세상을 살아가는 것도 나쁘지 않겠다는 생각이 들었다. 언젠가 내 어리석음의 대가를 치른다 해도…… 상관없다."

장미는 그의 눈을 바라보았다.

그를 장미 정원에서 처음 보았던 순간이 떠올랐다.

마치 꿰뚫어 버릴 듯, 강렬한 눈을 하고 있었다.

그 눈이 이렇게나 상냥하게 누군가를 응시할 수 있다는 것을, 그 때는 꿈에도 알지 못했었다.

그리고 그 눈이 담고 있는 것은 다름 아닌 그녀 자신이었다.

한참 동안의 정적 끝에, 장미는 입을 열었다.

"난…… 영원 같은 건 몰라요. 영원히 살지도 못해요. 그리고 이 순간이 영원하지 않을 거라는 것도 알아요. 그래도 상관없어요. 지금 이 순간, 당신이 내 것이라면."

"넌 그게 두렵지 않은 건가? 사랑하는 것이 생긴 순간 그것을 잃을 운명만이 남아 있을 뿐이다. 네가 그걸 모르지는 않을 텐데."

"두려워요. 하지만 그만큼, 아니, 그 이상으로, 당신을 사랑해요."

장미가 미소 지었고, 레굴루스는 일어서서 그녀를 끌어안았다. 장미는 생각했다. 지금 이 순간이 너무 빨리 지나간다면, 내가 이 순간을 붙잡아 영원으로 만들 거라고.

그리고 벅찬 마음으로 그의 청혼에 대한 대답을 했다.

"당신 것이 될게요. 평생 곁에 있을게요. 저 달이 증인이에요."

그 순간, 레굴루스가 다급히 팔을 뻗어 품에 안긴 그녀를 떨어뜨렸다. 상냥했던 두 눈은 다시 날카로워져 있었다. 그가 외쳤다.

"젠장!"

장미가 무슨 일이냐고 묻기도 전에 그가 괴로운 듯 숨을 몰아쉬며 중얼거렸다.

"이따위 술법에 걸려들다니……."

"레굴루스? 무슨 일이에요? 갑자기 왜 그래요?"

"지금 당장 텔레포트해라. 여길 떠나야 해!"

그 말을 마지막으로, 그의 몸이 굳어졌다. 그리고 온몸의 기력이 한번에 빠져나간 듯 그가 정신을 잃고 축 늘어졌다.

"레굴루스! 갑자기 무슨……?"

바닥으로 쓰러지려는 그를 장미가 붙잡았으나 장미의 힘으로는 역부족이었다. 장미의 몸도 그와 함께 바닥으로 무너졌다. 그리고 등 뒤에서 익숙한 목소리가 들려왔다.

분명히 아주 귀에 익은, 어디선가 들어본 목소리였다. 불과 며칠 전까지만 해도 매일 들었던.

"너무하잖아, 장미. 나와의 추억이 담긴 이 장소에서 다른 남자에게 사랑을 고백하다니."

루슬릭.

장미는 떨면서, 천천히 뒤돌아보았다. 그녀가 들은 목소리의 주인공이, 그녀가 생각한 사람인지 확인하기 위해.

"오랜만이야, 장미."

"루…… 슬릭?"

"여전히 예쁘네."

루슬릭이었다.

며칠 만에 무척 어른스러워진 듯한, 국왕의 정복 같은 화려한 차림을 한 그가 장미를 향해 미소 지으며 서 있었다.

그리고 그의 뒤에는 로브를 뒤집어쓴 술사 같은 이들과 갑옷을 입은 무리들이 한 무리 있었다. 루슬릭이 그들에게 명령을 내렸다.

"……끌고 가라. 왕의 정혼자를 납치해 달아난 중죄인이다."

투구와 갑옷으로 얼굴을 가린 이들이 일제히 레굴루스를 향해 달려들었다. 장미는 레굴루스를 껴안은 채 놓아주지 않으려 실랑이했으나, 무의미한 일이었다.

"루슬릭! 제발 부탁이야. 도망친 건 내 결정이야. 죄인이라니, 말도 안 돼! 레굴루스는 아무런 잘못이 없어. 그러니까 제발 그를 놓아줘!"

장미가 루슬릭에게 애원했으나, 루슬릭은 대꾸하지 않았다. 다만 조용히 미소 지을 뿐.

그 미소가 어딘지 모르게 서늘하게 느껴진다고 생각한 순간, 장미는 갑작스럽게 졸음이 몰려오는 것을 느끼며 정신을 잃었다.

저항할 틈도 없이 희미해져 가는 정신 속에서 마지막으로 눈에 들어온 것은, 바닥으로 무너지던 그녀의 몸을 붙잡던 루슬릭의 웃는 얼굴이었다.

"……이제 놓아주지 않아."

마지막으로 들린 말은, 섬뜩했다.

제10장 공포

　하루 일과가 마무리되는 저녁 무렵, 궁의 복도에 차분한 걸음 소리가 울렸다. 등을 곧게 세운 남자의 걸음걸이는 침착했고, 서두름이 없었으며, 기품이 있었다. 그가 지나가는 길마다 고용인들은 고개를 숙였다.

　그는 즉위한 지 한 달도 채 되지 않은 젊은 왕, 스무 살의 루슬릭이었다.

　하루분의 격무를 마치고 침소로 돌아오는 그를 문 앞에 늘어선 한 무리의 메이드들이 맞이했다.

　"안으로 드시지요, 폐하."

　그녀들의 목소리와 동작에는 한 치도 흐트러짐이 없었다. 그 절도 있는 인사에 루슬릭은 눈길 한 번 주지 않고, 대신 문 앞의 눈을 바라보며 미소 지었다. 매일 보는 광경, 늘 똑같은 하루였다. 하지만 오늘 하루는 달랐다. 아니, 다를 것이다.

이 문 너머에 그녀가 있기 때문에.

루슬릭은 오늘 하루 종일 신경 쓰고 있었던 것을 물어보았다.

"그녀의 상태는 어떤가?"

"하루 종일 면밀히 지켜보았습니다만, 별다른 것은 없습니다. 수면 주술의 후유증으로 하루 꼬박 넘게 주무셨습니다만, 오후에 깨어나신 후로는 평범하게 쉬고 계신 것 같았습니다. 저녁 식사는 반 이상 남기셨고, 여러 번 물을 가져다 달라고 하셨습니다. 방금 전에 잠드셨습니다."

"잘했다. 자네들은 이만 물러가도 좋다."

메이드들이 고개를 숙였다. 루슬릭은 그녀들을 뒤로한 채 길게 이어지는 계단을 성큼성큼 올라섰다.

긴 계단을 올라 문 앞에 섰다.

그는 문 앞에 서서, 열쇠를 꺼내기 전 잠시 멈춰 서 문을 바라보았다.

이 문 너머에, 그녀가 있다.

이 문을 열면, 너는 어떤 얼굴을 잠들어 있을까.

잠시 쓴웃음을 지었다. 이내 루슬릭의 입가에서 표정이 사라졌다. 그는 주머니 깊숙한 곳에 감춰두었던 열쇠를 꺼내 문을 열었다.

끼익—

조용한 소리를 내며, 거대한 문이 열렸다.

장미가 잠들었다는 메이드의 보고대로, 방 안은 기척 없이 어두웠다. 밀폐된 공간의 공기를 쾌적하게 만들기 위해 피워둔, 공기 정화 기능이 있는 향초만이 은은하게 타면서 어둠을 밝히고 있었다.

루슬릭은 천천히 어둠 속을 걸었다. 어두운 방 안에서 유난히 그의 발걸음 소리가 크게 울렸다.

뚜벅, 뚜벅.

넓은 방의 한가운데를 가로질러 천천히 걸어온 그는 침대까지 다다랐다.

그리고 침대 끝에 걸터앉았다.

"다녀왔어. 오늘도 긴 하루였어."

침대에 누워 있는 이로부터 대답은 돌아오지 않았다. 루슬릭은 침대 머리 쪽을 바라보며, 잠들어 있는 장미를 확인했다.

루슬릭은 몸을 일으켰다.

"일어나, 장미. 내가 왔어."

어리광 부리듯, 잠들어 있는 장미의 귓가에 속삭였다.

잠들어 있던 장미의 눈꺼풀이 떨리는 것을 루슬릭은 가만히 지켜보았다. 그리고 잠시 후, 장미가 기침을 하며 눈을 떴다.

"괜찮아?"

루슬릭은 기침하는 장미를 부축해 일으켰다. 장미는 잠시, 잠에서 깨어난 사람 특유의 멍한 얼굴로 주변을 두리번거렸다. 그리고 옆에 있는 것이 루슬릭임을 확인하자 표정이 굳어졌다.

명백히, 경계하는 얼굴이었다. 그 얼굴을 보니 마음은 아팠지만 어쩔 수 없다고 루슬릭은 생각했다.

"누군가 했어. 루슬릭, 너로구나. 하긴 너 아니면 여기 올 사람이 없지."

그렇게 말하고 장미는 콜록, 하고 기침을 했다. 괴로운 듯 숨을 들이쉬는 그녀에게 루슬릭이 바짝 다가가 물었다.

"괜찮아? 몸이 안 좋은 거야?"

"아냐. 그냥 좀 목이 답답해서. 저기 있는 물컵 좀 줄래?"

침대 머리 옆에 놓인 테이블에 둔 물병과 컵을 가리키며 장미가 말했다.

"물 줄게. 잠시만."

루슬릭이 물컵을 잡았다. 장미가 손을 뻗자, 그는 장난치듯 손을 다른 곳으로 옮겼다. 그리고 물컵을 자신의 입으로 가져갔다.

장미는 이해할 수 없다는 얼굴로 그런 루슬릭을 물끄러미 바라보았다.

"······루슬릭. 나 물 달라고 했는데."

"줄 거야. 걱정 마."

루슬릭이 물을 한 모금 넘기고 장미를 향해 조용히 웃어 보였다.

온화한 웃음이었지만 장미에게는 어쩐지 의미심장하게 보였다.

"입 벌려."

말을 마친 루슬릭은 한 번 더 컵을 입으로 가져갔다. 그리고 장미의 턱을 잡아당겼다.

무슨 의미인지 알게 된 장미는 정색하며 루슬릭을 밀어냈다.

"됐어. 내가 가져다 마실게."

장미가 신경질적으로 물병을 향해 손을 뻗었다. 하지만 루슬릭이 한발 더 빨리 움직였다. 루슬릭은 장미가 손을 뻗기 전에 물병을 집어 들었다. 그리고 안에 있는 물을 전부 바닥에 쏟아버렸다.

그 광경을 바라보는 장미의 표정이 굳어졌다.

"안됐네. 이제 이 물밖에 마실 수 없어."

루슬릭이 손에 컵을 든 채 장미를 바라보며 싱긋 웃었다.

그리고 컵을 입술에 가져갔다. 장미는 굳은 얼굴로 그저 바라볼 수밖에 없었다.

루슬릭의 입술이 다가왔다.

"싫…… 읍."

입술이 막혀, 거부의 말은 채 입 밖으로 다 나오지 못한 채 그쳤다. 닿은 입술에서 물이 흘러들어 왔다. 장미는 질색하는 얼굴로 밀어냈지만, 루슬릭은 꿈적도 하지 않았다. 곧 포기한 장미가 입술을 열자, 물이 흘러들어 왔다.

물을 핑계로 한, 끈질기게 길고 집요한 키스가 이어졌다.

"하……."

겨우 입술이 떨어져 나가고, 장미는 숨을 몰아쉬며 루슬릭에게서 떨어졌다. 그리고 몹시도 피곤한 얼굴로 다시 침대에 누웠다.

기가 막혔다. 그저 목이 말랐을 뿐인데, 그래서 물을 달라고 했는데 이런 장난질이나 치다니.

다시 만난 루슬릭은 마치 딴사람 같았다. 그 정도로, 그가 섬뜩했다.

루슬릭이 장미의 옆에 누웠다. 그리고 등을 보이며 뒤돌아 누운 장미를 뒤에서 껴안았다. 그녀의 등이 흠칫, 하고 긴장으로 굳어지는 것이 느껴졌으나 개의치 않았다.

"피곤해. 어제와 같은, 또 하나의 피곤한 하루였어. 오늘이 어제 같았듯이 내일도 오늘 같고, 모레도 내일 같겠지."

루슬릭이 장미를 껴안은 채 속삭였다. 장미로부터는 아무런 대답도 들려오지 않았다. 루슬릭이 말을 이었다.

"피곤한 회의였어. 왕이 되어봤자 쉽게 바꿀 수 있는 게 단 하나도 없어…… 의무만 늘었을 뿐이야. 늙은 귀족들, 그리고 의회와의 실랑이. 나를 업신여기는 무리들과 뱀 같은 정치가들의 뒷담화. 내 소식통을 통해 들어오는 셀 수 없이 많고, 입에 담을 수도 없이 더러운 암투들. 저 문 밖을 나가는 순간 국왕의 왕좌를 위해 펼쳐지는 모든 의무들. 마치 이 모든 것들 사이에서 내가 미치지 않고 언제까지 버틸 수 있는지를 시험하려는 것 같아. 난 내 삶이 싫어. 물론 왕자 시절에도 썩 내 삶을 좋아한 건 아니었지만, 왕이 된 후로는 더더욱. 내 삶의 무엇 하나도 마음에 드는 게 없어."

장미는 눈을 감고 자는 척하고 있었지만, 사실 자고 있지는 않다. 장미는 어떤 대답이나 반응도 없이, 그저 루슬릭이 하는 말을 말없이 듣고 있었다.

사실 해줄 말도 없었다. 달리 무슨 말을 해줄 수 있단 말인가. 장미의 머릿속을 채운 건 오직 단 한 남자, 단 한 가지 생각뿐인데.

"하지만 서두를 필요는 없겠지. 나는 타이밍을 고르고 있어. 천천히 귀족과 의회를 설득시킬 거야. 그리고 놈들에게 왕으로서 인정받아 보이겠어. 어머니가 20년 전에 그러셨듯이."

"말하는데 미안한데 루슬릭."

가만히 그의 넋두리를 듣고 있던 장미가 고개를 돌렸다. 그리고 루슬릭과 눈을 맞췄다.

루슬릭은 장미가 뭐라도 반응해 준 게 기쁜 듯, 그녀와 눈을 맞춰왔다.

"응. 말해."

"이것 좀 빼주겠어?"

장미가 말하면서 가리킨 곳은, 장미의 발목이었다.

그녀의 가느다란 발목에는 액세서리같이 생긴 것이 채워져 있었다. 화려한 문양과 크리스털로 장식된 그것은 언뜻 보면 뱅글이나 참 같은 류의 액세서리로 보이기도 했으나, 장미는 그것이 무엇인지 알게 된 후로 그것이 그저 경악스러울 뿐이었다.

그것은 그녀가 일정 공간 이상으로 텔레포트를 시도하지 못하도록 금지하는 텔레포트 제한 장치였다.

이게 도대체 족쇄랑 다를 게 뭐란 말인가. 처음 봤을 땐 예쁘고 가벼운 발찌라고 생각했는데, 그게 그렇게 귀여운 용도일 리가 없었다. 텔레포트를 시도하지 못하게 감시할 거라곤 예상했지만 이 정도일 줄은 몰랐다.

루슬릭의 집착은 생각보다 깊었고 그녀의 도망에 대한 뒤끝 역시 대단했다. 미혹의 샘에서 잡힌 후 깨어나 보니 루슬릭의 침대 위였고, 발목에는 텔레포트 제한 장치가 채워져 있었다. 텔레포트를 시도했다가 발목에 강한 전압을 느끼고 몇 번의 시도가 좌절된 끝에, 장미는 자신이 사실상 이곳에 '감금' 되었음을 알게 되었다.

그리고 루슬릭의 변화에 단순히 놀라는 대신, 두려워하게 되었다. 루슬릭은 두려울 정도로 자기 본위적으로 주변 환경을 컨트롤하는, 전형적인 어린 독재자가 되어 있었다.

"난 도망 안 가, 루슬릭. 그러니 이걸 빼줘. 이런 건 이상하잖아."

루슬릭의 눈을 똑바로 바라보며, 장미가 요구했다.

"……좀 더 그럴싸한 거짓말을 해, 장미."

루슬릭이 씁쓸하게 웃었다 .

"난 알아. 내가 저걸 없애는 순간 너는 분명히, 반드시, 아주 확실하게 나로부터 도망칠 거야. 단 한순간의 망설임도 없이."

"……."

루슬릭의 시선이 마치 꿰뚫을 것 같았다. 불편해져서 그 시선으로부터 눈을 돌렸다. 그런 장미의 손을 루슬릭이 잡아끌었다.

"만져 봐."

그렇게 말하며 그가 장미의 손을 이끈 곳은 자신의 배였다.

장미는 흠칫 놀랐다. 거기에는 선명한 흉터 자국이 남아 있었기 때문이었다.

"기억나? 그날, 네가 레굴루스와 여길 떠나던 날 말이야. 난 비참하게도 그런 널 붙잡으려고, 필사적으로 레굴루스를 공격했었지. 널 다치게 할 수는 없었으니까. 이건 그때 쓴 흑마술의 대가로 생긴 상처야."

루슬릭의 말투는 나긋나긋 온화했지만, 어딘지 섬뜩한 데가 있었다. 그것은 마치 장미에게 '넌 이 상처에 대해 책임이 있다'고 책임을 강요하고 있는 것처럼 들렸다.

"흑마술은 반드시 대가를 동반하거든. 상대를 공격하면, 그만큼의 공격이 반드시 부메랑처럼 돌아와. 레굴루스는 아마 피를 좀 흘렸겠지만…… 그는 강하고, 어떤 경우에도 불사고, 그렇기에 무적이니까. 그는 금세 원래 상태로 회복되었겠지만, 그를 공격한 대가로 나는 평생 남을 이 흉터를 얻었지."

장미는 아무 말도 하지 않았다. 시선을 외면하려는 장미의 고개를 일부러 잡아 돌려세우며, 루슬릭은 그녀와 눈을 맞췄다.

"이 흉터를 볼 때마다 내 마음은 네 생각으로 가득 차게 돼. 지워지지 않는 흉터라니, 일종의 훈장 같잖아. 안 그래?"

"루슬릭. 정말 안됐어. 불행한 일이라고 생각해. 미안해. 하지만 그건…… 네가 레굴루스를 공격하지 않았더라면 얻지 않았을 상처잖아."

더는 듣고 있기가 힘들어진 장미가 겨우 입을 열자, 루슬릭은 부드럽게 미소 지었다.

하지만 이 아름다운 푸른 눈의 청년이 얼마나 위험하고 독단적으로 변했는지 알고 있기에 장미는 따라 웃을 수가 없었다.

"아니, 이 흉터는 내게 훈장이야. 무심한 너를 붙잡기 위해 발버둥 쳤던 흔적이자, 네가 나로부터 도망치려고 했던 증거. 이걸 볼 때마다 난 이상한 감각에 사로잡혀. 내 마음은…… 널 향한 원망, 그리고 동시에 미칠 듯이 널 갖고 싶은 애정. 그 둘이 엉망진창으로 뒤섞이지."

말을 마친 루슬릭이 눈을 휘며 웃었다. 그리고 부드럽게 키스를 했다. 매너는 상냥했지만, 입술은 어딘지 집요하게 따라왔다. 턱을 붙잡는 손에는 강한 힘이 들어 있지 않은데 어딘지 벗어날 수가 없었다. 날 선 듯한 키스의 감각으로부터 도망치듯, 장미는 마구 팔을 버둥거렸다.

의사를 무시한 채 일방적으로 키스당하는 느낌은 지독했다. 참다못한 장미가 루슬릭의 입술을 깨물었다.

"……읏."

루슬릭이 떨어져 나가며 짧게 신음했다. 장미는 숨을 몰아쉬며 그런 그를 노려보았다. 루슬릭은 그녀와 눈이 마주치자 웃었다.

"너무 그런 눈으로 날 보지 마."

"……."

"너무한데. 이거 꽤, 아프잖아."

루슬릭이 입술에 피가 났는지 난처한 얼굴을 했다. 두 사람의 시선이 마주쳤다. 그리고 한참 동안, 침대 위에는 정적이 흘렀다.

"어쨌든 돌아와서 다행이야. 좀 미뤄지긴 했지만, 곧 식을 올릴 거야."

"너 정말 진심으로 나와 결혼하겠다고 하는 거야?"

"처음부터 진심이었어. 단 한순간도 농담이었던 적은 없는데?"

그가 싱긋, 웃었다. 정말이지 섬뜩했다.

"넌 네 것이었으니까. 네가 내 정원에 떨어진 그날부터."

웃음기가 싹 사라진 얼굴로, 루슬릭이 읊조리듯 말했다.

"기억 안 나? 파이어 포트 위에 쓰러져 있던 널 내가 발견해 직접 이 손으로 데려왔지."

"그렇다고 내가 네 것인 건 아냐. 제발 정신 좀 차려, 루슬릭. 나 같은 게 뭐가 좋니. 너는, 너 정도면……! 훨씬 더 좋은 여자 만날 수 있을 거야."

"내가 필요한 건 너뿐이야."

"루스릭, 너는 이제 왕이잖아. 무도회를 열고 온 나라의 예쁜 여자들, 왕비가 되고 싶은 여자들을 모이라고 한다면 끝도 없이 몰려들 거야. 넌 그중 누구든 마음에 드는 여자를 골라잡으면 돼. 결혼하고 싶다면 내일 당장이라도 할 수 있어, 그래. 하지만 나랑은 아니야. 또 이런 방식으론 아니야. 난 영원히 네 것이 될 수 없어!"

"아니."

루슬릭이 한쪽 입꼬리만 올려 차게 웃었다. 웃고 있는 것은 입매뿐이고, 두 눈은 얼어붙은 듯이 차가웠다.

"넌 내 거야. 그건 네가 이 나라에 의지할 데라곤 나뿐이고, 오직 나만이 네 편이 되어줄 수 있기 때문이며, 텔레포트하지 않는 이상 너는 테라로 돌아갈 수가 없을 테니까. 네가 있어야 할 곳은 오직 여기, 내 곁이야."

루슬릭이 그렇게 말하는 순간, 장미는 가슴이 철렁하고 내려앉는 기분이었다. 약점을 잡고 협박하는 비열한 사람처럼, 루슬릭은 꽤 즐거워 보였다.

"내겐…… 그가 있어. 난 지금 가야 해. 레굴루스의 곁에 있어야

해."

그래서 장미도, 그를 자극하지 않기 위해서 꺼내지 말아야 할 이름임을 알면서도 입에 담고 말았다.

'그'의 이름을.

예상대로 루슬릭의 눈썹이 꿈틀, 하고 움직였다. 감정을 거의 읽을 수 없던 투명한 푸른 눈에 한차례 동요가 이는 것을 장미는 분명히 관찰할 수 있었다.

장미는 그 눈을 도전적으로 응시했다.

"레굴루스가 너와 도망치다니, 솔직히 나도 놀랐어. 가이아의 국왕을 수호해야 할 그가 의무를 저버리고 여자와 도주하다니⋯⋯ 있을 수 없는 일이 벌어진 걸 보면, 그가 네게 푹 빠져 있다고 믿는 것도 무리는 아니야."

"같이 가달라고 한 건 나야. 나 역시 그를 사랑해."

이 이상 루슬릭을 자극하면 안 된다는 걸 알면서도, 장미는 꿋꿋이 의지를 밝혔다. 아니나 다를까, 루슬릭의 얼굴이 울 것처럼 일그러졌다. 하지만 언제 그랬느냐는 듯 눈동자 속에 일었던 동요는 곧 시리도록 차가운 눈으로 바뀌었고, 루슬릭은 냉혹한 지배자의 얼굴을 한 채 오만하게 장미를 내려다보고 있었다.

"제발, 루슬릭."

지푸라기를 잡는 심정으로 장미는 마지막으로 한 번 더, 애원했다.

"기대를 버려, 장미."

그 기대를 차갑게 비웃듯 루슬릭이 못 박았다.

"그가 네게 힘이 되어줄 수 있을 거라고 생각해? 그는 지금 감옥에 갇힌 죄인 신세야. 모든 능력을 봉인당한 채 관 속에 갇혀 있지."

"……!"

장미의 두 눈이 크게 뜨이고 곧 그 눈이 절망으로 일그러지는 것을 루슬릭은 아주 즐겁게 지켜보았다.

"레굴루스는 무기수 신세를 면치 못할 거야. 죽여도 안 죽는 자인 바람에 안타깝게도 사형은 불가능하지만 차라리 죽는 게 더 나을 정도의 지옥은 보여줄 수 있지."

"……네, 네가 그렇게 잔인한 사람이 아니란 걸 알아, 루슬릭. 그러니까……."

그러니까 제발, 그에게 그렇게 잔인하게 대하지 말아줘, 라는 말은 루슬릭의 말에 막혀 입 밖으로 나오지 못했다.

"잔인하다고, 내가? 죄인의 죗값을 치르게 하는 게 뭐가 잔인하지? 기사 주제에 임무를 이탈한 데다, 왕의 약혼녀를 희롱했다는 죄목까지 더해졌지."

"……뭐라고?"

동요도 잠시, 다시 싸늘하게 차분해진 루슬릭의 눈을 보며 장미는 그 눈이 마치 뱀이나 다른 파충류의 눈 같다고 생각했다.

전혀 감정을 읽을 수 없는 눈동자.

잠시나마 저 눈이 아름다운 고양이의 눈처럼, 영롱한 보석처럼 사랑스럽다고 생각했던 적이 있다는 것을 믿을 수가 없었다.

"……루슬릭. 날 원망해도 괜찮아. 네 청혼을 거절하고 네 마음을 받아줄 수 없었던 것에 대해 네가 날 원망할 수 있다고 생각해. 하지만…… 레굴루스에게는 그러면 안 돼! 부탁이야, 그에게 나쁘게 대하지 마. 셀 수도 없이 긴 세월을 오직 가이아 왕실을 위해 일해온 사람이잖아! 무기수라니 말도 안 돼. 네가 원하는 대로 할게.

여기 있을 거고, 네가 하라는 대로 결혼식도 올릴게. 그러니까 그 사람을 자유롭게 풀어줘, 루슬릭!"

장미가 절박하게 부탁하며 매달려 오자, 루슬릭은 비로소 만족스럽다는 듯 웃었다. 분명히 웃고 있는데 한없이 차가운 느낌이었다.

"결혼식은 시간이 지나면 자연스럽게 올리게 될 거야. 왕궁의 모든 고용인들이 지금 그걸 위해 준비를 하고 있으니까. 그러니까 네가 날 상대로 뭔가 흥정해 볼 수 있을 거라는 기대는 버려."

"……."

"그리고 그를 풀어달라고? 그의 존재 하나면 널 잡고 내 손에 흔들 수 있는데, 내가 과연 그렇게 할 것 같아?"

"……!"

장미는 절망적인 기분을 느끼며, 루슬릭의 눈을 바라보았다.

"대단해, 루슬릭. 협박과 감금. 약점을 잡고 흔드는 것. 그게 네가 사람의 마음을 얻는 방식이니?"

"네가 내게 마음을 안 줄 거라는 거 알아, 장미. 어설픈 말로 희망 주는 척하지 마. 네 마음을 가지지 못한다면 적어도 자유를 빼앗을 수는 있지. 난 널 원해. 그리고 이게 바로 가이아 왕족이, 원하는 걸 손에 얻는 방식이고."

루슬릭은 그렇게 말하며 침대에서 일어섰다. 그리고 장미의 이마에 짧게 키스했다.

"더 자둬. 주술의 후유증으로 며칠은 몸이 피곤할 테니. 난 좀 씻고 올게."

"……."

장미가 대답하지 않자 루슬릭이 고개를 숙여 귓속말을 했다.

"아니면, 같이 씻을까?"

"농담 마."

장미가 질색하는 얼굴로 대답하자, 루슬릭은 소리 내어 웃었다.

"부끄러워하는 거야? 어차피 부부가 될 사이잖아?"

누구든 들어와서 저 인간 입 좀 닥치게 해줬으면 좋겠다. 장미는 진심으로 그렇게 생각했다.

"뭐 좋아. 아무튼 쓸데없이 긴 여행을 했을 테니 좀 몸을 쉬어 둬."

루슬릭이 웃으며 장미의 뺨을 쓰다듬었다. 장미는 시선을 돌리는 것으로 거부 의사를 밝혔지만, 루슬릭은 아랑곳하지 않는다는 듯 웃었다. 즐겁다는 듯이.

'그가 모든 힘을 봉인당한 채 감옥에 갇혀 있다는데, 어떻게 내가 맘 편히 여기서 쉴 수 있겠어.'

장미는 목구멍까지 올라오려는 말을 애써 참으며 눌러 담았다.

"폐하, 목욕 준비가 끝났습니다."

문 밖에서 시종의 목소리가 들렸다. 그 목소리에 뒤돌아 걸어가던 루슬릭이 잠시 걸음을 멈췄다. 뭔가가 생각났다는 듯, 그가 장미를 뒤돌아보았다.

"한 가지 더, 알려줄까? 네가 지금 이 순간 아마도 제일 궁금해할, 레굴루스의 안부."

"……!"

아까 한 생각을 읽힌 것 같아, 장미는 순간 뜨끔했다.

"아까 말했듯이 그는 지하 감옥에 감금돼 있어. 평범한 사람은 입구를 절대 찾을 수 없는 던전이지. 거긴 오직 가이아 왕실의 피가 흐르는 사람만이 열 수 있고, 텔레포트로 진입할 수도 없어. 특정 DNA 코드로만 열 수 있는 구조이기 때문이야. 이 세계는 테라의 중세처럼 보이지만, 그렇게 전근대적인 세상은 아니야. 알고 있지? 테라의 과학 기술로는 상상도 할 수 없는 놀라운 일들이 이곳에서는 태연히 벌어지지. 게다가 마술이나 주술같이 테라에서 금지된 비의적인 지식들도 여기에선 모두 가능하거든. 네 능력으로는 어떻게 해도 이곳의 보안 기술을 뚫을 수 없어. 그러니 감옥에 잠입하겠다는 깜찍한 생각은 하지 마. 잠입에 성공해도 넌 그를 구할 수 없거든. 그는 거기서 영원히 잠들지 못한 채 관에 누워 있게 될 거야."

"……관 ……이라고? 방금 관, 이라고 했어? 죽은 사람들이 눕는, 그 관?"

"응, 관. 너무 잔인하기 때문에 가이아에서도 악명 높은 중죄인, 언터쳐블 등급의 죄수들만이 받는 형벌이지. 그건 수백 년 전, 가이아의 한 악랄한 과학자가 개발해 낸 거야. 뭔지 듣고 싶어?"

"……듣 ……고 싶지 않아."

"듣고 싶어하는 눈인데? 레굴루스가 어떻게 하고 있을지 궁금해했잖아."

"제발…… 루슬릭. 이리 잔인하게 굴지 마. 네가 어떻게, 어떻게 그럴 수가 있어……!"

"그건 말이야. 일명 '관의 휴식'이라고 불려. 그 관에 일단 한번 들어가게 되면, 절대로 죽을 때까지 잠들 수가 없어. 신체 기능은 심장이 정지한 시체 같은 상태로 유지되지만 뇌는 절대로 수면 상태에 빠질 수 없게 만드는, 가이아의 정밀한 과학과 흑마술이 결합된 아주 악랄한 형벌이지. 몸 하나를 겨우 눕힐 수 있는 공간에서 잠들 수도 없이 오직 깨어서, 자기 자신의 상념과 싸우며 죽을 때까지 그저 옴짝달싹도 못하고 누워 있어야만 하는 형벌이야. 절대로 잠들 수도 휴식할 수도 없어. 그렇게 놔두면 아무리 악랄한 죄수라도 한 달을 채 못 버티고 정신병에 걸리거나 미쳐서 죽어버리더군. 그래, 죽음 말이야. 오직 죽음의 자비만이 그 형벌에서 죄수를 쉬게 해줄 수 있어. 하지만 유감이야…… 레굴루스는 죽지도 않으니까."

장미는 귀를 의심했다.

내가 방금 무슨 말을 들은 거지? 저기 들리는 저 악랄한 말이, 정말로 한때는 다정하고 사랑스러웠던 루슬릭이 하는 말인가?

"상상이 가? 아무리 악명 높고 악랄한 이라고 해도 며칠도 못 가 '제발 죽여달라'고 눈물로 애원하게 돼. 상식적으로 생각을 해봐도, 단 삼 일만 단순히 못 자게 만드는 고문을 해도 사람이 거의 미쳐 버리잖아? 그런데 그 관은 말야. 평범한 인간의 의식체가 식물이나 무기물 수준의 신체에 갇혀 있는 것과 같은 상태로 만들어 버려. 그러니 그 불균형과 답답함이 어느 정도일지 솔직히 난 상상조차 못하겠더라고. 하여튼 잔인한 물건이야."

"루슬…… 릭. 난 지금 네가 무슨 말을 하고 있는지 전혀 모르겠어."

장미의 목소리가 떨리기 시작했다. 루슬릭은 여전히, 믿기 어렵게도, 웃으며 말하고 있었다.

그 얼굴을 장미는 떨면서 바라보았다.

저기 저 잔인한 폭군이, 내가 알던 그 다정하고 가끔은 조금 허술해 보이던 소년, 내가 한때나마 다정하다고 착각했었던 그 루슬릭이 맞는 건가?

소년은 자라 왕이 되었다. 더는 그 자리에 소년 루슬릭은 없었다.

"네가 잠들어 있던 꼬박 이틀 동안, 그렇게 갇혀 있었지. 그가 과연 지금쯤 미치지 않고 제정신일까? 나도 몹시 궁금해지네."

루슬릭이 그렇게 말하며 싱긋, 웃었다.

장미는 정신이 아득히 멀어지는 기분으로, 그 얼굴을 바라보았다.

떨어진다.

아득히, 발밑이 보이지 않는 낭떠러지로 떨어져 가는, 혹은 끝이 있다면 그곳이 지옥인 늪으로 추락하는 기분이었다.

장미는 일어나서 벽시계를 바라보았다. 잠든 척하긴 했었지만, 한숨도 잠들 수가 없었다. 시간을 보니 이른 새벽이었다. 옆에서 고른 숨소리를 내며 잠들어 있는 남자를 한번 바라본 후, 그가 잠든 것을 확인했다. 본의 아니게 같은 침대를 나눠 쓰고 있는 이가 더할 나위 없이 가증스러웠다. 지금 이 상황이 소름 끼치도록 싫었다. 이런 식으로 해서까지 한 사람을 곁에 잡아두는 것이 도대체 무슨 의미가 있다는 것일까. 장미의 상식으로는 도저히 이해가 되지 않았다.

장미는 몸을 일으켰다. 피로에 찌든 몸은 천근만근이었다. 오래 잤다지만 피로가 풀린 기분이 들지 않는 걸 보면, 주술에 걸린 후유증이란 게 생각보다 질긴 모양이었다. 장미는 침실의 큰 문을 열고 조용히 숨죽인 채 계단을 걸어 내려갔다. 계단의 끝에는 또 하나의 문이 있었다. 당연한 듯이 잠겨 있었다. 그러면 그렇지, 루슬릭이 문을 열어둘 만큼 허술할 리가 없지. 장미는 한숨을 쉬었다.

열리지 않는 문을 원망스럽게 쏘아봐도 방법이 없었다. 텔레포트가 안 된다면 두 발로 걸어서라도 가고 싶은데, 육중하게 닫힌 문은 움직일 기미가 보이지 않았다.

열쇠는 루슐릭이 가지고 있을 것이 분명했다. 깨워서 달라고 한들 줄 리가 만무했다.

장미는 문 앞에 쭈그려 앉아 생각했다.

어떡하지. 이젠 정말 어떡하면 좋지.

볼을 타고 눈물이 흘러내렸다. 지금 이 순간에도 레굴루스는 고통을 받고 있을 테지. 그 강인한 육체도 어찌할 바 없는 고문에 힘겨워하고 있을 터였다. 사랑하는 이가 고통받는다는 것, 그리고 그게 하필 자신 때문이라고 생각하니 마음이 찢어지는 것 같았다.

난 나를 사랑하는 사람들을 언제나 힘들게 해. 나만 아니었더라면, 내가 태어나지 않았더라면 엄마도 본가에서 의절당하고 힘들게 나를 키우다 타지에서 그렇게 돌아가시지 않아도 됐겠지.

아빠도 어쩌면, 나 때문에 카트레야 여왕의 미움을 샀던 건지도 몰라.

레굴루스가 지하에서 고통받고 있는데, 나는 그를 위해 할 수 있는 게 아무것도 없어!

떠오르는 생각들에, 자기혐오에 빠질 지경이었다. 한번 들기 시작한 자책감은 끝이 없이 마음을 옥죄어왔다. 그저 쭈그려 앉아 우는 것 말고는 할 수 있는 게 없는 자신에 대해 화가 났다.

그때였다. 등 뒤에서 기척이 느껴졌다. 그는 조심스럽게 다가오더니, 장미의 어깨에 손을 올려왔다.

외부와 차단된 공간. 그리고 이 상황에서 다가올 사람은 한 사람

뿌이었다. 잠이 깬 루슬릭이 장미가 보이지 않자 그녀를 데리러 온 거라고밖에 생각할 수 없었다.

"넌 정말 나쁜 놈이야, 루슬릭."

장미는 어깨에 닿은 손을 뿌리치며 일어섰다. 그리고 뒤돌아보지 않고 말했다.

"그리고 나도 마찬가지야. 난 지독한 인간이야. 난 언제나 나를 사랑하는 사람들을 곤경에 빠뜨리거든. 네 말이 맞아, 넌 절대 내 마음을 얻을 수가 없을 거야. 난 이제 누구도 사랑하지 않을 거거든. 너를 포함해서. 너를 잠시나마 친구라고 착각했던, 이성 간의 감정은 아니더라도 우정이라도 나눠볼 수 있을 거라 생각했던 과거의 내 뺨을 때리고 싶을 지경이야. 사랑이니 우정이니, 웃기지 말라고 해. 이제 누구도 아무것도 믿지 않을 거야."

"그건 틀렸어."

처음 듣는 낯선 음성에, 장미는 심장이 떨어지는 줄 알았다.

주저하며 천천히 고개를 돌렸다.

그리고 장미를 한없이 인자한 눈으로 바라보고 있는, 푸른 눈의 남자와 시선이 마주쳤다.

"……프레데릭?"

장미는 천천히, 남자의 이름을 불렀다. 그림 속에서만 보던 미소로 그가 환하게 웃으며, 고개를 끄덕였다.

"내가 단 한 번도 돌봐주지 못했는데 이렇게 무사히 자라서 어른이 되었구나. 널 만나면 제일 먼저 이 말을 해야겠다고 생각했단다. 미안하다, 우리 딸."

"……."

장미는 무슨 말을 꺼내야 할지 몰라서, 그저 눈앞에 '아버지'를 물끄러미 바라보았다.

처음으로 마주 대하는 '아버지'는 그날 성에 걸린 초상화에서 본 모습 그대로였다. 전혀 나이 들지 않은 아름다운 그림 속 청년의 모습은 늘 상상해 오던, 아마 중년쯤 되지 않았을까 생각했던 일반적인 '아버지'의 이미지와는 괴리가 있었기에 장미는 위화감을 느꼈다. 어릴 때부터 늘, 어머니가 한마디도 이야기하지 않았던 '아버지'와 상봉하는 순간을 상상해 왔지만 상상과 현실은 역시나 큰 차이가 있었다. 그렇기에 솔직히 지금 이 순간이, 잘 실감은 나지 않았다.

정말 눈앞에 이 남자가, 내 아버지란 말인가? 머릿속에 떠오른 의문을 품고 그를 노려보듯 응시했다. 하지만 눈이 마주치자 장미는 저도 모르게 온몸의 힘이 빠지면서 긴장이 풀리고 말았다. 남자의 눈 속에 담긴 것을 읽을 수 있었다. 그건 분명 애정이었다. 얼마간의 애정, 따스함, 안타까움, 그리고 그가 말한 대로의 미안함. 그런 것들이 섞여 있는 눈동자였다.

자신과 닮은, 아니, 자신이 닮은 눈앞에 남자를 바로면서 장미는 생각했다. 놀랍다. 어머니와는 그렇게 외모가 닮은 편이 아니라고 생각했는데, 나는 '이 사람'을 닮았던 거였구나. 혈육의 이끌림이라는 건가. 그와 장미 사이에, 말하지 않아도 느낄 수 있는 뭔가가 있었다.

"……아버지?"

얼떨떨한 목소리로 불러보았다. 그러자 남자가 웃으며 장미를 부드럽게 포용했다.

"테라에서 태어난 네 얼굴이 보고 싶은 욕심에, 네 어머니를 통해 널 여기로 한 번 데려오게 한 적이 있었지. 그때 갓난아이였던 널 품에 안아봤던 그 한 번 이후로…… 다시는 널 볼 수 없었다. 정확히 20년 만이구나."

"……어떻게 알았어요? 내가 여기 있는 걸."

"엘 칸타르가 알려주더군."

익숙한 이름에 장미는 아, 하고 짧은 감탄사를 뱉었다.

"너와 레굴루스가 왕자와 그의 군대에 의해 잡혀갔다고 말이지. 그걸로 나는 그 음울한 점술사 양반을 용서하기로 했지. 카트레야에 의해 언데드가 된 후 테라에 가지도 못한 채 스스로를 저주하면서 그저 가이아를 떠돌았지만…… 지금은 널 다시 만날 수 있게 해준 시간에 감사해야겠구나. 20년 전 그대로 시체가 되었더라면 이런 기쁜 일은 일어나지 않았을 테니까."

프레데릭의 목소리에서는 벅찬 기쁨이 느껴졌다. 장미 역시 고개를 끄덕였다.

"아버지가 살아 계셔서 정말 다행이에요."

"엄밀히 말하면 난 살아 있는 건 아니란다."

루슬릭이 웃었다. 그 웃음은 어딘지 쓴맛이 났다.

"저주니, 언데드니 그런 게 다 무슨 상관이에요. 그런 거 몰라요. 알고 싶지도 않고요. 지금 이렇게 눈을 마주 보고 이야기하고, 말을 나눌 수 있고…… 그거면 됐어요. 아버지가 언데드든, 살아난 시체든, 좀비든, 신경 안 써요."

"우리 딸, 대범한 어른으로 자라났구나."

프레데릭의 말에 갑자기 눈물이 왈칵 터져 나왔다. 뭔가 믿기지가 않았다. 아아, 정말로 아버지구나. 이 사람은 내 아버지구나. 당연한 거지만 내게도 부모님이 두 분 다 계셨구나. 장미가 울자 프레데릭이 어쩔 줄 몰라 하는 얼굴로 다가왔다. 가만히 어깨를 다독이는 손길이 한숨이 나올 정도로 조심스러웠다. 그래서 더 눈물이 났다.

"아버지."

"…….그래."

"난 그냥…… 내가 사랑하는 사람들이 더 이상 나로 인해 불행하지 않았으면 좋겠어요. 하지만 난 항상 내가 사랑하는 사람들을 곤경에 처하게 만들어요. 살면서 한번은, 어떻게든 아버지를 만나고 싶다고 생각했어요. 하지만 가이아에는 오지 않는 편이 좋았어요! 괜히 나로 인해 모든 것이 잘못되어 버린걸요. 레굴루스는 갇혀서 고문받고 있고, 루슬릭은 나 때문에 상태가 이상해졌어요!"

"장미야, 그건 아니야. 우리 모두는 각자의 선택을 책임질 뿐, 다른 누구 때문에 불행해지고 행복해진다는 건 없단다."

"하지만……!"

"네 엄마가 왜 네 이름을 꽃 이름으로 지었는지 알고 있니?"

장미는 눈물을 손으로 쓱 훔쳤다. 그리고 고개를 끄덕였다. 엄마는 장미가 어디서든 사랑받기를 바랐기에 꽃 이름을 붙였다고 말했었다. 그리고 불행히도 엄마의 바람은 이루어지지 않을 것 같다고 생각했었다.

레굴루스를 만나서, 처음으로 한 존재를 사랑하고 사랑받는 기쁨을 느끼기 전까지.

하지만 결과적으로 그를 상처 입혔다. 잔인하게 구는 루슬릭 역시, 상처를 받았긴 마찬가지일 것이다.

"정원의 장미는 사랑받고, 눈으로 보기에도 아름답죠. 하지만 난 사람들에게 상처만 줄 뿐이었어요. 엄마도 나 때문에 돌아가신 것 같은 기분이 들어요. 난…… 태어나지 말았어야 했나 봐요."

울먹이는 장미에게 프레데릭이 고개를 저었다.

"나와 윤아는 네가 태어나서 행복했었어. 그리고 레굴루스가 고통받는 건 루슬릭의 질투심 때문이지, 네 잘못이 아니다. 그의 마음속에 있는 지옥은 오직 그 스스로 선택해서 들어간 것이니, 달리 구할 이가 없을 것. 고통은 우리가 우리 자신의 집착에 대해 치르는 대가일 뿐이다. 그건 네가 어찌해 줄 수 있는 것이 아니야. 그러니 자책하지 말아다오. 어쨌든 지금은 이러고 있을 시간이 없지. 일단 여기를 벗어나서, 그를 구하러 가자꾸나."

"난 지금 텔레포트를 못해요. 루슬릭이 발목에 이상한 걸 채워서."

프레데릭이 장미가 가리킨 한쪽 발목을 바라보았다. 그리고 몸을 숙여 그것에 손을 대자, 놀랍게도 그것은 깔끔하게 부서졌다.

"굉장해요!"

장미가 순수하게 감탄하자, 프레데릭이 어깨를 으쓱해 보였다.

"저런 건 내게 조악한 장난감이지. 이 아빠는 한때 이 나라 기사단의 1인자였다고. 자, 이제 이동할 거란다. 꽉 잡으렴."

프레데릭이 말을 마치기가 무섭게, 두 사람은 텔레포트했다. 빛보다도 빠르고 신속한 텔레포트에 장미는 깜짝 놀랐다. 어지러움을 느낄 틈도 없이, 눈을 떠보니 장미는 처음 보는 곳에 와 있었다.

돌벽으로 둘러싸인 공간. 장미는 그곳이 직감적으로 지하 감옥임을 알았다.

"레굴루스가 갇혀 있는 던전은 이 길의 끝에 있을 거야."

장미를 앞장 세워 걸으며 프레데릭이 말했다.

"등 뒤는 내가 지킬 테니, 발밑을 조심하고 천천히 따라오렴."

"이 던전이 텔레포트로 들어올 수 있는 곳인가요? 그리고 가이아 왕실의 피가 흐르는 사람만이 문을 열 수 있다고⋯⋯."

"보통 사람은 절대 들어올 수 없지. 여긴 가이아 왕족이, 자신에게 위협이 되거나 거스르게 한 이들을 가둬놓기 위해 만든 곳이니까."

"그런데 어떻게 여길⋯⋯?"

장미가 의아한 눈으로 올려다보자 프레데릭은 씩, 하고 웃었다.

"그건 내가 언데드이기 때문이야. 이미 이 세상의 규칙에 속해 있지 않은 자에게 이런 종류의 물리적 제한은 별 의미가 없거든. 언데드가 되니 상당히 편리한 점도 많더구나. 우선 시간적, 공간적 이동에 아무런 제한이 없기에 여행이 아주 편리해. 덕분에 지난 20년간 세상 구경을 실컷 했지."

프레데릭이 웃었다. 장미도 웃으며 그의 뒤를 따랐다. 처음 만난 아버지는 아무래도 상당히 낙천적인 성격임이 분명했다. 앞서 걸으면서 프레데릭이 담담히 말을 이었다.

"옛날이야기를 네가 어디까지 들었는지 모르겠구나."

"해주세요. 아무 이야기든. 20년 전의 사건은, 레굴루스에게 들은 게 전부거든요."

"나와 카트레야는 사실 어릴 때부터 약혼한 사이였다는 것도 들었니?"

"뭐라구요?"

진심으로 기겁해서 외쳤다. 아버지와 카트레야가 원래 결혼을 약속했던 사이라니, 이게 무슨 소린가.

"집안 어른들이 일방적으로 정한 것으로, 당사자들의 의도와는 전혀 관계가 없었지. 어릴 때부터 같이 자란 남매나 다름없는 카트레야와 결혼이라니, 솔직히 전혀 실감이 나지가 않았었다. 난 카트레야도 나와 같은 마음이리라 생각했어. 그래서 윤아를 만난 후에 그녀를 따라가겠다는 나의 결정을 카트레야가 지지해 주리라 믿었지."

"……하지만 카트레야가 그렇게 하지 않았고, 아버지에게 집착했다는 거군요."

"그래. 20년이 지났지만 지금도 마치 어제 일처럼 생생해. 어떻게 잊을 수 있을까, 그날을…… 나는 갓난아이였던 너를 카트레야에게 보여주면서 그녀에게 진지하게 부탁했지. 내 아이라고. 그리고 비밀리에 결혼한 여자는 테란이고, 그녀를 따라 테라로 이주해서 살고 싶다고. 하지만 카트레야는 엄청나게 분노했어. 나로서도 충격이었다. 그녀가 그렇게까지 상처받고, 그로 인해 폭주할 거라고는 생각지 못했거든."

"하지만 아버지에겐 잘못이 없어요! 그건 멋대로 아버지를 좋아한 카트레야가 나쁜 거예요."

"같은 이야기를 너에게 해주고 싶구나. 넌 루슬릭이 너 때문에 이상해졌다고 자책하지만 루슬릭을 받아주지 못할 거라면 네가 할 수 있는 건 그저 가차 없이 떠나는 게 최선이야. 누구도 상처받지 않는 연애는 없어. 연애하는 사람은 원래 다 이기적인 법이란다."

"……."

부드럽지만 그만큼 가차 없는 말이었다. 프레데릭이 말을 이었다.

"사랑이 어떻게 다 아름답고 평화로울 수만 있겠니? 어찌 보면 엘 칸타르처럼 은둔하며 평생 남녀의 애정지사 따위는 모른 채 수도자처럼 살아가는 삶이 가장 마음 편할지도 모르지. 그런데 그런 삶이 대체 무슨 재미가 있겠어? 그러니 난 네가, 앞으로 누구도 사랑하지 않을 거라는 식의 자포자기한 슬픈 말은 하지 않았으면 좋겠다. 그게 뱀파이어든 레굴루스든, 사랑할 상대가 있다는 축복과 마음껏 사랑할 수 있는 대범함을 넌 가지고 있어. 난 네가 그걸 마음껏 즐겼으면 좋겠구나. 남자든 여자든, 인간을 변화시키는 가장 큰 힘은 연애거든."

"아빠는 굉장한 로맨티시스트시네요."

"레굴루스를 사랑한 걸 후회하니?"

프레데릭의 물음에, 장미는 잠시 생각에 잠겼다. 그리고 곧, 분명한 눈으로 주저 없이 대답을 내놓았다.

"아니요. 그를 사랑한다고 인정하는 것이 힘들었지만…… 인정한 후로 단 한 번도 후회한 적은 없는 것 같아요. 그를 사랑한 것을."

장미의 대답에 프레데릭은 눈부시게 웃으며 고개를 끄덕였다.

"네가 그렇게 말할 줄 알았다. 왜냐하면 나도, 네 엄마와 사랑에 빠진 후 같은 기분이었거든. 그나저나 내가 너무 수다스럽지? 윤아가 항상 잔소리했었어. 당신은 안 그럴 것같이 생겼는데 말이 너무 많다고."

"아버지는 괜찮으세요? 제가 그를 사랑하는 것에 대해서……."

장미가 조심스럽게 물었다. 어찌 됐든 프레데릭은 레굴루스의 손에 의해서 한 번은 '죽었던' 몸이었다. 어찌 보면 장미 입장에서 부모의 원수라고도 할 수 있는 이와 사랑에 빠진 것인데, 이것에 대해서 프레데릭이 인정하지 않고 힐난한다고 해도 장미는 솔직히 할 말이 없었다.

"솔직히 네 남자 취향이 아주 좋다고는 말 못하겠지만."

"……죄송해요."

"방금 전 네 대답으로 보아하니 내가 이제 와서 부모랍시고 네 연애사에 간섭하고 반대한다고 해도 네가 들을 것 같지도 않고, 어찌하겠느냐."

프레데릭의 말에 장미는 웃음을 터트렸다. 두 사람은 어느덧 캄캄한 터널의 끝에 다다라 있었다.

그 앞에, 커다란 통로 같은 공간이 입을 벌리고 있었다.

"여기로군. 모든 것을 빨아들이는 통로니, 조심해야 한다. 내 손을 꽉 잡아라."

프레데릭이 공간을 향해 손을 뻗자, 손이 마치 그곳으로 빨려 들어가는 것 같은 형상으로 소용돌이쳤다. 프레데릭은 다른 한 손으로 장미의 손을 잡았다.

그때였다.

장미가 간발의 차이로 프레데릭의 손을 놓쳤다.

"애야!"

그가 부르는 소리가 들렸다. 이미 그 소리가 멀어졌다 싶었을 무렵, 장미는 시커멓게 입을 벌린 공간 속으로 빨려 들어갔다.

"……!"

공간의 일그러짐. 매번 텔레포트할 때마다 느끼는 거지만, 이번 것은 강렬했다.

자기도 모르게 꽉 감았던 눈을 뜨자, 완전히 새카만 어둠이었다.

'여긴 어디지?'

장미는 주변을 둘러보았다.

어딜 둘러보아도 그저 지독한 어둠, 어둠, 어둠.

그 속에서 장미는 두 손을 뻗어 눈앞을 더듬었다. 지독한 두려움이 몰려왔다.

마치 이 세상에서 나 혼자만 존재하고, 다른 생명체라고는 조금도 없는, 세상의 끝에서 혼자 남은 기분.

세상의, 아니, 우주의 끝이 존재한다면 이런 느낌일까.

두려워. 두려워. 두려워.

밀려드는 두려움에 질식할 것 같았다.

누구 없어요?

장미는 입 밖으로 소리 내어 목소리를 내보려다, 순간 아무런 소리도 들리지 않는 것에 기겁했다.

이 공간은, 소리가 없었다. 말로만 듣던 진공을 경험하고 있다면 그것이 바로 이런 느낌일까 싶었다.

'누구 없어요? 누구라도 좋아요. 제발! 도와줘요!'

입 밖으로 나오지 않는 소리, 음성화되지 못하는 상념들만이 머릿속을 돌아다녔다.

두렵다. 한없이 두려웠다.

어둠 속에 온전히 혼자라는 기분이, 이렇게 아득한 것인지 몰랐다. 감히 상상조차 할 수 없었다.

여긴 어딜까. 나는 어디에 갇힌 걸까.

이 공간은 도대체 뭘까.

장미는 두 눈을 감았다.

'도와줘요, 엄마.'

두려울 때 본능적으로 찾게 되는 것은 언제나 어렸을 때 함께 있어주었던, 어린 장미에게 있어 세계의 전부였던 어머니였다. 하지만 지금 어머니는 곁에 없다. 방금 전 겨우 만났다고 생각한 아버지도 없다. 장미는 막막함 속에서 눈을 떴다. 여전히 어둠 속이었다. 그때, 눈앞에 뭔가 희미한 형태를 지닌 것이 나타났다.

'……아기? 아니야, 좀 더…… 이건 설마…….'

눈앞에 떠오른 형체를 가까이 보기 위해 다가갔다.

그것은, 아직 세상에 태어나지 않은 아기였다. 그것을 누가 말해주지 않아도 장미는 본능적으로 알 수 있었다.

'태아? 어째서 이런 곳에?'

어쨌든 다른 존재가 함께 있다는 것, 혼자가 아니라는 것에 장미는 일단 안심했다.

아기를 향해 손을 뻗었다. 공중에 둥둥 떠 있는 채 푸르스름한 덩어리에 가까운, 아직 세상에 태어나지 않은 연약한 생명체. 그것은 사랑스럽다기보다 다소 그로테스크했다.

아이의 머리에 손을 가져다 댔다. 그리고 조심스레 만져 보았다. 아이는 여전히 어둠 속에 떠 있는 채로, 푸르스름하게 빛을 발하고 있었다. 어머니의 뱃속에 웅크린 태아처럼 몸을 동그랗게 만 채 아기는 떨고 있었다.

'추워.'

장미는 흠칫 놀랐다. 그럴 리가 없겠지만, 손이 닿은 순간 아기가 장미의 귀에 대고 말을 하는 것처럼 또렷한 음성이 머리에 울려왔다.

'추워. 추워. 추워. 누가 제발 날 여기서 나가게 해줘.'

느껴지는 것은 그저 한없이 깊은 공포. 그리고 절망. 버림받았다는 슬픔. 혼자라는 외로움. 그 모든 감정이 한순간에 파도처럼 밀려왔다. 장미는 순간 질식할 뻔했다. 정신 차려보니 한없이, 그저 하염없이 울고 있었다. 눈물이 끝없이 흘러 내려 볼을 덮었다. 아이가 느끼는 감정들이 속속들이 고스란히 전달되어 장미에게 흘러드는 느낌이었다.

장미는 막연하게 깨달았다. 아기의 형태를 한 이것은 진짜 아기가 아니었다. 그보다는, 인간의 감정을 형상화한 것 같다는 느낌이 들었다. 아주 연약하고 슬프고, 한없이 무기력한 것. 인간의 모든 약한 감정을 뭉뚱그려 형상화하면 이런 모습이 될까. 아이는 울고 있었다. 하지만 속수무책으로 눈물만 흘릴 뿐, 어떻게 할 수가 없었다. 장미는 아이를 껴안았다. 두려웠지만, 지금 할 수 있는 건 이게 전부라는 생각이 들었다.

'괜찮아.'

그렇게 말하며, 아이를 껴안았다. 공중에 있던 푸르스름한 아이는 장미의 팔에 안겼다. 품에 안긴 아이는 귀엽지도, 사랑스럽지도 않았다. 가까이서 보니 아기는 한층 더 그로테스크한 형태를 하고 있었다. 표정이 없는 얼굴과 꽉 감긴 눈에서는 약간의 음산함마저 느껴졌다.

하지만 용기를 내어 속삭였다.

'괜찮아. 괜찮아. 네 잘못이 아니야.'

아이를 안고 달래주는 엄마처럼, 장미는 그저 속삭였다. 전해지기를 바라면서.

'괜찮아. 괜찮아.'

이 아이가 뭔지는 모르겠다. 왜 눈앞에 나타났는지도.

다만 장미는, 이 아이를 위로해야겠다는 생각이 들었다.

"난 세상에 태어나지 못할지도 몰라. 내 어머니가 되도록 선택된 사람은, 나를 원하지 않아. 그녀는 지금 솔직히 곤란해하고 있어."

아이가 하는 말인가?

장미는 귓가에 또렷하게 울리는 말소리에 놀랐다.

소리가 없는 공간이 아니었던가? 그런데 놀랍게도, 마치 누군가가 귓가에 대고 귓속말을 하는 것처럼 분명한 음성이 귀에 울렸다.

'그렇지 않아. 모든 아이의 태어남은 그 자체만으로 축하할 일인걸.'

장미가 속으로 부정했다. 그러자 놀랍게도 그 생각에 대답하는 듯, 아이의 음성이 들려왔다.

"네가 어떻게 알아? 난 보여. 어렵게 어머니를 선택했어. 이 사람에게서 태어나야겠다고. 그녀는 아름다울 뿐 아니라, 의지가 남다른 여자야. 평범하지 않은 길을 걸어가겠다고 마음먹은 사람이지. 그녀는 평범하게 어머니가 되는 길을 원치 않아. 그녀는 평범하게 남편의 뒷바라지를 하고, 자식들을 기르고, 그런 삶을 원치 않았던 거야. 세상에 태어나 봤자 나는 결국 혼자가 될 운명이야. 결국에 그녀는 나를 버릴 거니까. 나를 두고 떠날 테니까!"

아이의 목소리는 비명에 가까웠다. 날카롭게 고막을 울리는 절규. 장미의 귀에 그것은, 자신을 알아달라는 울부짖음으로 들렸다. 그리고 그 순간 장미는, 왜 장미가 이 공간에 들어왔는지 그리고 눈앞에 아이가 누구인지 알게 되었다.

장미는 아이를 껴안은 팔에 힘을 주었다. 그리고 아이의 귀에 대고 소리가 되어 나오지 않는 말들을 속삭였다. 전해지기를 바라면서.

'그렇지, 않아.'

"네가 어떻게 알아?"

'넌 사랑받을 거야. 분명 어머니는 어느 시점 너를 떠나게 돼. 하지만 그건 네가 간섭할 수 있는 게 아니야. 그리고 넌 이미 어머니에게 충분히 사랑받았어. 어머니는 네가 태어난 것이 기쁘다고,

웃는 얼굴로 몇 번이고 몇 번이고 사랑한다고 말해줄 거야. 너와 함께하면서 행복해할 거야. 물론 그녀는 언젠가는 떠나. 하지만 함께한 시간이 짧은 건 중요한 게 아냐. 중요한 건, 네가 혼자가 아니라는 거고 넌 어머니에게 이미 사랑받았다는 거야. 지금 내가 여기 이 자리에 있는 게 그 증거야.'

"……네가 어떻게 알아?"

"왜냐하면 난 미래의 너니까."

장미는 놀랐다. 머릿속으로 생각한 것이 또렷한 음성이 되어 울려 퍼졌다. 소리는 공기를 타고, 음성이 되어 공간에 퍼져 나간다. 이처럼 일상적인 것이, 이렇게 놀라울 수 있다니. 그리고 순식간에, 마치 무슨 마법처럼, 품 안의 아이는 공기 속으로 흩어지듯이 사라졌다. 장미는 허탈하게 웃었다.

'이 아이, 나였구나. 정확히 말하면 내 외로움이었어.'

그 사실을, 누가 알려주지 않아도 선명히 알 수 있다는 것이 신기했다. 공간이 밝아지면서 갑자기 어둠이 걷혔다. 그리고 장미는 알 수 있었다. 이유는 모르겠지만 '과거의 나'와 만났고, 뭔가 오랜 시간 마음을 옥죄던 기묘한 어두운 감정에서 해방되었다는 것을.

곧 어둠이 걷히고, 눈부신 빛이 덮쳐 왔다.

제11장 치유

"장미? 애야, 괜찮니?"

누군가 이름을 부르는 소리에 눈을 떠보니, 프레데릭이 내려다
보고 있었다. 장미는 그제야 자신이 잠시 기절했으며, 프레데릭의
품에 안겨 있었다는 것을 깨달았다.

"저…… 기절했던 건가요?"

"잠시 환술에 걸린 것 같다. 이 던전에 살아 있는 인간이 들어오
면 이런 식으로 덫에 걸리는 일이 있어. 내가 함께 있어서 괜찮을
줄 알았는데, 네게 미리 말해주는 편이 좋았겠구나. 네가 뭘 봤든
방금 그건 환술에 걸린 것뿐, 실제가 아니야. 그러니 두려워할 필
요 없다."

"환술이라고요?"

"응. 환술에 걸리면 환상을 보게 되는데, 과거의 자신과 만나게
되거나 가장 두려워하는 것을 보게 되거나…… 사람에 따라 다양

하지. 이 던전을 설계했을 법한 주술사들이 흔히 쓰는 수법이야."

장미는 천천히 몸을 일으켰다. 프레데릭이 여전히 걱정스러운 눈으로 바라보고 있었지만, 몸이 아프거나 피곤한 느낌은 없었다. 오히려 머릿속의 안개가 가신 것처럼 기분이 개운했다.

"괜찮니? 더 누워 있어도 된단다. 어지럽진 않고?"

"괜찮아요."

장미가 괜찮다고 했음에도 프레데릭은 계속 걱정스러운 눈을 한 채였다.

"그보다 빨리 가던 길을 계속 가요. 레굴루스는 지금 이 순간에도 고문을 받고 있을 거라고 생각하니 쉴 수가 없어요."

장미의 재촉에 프레데릭이 고개를 끄덕였다. 그리고 다시 어둠 속으로 한 걸음 내딛었다.

"아마 거의 다 왔을 거다. 여기쯤이었던 것 같은데……."

한 치 앞도 가늠하기 어려운 어둠 속에서 도대체 어떻게 '여기쯤'이라는 인식이 가능한 건지 모르겠지만, 프레데릭은 면밀하게 주변을 살피고 있었다. 그리고 허공 속으로 손을 뻗어 뭔가를 더듬듯이 앞으로 나아갔다.

"뭔가 한기가 느껴져요. 여기, 굉장히 추운 것 같아요."

"쉬, 괜찮아. 내가 곁에 있으니 아무것도 걱정할 필요가 없단다."

안심하라는 듯 프레데릭이 장미의 손을 잡은 손에 힘을 주었다. 장미를 달래며 걷던 프레데릭이 걸음을 멈췄다. 그는 잠시 어둠 속에 서서 주변을 살피는 것 같았다. 잠시 동안, 그는 눈을 감고 가만히 서 있었다. 마치 눈을 감고 어둠을 느끼는 것처럼.

"여기로군."

그렇게 말하며 프레데릭이 어느 한 지점을 향해 손을 뻗었다.

그러자 아무것도 없이 캄캄한 어둠으로 가득 차 있는 것만 같던 진공 같은 공간에서, 마치 빛이 폭발하듯 어둠이 밝혀지면서 보이지 않았던 관이 허공 위에 떠올랐다.

"……맙소사, 깜짝이야."

장미는 놀라며 한 발 뒤로 자기도 모르게 물러섰다.

"같은 공간의 이차원 속에 숨겨둔 거야. 고전적인 수법이지."

처음부터 없었던 것이 나타난 것이 아니라, 원래부터 여기 있던 것을 보이게 한 것이라며 프레데릭이 설명했으나 장미는 그의 설명을 반도 알아들을 수 없어 그저 고개를 끄덕였다.

"하여튼 이 세계는 이상한 것들 투성이에요. 그냥 옛날의 테라 같은데, 초능력 같은 걸 아무렇지도 않게 구사하지 않나."

"이상하지? 그래서 테라는 숨기고 있는 거야. 이런 것들이 무분별하게 터져 나갔다간 큰일 나기 딱 좋겠지. 그래서 바티칸의 고위 성직자들이나 테라 비밀 정부의 상위 계급들이 그런 기술을 모조리 은폐하고 있지. 이런 것들은 원래 모두 테라에서도 가능한 것들이야. 아무튼, 저 관을 빨리 열어줘야겠다."

장미는 프레데릭의 말이 채 끝나기도 전에 관으로 뛰어갔다. 그리고 온 힘을 다해 관 뚜껑을 열었다. 관은 생각 외로 가볍게 열렸다. 그리고 그 속에서, 너무나도 보고 싶었던 연인의 얼굴을 마주한 장미는 눈물이 날 뻔했다.

관 속에서 레굴루스는 마치 잠든 사람처럼 평온한 얼굴을 한 채 누워 있었다.

"레굴루스! 일어나요!"

죽은 것이 아니라는 것을 알지만 관에 누워 있는 것을 보는 것만으로 섬뜩해서 장미는 다급히 그의 몸을 흔들어 깨웠다.

하지만 레굴루스는 반응이 없었다.

"……잠깐, 이 상태가 어떻게 가능하지? 절대로 잠들 수가 없는 구조일 텐데, 이 관은."

등 뒤에서 들려온 프레데릭의 목소리에 장미도 순간 의문이 들었다. 그러고 보니 루슬릭이 그런 말을 했었더랬다.

"이 관은 일종의 정신적 고문을 위해 고안된 공간이라서 휴식을 취하게 하는 뇌파를 차단시키지. 절대로 잠들지 못하게 만들어. 고도의 각성 상태를 강제로 유지시키거든."

잠들어 있는 것처럼 평온한 얼굴의 레굴루스를 바라보며, 프레데릭은 어리둥절한 얼굴을 했다.

"루슬릭도 그런 말을 했었어요. 절대로 잘 수가 없어서, 만 하루만 가두면 누구든 제정신을 유지할 수가 없게 된다고……."

"음. 강제로 잠을 재우지 않는 고문은 고문 중에서도 아주 악랄한 거니까. 내가 알고 있는 정보가 맞다면 레굴루스는 식욕이 퇴화해서 전혀 식사하지 않아도 생존에는 문제가 없었어. 하지만 잠을 자야 하는 것과 히프노스의 욕구는 보통의 인간과 전혀 다를 바가 없다고 들었는데……."

"……."

그건 장미도 알고 있었다. 그와 같이 지내며 깨달은 사실 중 특이한 것 하나, 즉 보통 사람과 달랐던 점 하나는, 레굴루스는 전혀 식사하지 않는다는 사실이었다. 하지만 밤에는 보통 사람들처럼 휴식을 취했고, 히프노스의 기간에는 생생한 욕구를 드러냈었다. 다시 말해 성욕이나 수면욕 같은 보통의 살아 있는 인간이라면 가질 법한 욕구를 가지고 있었다. 먹지 않는 점만 빼면 지극히 정상적인 보통 사람이었다. 불로불사라는 점 외에는.

설마 죽은 건 아니겠지.

심장이 쿵 하고 내려앉는 것 같은 느낌에 장미는 레굴루스의 잠든 얼굴에 가까이 귀를 가져다 댔다. 희미하게 숨소리가 들렸다. 살아 있는 상태라는 의미였다.

"어떻게 된 거죠? 설마, 이대로 영원히 안 깨어나는 건 아니겠죠?"

장미가 울 듯한 얼굴을 하자, 프레데릭이 그녀를 달랬다.

"일단, 이 친구를 내가 업고 여길 벗어나는 게 우선이겠다. 왕궁 밖에 내가 세워둔 마차가 있거든. 거기로 가자꾸나."

프레데릭이 그렇게 말하며 레굴루스의 몸을 일으키려 했다. 그 순간, 진공 상태에 가까운 어둠의 공간이 한 번 크게 요동쳤다. 누군가가 텔레포트로 진입을 시도하고 있다는 증거였다.

벌써 루슬릭에게 들킨 건가.

심장이 철렁 내려앉았다. 하지만 눈앞에 나타난 인물은 예상 밖의 인물이었다. 너무나 뜻밖이라, 장미는 순간 그 인물의 이름을 말하는 것조차 잊고 멍하니 얼어붙어 버렸다. 잘못 본 게 아닐까 하는 마음으로.

하지만 그녀의 이름을 말해주는 프레데릭 덕분에 장미는 잘못 본 게 아님을 깨달을 수 있었다.

"카트레야……?"

이제 더 이상 여왕이 아닌, 카트레야였다. 싸늘할 정도로 평온한 표정과 그린 듯한 차가운 미모를 한 채로, 그녀가 서 있었다. 장미는 그녀와 눈이 마주쳤다. 그러나 그녀의 시선은 곧 관심 없다는 듯 장미에게서 옮겨갔고, 프레데릭에게 머물렀다.

"역시 너였군…… 프레데릭."

"……카트레야."

"이 감옥에 왕족 아닌 외부인이 들어오게 되면 나는 그걸 바로 감지할 수 있거든. 이곳의 출입 코드를 오직 가이아 왕족만이 컨트롤할 수 있도록 왕족의 DNA와 연결한 건 나였으니까. 설마 루슬릭이 장미에게 레굴루스를 보여주겠답시고 여기 문을 열어준 건가 했었지. 하지만 지금 사라진 장미를 찾는답시고 한밤중에 온 궁을 뒤집고 있는 루슬릭 놈의 꼬라지를 보아 하니 그럴 리는 없다는 생각에…… 와봤더니 역시 너였어. 장미를 궁에서 꺼내고 여기로 데려올 만한 사람, 지금 그게 가능할 사람은 너밖에 없으니까."

카트레야는 자다가 막 달려온 사람처럼 편안한 이브닝 가운 차림이었다. 머리는 풀어져서 어깨 위로 제멋대로 흩날리고 있었다.

평소 털끝만큼도 흐트러진 모습을 보일 것 같지 않은 엄격한 여왕님에게 이런 모습도 있었다니. 의외의 모습에, 장미는 조금 놀라고 말았다.

"오랜만이네."

프레데릭이 오랜만에 만난 친구를 보는 것처럼, 그녀를 향해 담담히 미소 지어 보였다. 그러자 카트레야의 눈이 크게 떠졌다. 무척 놀라운 것을 본 표정이었다. 그녀는 잠시 고개를 떨구었다. 그리고 다시 고개를 든 그녀는, 말로 표현하기 어려운 복잡한 감정들이 담긴 얼굴을 하고 있었다.

"……항상 상상했었어."

카트레야의 목소리가, 작게 떨리고 있었다.

"네가 그 눈으로 나를 향해, 다시 웃어주는 것을."

"……."

"항상, 항상 바라왔어. 꿈에서라도 좋으니 다시 널 보는 것을."

카트레야 처음 보는 애절한 얼굴을 하고, 그렇게 프레데릭을 향해 절절하게 한마디 한마디 던지고 있었다.

참으로 믿기지 않는 광경이라고 장미는 생각했다. 저 카트레야가 저렇게 금방이라도 눈물지을 듯한 얼굴로 누군가를 향해 뜨거운 감정을 드러낼 수도 있는 사람이었다니.

장미가 기억하는 그녀는 단지 '여왕'이었다. 언제나 가면처럼 표정의 변화가 없었던, 차갑고 또 냉정한 인상의 지배자. 그녀는 자신이 배 아파 낳은 하나뿐인 아들인 루슬릭에게조차 별로 집착하는 것 같지 않아 보였다.

하지만 지금 눈앞에 선 여자의 눈에서, 벌거벗은 감정을 읽을 수 있었다. 고독과 슬픔, 그리고 상대를 향한 절절한 감정. 그것을 그녀는 여과 없이 드러내고 있었다.

여왕은 절대자이기에 고독할 수밖에 없다. 왕이라고 하는 자리는 본질적으로 고독한 자리다. 거기에 사랑에 거절당한 절망감을 견뎌내며 긴 세월 동안 그녀가 감내해야 했을 고독은 상당했을 것이다. 물론 그렇다고 해서 그녀가 저지른 일을 용서할 수 있다는 것은 아니다. 그녀가 자신의 곁에 있기를 거부한 프레데릭을 죽이고 그것도 모자라 언데드로 되살린 것은, 아무리 생각해도 정상적인 행동은 아니었다. 장미의 상식에서는 이해가 되지 않았다.

마음은 좀 아플지라도, 곁에 있을 수가 없어도, 사랑하는 사람의 행복을 빌어주는 것이 보통 성숙한 사랑이 아니던가. 여전히 그녀가 저지른 행동에 대해서 이해도 용서도 불가능하지만 그럼에도 장미는 카트레야를, 저 고독한 여자를, 조금은 덜 미워할 수도 있겠다고 그렇게 처음으로 생각했다.

카트레야가 프레데릭을 향해 한 발자국 다가섰다. 어딘지 주저하고 망설이는 걸음이었다. 그리고 그를 똑바로 올려다보며 말했다.

"네게 사과할 것이 있어. 널 죽이고 언데드로 만든 것."

"내 죽음은 네 잘못이 아니야. 내가 한 일은 죽음을 각오하고 벌인 짓이었고, 내 선택의 결과라고 생각해서 레굴루스가 날 죽이러 왔을 때도 나는 담담하게 받아들였어. 넌 국법에 따라 배신한 기사를 가이아 국왕답게 다스렸을 뿐이니까."

카트레야가 쓰게 웃으며 고개를 저었다.

"여전히 사람이 좋구나, 넌. 아니야, 넌 내가 죽인 거야. 그때 넌 죽을 생각이 없었어. 테라에 네 사랑하는 아내와 딸이 그렇게 살아 있는데 네가 어떻게 편히 눈을 감겠어? 너를 죽이지 않고…… 당시 네가 원했던 대로, 널 테라로 보내준다는 선택지도 있었을 거야. 만약 내가 그때 조금만 성숙했었고, 조금만 더 네 입장에서 생각해 볼 수 있었더라면. 그때 나는 질투에 눈이 멀어 아무것도 보이는 게 없었어."

"적어도 날 다시 살아 움직이게 해줬잖아. 만약 네가 날 이렇게 언데드로 만들지 않았더라면 난 장미를 다시는 못 만났겠지. 지금 이렇게 장미와 이야기하고 있는 것도 네 덕이야."

프레데릭은 담담하게 웃으며 그녀의 사과를 받아들였다.

"나 역시도 사과할 게 있어. 널 그런 식으로 떠나 버린 것에 대해서. 그 당시 내게는 윤아가 제일 중요했고, 그녀가 내 전부였다. 그렇기에 솔직히 네 감정을 신경 쓸 여유는 없었어. 하지만 아무리 널 여자로서 사랑할 수 없었다고 해도, 친구이자 가까운 형제 같았던 너를 그런 식으로 상처 줘서는 안 되는 거였어."

프레데릭의 말에 카트레야가 씁쓸하게 웃었다.

"네가 그렇게나 날 생각했다고? 세상천지에 갈 곳 없는 언데드가 되어 떠돌더라도 내 곁에만은 있지 않겠다고 말하고 날 떠났으면서?"

"그래. 지난 20년간, 떠돌면서 네 생각을 많이 했어."

"난 지난 20년간 단 한 번도 네 생각을 따로 한 적이 없어."

카트레야가 단호한 눈으로 말했다.

"왜냐하면 20년간 단 하루도, 네 생각을 하지 않는 날이 없었으니까."

"……"

두 사람은 잠시 어둠 속에서 서로를 바라보았다. 정적이 흘렀다.

정적을 먼저 깬 것은 프레데릭이었다.

"미안해. 네 곁에 있어주지 못한 것, 그리고 널 사랑하지 못한 것에 대해서."

"사과하지 마! 더 비참해질 뿐이니까."

카트레야가 소리를 질렀다. 그녀는 잠시 고개를 숙였다. 눈에 잠시 맺힐 뻔한 눈물을 감추려는 것 같았다.

다시 고개를 든 그녀는, 여전히 쌀쌀하고 오만한 카트레야의 얼굴로 돌아와 있었다.

"……동쪽 숲으로 가. 포털을 열어뒀어."

그녀의 입에서 나온 말에, 프레데릭이 믿지 못하겠다는 듯한 얼굴을 했다.

"뭐라고?"

"그리고 레굴루스를 관 속에서 잠들게 해준 것도 나야. 이걸로 그 아이를 전부 용서해 달라고는…… 말하지 않겠어. 다만 루슬릭이 한 짓에 대해서는 부모 된 책임으로 일단 내가 사과할게. 아마 그 녀석은 지금 그때의 나처럼 질투에 미쳐, 20년쯤 지난 후에 후회할 짓을 하고 있다는 자각조차 없을 거니까."

그렇게 말하면서 카트레야는 장미를 바라보았다. 장미는 그제야 카트레야가 방금 한 말이 자신을 향해 있었다는 것을 깨달았다. 그녀는 그저 얼떨떨하게 고개를 끄덕여, 카트레야의 사과 같지 않은 사과를 받았다.

사랑받고 있구나, 루슬릭. 자존심 강한 저 전직 여왕님이, '싫어한다'고 대놓고 말한 나를 향해 이렇게까지 숙이고 들어올 정도라니.

왕족이라 그런지 어딘지 보통 사람들보다 냉랭한 모자 관계라고 생각했었는데, 어찌 됐든 루슬릭은 그가 스스로 생각하는 것 이상으로 저 냉정한 어머니에게서 사랑받고 있는 모양이라고 장미는 생각했다.

"레굴루스는 곧 깨어날 거야. 그가 정신이 들면, 그를 데리고 포털을 통해 테라로 떠나. 세 사람 모두. 그리고 두 번 다시, 이 저주받은 땅속 왕국에는 돌아오지 마. 태양빛도 닿지 않고 모든 것이 그저 조용히 미쳐 있는, 겉으로만 평화로운 땅에는."

"……카트레야."

"계속, 계속 테라에 가고 싶어했잖아. 가진 모든 것을 버리고서라도."

말을 마친 카트레야는 후련해 보였다. 이제 자신이 할 말은 다 했다는 듯, 시원한 얼굴이었다.

그녀가 뒤돌아섰다. 그런 그녀의 팔을 프레데릭이 붙잡았다.

"잠깐만, 카트레야. 나도 네게 할 말이 있어."

프레데릭의 말에, 공간을 벗어날 준비를 하던 카트레야가 다시 고개를 돌렸다.

"나는 가이아를 떠나지 않아. 테라로 떠나는 건 장미와 레굴루스뿐이야."

"뭐?"

"뭐라고요?"

장미와 카트레야가 동시에 외쳤다.

"그 말 그대로야. 나는 가이아를 떠나지 않아. 만약 네가 허락해 준다면, 이제부터라도 네 곁에 있을게."

예상치 못한 말에, 장미가 눈을 크게 떴다.

당연히 프레데릭이 이제부터 장미의 곁에 있어줄 거라고 생각했다.

겨우 찾은 아버지니까, 그간 같이 있어 주지 못한 시간을 만회하기 위해서라도 딸의 곁에 머물 거라고.

하지만 프레데릭은 예상과 전혀 다른 말을 하고 있었다.

"날 사랑하지 않지만 내 고독을 동정해서라면, 그만둬. 네 그런 태도가 날 더 비참하게 할 뿐이야."

카트레야가 차갑게 잘라 말했다.

"어차피 난 테라로 갈 수 없어. 거기엔 사랑하는 그녀도 더는 날 기다리지 않고, 언데드인 난 그 세계의 질서에 위반될 테니까. 알 잖아? 테라 시스템을. 바티칸의 퇴마사들과 테라 비밀 정부가 날 가만두지 않을걸. 나 같은 이질적 존재는 그 세계에서 그들의 기득권을 위협하는 '사냥 대상'으로 분류되니까. 그리고 장미는……
솔직히 방금 전 이 아이의 얼굴을 마주 대한 순간, 이미 한 결심을 번복할까도 생각했어. 핏줄이란, 자식이란 그 정도로 사랑스러운 거더군. 하지만 윤아의 아이가 무사히 자라서 성인이 된 걸 내 두 눈으로 확인했으니까 더는 여한이 없어. 솔직히 아버지랍시고 내가 이 아이의 곁에 있을 수 있는 자격을 주장할 수도 없지 않겠어, 이제 와서. 이 아이가 성장하는 동안 전혀 곁에 있어주지도 못했는데."

프레데릭이 말을 하다 말고 장미를 바라보았다. 부드럽게 미소 짓는 그의 눈이 '괜찮지?'라고 묻고 있는 것 같았다.

카트레야는 멍한 얼굴을 했다. 그녀는 자신이 들은 말을 믿을 수 없다는 표정이었다. 장미 역시, 프레데릭이 내린 예상 밖의 결론이 얼떨떨하고 당황스럽긴 마찬가지였다.

"네 곁에 있을게, 카트레야. 지금부터라도."

"……."

"네가 허락해 준다면."

프레데릭은 카트레야에게 다가가 그녀의 어깨를 감싸 안았다. 그리고 미소 지었다. 카트레야는 잠시 아무 말이 없었다.

그리고 곧, 눈물을 흘리기 시작했다. 조각상처럼 무표정한 두 눈에 눈물이 흘러넘치는 것을 보고 장미도 프레데릭도 당황했다.

프레데릭은 말없이 그녀의 어깨를 쓸어내렸다.

"계속……."

카트레야는 프레데릭의 어깨에 얼굴을 묻었다.

"계속, 계속 상상했어. 네가 내게 다시 웃어주는 것을……."

"……."

"꿈속에서조차 너는 두 번 다시 내게 미소 지어주지 않았거든. 하지만 그래도 난 너를 잊을 수가 없어서…… 너와의 관계를 내 손으로 망가뜨려 버렸다는 걸 알면서도, 계속 난……!"

흐느낌에 묻혀 말끝은 흐려졌다.

"계속, 계속, 상상했어…… 네가 내게로 돌아오는 것을."

프레데릭이 흐느껴 우는 그녀를 말없이 끌어안았다. 어둠이 가득 찬 빈 공간 속에서 카트레야가 소리 죽여 우는 소리만이 크게 울렸다.

장미는 그 모습을 바라보며 몹시 복잡한 기분이었으나, 어쨌든 프레데릭과 눈이 마주치자 웃어주는 수밖에 없었다.

넌 내 선택을 이해해 주리라 믿는다.

마주친 시선에서, 프레데릭은 그렇게 눈으로 말하고 있는 것 같았다.

"지금 여기 뭐가 어떻게 되가는 분위기지?"

그리고 마침내, 익숙한 목소리가 들렸다.

장미는 벅찬 마음으로 뒤돌아보았다. 관에서 지금 막 깨어난 것 같은 레굴루스가 상황을 잘 모르겠다는 얼굴로 이쪽을 바라보고 있었다.

"일단 그 무시무시한 관에서 나와요. 안 그래도 사람 같지 않은 당신인데, 뱀파이어라도 된 것 같아서 심장 떨어지겠으니까."

장미가 웃으며 손을 내밀자, 레굴루스는 대답 대신 앉은 채로 그녀를 끌어당겨 안았다.

"……무사했어."

그녀의 존재를 확인하고 안심했다는 듯, 레굴루스가 한숨을 쉬며 중얼거렸다. 그의 품 안에서 장미도 비로소 안도한 느낌으로 한숨을 쉬었다.

익숙한 체취와 온기가 한없이 안심시켰다.

"미안했다."

"뭐가요."

"널 지키지 못했어. 네 기사로서 자격이 없다. 샌님처럼 납치나 당해 이런 곳에 갇히고."

"……무슨 소리예요."

"미안해. 두렵고 불쾌한 경험을 하게 해서."

그 사과는 내가 해야 하는데.

장미는 그렇게 생각하며, 거듭해서 사과의 말을 하는 연인의 목을 꽉 끌어안았다.

"당신이 불사라 정말 다행이에요. 이 세상의 어떤 것도 당신을 해칠 수가 없다는 게, 얼마나 다행인지."

장미가 진심을 담아 말했다.

"만약 당신이 미쳐 버리거나 잘못됐다면, 나도 같이 미쳐 버렸을 거야. 죽어버렸거나."

"부모 앞에서 못하는 말이 없구나, 애야."

가만히 듣고 있던 프레데릭이 옆에서 면박을 주자, 장미는 무안한 얼굴로 사과했다.

"죄송해요."

"일단, 여길 벗어나렴. 나와 카트레야가 감옥 문을 열어줄 테니, 포털로 텔레포트해라. 성의 동쪽 숲으로 가면 돼."

"동쪽 숲?"

장미가 되물었다. 거긴 모르는 곳이었다.

"어딘지 위치는 알아. 거긴 테라로의 통로일 텐데."

레굴루스가 답했다.

"지금 열려 있어. 그러니 거길 통해 테라로 이동하고, 루슬릭에게는 잡히지 말도록 해."

카트레야의 말을 듣고 상황이 돌아가는 것을 파악한 듯한 레굴루스는, 고개를 끄덕였다.

"뭐가 뭔지는 모르겠지만 많은 일이 있었던 모양이군. 내가 명청히 관에 누워 있는 동안에."

프레데릭이 있는 것을 발견한 레굴루스가 말했다.

"레굴루스, 자네랑은 과거에 많은 일들이 있었지만 일단 지금은 내 딸을 잘 부탁하네."

프레데릭이 그렇게 말하며 레굴루스에게 손을 내밀자, 그는 잠시 주저하며 그 악수를 받아들였다.

"프레데릭, 당신은 테라로 가지 않는 건가?"

"그래. 난 여기에 남을 거야. 하지만 자네는 장미와 테라로 가는 게 좋을 것 같군. 여기 있다간 꽤 오래 루슬릭이 괴롭힐지도 모르니."

"말하지 않아도 그럴 생각이었어."

"그리고 장미. 애야."

레굴루스와 있을 때는 어딘지 날 선 느낌이던 프레데릭이 갑자기 인자한 아버지의 눈이 되더니, 장미와 눈높이를 맞췄다. 그리고 장미의 두 볼을 감싸고 이마에 키스를 했다.

"네 앞날에 항상 축복이 있기를, 내 영혼을 다해 기도할 거다. 언제나. 만약 네 앞날에 위험이 있거나 너를 위협하는 존재가 있다면, 내 모든 것을 다 바쳐서라도, 내 테라가 아니라 이 행성계의 끝까지라도 가서 너를 지킬 것이다. 그건 윤아도 마찬가지일 거야. 그러니 앞으로의 인생에서, 절대로 네가 혼자라고 생각 말아다오."

"······정말 같이 테라로 안 갈 거예요?"

프레데릭이 웃으며 고개를 저었다.

"말했듯이 난 못 가. 테라는 나 같은 변칙적 존재를 인정하는 곳이 아니니까. 여기보다 훨씬 더 엄격한 규율 아래 비밀스런 통제가 이루어지는 곳이야. 하지만 레굴루스는······ 아마도 괜찮을 것 같구나. 그는 원래 인간인데다, 널 만난 후 점점 더 인간적으로 변하고 있어. 네가 그토록 자신 있게 사랑하기로 선택한 사람이니 그걸 내가 어떻게 말릴 수 있겠니. 네가 그랬지. 망설임 없이 '후회하지 않는다' 고."

장미는 고개를 끄덕였다.

'그를 사랑한 것을 후회하니?'

프레데릭이 그렇게 물었을 때 주저 없이 대답했었다. 후회하지 않는다고.

그리고 그런 그녀의 선택을 프레데릭이 긍정해 주었을 때, 비로소 마음이 해방된 기분이었다.

"······그래도 겨우 만났는데. 아버지를 많이 그리워할 거예요."

"가끔 가이아로 놀러 오렴. 루슬릭의 너에 대한 집착이 좀 잠잠해지면."

프레데릭이 웃었다. 장미도 따라 미소 지었다.

"기억하렴. 네 엄마는 네가 온실의 꽃처럼 세상의 비바람으로부터 자유로운 채 그저 안전하고 곱게만 살기를 바랐다. 세상의 모든 부모가 같은 마음이겠지. 그래서 네게 꽃 이름을 붙인 거야."

"······."

"그녀 자신은 결코, 순탄하다고는 할 수 없는 임무를 위해 살았거든. 윤아는 얼핏 보면 부잣집 아가씨로 부족할 것 없이 자라온

요조숙녀였지만, 사실 전혀 그렇지가 않았어. 자유분방한 영혼과 강인한 의지를 가졌던 네 엄마가, 나에게 마지막까지 말해주지 않았던 비밀이 있었단다. 그걸 그녀는 완벽히 내게 숨겼다고 믿고 있었겠지만, 나는 처음부터 알고 있었지. 네 엄마가 목적을 가지고 가이아에 왔고, 내게 비밀 임무를 위해 접근했었다는 것도."

프레데릭의 말에, 장미는 성에서 찾은 편지에서 본 구절이 떠올랐다.

'당신에게 말하지 않은 비밀이 있어요.'

그게 무엇인지 장미는 모르겠지만, 프레데릭은 처음부터 알고 있었던 것이다.

"엄마가 비밀 임무를 가지고 있었다구요?"

"그래."

"하지만 열 살 때까지 엄마와 살았는데 엄마는 그런 이야기는 단 한 번도……!"

"말하지 않았겠지. 비밀 임무였으니까. 그녀는 처음부터 내게 그 임무를 위해 접근했다. 하지만 내게 그런 건 중요하지 않았어. 그녀를 진심으로 사랑했으니까……. 그리고 기억하렴. 절대로, 너 자신과 네가 행복해지는 것만 생각해야 한다. 네가 테라로 돌아간 후 '원치 않은 존재들'의 방문을 받더라도 절대로 그들의 권유에 넘어가지 마. 네 엄마는 네가 그저 안전하게, 정원의 장미처럼 피어 있기를 바랐기에 널 장미라고 이름 붙인 거다."

말을 마친 프레데릭은 장미의 이마에 한 번 더, 천천히 키스했다.

정중한 동작에서는 조심스러운 애정이 느껴졌다.

장미는 그와 눈을 맞췄다. 그의 눈에서는 애정, 그리고 긴 시간

돌봐주지 못한 미안함 같은 것들이 복합적으로 느껴졌다.

장미는 순간 울컥하고 울음이 올라오려는 것을 애써 숨겼다.

"내 너를 귀애한다."

그가 장미에게 가진 마음을 최대한으로 표현하기 위해, 매우 정중하고 신중한 단어 선택을 했다는 것을 느낄 수 있었다.

귀애.

그런 고색창연한 표현은, 태어나서 처음 들어봤다. 정말 기사다운 말이라고 생각했다. 장미는 풉, 하고 웃었다.

그리고 겨우 만난 '아버지'의 목을 끌어안고, 그에게 처음이자 마지막일 인사를 했다.

"명심할게요. 그리고 아버지 어머니를 위해서라도, 꼭 행복해질게요."

"이봐, 시간이 많이 없어. 카트레야가 포털을 열었다면, 루슬릭이 지금쯤 그걸 눈치채고 거기로 쫓아왔을 수도 있다고."

뒤에서 잠시 잊고 있었던 목소리가 장미를 잡아끌었다. 장미는 프레데릭을 향해 환하게 웃어 보였다. 프레데릭의 뒤에서는 카트레야가 말없이 장미를 바라보고 있었다. 그 눈에 이제 더 이상 미움이나 원한은 없었다. 장미는 카트레야를 향해서도 꾸벅, 하고 고개를 숙여 마지막 인사를 했다.

"아버지를 잘 부탁드려요."

"……지나간 일들을 다 보상할 수 있을 만큼 잘해줄 생각이다."

카트레야의 딱딱한 대답에는 어딘가 비장함마저 있었다. 장미는 풉, 하고 웃었다. 뭐가 우습냐는 듯 카트레야가 눈썹을 올렸지만, 장미는 이제 그녀가 더 이상 두렵거나 무섭거나 싫지 않았다.

인사를 마친 장미가 곁에 서 있는 연인의 손을 잡았다.

"가요."

레굴루스가 고개를 끄덕이는 동시에, 두 사람은 뛰기 시작했다. 두 사람의 미래가 달려 있을 동쪽 숲을 향해.

제12장 결단

시간은 해가 뜨기 직전이었다. 해가 떠오르기 직전의 고요함 속에서, 장미는 잠시 고개를 들어 하늘을 올려다보았다. 테라로 돌아가기 전, 가이아에서 보는 마지막 하늘이 될 것이라고 생각하면서.

"새벽은 참 좋아요. 밤과 아침의 경계, 밤도 아니고 아침도 아닌 시간이라는 느낌을 주거든요."

장미의 말에 레굴루스는 대답하지 않았다. 그저 가만히 하늘을 바라볼 뿐이었다.

"아버지가 그리울 것 같아요."

장미가 아쉬움을 담아 말하자, 레굴루스는 그런 그녀를 위로하듯 어깨를 끌어안았다.

해가 떠오르기 직전의 숲은 푸르스름한 여명으로 가득했다.

"포털은 여기다. 여기서 텔레포트하면 돼."

레굴루스가 커다란 나무 앞에서 발걸음을 멈추었다. 장미는 나무에 압도당해 자기도 모르게 숨을 크게 들이마셨다.

"정말 오래된 나무네요."

"생명의 나무라고 한다. 이 행성을 수호하는 나무지. 테란의 주술사들은 이걸 카발라의 나무라고도 부른다더군."

레굴루스가 덤덤하게 설명했다. 장미는 나무를 올려다보았다. 나무가 인자하게 미소 짓는 것 같은 느낌이 들었다.

그때였다.

나무 뒤에서 기척을 숨기고 있던 누군가가 모습을 드러낸 것은.

"······!"

"······."

두 사람의 앞에 모습을 드러낸 사람의 이름을 장미가 떨리는 목소리로 말하기 전까지, 얼어붙은 듯한 정적이 흘렀다.

혹시, 만날지도 모르겠다는 생각을 하기는 했다. 조마조마하게 그렇게 생각하기는 했었다. 그래도 그렇지, 이런 식으로 볼 줄이야.

"······루슬릭."

조건반사처럼, 그를 본 순간 공포로 온몸이 얼어붙었다. 이제는 아무것도 없는 자유로운 발목에 족쇄가 채워져 다시 그 방으로 끌려 들어가는 것 같은 기분이 들 정도였다. 그 정도로, 그가 남긴 트라우마는 강력했다.

나무 뒤에서 나타난 루슬릭은 차가운 눈으로, 그 어느 때보다도 싸늘하게 얼어붙어 있었다.

"설마 이대로 편안히 갈 수 있을 거라고 순진하게 기대하지는 않았겠지."

얼음 같은 음성이었다. 그가 얼마만큼의 분노를 눌러 담고 있는지 고스란히 전해져 왔다. 그 서슬 퍼런 기색에 장미는 자기도 모르게 레굴루스의 팔을 꽉 붙잡았다. 곁에 선 그가 장미의 어깨를 끌어안았다. 그리고 장미를 품에 가두듯 안았다.

그 모습을 본 루슬릭이 한층 더, 싸늘하게 얼어붙었다.

"이게 내가 주는 마지막 기회야. 난 지금 내 인내심을 다 썼어. 그리고…… 장담컨대 난 지금 이 순간 이후로, 지금까지처럼 자비롭지 않을 거야."

네가 자비로웠다고? 대체 언제?

장미는 소리치고 싶은 말을 꾹 눌러 참았다. 루슬릭이 장미에게 한 행동은 강요와 밀어붙임, 그 이상도 이하도 아니었다. 그가 처음에 말했던 것처럼 천천히, 시간을 들여 장미의 마음을 얻으려 했었더라면 적어도 이 정도로까지 배신감이 들지는 않았을 것이다.

"장미. ……이리 와."

루슬릭이 손을 내밀었다.

장미는 망설이며, 뒤를 돌아보았다. 싸늘한 눈의 레굴루스가 루슬릭을 잡아 죽일 듯이 노려보고 있었다.

레굴루스가 장미를 품으로 끌어당겼다. 그리고 그녀의 귀에 속삭였다.

"내 뒤로 숨어."

"레굴루스. 끼어들지 마. 이건 나와 그녀 사이의 문제야."

"넌 애송이야, 루슬릭."

레굴루스가 비웃음을 담아 루슬릭에게 던진 말에, 루슬릭의 눈에 고여 있던 분노가 순간적으로 불타올랐다. 레굴루스는 사랑싸움에서 이겼지만 승자의 관용을 베풀 생각은 없어 보였다. 그가 말을 이었다.

"넌 네 감정을 일방적으로 밀어붙이고 있을 뿐이다."

레굴루스의 거침없는 말에도 루슬릭은 아랑곳하지 않았다. 그리고 장미를 향해 한 번 더, 미소 지으며 말했다.

"……이리 와. 내 손을 잡아. 마지막 기회야."

한 번 더, 루슬릭이 말했다.

"장미, 네가 모르는 게 있어. 네 마음을 얻지는 못했다 해도 나에게는 레굴루스를 죽일 수 있는 힘이 있어. 난 가이아의 왕이니까 그를 살리고 싶다면, 내 말대로 하는 게 좋을 거야."

루슬릭의 말에, 장미는 흠칫했다.

간과하고 있었다. 루슬릭이 레굴루스를 불사의 저주를 풀 수 있는 힘을 가지고 있다는 것을.

머뭇거리는 장미를 눈치챘는지, 레굴루스가 장미의 앞으로 뛰어들었다. 그리고 검을 뽑아 들었다.

"그전에 네가 내 칼에 죽는다는 선택지도 있지. 네가 날 죽이겠다고? 웃기지 마라. 네 손에는 절대 안 죽어."

루슬릭이 코웃음을 쳤다.

"확실히 난 당신에게 검으로는 안 될지도 몰라. 하지만 너무 그렇게 자신하지 않는 게 좋을 거야. 왜냐하면 난 비겁한 놈이니까."

루슬릭이 말을 마치기가 무섭게 그의 손짓이 허공을 향했고, 수천 개의 화살이 레굴루스를 향해 날아왔다. 무서운 기세였다.

"레굴루스!"

장미가 비명처럼 레굴루스를 부르며 그의 앞을 막아섰다.

"이런 젠장."

레굴루스가 입술을 깨물며 장미를 품에 안아 보호했다. 장미의 외마디 비명과 함께, 장미를 안았음에도 불구하고 믿을 수 없을 정도로 빠른 속도로 레굴루스가 몸을 날려 날아드는 화살로부터 몸을 피했다. 그럼에도 불구하고 두어 개의 화살이 어깨에 꽂히는 것을 막지는 못했다. 그것을 지독히도 무심한 손길로 잡아 뽑으며, 레굴루스는 다소 미간을 불쾌한 듯 찡그렸지만 고통에 신음하지는 않았다. 마치, 이런 일은 셀 수 없이 당해서 익숙하다는 듯한 모습이었다.

장미는 나무 위를 올려다보았다. 위에 루슬릭이 숨겨둔 군사가 몇인지 셀 수조차 없었다.

아무리 레굴루스가 강하다 해도, 저들을 한번에 상대하면 몸이 성하리라는 보장이 없었다. 게다가 루슬릭은 불사의 저주를 풀 수도 있었다.

"루슬릭, 제발 부탁이야. 비겁하게 굴지 말아줘! 우릴 그냥 보내주면 안 돼?"

장미가 애원했다. 루슬릭과 눈이 마주치자, 장미는 순간 그 눈의 차가움에 놀라고 말았다. 이미 틀렸다. 루슬릭에게는 그 어떤 말도 들리지 않았다. 이미 그는, 그 자신의 질투심에 조종당하고 있었다. 이성이 나가 흉포해진 그를 막을 수 있는 것은 누구도 없었다.

루슬릭은 장미를 향해, 말없이 웃어 보였다.

그 섬뜩한 웃음에서, 불길한 예감이 들었다.

"가이아 선대의 피를 이은 왕, 별의 계약자의 권능으로 지금 명한다. 이 순간부터 레굴루스의 저주는 끝난다. 시간이여, 그를 다시 유한한 존재로 되돌려라. 저주로 멈추었던 시간이여, 다시 달려오너라! 유한한 인간의 시간에 그를 귀속시킬지어다."

루슬릭이 말을 마치기가 무섭게, 레굴루스를 향해 엄청난 바람이 불었다. 그것은 마치 오랜 시간 억지로 멈추었던 시간이 한꺼번에 흐르는 것 같은 기세의 힘이었다.

　레굴루스가 긴 시간 그토록 원했던, 죽음.

　유한한 존재로의 복귀.

　그것이 한순간 이루어졌음에도, 레굴루스는 어리둥절한 얼굴이었다.

　"……뭐야, 이거."

　뭐가 뭔지도 모르는 사이에 무시무시한 기세의 바람이 그를 덮쳤다. 바람은 빙글빙글 회전하며 회오리 같은 형상을 만들었다. 매우 기묘한 광경이었다.

　마치 레굴루스 주변의 공기만 이질적으로 세차게 흘러가는 것 같았다.

　그 바람은 고대 신화에 등장하는, 모든 것을 베어가는 시간의 낫처럼 매서운 기세로 레굴루스 주변을 맴돌았다. 마치 그를 데려가려는 듯.

　"레굴루스!"

　장미가 그에게 달려들었으나, 회오리바람은 멈추지 않았다.

　"……이게 뭐지?"

　레굴루스는 영문을 모르겠다는 얼굴로 장미를 바라보았다. 그가 그녀를 향해 손을 뻗었다. 장미가 그 손을 황급히 붙잡았다. 그러자 바람은 더 가속화되었다.

　그리고 마치 거짓말처럼, 눈앞에서 그가 사라졌다.

　"레굴루스!"

　장미가 그의 이름을 불렀다. 비명을 지르듯 날카로운 목소리였다.

　눈 한 번 깜짝할 정도의 짧은 시간.

그 시간 동안에, 도대체 무슨 일어난 것일까.

바람은 멈추었다. 그리고 그의 모습이, 더는 보이지 않게 되었다. 장미는 멍하니, 손에 남아 있던 그의 감촉을 떠올리며 손바닥을 바라보았다. 손바닥 위에 남은 것은, 단지, 한 줌의 공기였다.

있는 힘껏 그의 팔을 움켜쥐고 그의 품에 안겨 체온을 느꼈던 기억이 생생한데, 손 위에 남은 것은 아무것도 없었다.

"어떻…… 게 된 거지?"

장미가 멍하니, 바닥을 바라보았다. 그가 서 있던 자리에는 아무것도 없었다.

사라졌다. 사라진 것이다. 믿기지 않게도, 마치 공기 속으로 흩어지듯이 그가 사라졌다. 그리고 그 자리에는 시들어 바스라지기 직전인 장미꽃 한 송이만이 거무죽죽한 꽃잎을 바람에 떨면서 남아 있었다.

멍하니 서 있는 장미를 향해 루슬릭이 성큼성큼 걸어왔다. 그리고 장미가 멍하니 바라보고 있는 시든 꽃을 발로 밟아 으깼다.

"저주의 매개로 쓰인 장미꽃만 남다니, 멋진데. 설마하니 이렇게 빨리 모든 것이 끝날 줄은 나도 몰랐거든."

"……루슬릭? 방금 뭘 한 거야?"

"저주를 푼 거지. 그의 시간에 걸려 있던 저주를. 그러자 그가 죽어서 재로 돌아간 거고. 저주에 걸리지 않고 원래 수명대로 살았다면 그는 이미 노인도 아닌, 재로 변했어야 마땅할 옛날 사람이니까."

"……뭐?"

"즉, 이제 그는 더는 이 세상에 없는 사람이라는 거야."

루슬릭이 발밑의 장미꽃을 지그시 밟았다. 이미 바스라져 버린

장미의 먼지 조각조차도 마음에 들지 않는다는 듯. 루슬릭은 속 시
원한 얼굴이었다. 개운한 표정으로 루슬릭이 장미를 향해 다시 한
번 손을 내밀었다.

"이제 나밖에 없어, 이 세계에. 너를 사랑해 줄 사람은."

장미는 경악스러운 표정으로, 루슬릭을 마주했다.

"……미친놈."

그것이 장미의 대답이었다. 그것을 마지막으로, 장미는 텔레포
트했다. 섬뜩한 루슬릭으로부터, 믿고 싶지 않은 현실로부터, 일어
나지 않아야 할 일이 일어나 버린 이곳으로부터 벗어나야 했다.

미혹의 숲으로. 엘 칸타르에게로.

그는 세상의 모든 것을 아는 현자니까. 죽은 사람을 되살려 낼
정도의 술사니까.

그에게 가면, 뭔가 방법이 있을지도 몰라.

레굴루스가 이 세상에 없다. 재로 변해, 한 줌의 공기로 변해, 무
(無)로 돌아갔다. 그 잔혹한 현실을 받아들일 수가 없었다.

"엘 칸타르!"

미혹의 숲에서 그의 이름을 외치자마자, 그가 눈앞에 나타났다.

"네가 다시 올 것이라고, 오늘 새벽 친 점이 말해주더군."

그는 무슨 일이 일어났는지 알 것 같다는 눈을 하고 있었다.

"……레굴루스가 죽었어요."

불로불사의 존재라는 그간의 수식어가 무색하게도, 루슬릭의 손
에 의해 한 방에 죽어버렸어요.

그 말을 쏟아내면서, 장미는 깨달았다. 너무 슬프면 눈물조차도 나오지 않는다는 것을.

"루슬릭이 한 일이군. 아무리 장미 기사가 미워도 그렇지, 살려 두는 편이 여러모로 더 이용 가치가 큰 그를 아예 없애 버릴 줄은 몰랐는데…… 이번 국왕은 상당히 과감한 방법을 썼군."

"그는 항상 죽고 싶어했어요. 가이아 왕실과의 계약도 더는 싫다고 했었고요. 그걸 누구보다도 내가 잘 알아요! 하지만 하지만…… 이런 식으로는 싫어요. 겨우 함께 있을 수 있게 됐는데!"

받아들일 수 없는 죽음 앞에서 인간은 얼마나 무력한가. 장미는 그것을 지금 무서울 정도로 실감하고 있었다.

엘 칸타르가 한숨을 쉬었다.

"그래서, 네가 원하는 게 뭐지? 그를 되살리는 방법을 알고 싶은 가?"

장미가 고개를 끄덕였다.

"자네들 두 사람이 서로 애절하게 사랑하는 연인 사이였다는 건 알겠어. 물론 당장 그를 볼 수 없는 아가씨의 마음은 괴롭겠지만…… 그는 이대로 죽어 없어지는 것을 그 무엇보다도 원했을지도 몰라. 기약도 없이 이어지던 지겨운 삶에 지친 그의 영혼은 차라리 이대로 계속 영원한 잠에 들기를 원할지도 모른다는 거지. 어차피 아가씨는 그와 영원히 함께 있을 수 없잖아. 그건 생각 안 해 봤나?"

늙은 현자의 날카로운 지적에, 장미는 대꾸할 말을 찾지 못한 채 고개를 떨구었다.

"알아요. 그가 얼마나 죽음을 원했었는지…… 하지만 그래도."

장미가 다시 고개를 들었다. 눈에는 눈물이 흐르고 있었다.

"나는 어쩔 수 없이 이기적이라, 그를 다시 보고 싶어요. 그가 이 세상에 살아서 존재했으면 좋겠어요. 그러니 빨리 제게 해결 방법을 알려주세요. 루슬릭이 곧 쫓아올지도 몰라요. 텔레포트의 흔적을 추적하는 건 10분도 채 걸리지 않는다고 들었단 말이에요!"

엘 칸타르가 한숨을 쉬었다.

"우선은 진정하시게나. 어린 아가씨, 말해두지만 그를 프레데릭처럼 언데드로 되살리는 건 불가능해. 사자의 영혼을 다시 불러와 언데드로 만들려면 주술을 묶어둘 몸이 필요하다. 하지만 그는 오래전의 사람이라 이미 시신도 없이 사라져 흩어져 버렸을 테고."

"그럼, 방법이 없다는 건가요?"

"아니. 한 가지 방법은 있어."

"그게 뭐죠?"

"자네가 한 가지를 각오할 준비가 되어 있다면."

의미심장한 말에, 장미가 숨을 삼켰다.

"선택하시게나. 그와 함께 있는 것이 중요한지, 아니면 그를 다시 되살리는 것이 중요한지."

의심의 여지없이, 장미가 원하는 것은 둘 다였다. 하지만 엘 칸타르는 마치 둘 중에 하나는 포기하라는 것처럼 말하고 있었다.

"루슬릭이 자네를 단념하지 않는 한, 자네는 살아 있는 그와 함께 테라로 떠날 수는 없어. 그게 지금 상황에서 최선이야."

"……그게 당신의 점성술이 말해주는 미래인가요?"

그가 고개를 끄덕였다.

"별들이 말해주는 미래이지. 물론 정해진 미래는 없어. 물질 우주에서 시간은 비선형적이고 입체적으로 흐를 뿐, 정해진 몇 가지의 선택지로 단순하게 흐르지는 않으니까. 그러나 루슬릭의 개입,

그리고 자네들의 상황이라는 조건이 이런 미래를 만들었지. 그러니 아가씨는 선택해야만 해."

엘 칸타르가 한 발짝 가까이 다가섰다. 그리고 장미의 눈을 똑바로 응시하며, 또박또박 말했다.

안광이 번쩍이는 두 눈은 이 세상의 것이 아닌 것처럼 이질적이었다.

"지금 상황에서 그를 되살릴 수는 없어도, 시간을 되돌릴 수는 있어. 그 상황에서 아가씨가 그와 함께하는 미래를 포기하고 그를 떠난다면, 그는 루슬릭에 의해 죽지 않아도 돼. 자, 어떡하겠나?"

엘 칸타르의 번뜩이는 눈을 바라보며, 장미는 조용히 숨을 삼켰다.

망설임은 길지 않았다. 장미는 천천히, 입을 열었다.

"나는……."

"새벽은 참 좋아요. 밤과 아침의 경계, 밤도 아니고 아침도 아닌 시간이라는 느낌을 주거든요."

장미가 하늘을 올려다보며 말했다. 그런 그녀를, 옆에서 레굴루스가 말없이 바라보고 있다는 것을 느낄 수 있었다.

고요하지만 애정에 넘치는 시선.

그 차분한 눈을, 얼마나 사랑했던가.

"아버지가 그리울 것 같아요."

장미가 아쉬움을 담아 말하자, 레굴루스는 그런 그녀를 위로하듯 어깨를 끌어안았다.

해가 떠오르기 직전의 숲은 푸르스름한 여명으로 가득했다.

"포털은 여기다. 여기서 텔레포트하면 돼."

되돌아온 시간 속에서, 레굴루스는 여전히 다정했다.

장미는 조금 슬픈 기분이 들었다. 그래서 어깨에 닿은 그의 손을 꽉 잡았다.

꽉 붙잡은 손을 놓게 되면, 이걸로 모든 것이 지금 끝나 버릴 테지.

아무리 사랑해도, 같이 있을 수 없게 되면 결국 그걸로 끝나 버릴 관계.

눈물이 나올 것 같아, 대신 웃었다. 레굴루스의 눈을 맞춘 채 웃어 보이자, 그도 의아하다는 듯 무뚝뚝하게 웃어 보였다.

"레굴루스."

장미가 이름을 부르며, 그의 얼굴을 끌어당겼다.

그리고 그에게 키스했다.

짧은 키스가 끝나고 다시 그와 눈을 맞추었다. 그가 의아한 눈을 하고 있었다.

"……프레데릭이 보고 싶어서 그런 건가?"

그의 물음에, 장미는 자기도 모르게 울고 있었다는 것을 알았다.

장미는 뺨에 흐르는 눈물을 손으로 훔쳐 닦았다.

"아니에요, 이건. 그냥 나 자신에게 화가 나서."

"……."

당신이 마주할 행복을 바라고 싶은 게 분명한데, 아무것도 할 수 없는 미숙한 자신에게, 닦아도 닦아도 그저 분한 눈물이 나서.

하고 싶은 말을 그저 속으로 삼키면서, 장미는 레굴루스의 눈을 똑바로 맞추었다. 그리고 말했다.

"레굴루스, 절대로 나를 따라오지 말아요."

"……뭐?"

"안아주세요."

장미가 그를 향해 두 팔을 벌렸다. 그리고 덧붙였다. '마지막'으로.

이별을 준비하는 것 같은 말에, 레굴루스가 미간을 찡그리며 그녀를 끌어안았다.

"네가 무슨 생각을 하고 있는 건지 모르겠는데, 나는 널 테라 끝까지라도 쫓아갈……. 윽."

레굴루스의 말은 다 이어지지 못했다. 장미가 그의 등에 단검을 꽂았기 때문이었다.

엘 칸타르가 쥐여준 검. 그것은 사람을 아주 오래 잠들게 하는 독이 발라져 있는 검이었다. 마치 죽음처럼 긴 잠으로 떨어지게 만드는 독이라고 그는 설명했었다.

'나더러 그를 찌르란 말인가요?'

경악하는 장미를 향해 엘 칸타르는 고개를 끄덕였다.

'안심하시게. 그를 해하라는 게 아니야. 이것만이 아가씨가 떠난 후에도 루슬릭이 그를 없애지 않고 살려둘 수 있는 방법이네. 루슬릭이 나타나기 전, 포털의 나무 앞에서 아가씨가 이걸로 레굴루스를 찔러. 그럼 그는 그대로 독 때문에 쓰러져 잠들게 될 걸세. 그러고 나면 아가씨는 지체하지 말고 테라로 떠나. 그럼 루슬릭은 레굴루스를 굳이 죽이지 않을 것이고, 너를 쫓아올 수도 없으니 그냥 그 자리를 떠날 걸세. 몹시도 절망하면서.'

확신에 찬 눈으로 자신이 본 미래를 말하던 엘 칸타르의 눈이 떠올랐다. 그리고 지금 맞이하고 있는 이 순간, 이 '현재'가 그가 본 미래와 완벽히 겹치기를 장미는 그저 바랄 수밖에 없었다.

연인의 검에 찔린 레굴루스가 괴로운 숨을 몰아쉬며, 바닥에 쓰러졌다.

미안해요.

장미는 마음속으로만, 들리지도 않을 사과를 했다.

바닥에 쓰러져 괴로운 숨을 몰아쉬는 레굴루스가 믿을 수 없다는 얼굴로 장미를 올려다보고 있었다.

"미안해요. 많이 괴로운가요? 조금만 참아요."

"……."

"사랑해요. 당신을 누구보다도."

"너…… 이건…… 대체?"

"걱정 말아요. 살아 있는 한, 언젠가 다시 만날 수 있어요. 그래요, 살아 있다면……."

레굴루스가 복잡한 감정이 담긴 눈으로 장미를 바라보고 있었다. 장미는 애써 흘러내리려는 눈물을 참으며 말했다.

"사랑해요."

"너……!"

"당신을 만나서 처음으로."

"윽, 이건 설마, 수면독, 인가……?"

무겁게 내려앉는 눈꺼풀을 깜박이며, 레굴루스가 물었다. 그는 자신에게 무슨 일이 일어나고 있는지를 깨달은 것 같았다.

"처음으로, 외롭지 않다고 생각을 했어요."

차오르는 눈물에 말이 자꾸만 뚝뚝 끊겼다. 괴롭게 숨을 몰아쉬는 그를 더는 바라보고 있을 수 없어 장미는 고개를 돌렸다.

"이런 운명을 선택했던 것, 언젠가 당신도 의미를 알게 될 거예요."

"……"

"사실 계속 모르더라도 상관없어요. 당신이 주어진 삶을 긍정하고 생명을 사랑하며 잘살아준다면."

"……너 ……큭."

텔레포트를 하기 전, 장미가 마지막으로 뒤돌아보았다. 테라로 떠나는 텔레포트를 준비하는, 가이아에서의 마지막 순간.

그때, 나무 뒤에서 이 모든 것을 지켜보고 있던 루슬릭의 눈과 마주쳤다. 그것은 몹시도 의아하고 또 기묘한 표정이었다. 레굴루스만큼은 아닐지라도 그 역시, 장미가 한 일에 대해 놀란 것 같았다. 장미는 루슬릭을 향해 씩, 하고 웃어 보였다. 마지막이니 이 정도는 해줘도 괜찮을 것 같았다.

루슬릭이 장미가 눈치챘다는 것을 깨달은 순간, 입을 열려고 입술을 달싹였다. 그 순간 장미는 고개를 돌렸다. 그리고 바닥에 쓰러져 쏟아지는 잠과 힘겹게 싸우는 그를 향해 마지막으로 하고 싶은 남겼다.

"당신이 내 선택을 좋아하지는 않더라도, 언젠가 이해해 주기를 바라요."

"너……! 대체 무슨 생각을!"

"사랑해요."

미련에 발걸음이 떨어지지 않는다는 것이 이런 기분일까.

루슬릭이 그녀를 향해 뛰어오는 게 보였다. 하지만 이미 늦었다.

장미는 테라의 집을 머릿속으로 떠올렸다. 어머니와의 추억이 깃든, 오랜 시간 자라나고 살았던 공간. 서울의 집. 그 친숙하고 편한 공기와, 매일 보던 지긋지긋한 천장의 무늬, 낡은 책상을 떠올렸다.

언제나 책상 위에 걸려 있는, 엄마의 사진도.

"사랑해요."

눈을 감으며, 혼잣말처럼, 아니, 주문처럼 한 번 더 중얼거렸다.

고마웠어요. 당신을 만나서.

사랑해요. 당신을 그 누구보다도.

소중해요, 당신이. 내 사랑보다 더.

그래서 선택할 수 있었어요.

당신이 살아가는 길을.

이 세계에서, 내가 사랑한 것들을 당신도 사랑하기를 바라요.

살아 있는 것에 감사하고, 단순한 것들에 감탄하고, 밤에는 푹 잠들고, 주어진 생명을 긍정하고, 가끔은 맛있는 것도 먹고, 아름다운 호수를 산책하고, 여행하고, 다시 한 번 그렇게 살아가길 바라요.

멀리 떨어져 있어도, 내 마음은 여기에 두고 갈 거예요.

입 밖으로 나오지 못한 말들이 끊임없이 마음에서 흘러넘쳤다.

그리고 다시 눈을 떠보니, 눈앞에는 어머니의 사진이 걸려 있는 액자가 보였다.

눈물이 흘러 흐릿하게 보였지만, 눈에 익은 벽지도 보였다.

돌아왔다.

집으로. 테라에.

태어나고 자란, 익숙하고 또 익숙한 공간에.

바닥에 주저앉았다. 익숙한 공간일 터인데 다시 돌아온 집은 낯설어 보였다. 어쩐지 모든 것이 어이없을 정도로 허무했다.

장미는 오래도록 혼자 울었다. 어린아이처럼 소리를 내며 울었다.

그처럼 소리 내어 운 건, 어머니가 돌아가신 열 살의 겨울 이후로 처음이었다.

제13장 일상

5년 뒤, 런던. 킹스 크로스.

알람 소리가 공간의 정적을 박살 내버릴 듯이 울렸다. 흔한 아침이었다. 장미는 일부러 맥시멈으로 맞춰둔 핸드폰의 알람을 집어 던지고 싶은 충동을 참으며 자리에서 일어났다. 어젯밤도 과제 작업에 늦게 잠들었다. 이탈리아인 집주인의 취향이 분명해 보이는 싸늘한 테라코타 바닥 위에는 장미가 최근에 촬영한 사진들이 어지럽게 흩어져 있었고, 그들 중 상당수는 퇴짜 맞을 운명이었다.

장미는 피로에 찌든 눈꺼풀을 겨우 들어 올리며 침대에서 몸을 일으켰다. 장미의 비좁은 자취방은 아무런 인테리어상의 특색도 개성도 없었지만, 적어도 햇빛이 들어오는 창은 갖추고 있었다. 가끔 햇살이 좋은 날에 창밖으로 런던 시내를 내려다보면 그것만으로 매우 부자가 된 듯한 기분이 들었다. 아침이니 창문 밖으로 시끌벅적한 소리가 들릴 법도 한데 주변 이웃들은 모두 휴가를 떠났는지 조용했고, 이렇게 눅눅한 7월의 오후에 들려오는 소리라곤 돌길 위를 굴러가는 런던 관광객들의 여행 가방 소리가 고작이었다.

벌써 5년째, 눈만 뜨면 옷을 주섬주섬 챙겨 입고 작업 장비인 카메라를 어깨에 메고 좁은 원룸 아파트의 계단을 뛰어내려 가는 생활의 반복이었다.

사무실에 출근하자, 손목시계를 노려보고 있던 키 큰 남자와 눈이 마주쳤다.

"5분 지각."

그가 한숨을 쉬었다. 그는 장미가 5년째 어시스트 중인 유명 사진가 유원영 선생이었다. 미국계 한국인인 그는 한국어를 초등학생 수준으로 구사했고, 뉴욕에서 태어나 자랐으며, 전형적인 미 동부 악센트 영어를 구사했으나 런던이라는 그와 어울리지 않는 거주지를 선택해 살고 있는 이상한 사람이었다.

그러나 한 가지는 확실했다. 그는 미적인 방면에서 감각을 타고난 사람이었으며, 엄청난 완벽주의자답게 정말 좀 미친 것 같은 사진을 찍었다. 어떤 것들은 정말 좀 과장해서, 신의 솜씨 같았다. 게다가 운까지 따라주는지, 사람을 싫어하고 고독을 즐기는 데다 개차반 같은 성격에도 불구하고 그의 추종자들은 늘어났으며 그에 따라 그의 작가 인생은 승승장구를 달리고 있었다.

"너 이렇게 할 거면 때려 쳐. 기본도 안 지키면서 예술 한답시고 설치는 애들 딱 질색이야."

이 말은 장미가 어쩌다 지각하는 날마다, 벌써 5년째 듣고 있었다.

"죄송합니다."

장미가 고개를 숙여 사과했다. 그런 장미의 앞으로 한 무리의 사진들이 쏟아졌다.

"정리해."

그는 대학에서 강의를 하나 맡고 있었다. 아마 그 강의를 수강하는 학생들의 작품일 것이다.

장미가 그것들을 줍고 있는 동안 그는 사무실 안으로 사라졌다. 투덜투덜 악담을 늘어놓는 소리가 밖에서도 들렸다.

"도대체 요즘 것들은 무슨 생각인지. 저런 사진을 찍는 애들이 진지하게 사진작가를 꿈꾼다고? 농담하는 거지? 감수성이라곤 눈곱만큼도 없는 중학생이 아이폰으로 찍은 것 같잖아! 쟤네는 저런 포트폴리오를 제출하고서 보는 사람이 지금쯤 감동으로 고양된 눈물을 애써 참고 있을 거라고 꿈꾸며 술 마시러 나갔겠지? 하여튼 예술 한다고 나대는 것들은 근본에서부터 글러먹었어!"

본인도 그 예술 하는 무리 중 하나가 아니던가. 자기혐오가 드러나는 멘트 잘 들었습니다, 라고 장미는 혼자 중얼거렸다.

"장미 네가 찍은 것들도 어젯밤에 봤는데. 도대체 말이야, 네 작품은 5년 전 이후로 발전도 변화도 없어. 도로의 자갈과 아스팔트를 하이 콘트라스트로 찍은 네 그 5년 전 프로젝트 말이야. 치기 어린 건 좋았어. 나 그런 거 상당히 좋아하거든. B급 영화 같은 감성과 젊은이의 유치함. 그런데 지금 네 꼴을 보고 있자니 5년 전 널 어시스트로 받아준 내 안목이 이제 와서 진심으로 의심스럽군!"

"분류 다 하면 이거 어디에 둘까요?"

문을 열어젖히고 장미가 말했다. 그러자 닫힌 문 너머로는 보란 듯이 악담을 늘어놓던 남자가 갑자기 놀란 얼굴을 하며 말이 없었다.

"……테이블 위에 적당히 두라고."

못마땅한 얼굴의 남자에게 장미는 고개를 끄덕여 보였다.

"알겠습니다."

장미는 다시 문을 닫았다. 그리고 테이블 옆 의자에 앉았다. 사무실 문 옆의 작은 테이블. 그곳이 그녀의 자리였다.

5년 전, 가이아에서의 짧고도 긴 여행을 마치고 돌아온 직후 장미는 어머니가 걸었던 사진작가의 길을 걷기로 결심했다. 비록 성격은 나쁘지만 확실한 실력의 스승도 생겼다.

장미는 잠시 회상에 잠겼다.

가이아에서 돌아온 직후, 장미는 한 무리의 낯선 외국인들의 방문을 받았다. 그들은 장미가 가이아에서 돌아오기를 기다리고 있었다는 듯 장미가 돌아온 그날 저녁에 바로 장미를 방문했다. 무려 텔레포트 능력자들이었다. 그들은 스스로를 '딥 프리즈(Deep Freeze)'라는 비밀 단체의 요원들이라고 소개했다. 국제적인 비밀 조직이라는 소개를 덧붙이면서.

그리고 그들의 길고 장황한 자기소개가 시작되었다. 그들의 말에 따르면, 지구에는 테라 비밀 정부라는 것이 있으며, 그들은 외계 세력에 대항하여 지구인의 이익을 대변하는 테라 비밀 정부 산하 조직이다. 그들은 중세 시대부터 이어져 왔으며 창설 당시에는 주로 이탈리아와 로마 바티칸 일대를 근거지로 활동했으나 현재는 미국 뉴욕에 본부가 있다. 가이아는 외계인, 정확히는 렙틸리언 왕조 출신의 외계인이 최초에 지구를 밀입국하여 행성 전체를 식민화할 의도로 개척한 곳이기에 그들에게 꾸준한 견제와 감시의 대상이 되어 왔었다.

그들의 주장에 따르면, 가이아의 왕족들이 지금 조용히 지낸다고 해서 그들이 영원히 위협적이지 않으리라는 보장은 없으며, 지구와 지구인들은 언제나 외계 세력의 식민화 계획의 위협을 받고 있는 상태라는 것이었다. 간단히 말하면 그들은 많은 임무 중 하나로, 외계 세력을 감시하고 필요한 경우에 맞서 싸우는 일을 한다.

딥 프리즈의 핵심 멤버들은, 실제로 살아 있음에도 '죽었다고 선언된 상태(Declared dead)', 약칭 DD상태가 되어야 하는 것이 업무상 규정이다. 그러므로 평범한 인간관계를 가질 수 없으며, 가족을 포함해서 그 이전의 신분과 관계된 모든 것들과 완전히 작별해야 한다. 이전 신분은 세탁되고 거짓 신분증을 받으며, 완전한 익명성을 가지고 어느 나라에나 비자 없이 갈 수 있다.

이들 요원들은 하나의 공통 목적—지구의 이익—을 가지고 움직이지만 딱히 속박 상태는 아니다. 규정을 지키는 한도에서 행하는 사생활에서는 무엇을 해도 간섭받지 않는다. 모든 나라의 법 밖에 있는 것이다. 그들은 각각 특기와 능력이 다르고, 공동 목적 아래 각자 간섭받지 않을 수 있는 특권을 가지며 개별적 임무에 배치된다. 그들은 실질적인 비밀 정부의 공무원들인 것이다.

자신을 '모리스'라고 소개한 한 요원은 장미의 어머니가 옥스퍼드 유학 중에 자신을 만났으며, 옥스퍼드 학생회의 비밀 회합에 참가했다 관심을 보여 조직에 들어오게 되었다고 말했다. 어머니는 우연한 기회에 그들의 모임에 참여하게 되었을 뿐 처음부터 핵심 멤버는 아니었다.

하지만 그녀가 핵심 멤버가 되기를 원했기에 '특수 임무'를 맡아 가이아로 들어가게 되었고, '가이아의 고위 계층과 친밀하게 접촉하여 가이아 시스템에 대한 내부 정보를 얻어오는 것'이 임무의

내용이었다. 장미는 비로소 어머니가 아버지에게 말하지 않았던, 그러나 아버지는 처음부터 알고 있었다고 했던 그녀의 '비밀'이 무엇인지 알 수 있었다.

한마디로 어머니는 영국 유학 생활 중 그녀의 의지로 '딥 프리즈'에 가입해 임무를 받았으며 그것을 위해 가이아에 왔고 프레데릭에게 의도를 가지고 접근한 것이었다. 빠진 퍼즐의 조각이 맞춰지는 기분이었다.

'그런데 어머니는 텔레포트 능력이 없는 평범한 테란이었을 텐데, 가이아에 어떻게 들어갈 수 있었죠?'

장미의 물음에 스스로 자신을 '모리스'라고 밝힌 요원은 장미에게 한 권의 잡지를 꺼내 보여주었다. 그것은 1967년 11월 10일 발간된 잡지 '라이프(Life)'지였다.

거기에는 그것은 루나 오비터호에 의해 찍혀진 지구의 사진이 실려 있었다. 모리스는 그 사진을 가리키며 여기에 찍힌 것이 지구 행성의 내부로 들어가는 직경 약 1,600마일 정도 크기의 입구라고 주장했다.

'네가 학교에서 배운 것을 의심해 본 적이 있니? 우리는 항상 지구가 둥글고, 하나의 구체라고 배우지. 하지만 사실 지구는 완전한 구체가 아니라 꼭대기가 평평해. 그리고 지구를 포함해 태양, 달, 다른 태양계의 모든 행성들은 속이 비어 있지. 예외는 없어. 고도의 문명을 가진 외계인이라면 누구라도 그 속에 기지를 건설할 수 있게 말이야.'

'그런가요.'

'지구의 사진들은 대중이 보기를 기대하는 것을 보여주도록 사진이 조작된 게 대부분이야. 실제로 지구가 네 상상처럼 온전한 푸른 구체일까? 일단 너만 해도, 네가 직접 눈으로 보고 여행하기 전까지는 가이아의 존재를 믿지 않을 것이 분명했겠지. 상식이란 대개 그처럼 허망한 것이야.'

'아직 제 질문에 대한 답을 하지 않으셨어요.'

'그래. 어떻게 평범한 테란인 윤아가 가이아에 들어갈 수 있었는가 하는 의문 말이지. 자기적으로 북극은 위도 23.5도상에 있다. 그리고 이 행성의 꼭대기에는 평평한 공간이 있는데, 그 평지대에서 물리적으로 200마일 남쪽에 행성 안으로 들어가는 약 78마일의 입구가 있어. 지리적으로는 캐나다 북쪽이지. 이 정보는 대중에게 은폐되어 있어. 하지만 그 입구를 이용하면, 포털이나 텔레포트 같은 공간감적 초능력을 이용하지 않더라도 누구든 물리적으로 테라에서 행성 내부로 여행하는 것이 가능하지.'

'그럼 텔레포트를 하지 않아도 누구나 입구만 알면 가이아로 이동할 수 있다는 건가요?'

'아니, 행성 내부로 여행하는 것은 단순히 휴가철에 발리 섬으로 여행하는 것과 달라. 더 많은 물리적 준비와 각오가 필요하지. 윤아도 많은 훈련을 거쳐야 했어. 네가 태어났을 무렵의 에피소드를 하나 들려 줄까? 갓난아이인 네게 아버지 얼굴을 보여줘야 한다며 윤아가 널 가이아로 데리고 여행했었지. 그때 윤아는 우리에게 고가의 중력 적응 장치를 요청했는데 그건 전투 목적이 아니면 여간해선 꺼내 쓸 수 없는 고도 장치였어. 아기를 보여주러 가는 여행에 그런 걸 빼 쓸 생각이냐며, 본부에서는 그냥 포기하라고 말렸는데 윤아는 좌우지간 그때부터 고집불통에 남의 말을 듣지 않았어. 가이아에서는 중력의 성질이 우리가 듣던 것과는 다르다. 우리는 행성이 축을 중심으로 돌기 때문에, 원심력이 중력을 창조한다고 들었지. 하지만 사실 테라 비밀 정부의 우주 과학자들에 의하면 그것은 사실이 아니야. 중력은 초당 약 1조 사이클의 주파수에서 전자기 스펙트럼 내의 고도의 침투성 방사선에 의해 발생된다. 즉, 중력을 인위적으로 발생시키는 것이 가능하지.'

'어려운 이야기네요.'

'간단히 말해 가이아의 중력은 진공 상태였던 동공(洞空)에 인공 달과 태양을 위성처럼 만들어 인공으로 중력을 창조한 환경으로, 테라의 중력과는 그 성질이 달라. 가이아에 가봤으니 알겠지만 그곳의 모든 창조물들은 외계인들에 의해 인위적으로 또 의도적으로 창조된 것들이야. 왕과 공주, 말을 타고 여행하는 사람과 중세 스타일의 고성, 갑옷을 입은 기사들, 환상 세계에서나 나올 법한 그 꽤나 스타일리시하고 아름다운 환경은 사실 고도의 우주 과학의 산물인 것이지. 가이아 왕실과 이 행성의 계약에 의해 모든 것이 전근대적인 방식에 멈춰 있고, 기계 문명의 도입이 엄격하게 통제되고 있긴 하지만.'

'그게 행성과의 계약이었군요. 안 그래도, 왜 발전된 과학 기술을 가지고 있음에도 그것을 보편화시키지 않는 것인지가 궁금했어요.'

'일종의 기만이라고 봐야겠지. 일반 대중에게만 은폐된 것이고, 사실 상위 계급의 가이안들은 마법이든 과학이든 자유자재로 편의에 맞게 사용하고 있으니까 말이야. 아무튼 논점은 이게 아니야. 가이아라는 그 거대 왕국에 수용할 수 있는 인간이 얼마나 될지 생각해 봤니? 그 공간이 테란에게 개방된다면 한 방에 지구의 인구 문제를 해결할 거다. 천문학적인 돈을 들여 화성 같은 척박한 행성에 나가 거주지를 개척할 필요가 없지. 가이아는, 그 지구 내부의 빈 공간은…… 아주 탐나는 곳이야. 거긴 우리 테란이 살 수 없는 곳이 아니야. 적응한다면, 테란에게도 충분히 거주 공간이 될 수도 있어. 얼마 전, 50년 후에는 테라 인구가 100억을 돌파하게 될 거라는 UN의 발표가 있었지. 이미 이 작은 별은 인구 60억만으로 포화 상태에 도달했는데 말이야. 하지만 만약 우리 테란이, 가이아에 해당하는 그 빈 공간을 우리 자원으로 활용할 수만 있다면…… 그건 대단한 일 아닌가? 더 이상 외계 행성 개척에 땀 뺄 필요가 없단 말이야. 지금 가이아에 자신의 왕국을 만든 그 렙틸리언 외계 지성체들을 조상으로 둔 블루 블러드만 아니면 아주 간단한 일일 텐데. 지구의 외계 세력을 몰아내는 것은 도리에 맞는 일이라고 본다. 왜냐하면 우리는 혈통적으로 지구 행성의 원주민들이니까.'

'하고 싶은 말이 뭔가요?'

'우리는 가이아를 렙틸리언 외계인, 즉 현 가이아 왕족으로부터 빼앗아오기를 원해. 아니, 빼앗는 것이 아니야. 되찾는 것이지. 하지만 보통의 평범한 테란을 훈련시켜 가이아로 침투시키는 것은 대단히 힘든 일이야. 아무나 그렇게 할 수도 없고. 만약 훈련받지 않는 평범한 테란이 지구 속으로 5마일만 내려간다면, 그는 급속히 몸의 체중을 잃게 된다. 땅 위의 중력 방사와 지구의 중력이 지구 아래의 중력 효과와 상쇄되기 때문이지. 그 상쇄효과는 지구 위 질량에 의해 증가되며, 그것은 재분배 법칙에 의해 물질에 의해 발산된 일부 적외선 방사선을 중력발생 방사선으로 변형하게 돼. 다시 말해 행성 내부로 들어간다는 것은 평범한 테란에게는 물리적인 준비 과정이 필요한데, 요원 한 명을 이렇게 가이아에 갈 수 있도록 신체적, 심리적으로 준비시키는 것은 엄청나게 어려운 일이야.'

'조금 쉽게 설명해 주세요. 과학 수업 듣는 기분이라 지금 엄청 졸리거든요.'

'쉽게 설명하면 이런 거야. 너 역시, 처음 텔레포트를 시도했을 때 토할 것 같은 느낌을 받거나 충격으로 며칠은 기절해 있지 않았나? 하지만 텔레포트를 거듭할수록 그것에 익숙해져서 아무렇지도 않게 되었겠지. 몸이 '텔레포트'라는 새로운 정보를 받아들이기 시작한 거야. 단도직입적으로 말하지. 우리는 네가 우리를 위해 일해주기를 바란다. 네가 가진 텔레포트 능력과 상급 가이안의 DNA, 가이아로 자유롭게 드나들 수 있는 능력. 그것은 우리에게 매우 탐나는 것들이거든.'

모리스의 말에, 장미는 한마디로 거절했다.

'난 흥미 없어요.'

'그래…… 안타깝군. 네게는 훌륭한 요원이 될 자질이 보이는데.'

'한 가지만 알려주세요. 엄마는 정말로, 런던에서 돌아가셨나요?'

그러자 모리스는 품 안에서 사진을 하나 꺼냈다. 그 사진 속에서는, 모리스와 다른 요원들과 함께 웃고 있는 아름다운 여성의 모습이 찍혀 있었다.

나이가 더 들었지만, 장미는 알아볼 수 있었다. 그것이 어머니의 모습이라는 것을.

'윤아가 사진을 찍는 걸 좋아하지 않아서, 이 한 장을 남기는 데 힘들었어. 1년 전, 윤아의 마흔다섯 번째 생일을 축하하던 파티에서 찍은 사진이다.'

'1년 전이라구요?'

'그래. 딥 프리즈의 핵심 요원이 되기 위한 방침이다. 새로운 정체성을 만들기 위해 기존의 정체성은 온전히 말소되어야만 하지. 가족이 있다면 모든 연결고리를 끊어야 하며, 새로운 가족을 만들 수도 없어. 이 다소 비정한 업무 방침 때문에, 윤아는 임무 완수 후에도 갓 태어난 네가 열 살이 되는 해까지 기다렸다가 '죽어야만' 했지.'

'그럼 내가 열 살 때, 런던에서 엄마가 돌아가신 게 아니라⋯⋯.'

'그래. 윤아는 잘 지내고 있어. 가끔, 아니, 자주 널 보고 싶어하긴 하고 그 때문에 요원이 된 걸 후회하기도 하지만. 만에 하나 너를 위험에 빠뜨리게 될까 봐 너에게 전혀 접촉하지 않지만, 아무튼 한 시도 너를 잊은 적이 없다고 하더구나. 부모란 그런 것이니까.'

'⋯⋯그럼 됐어요. 엄마가 잘 계시다면, 그걸로 족해요.'

'윤아를 이해해 주렴. 딥 프리즈의 핵심 요원이 된다는 것은, 자기 한 몸만 지켜내기도 힘든 고독한 싸움을 의미하거든. 어쩌면 너와 접촉했다는 걸 알면 윤아가 날 죽이려 할지도 모르겠다. 오늘 널 찾아와서 네게 딥 프리즈 가입을 권유한 건 내 독단으로 내린 결정이야. 윤아는 네가 평범하게 살기를 원했으니까.'

장미는 고개를 끄덕였다. 역시, 엄마는 돌아가신 게 아니었다. 어딘가에 살아 계실 것 같다는 알 수 없는 직감은 틀린 게 아니었다고 장미는 비로소 확신할 수 있었다.

사진 속에서 웃고 있는 아름다운 중년 여성의 얼굴을 보니, 젊었을 때 모습이 그대로 남아 있었다. 다소 세월의 흔적이 내려앉았음에도 여전한 얼굴, 장미가 기억하는 어머니의 얼굴 그대로였다.

'그럼 내가 거절할 걸 알고 계셨겠군요.'

'그래도 여전히 난 네가 우리 조직에 들어와 힘이 되어준다면 좋겠다는 생각이다. 정서나 감정은 테란에 가깝지만 렙틸리언 왕족의 DNA를 보유한 너는 그 자체만으로 대단한 희소가치가 있는 아이니까.'

모리스는 미련을 버리지 못한 듯, 끈질기게 설득했다. 장미는 웃으며 고개를 저었다.

'그래…… 네가 조용히 살겠다면 네 의사를 존중하겠다. 그래도 네게 권해보고 싶었어. 나는 윤아와 달라서 네 개인적인 행복보다는 우리 조직에 힘이 될 존재를 스카우트하는 것만이 관심사니까.'

장미의 거절에 낙심한 모리스가 요원들을 끌고 돌아가자, 두 시간쯤 후에는 또 새로운 사람들이 왔다. 그들은 스스로를 '테라 시스템 관리국'에서 나온 공무원이라고 밝혔다. 딥 프리즈 같은 별개 조직과는 다르지만, 그들도 어쨌든 지구 내 비밀 정부의 공무원인 것이었다. 앞선 모리스의 친절한 설명 덕에 그들의 존재를 이해하기는 한층 더 쉬웠다.

테라에 이질적인 존재—주로 외계인—가 밀입국한 경우, 그들을 쫓아내거나 특별 관리하여 테라의 질서를 무너뜨리는 것을 방지하는 것이 그들이 주요 임무라고 그들은 설명했다. 장미는 테라에서 테란 여성을 통해 태어났기에 테라 출입국법상 '합법 체류' 중인 테란이었으나, 평범한 테란이라도 외부 세계와 접촉한 흔적이 발견될 경우 그들은 해당 테란을 '특별 관리 대상'으로 분류하여 감시 대상에 넣는다고 설명했다.

'당신이 그렇게 위협적인 존재라고는 판단되지 않지만, 일상생활 중에 편리함을 이유로 다른 사람들이 보는 앞에서 텔레포트를 시도하지 마세요. 3번 이상 그렇게 한 것이 발각될 경우 패널티로

당신을 가이아로 추방할 수 있습니다.'

그들은 그렇게 당부하고 돌아갔고, 장미는 그들의 감시 대상이 되었다. 굳이 그들의 감시가 아니더라도 딱히 장미는 눈에 띄는 짓을 할 생각은 없었다. 어쨌든 그 후 장미는 뭔가를 잊으려는 듯 공부와 입시에만 매달렸고, 한동안의 유학 준비를 거쳐 세인트 마틴에 입학한 후 런던으로 이주했다.

런던 생활은 어느덧 5년 차에 접어들고 있었고, 장미는 다행히 런던 생활이 그리 나쁘지는 않다고 생각하며 이곳에 적응을 마친 참이었다. 아주 가끔씩, 누군가를 향한 참기 힘든 그리움이 몰려올 때만 빼면 이곳 생활은 그리 적막하거나 나쁘지 않았다. 그건 장미가 미친 듯이 바쁘게 살고 있기 때문이었다.

"이봐, 뭐 해? 나 같은 천재라면 몰라도, 너에게는 농땡이 피우기에 삶은 너무 짧다고. 너 같은 재능 없는 애들을 위해 시간은 멈춰 서 기다려 주지 않아. 생각에 잠길 시간 있으면 조금이라도 바삐 움직이라고!"

유원영의 외침이 장미를 다시 현실로 되돌렸다. 장미는 다시 눈앞의 일거리에 몰두하기 시작했다. 사진과 학생들의 포트폴리오를 보는 것은 장미에게도 큰 공부가 됐다. 주 2회는 유원영의 작업실로 출근해 온종일 그의 어시스턴트 일을 수행하고, 그 외 시간은 세인트 마틴에서 디자인 석사 과정을 밟는 학생으로 수업과 논문에 매달려 지내며, 주말 저녁에는 멕시칸 펍에서 아르바이트를 한다. 그렇게 눈코 뜰 새 없이 바쁘게 런던에서 홀로 지내온 지 어느덧 5일째였다.

학비는 한국의 할머니가 지원해 준 돈으로 냈지만, 할머니나 설씨 집안에 더는 손 벌리기 싫어서 처음에 런던에 왔을 때는 닥치는 대로 아르바이트를 했다. 유니클로 매장과 스타벅스, 캐스 키드슨, 스시 테이크아웃 가게 등 안 해본 아르바이트가 없을 정도였다.

장미가 처음으로 아르바이트를 하며 배운 것은, 돈이란 게 벌기는 무척이나 어렵지만 쓰기는 어이없을 만큼 쉽다는 것이었다. 장미가 버는 돈이란 것은 그렇게 우스웠다. 그렇게 몸이 닳도록 아르바이트를 해도 런던의 살인적 집세를 감당하기가 어려워서 집은 늘 셰어(한 주거공간을 여러 명의 세입자가 함께 나누어 생활하는 것)를 했다. 처음으로 '어른이 된다는 것'의 현실적인 의미를 깨달았다.

설씨 집안을 미워하는 것도 그만두었다. 왜냐하면 어쨌든 자신이 정말 곱게 큰 편이었다는 것을 깨달았기 때문이다. 장미가 설씨 집안으로부터 받은 것은 어머니가 남긴 사망 보험금과 어머니와 둘이 살던 집이 전부였지만, 그 외에도 장미가 자라는 데 필요한 모든 경제적인 지원을 해주었던 건 어쨌든 장미를 미워하던 할머니였다. 할머니는 장미를 사랑해 주지는 않았지만 적어도 불쌍히는 여겼던 것 같다고 장미는 새삼 생각했다.

그렇게 자신이 온실 속의 아가씨였고 세상 물정 모르는 화초였음을 통감하며 아르바이트에 치여 지내던 어느 날, 처음에는 '내어시스트를 할 수 있는 것만으로 감사하게 여기'라며 무급 인턴 취급을 하던 유원영이 1년이 지나도 제 발로 나가지 않은 어시스턴트는 처음이라는 이유로 월급을 주기 시작했다. 그래서 지금은 멕시칸 펍에서 일하는 시간을 주말 저녁으로만 한정해도 될 정도였다.

"이봐, 네가 5년째 사진 작업을 배우겠다는 일념 하나로 여기서 버티는 인내심 하나는 인정해 주지만 말이야. 사진은 인내심으로 찍는 게 아니거든. 슬슬 네 작업에서 재능이란 걸 찾아보기 어렵다는 걸 인정하지 그래? 그건 그렇고, 점심 안 싸왔으면 이거 먹든가. 이 앞에 인도 레스토랑이 새로 생겼는데 생각보다 탄두리 치킨이 괜찮더라고."

장미는 풉, 하고 웃었다. 유원영은 그 거침없는 악담에 마음 쓰지 않을 자신만 있다면 의외로 같이 지내기 괜찮은 사람이었다. 게이라서 여자인 장미에게 불필요한 관심을 보이거나 치근덕거리지 않는 점도 아주 마음에 들었다.

"주말에 뭐 해?"

"똑같죠, 뭐. 과제하고, 집에서 잘 건데요?"

"그리고 저녁에 출근하고? 그 술맛 떨어지는 멕시칸 펍에서 아직도 일해?"

"불행히도 그렇네요."

"데이트도 좀 하고 살아! 널 봐온 게 5년째인데, 아직도 남자친구 없어?"

"안 생겨요."

"눈이 너무 높아서 그래! 하여간 요즘 젊은 여자애들이란. 데이트 상대가 람보르기니도 몰면서 캘빈 클라인 모델 같은 복근에, 유머 감각까지 갖추기를 바란다니까! 드라마나 할리우드 로맨틱 코미디 영화들이 정신을 썩어빠지게 만든 거야. 드라마고 영화고 다 여성용 포르노라니까? 남자 잡아서 덕 볼 생각 말고 그냥 아무나 만나서 연애해. 남자는 말야, 다 그놈이 그놈이야. 가리지 말고 사람이기만 하면 그냥 만나! 짐승 형상만 아니면 돼."

유원영이 장미에게 유난히 말이 많은 건, 그가 외로운 사람이기 때문이라고 장미는 생각했다. 그리고 장미는 예전부터 외로운 사람들에게 약했다. 그들은 장미에게 그녀 자신과 끝나 버린 첫사랑의 연인을 상기시켰기 때문에.

"흠, 눈이 별로 높다고는 생각이 안 되는데. 아, 첫사랑이 끝내주는 미남이었어요. 그래서 그런가. 그 후로 만난 남자들이 하나같이 그 사람에 못 미치더라고요. 누굴 만나도 그 사람을 뛰어넘을 수가 있어야 말이죠. 그래서 사랑에 못 빠지나 봐요."

"첫~ 사~ 랑? 지금 너 장난해? 너 스물다섯 살이야. 중학생도 아니고 네가 지금 첫사랑 찾을 때야? 5년이면 네 첫사랑도 지금쯤 탈모 왔을 수도 있어! 게을러져서 배가 나왔든가. 야, 젊음은 영원한 게 아니라고. 죽으면 썩어빠질 몸뚱이 뭐 하러 아껴? 도 닦지 말고 누구든 만나서 연애해. 너 그러다 나중에 인생 헛살았다고 다 늙어서 후회한다?"

"그건 아녜요."

장미가 웃으면서 말했다.

"단 한 번이라도 누군가를 온 마음을 바쳐 사랑한 기억이 있다면, 누군가를 후회 없이 온 마음을 다해 사랑하고 그걸 표현한 기억이 있다면…… 그 기억만으로 인생은 그럭저럭 살아갈 만한 것이 되는 것 같아요. 그런 인생은 그렇게 헛산 건 아녜요. 그렇게 생각해요."

유원영이 혀를 찼다. '한창 젊고 예쁠 나이에 저게 중년 아줌마 무슨 뜬구름 잡는 소리냐'며 또 한 번의 잔소리가 시작되려는 찰나임을 감지한 장미는, 재빨리 부엌으로 도망쳤다.

"청소기 한번 돌릴게요. 안에 들어가 계세요."

"이제 보니 수도사 지망인가 보네. 너, 사진 때려치우고 수녀원 들어갈 거면 결정 빨리해라. 수녀에도 나이 제한 있다더라."

장미는 소리 내어 웃었다. 그리고 생각했다. 저걸 농담이랍시고.

저 인간, 나 아니면 이제 받아주는 사람도 없겠다. 불쌍하고 괴팍한 아저씨.

포토그래퍼 유원영과 장미는 서로가 서로를 불쌍히 여긴다는 점에서 공통점이 있었다.

오후 7시가 넘었는데 절정에 달한 7월 말의 더위는 쉽사리 사그러들지 않았다. 킹스 크로스 역에는 여느 때와 같이 9와 4분의 3 플랫폼에서 기념사진을 찍으려는 관광객들이 즐비했다. 장미는 그들 옆을 늘 그렇듯이 무심히 지나쳤다. 런던에서 산 지 5년째, 더 이상 런던은 장미에게 여행지도 아니었으며 볼거리로 가득 찬 관광지도 아니었다. 손에는 늘 그렇듯 근처 테스코에서 저녁거리로 사온 3파운드 밀 세트메뉴와 핌스, 차가운 레모네이드가 들려 있었다.

엘리베이터 없는 낡은 건물의 4층에 위치한 플랫으로 들어서자마자, 그녀는 플랫메이트들이 들어와 있는지 확인했다. 집값이 살인적이다 못해 악마적인 런던 시내에서 한 플랫을 3~4명이 공유하는 주거 형태는 흔했다. 지금 이 집에는 컬럼비아 출신의 쾌활한 연극배우 카산드라와, 중국계 미국인이며 돌체 앤 가바나에서 일하는 데이브라는 남자가 같이 살고 있었다. 데이브는 장미가 지금 재학 중인 세인트 마틴 졸업생으로 학교에서 몇 번 마주친 적도 있었으나, 서로 간에 눈인사 이상은 하지 않았다.

플랫메이트들은 수시로 바뀌었다. 길어봤자 2년을 채 버티지 못한 채 그들은 돈을 모아 아파트를 렌트해 나가는 데 성공하거나 런던 생활을 저주하며 다른 도시로 이주하곤 했다. 그래서 장미는 그들과 친해지려고 노력하지 않았다. 마음을 주려고도 하지 않았다. 두세 달 단위로 스치듯 만났다 헤어지는 플랫메이트들은 기묘한 인연이었다. 같은 집에서 밥을 먹고 잠을 자고 부엌과 화장실을 나눠 쓰지만, 결코 가족처럼 밀접한 느낌은 없었다.

참 많은 플랫메이트들이 그간 장미의 런던 생활을 스쳐 지나갔다. 그중 한 명이었던 한 그리스 여자애는 유난히 장미에게 친근하게 대했고, 프랑스 남자애는 매일 프랑스식 머랭을 구워 장미에게 가져다주곤 했다. 하지만 장미는 그들과 대화를 나누면 나눌수록 스스로가 낯선 이에게 마음을 허락하는 것, 친구를 만드는 데 서툴다는 것을 재차 확인했을 뿐이었다. 장미의 그런 성격을 한번 알게 되면, 그들도 그 이상은 다가오려고 하지 않았다.

지금 사는 플랫메이트들은 그런 면에서 최적이었다. 현관이나 거실에서 마주치면 인사는 나누지만, 각자의 방문을 닫고 들어가면 더는 서로의 사생활에 관여하지 않았다. 같은 바다 위에 떠 있는 외딴섬 같은 관계였다.

집 안이 조용한 것을 확인한 장미는 방으로 들어와 문을 잠그고 침대에 몸을 눕혔다. 3파운드 밀과 프림로즈는 테이블 위에 던져두고, 일단 침대에 누워 심호흡을 길게 했다. 해야만 하는 일들에 비해 하루는 지나치게 짧았지만, 시간은 대조적으로 참 느리게 흐른다는 생각이 들 때가 있었다.

아직도 7시 30분이라니.

유원영의 성질머리를 받아주고 온 날이면 하루가 유난히도 더 길었다.

그 아저씨, 갈수록 독설 수준이 아니고 막말이라니까. 어째 나이

먹을수록 사람이 유해지는 게 없고 더 꼬장꼬장해져.

장미는 핌스를 따서 병째 들이켰다. 레모네이드와 섞어 마시려고 사온 술인데, 잔을 꺼내기조차 귀찮았다.

핌스 한 모금을 들이켰는데 침대에 던져 놓은 핸드폰이 울렸다. 그리고 익숙한 번호가 액정에 표시됐다.

장미는 잠시, 받을까 말까 망설였으나 곧 핸드폰을 집어 들었다.

"뭐야."

다소 퉁명스러운 한국어로 대답했다. 그럼에도 기쁘다는 듯, 웃음 섞인 응답이 돌아왔다.

"일 끝난 거야? 지금쯤 집에 왔을 것 같아 전화했는데."

"내 일정을 전부 알고 있다니 무섭네."

"너무 사람을 스토커 취급하면 서운해. 저녁 먹었어?"

기준이었다. 생물학적으로는 분명 친척임에 분명하지만 설씨 집안의 호적에 들지 못한 장미 입장에서 법적으로는 남이라는 기묘한 관계. 8살 위의 사촌 오빠는 장미가 가이아에서 돌아온 다음 날, 장미가 런던에 가서 살 거라는 계획을 말하기 위해 할머니 집을 방문했을 때 굉장한 기세로 달려나오더니 잃어버린 가족을 찾은 사람처럼 장미를 끌어안고 통곡을 터트려 장미의 할머니 최현희 여사를 놀라게 했다.

비행기 사고로 죽은 것으로 알고 있었던 장미가 기적적으로 '살아 돌아온' 것을 설씨 집안의 그 누구보다도 반긴 사람임에 분명해 보였으나, 장미는 안타깝게도 그에게 큰 관심이 없었다. 그러나 그 후로 5년간, 장미가 런던에 살기 시작한 후에도 일 년에 두 번씩은 반드시 휴가를 내고 런던으로 장미를 만나러 왔다. 한국 직장인치고는 참으로 한가한 사람이라고 장미는 매번 생각했다.

장미의 극적인 생환 후에도 외가와의 관계는 이전과 딱히 달라진 것이 없었다. 성인이 되어 집과 어머니가 남긴 재산의 법적 소유권이 완전히 장미에게 넘어오자, 설씨 집안에 연락할 일도 없어졌다. 장미가 어머니가 남긴 것 외에는 설씨 집안의 재산에 대해 원하는 것도 요구할 것도 없다는 의사를 밝혔음에도, 최 여사는 장미가 런던의 디자인 학교에 합격했다는 소식을 알리자 계속 학비를 후원해 주겠다고 했다.

이유를 묻자 그녀는 한 마디로 일축했다. '좋은 학교잖니.' 자선 사업도 하는데 뭘, 이 정도도 못 돕겠냐는 듯 대수롭지 않게 대꾸하며 차를 마시던 모습이 마지막으로 본 최 여사의 기억이었다. 여전히 데면데면했지만, 서로 간에 불필요한 간섭은 하지 않는 사이. 이 정도가 좋았다. 장미에게는, 이 정도가 딱 편했다. 그러나 기준은, 조금 달랐다. 그래서 불편했다.

사실 기준이 이렇게 장미에게 공을 들이는 이유를 모르는 것은 아니었지만, 받아줄 마음은 없었다.

"아니."

"그럼 나올래? 저녁 사줄게. 지금 킹스 크로스 역 근처거든. 데리러 갈게."

"여길 오겠다고?"

저녁 사준다는 말에 장미는 잠시 갈등했다. 맛없는 테스코의 3파운드 밀과 기준과의 저녁 식사, 어떤 게 좀 더 오늘 저녁을 마무리하는 데 덜 최악일까.

장미가 망설이는 것을 눈치챈 기준이 '지금 갈게'라고 일방적으로 말하고 전화를 끊으려 했다. 장미가 다급히 대답했다.

"아냐, 오지 마. 그냥 역 앞에서 만나."

전화를 끊고 나서 장미는 순간 한숨을 쉬었다.

그냥 가지 말까.

기준이 런던에 온 건 3일 전이었다. 그 후 만나자는 약속을 계속 거절해 왔지만, 오늘은 일이 끝났고 거절할 핑계도 달리 없었다. 무엇보다도 맛없는 테스코 3파운드 밀이 너무나 지겨웠다.

장미는 벗었던 카디건을 다시 챙겨 입었다. 그리고 문을 열고 나서는데 현관에서 막 귀가하는 중인 데이브와 눈이 마주쳤다.

"데이트하러 나가는 거야?"

평소에 참견하는 일이 없는 데이브인데, 오늘따라 인사랍시고 지극히 사적인 질문을 던져 오는 것이 성가셨다.

"그런 거 안 해."

장미가 대꾸하고 현관을 나서자, 등 뒤로 데이브가 중얼거리는 소리가 들려왔다.

"명성대로네. 얼음 공주."

뒤에서 뭐라고 말하든 관심 없었다.

'의미 있는 타인'을 만들지 않는 것, 타인으로부터 감정 교류를 포함한 무언가를 기대하지 않는 것. 고독 외에 다른 부분에 마음을 소모하기 싫은 장미에게, 이것은 하나의 방침이었다.

종종, 기대하지 않는 것은 삶을 좀 더 편하게 했다. 적어도 장미에게는 그랬다.

킹스 크로스 역 앞에서 장미를 픽업한 기준이 데려간 레스토랑은, 웨스트 민스터 사원 근처에 있었다. 150년이 넘는 역사를 가진 식당이라고 기준은 강조했다. 차분한 영국식 인테리어, 그리고 정갈한 음식들. 그로 인해 테이블에 앉자마자 장미는 눈치챌 수 있었다. 기준이 아직 그의 마음을 밀어붙이는 것을 포기하지 않았으며, 장미의 환심을 사기 위해 아마도 몹시 노력하고 있다는 것을.

주문한 스테이크가 나왔고, 말없이 묵묵히 먹기 시작하는 장미를 기준이 뚫어져라 바라보았다. 시선을 느낀 장미가 고개를 들고 물었다.

"왜 그렇게 봐?"

"그냥. 예뻐서."

장미는 속으로 생각했다.

가시방석이네.

공짜 저녁은 고마웠지만, 역시 세상에 온전히 공짜라는 것은 없다는 것을 새삼 한 번 더 깨닫고 있었다.

유서 깊은 식당, 정성 들인 음식, 조용하고 차분한 분위기. 장미는 기준이 뭔가 중요한 이야기를 꺼내고 싶어하며, 아직 장미에게 '어필' 하고 싶은 마음을 접지 않았다는 것을 직감할 수 있었다.

"서울에 언제 돌아가? 일, 안 바빠? 승진했다며."

장미가 물었다.

"3일 뒤에. 여기 오기 전에 주말도 없이 미친 듯이 철야로 일했어. 말하자면 일종의 포상성 휴가지."

마치, 널 보기 위해 런던에 한 번씩 올 때마다 내가 들이는 노력을 알아달라는 것처럼 들렸다. 장미는 모른 척 고기를 썰어 입으로 가져갔다. 일부러 크게 썬 덩어리를 투박하게 우물우물 먹었다.

"빡세네."

"하지만 힘들지 않았어. 널 보러 오는 길이라고 생각하니까."

"……."

"언제쯤 서울에 들어올 거야?"

"뭐?"

질문의 의도를 파악하기 어려웠다. 장미가 되묻자, 기준이 조심스럽게 다시 물었다.

"런던에 언제까지나 있을 건 아니잖아. 언젠가는 한국으로 돌아올 거 아니었어?"

"아니. 한국에 다시 돌아올 생각은 딱히 해본 적 없는데."

"네 세인트 마틴에서의 학업이 끝나면, 학생 비자가 만료되잖아."

비밀 정부에서 특별관리감시대상인 장미의 런던 거주를 지원하기 위해 비자 문제를 해결해 주었다는 말은 할 수 없었다. 장미는 그녀의 런던행을 단순한 '도피'나 '젊은 시절 잠깐 경험해 보는 해외 생활' 정도로 생각한 적이 없었기에 기준의 물음에 대답할 말을 찾을 수 없었다.

"글쎄, 이 도시가 나를 허락할 때까지는 있으려고 하는데."

"여기서 취업까지 할 생각이야? 영국 요즘 취업 비자 안 주기로 유명하던데."

"어떻게든 되겠지. 그보다 오빠, 언제까지 이럴 생각이야?"

이번엔 기준이 질문의 의도를 알 수 없다는 눈으로 장미를 바라보았다.

"뭘."

"날 만나러 일 년에 두 번씩 휴가 내고 런던 오는 거. 할머니가 싫어하시지 않아?"

"……."

"오빠 서른세 살이잖아. 슬슬 결혼해야 할 나이고. 맞선 엄청 보라고 할 것 같은데. 이제 슬슬 그만해. 아무리 이래도, 난 오빠랑 아무 사이도 될 수 없어."

기준의 표정이 굳었다. 어딘가 화난 것 같기도 했다. 말없이 기준은 눈앞에 접시를 바라보았다. 장미 역시 가시방석이 되어버린 식사 자리를 박차고 나오고 싶어져, 접시를 옆으로 밀어냈다. 침묵 속에서 에이드만 홀짝이는데, 언제 일어설까 눈치를 보는 장미에게 기준이 뭔가를 내밀었다.

"열어봐."

장미는 그것이 한눈에 무엇인지 알 수 있었다. 반지 상자였다.

제발, 좀.

불길한 예감이 적중해, 장미는 한숨을 푹 쉬었다.

"이러지 마, 제발."

"장미야. 5년이야. 그 정도면, 충분히 널 기다렸다고 생각해."

"우린 사촌이야. 난 설윤아 씨, 우리 엄마 딸 맞다고. 할머니는 계속 부정하시지만."

"우리 법적으로 아무런 문제 없어. 완벽한 남이라고."

장미는 한숨을 쉬었다. 그리고 자리에서 일어섰다.

"오늘 어쩐지 나오기 싫더라니."

"네 세인트 마틴에서의 학비 지원, 조모님이 해주시는 거 알고 있어. 내 말 한마디에 그게 끊길 수도 있어."

사뭇 의미심장하게 기준이 꺼낸 말에, 장미는 품 하고 웃었다.

"이제 협박이야? 뭐, 그렇게 하고 싶으면 그렇게 해. 어차피 사진 일하며 미래 대비 겸 보험 차원으로 다니는 거, 학위 없다고 인생 큰일 나는 거 아니니까. 취업이 조금 어려워지긴 하겠지만. 집에서 학비 지원을 받고 있는 건 사실이고, 끊겠다면 내가 뭘 할 수 있겠어."

"나도 이렇게까지 치졸해지고 싶지는 않아. 하지만 네 영국 생활이 이렇게까지 길어질 줄은 몰랐다고! 난 솔직히 네가 런던에서 혼자 이렇게까지 오래 버틸 줄은 몰랐어. 5년 전에 네가 런던에 가겠다고 했을 때, 단순히 외국에 대한 동경이나 그 나이 때의 흔한 도피성 결정이라고 생각해서 널 막지 않은 건데."

"막았다고 한들 뭐가 달라졌겠어, 난 어차피 갔을 건데. 난 여기가 좋아. 런던 생활, 그렇게 나쁘지 않아."

"비싼 물가, 이민자가 가득한 환경, 주류 사회로 포섭되지 못하는 변두리 유학생의 삶이 좋다고? 집값도 벅차서 주말에 쉬지도 못하고 펍에서 아르바이트하며 룸 셰어하는 사정인 거 다 알고 있어."

"뭐, 어차피 한국에서의 삶도 그렇게 마냥 편안하고 행복하지만은 않았으니까."

"한국에서 넌 적어도 혼자가 아냐. 내가 있잖아."

"다시 말하지만 오빠를 단순한 사촌 오빠 그 이상으로 생각한 적 없고, 오빠를 오빠와 같은 마음으로 바라볼 수 없어."

기준이 무겁게 한숨을 쉬었다. 그런 기준을 두고 장미가 자리에서 일어섰다.

"어릴 때부터 오빠가 내게 잘해준 거 알아. 그게 나중에 날 어떻게 해보려는 흑심이었다고 해도, 그 집안사람들 중에서 내게 우호적이었던 사람은 오빠 한 명이었어. 오빠에게는 나름대로 감사하고 있어. 설씨 집안에도 은혜를 많이 입었다고 생각해. 적어도 금

전적으로는. 어릴 때는 몰랐지만 살면서 돈이란 게 얼마나 큰 문제인지 이제 알게 되었으니까. 그래서 이제 설씨 집안에서 날 가족으로 받아들여 주지 않은 것에 대해 원망 안 해. 모든 기대도 원망도 내려놓았어. 설씨 집안사람들에 대해서."

"장미야."

"그러니 오빠도 나에 대해 기대를 버려. 그 잘못된 마음은 접어. 날 그냥 내버려 둬."

말을 마친 장미는 뒤돌아 걸었다. 기준은 붙잡지 않았다. 그가 자존심 강한 사람인 걸 알고 있다. 그런 그가 저렇게까지 하는 걸 거절하는 것도 마냥 마음이 좋지는 않았다.

레스토랑 문 밖을 나와서, 장미는 기준에게는 들리지 않을 혼잣말을 했다.

"그리고 난 한 번 결혼했어. 하자마자 끝나 버렸지만."

테라의 누구에게도 말할 수 없는 이야기지만.

장미는 왼쪽 손에 끼운 반지를 내려다보았다.

'나중에 더 좋은 걸 사줄게.'

그걸 볼 때마다, 그렇게 말하던 레굴루스의 목소리가 들리는 것 같았다. 그날 그 시장에서 반지를 사주면서 그는 미묘하게 쑥스러워했던 것도 같다. 표정 변화가 별로 없어서 몰랐지만, 장미는 알 수 있었다. 그건 남자들이 흔히 하는 종류의 약속이었고, 늘 그렇듯이 지켜지지는 않았다. 옛 추억을 떠올리며 장미는 쓸쓸히 웃었다.

시간은 아직 오후 8시 30분이었다. 택시 탈 돈은 없고, 대중교통은 답답했다. 이럴 때 텔레포트가 간절했다. 아무도 안 보는 데에서 주변을 살핀 뒤 텔레포트할까도 생각했다. 하지만 드물게, 런던치고는 날씨가 맑았다. 여름은 여름이었다. 좋은 날씨를 즐길 겸, 걸을 수 있는 데까지는 천천히 걸어가야겠다고 생각했다.

❖

집에 들어오니 데이브가 부엌에서 뭔가를 만들고 있었다.

"안녕."

데이브가 인사를 했다. 색색의 음료와 술병이 흩어져 있는 걸로 보아 칵테일이 분명했다. 평소라면 그냥 눈인사만 하고 방에 들어갔을 테지만, 장미는 부엌으로 들어와 테이블에 앉았다.

"뭐야?"

"진 토닉. 마실래?"

장미는 다가와 앉았다.

"한 잔 줘."

데이브가 웃었다.

"웬일이래. 얼음 공주께서."

"뭐?"

"너 우리 학부에서 별명이 뭐였는지 알아?"

장미가 미간을 찡그리자, 데이브가 재미있다는 듯 웃음을 터트렸다.

"유키바나. 시각 디자인학부의 타마키 교수가 너를 그렇게 부르더라."

"유키바나? 뭔 소리야. 일본어 못해."

장미가 설명을 요구하며 눈썹을 찡그리자 데이브가 웃음을 터트렸다.

"유키바나[雪花], 영어로 풀면 스노우 플라워. 다들 너랑 딱이라고 했어. 너 한국 이름 설장미가 영어로 풀면 '스노우 로즈(Snow Rose)'가 된다며. 한국 학생이 알려줬는데, 타마키 교수가 그걸 듣고 잘 어울린다며 넌 성격이 쌀쌀맞으니까 아이스 로즈(Ice rose)라며 웃더라. 그러다 네 패밀리 네임이 한국어의 '눈'을 의미하는 글자와 발음이 똑같다고 한국 학생들이 알려주니까 그 후로 '스노우 플라워(Snow flower)'라는 뜻이라며 널 '세인트 마틴의 유키바나'로 부르기 시작하더라고. 처음엔 타마키 교수가 장난 삼아 부르기 시작했는데 나중에 보니 시각 디자인학부 애들이 다들 널 그렇게 부르던데. 설마 몰랐어? 전혀?"

"그야 애들하고 전혀 안 어울리니까."

장미가 떨떠름한 얼굴을 하자, 데이브가 웃음을 터트렸다.

"너답네. 한잔해."

장미가 데이브가 건넨 잔을 받아 들었다.

"멋대로 별명 지어서 뒤에서 불러대고 놀다니. 어이가 없네."

"예뻐서 눈에 띄지만 다른 사람들과 안 어울리는 차가운 여자의 숙명이라고 생각해. 넌 우리 과 아이돌 같은 존재였는데, 사교성이 제로라 더 신비로웠지. 그러고 보니 오늘은 어쩐 일로 나랑 어울려 주는 거야? 평소에 한잔하러 가자고 나랑 카산드라가 그렇게 권해도 전혀 듣지도 않더니."

"글쎄. 왜일까. 그냥 단순한 변덕이겠지 뭐."

장미는 미소 지었다.

"어라, 웃기도 하네."

데이브는 못 볼 걸 본 얼굴이었다. 얼떨떨한 표정을 하는 그가 웃겨서 장미는 한 번 더 웃었다.

"네가 웃는 거 처음 봤어."

"나도 사람이야. 자주 웃는다고."

"그래서, 네 그 알 수 없는 변덕은 언제까지 지속될 예정이야?"

"흠, 글쎄. 내일 아침 6시 30분까지?"

"구체적이네. 그 시간에 출근해? 너 가끔 새벽같이 나가더라."

"응. 내 보스가 작품 활동하러 본머스로 가셔야겠대. 늦는 거 싫어해서 일찍 가야 돼."

"흠…… 너 정도 외모면, 성격 나쁜 사진작가의 어시스턴트 대신에 다른 아르바이트나 일을 찾아볼 수도 있었을 텐데. 모델 일이라든지. 내가 학부생일 때도 모델 아르바이트를 했었거든. 만약 네가 관심이 있다면, 에이전시 소개시켜 줄 수 있어. 모델 아르바이트는 시급이 높아서 시간을 많이 쓰지 않아도 되니 좋아. 학위 공부랑 일을 병행하는 거, 버겁잖아."

"세인트 마틴에서의 디자인 학위를 써먹는 건 플랜 B고, 그쪽이 내 본업이야. 나는 사진작가가 되고 싶어."

"어, 진심이야? 진지하게 사진을 찍고 싶어하는 거였구나. 몰랐어."

"응. 엄마가 사진작가셨거든."

"헤에, 멋지네."

"잠깐 있어봐."

장미는 방으로 들어가서 작은 액자를 들고 나왔다. 액자에 소중하게 간직해 둔 사진을 데이브에게 보여주자, 그의 눈이 커졌다.

"어디야, 여긴? 밤에 찍은 고성이라, 신비로운데. 유럽에 고성이 한둘이 아니겠지만, 여긴 좀 느낌이 달라. 이질적인데. 신비로운 야경이네."

그것은 가이아의 성, 레굴루스가 살았고 한때는 프레데릭이 살았던 성이었다. 그 한 장의 사진이 장미가 가이아로 여행하도록 이끌었었다.

장미는 말없이 웃었다.

"이 세상에는 없는 곳."

"뭐?"

어느새 한 잔의 칵테일을 다 비웠다. 장미는 적당히 취기가 올라와 나른해진 눈으로, 액자를 물끄러미 바라보았다.

"그리고 내가 미치도록 그리워하는 사람이 살고 있는 곳."

데이브와 눈이 마주쳤다. 데이브는 장미를, 마치 뭔가에 홀린 듯한 눈으로 멍하니 바라보았다.

그리고 곧 그의 입술이 내려온다 싶을 때, 장미가 밀어냈다.

"안 돼."

"뭐?"

"플랫메이트랑 그런 관계 되는 거 싫어."

"그럼 내가 플랫메이트가 아니게 되면, 나랑 만나줄 거야?"

"술 깨고 나서 후회할 짓은 서로 하지 말자, 우리."

"너에게는 어쩐지 꽤 진심이 될 수도 있을 것 같은데."

장미는 자리에서 일어섰다. 그리고 허탈해하는 데이브를 모른 척한 채 방으로 돌아왔다.

텅 빈 마음을 채울 것을 찾다가 쉽게 호감을 느끼고, 쉽게 빠지게 되며, 쉽게 체온을 나누고, 서로의 고독에 중독된 채 그렇게 연인이 된다. 장미가 바라본, 타지 생활하는 유학생들끼리의 연애란 대개 그런 식이었다. 적어도 장미의 눈에는 그렇게 보였다.

물론 그게 틀렸다거나 나쁘다고 판단할 문제는 아니다. 인간이기에 나약하고, 서로 고독하기에 끌리는 것이다. 그건 자연스러운 일이었고, 장미 역시 언제나 고독했다. 다만, 마음속 한구석에서 계속 '새로운 만남'을 거부하고 있다는 자각은 있었다.

그 이유가 무엇인지도.

장미는 액자를 테이블 위에 올려놓았다. 그리고 침대에 쓰러지듯 누웠다.

액자에 찍힌 레굴루스의 고성의 사진. 저것만이 유일하게 가이아 그리고 엄마와의 연결고리였다.

두 번 다시 가이아에는 갈 수 없다. 그저 긴 꿈을 꾸었다. 몇 번이나 그렇게 생각하고, 체념하고, 모두 잊어버리려고 했던가.

하지만 5년이 지난 지금까지도 그를 찌른 단검이 땅에 떨어지는 소리, 그리고 마지막으로 마주쳤던 그의 눈, 그 모든 잔상이 눈을 감으면 그대로 되살아났다.

텔레포트를 할 때처럼 메슥거리는 감각. 처음으로 키스했던 기억.

그 모든 것이, 아직도 어제 일처럼 선명한데 어느덧 5년이 지났다.

보고 싶어.

마지막 순간에, 살아 있으면 언젠가는 만날 수 있을 거라는 기대가 있었다.

어쩌면 내심, 그가 쫓아와 주리라는 기대를 했던 건지도 모르겠다. 따라오지 말라고 말하고 찌른 것은 장미였음에도.

하지만 그로부터 5년이 지났다.

스물다섯 살이 된 장미는 어느덧 런던이 서울이나 가이아보다 더 익숙했다.

'잊어야겠지.'

눈을 감으며 생각했다. 잊어야 한다고. 그게 맞다고. 이제 그만 마음속에서 그를 보내주는 게 맞다고.

하지만 그게 그렇게 쉽지가 않았다.

'데이브와 한번 자볼 걸 그랬나.'

장미는 후회했다. 데이브의 유혹에 넘어갈 걸 그랬다고도 생각했다. 그러면 단 하룻밤이라도 모든 걸 잊어버릴 수 있었을까. 그러다 곧 고개를 저었다. 아니, 아니다. 우습지만, 아직도 마음 한 켠에서는 그를 기다리고 있는 것이다.

레굴루스가 혹시 뒤쫓아와 주지 않을까, 하는 기대. 머리로는 그럴 리 없다고 생각하면서도, 어쩐지 그가 자신을 따라올 수 있을지도 모른다는 기대를 한다. 가이아의 기사인 그가 테라로 올 수 있을 리가 없는데도. 그건 아버지 프레데릭도 못했던 일인데. 어쩌면 자신의 시간은 그간 열심히 살며 흘려보냈을 뿐, 마음의 시계는 5년 전 레굴루스를 떠났던 그때에 멈춰 있는 것인지도 모른다고 장미는 생각했다.

지난 5년간 매일 밤 잠들기 전, 하루도 빠지지 않고 생각했다. 언제나 죽음을 바라던 연인과 이기적이게도 그를 삶으로 되돌려 놓았던 선택을.

한 번도 그것을 후회한 적은 없었다. 다만 그 선택의 대가로 얻은 그리움은 언제까지고 가슴속에 남아 장미를 괴롭혔다.

아아, 레굴루스.

나는 이제 누구도, 당신에게 했던 것만큼 그렇게 눈이 뒤집혀 사랑할 수 없을 거야.

당신에게 했던 것처럼 그렇게 맹목적으로, 아무 생각 없이 누군가를 사랑하는 일은 이제 두 번 다시 내 인생에 일어나지 않아.

무더운 여름밤, 적당히 섭취한 알콜, 그리고 뺨을 타고 흐르는 눈물.

시간은 느릿하고 무자비하게 흐르고 있는데, 장미는 언제까지고 같은 장면 속에 갇혀 있었다.

마지막으로 본 그의 눈을 잊을 수가 없었다.

"늦었어! 빨리 빨리 움직이라고."

차에 카메라와 장비들을 싣는 와중에도 유원영은 쉴 새 없이 재촉을 해댔다.

"빨리 움직이고 있잖아요. 이 이상 뭘 더 어떻게 빨리 움직여요?"

"차 막히면 어떡해! 본머스는 휴양도시라 지금 시즌에 사람 많단 말야."

"그럼 휴가철 끝나고 가든가요! 출사를."

"너 지금 장난해? 학기 시작되고 최악으로 바쁜 9월에 어떻게 출사를 가?"

"그러니까 지금 가자고 한 거잖아요. 제발 불평 좀 하지 마요."

"내가 너 아니면 달리 또 누구한테 불평해? 너한테라도 해야지!"

유원영이 소리를 질렀다. 장미는 한숨을 쉬며 차의 시동을 걸었다.

"선생님 생리해요?"

"아, 쫌! 생리 드립 재미없거든!"

"그럼 선생님도 그만 좀 하세요!"

출사를 나가는 날이면 늘 이랬다. 유원영은 평소에도 예민했지만 출사를 나가는 날에는 한층 더 감각이 예민한 듯했다. 그는 출사 나가기 전에는 늘 어딘가 날 서 있었으며 잔소리가 배로 많아지고 몇 번이나 장비를 체크했으며 짜증을 내곤 했다.

"자리 바꿔. 내가 운전할게."

갑자기 또 무슨 변덕인가 싶었으나, 유원영이 대뜸 운전하겠다고 해서 장미는 자리를 바꿔줬다.

차가 출발했고, 한동안 아무 말 없는 정적이 흘렀다.

장미는 차 오디오를 틀까 했으나 그냥 내버려 두었다. 유원영이 미간을 찡그리고 있었다. 운전에 집중하고 있다는 증거였다.

"너 소개팅할래?"

"뜬금없이 무슨 소리예요."

"나이 들수록 혼자 사는 거 외롭더라. 할 수 있으면 결혼해. 젊었을 때."

"고독은 삶의 본질이에요. 그리고 나는 결혼이라는 제도에 대해 아무것도 기대하는 바가 없어요."

"그러니까 젊은 주제에 그런 소리 말라고. 결혼하라고!"

또 또, 버럭 하기 시작한다. 장미는 한숨을 쉬었다.

"왜 갑자기 잔소리예요?"

"어제저녁에 어머니가 전화하셨어."

"……."

"아버지, 암 말기라더라. 오래 못 사신대."

"……선생님."

뭐라고 말을 꺼내야 할지 몰라, 장미는 조용히 단어를 골랐다.

"정말, 유감이에요."

한국말로는 좀 더 슬픔을 표현할 수 있는 단어가 많이 떠오르는데, 영어 표현으로는 이럴 때 유감(sorry)이라는 단어밖에 할 말이 없는 걸까. 장미는 순간 자신의 영어 표현력이 풍부하지 못한 것을 한탄했다.

"아버지 평생에 손자 보는 게 꿈이었는데. 누나도 일하다 보니 시기를 놓쳐서 결혼 안 했고, 나는 게이라 결혼 못하고. 뭐 맘먹으면 할 수도 있겠지만 사회가 바라는 그런 형태의 행복한 결혼은 내 운명에 없으니까."

"……."

"마음이 안 좋아."

유원영이 뭔가 할 말을 삼키는 듯, 입술을 지그시 깨물었다.

"너한테 가족 이야기하는 건 처음인 것 같네."

"……그렇네요."

"뭔지는 모르겠지만 빨리 털어서 보내 버리든지, 도저히 털어버릴 수 없는 거면 다시 쫓아가든지 아무튼 결단을 내는 게 좋아."

"네?"

"항상 뭔가를 그리워하는 눈을 하고 있잖아. 젊은 주제에 그 음울한 분위기, 짜증나거든. 널 봐온 게 5년인데, 그 정도도 모를라고."

"……."

"나는 아버지 솔직히 진짜 싫어했었거든. 전형적인 이민 1세대 한국 아저씨라, 나랑 누나랑은 별로 말도 안 통했고. 특히 나 커밍아웃하고 나선 거의 뭐…… 말도 안 하고 살았지. 근데 막상 돌아가신다고 하니까."

유원영이 핸들을 돌리느라 잠시 말을 멈췄다. 차가 고속도로에
진입하고 있었다. 장미는 와중에 생각했다. 뭐야, 나보다 운전 잘
하네. 평소에 자기가 좀 하지.

"산다는 게 참…… 뭔가 싶어."

속도가 높아졌다. 장미는 창밖을 바라보았다. 흐린 날이었다. 어
쩌면 비가 올 것도 같았다.

"자책하지 말아요."

장미가 말했다. 유원영이 고개를 돌렸다.

"좋은 아들이 아니었다, 이런 식의 죄책감으로 스스로를 괴롭히
는 걸 아버지가 원치는 않으실 거예요. 그리고 아직 돌아가신 게
아니고 시간이 있잖아요. 나처럼 이제 볼 수 없는 곳에 계신 게 아
니니까."

"……."

"아직 시간이 있어요. 추억을 만들어요. 지금부터라도요. 아버
지가 떠나신 후에도 언제든 마음속에 불러올 수 있는, 그래서 '아
아 그때 행복했었지'라고 생각할 수 있는 그런 추억들 말이에요."

잠시 정적이 흘렀다. 누구도 아무 말도 하지 않은 채 차는 본머
스를 향하는 고속도로를 묵묵히 달리고 있었다.

장미는 창밖을 바라보며 생각했다.

시간은 비정하다. 멈추는 일 없이 흐르며, 사랑하는 사람들을 데
려간다. 과거는 바꿀 수 없고, 현재는 눈먼 채 달리는 경주 같으며,
무엇이 가장 최선이었는지를 결정하는 것은 미래다.

죽음이란 뭘까. 살아간다는 건 뭘까.

만약 죽음이 삶의 소중함과 주변 사람들의 소중함을 새삼 깨달

게 하기 위해 만들어진 거라면.

죽음 없이 살아가는 건, 내내 어떤 기분이었을까.

나는 정말로 그를 위해 옳은 선택을 했던 걸까.

내내 생각에 잠긴 채 차창 밖을 바라보다가, 깜박 졸았었나 보다. 눈을 떠보니 어느덧 본머스의 해변에 도착해 있었다. 여전히 하늘은 런던에서 출발할 때와 같이 흐렸고, 비는 금방이라도 쏟아질 것 같았으나 찔끔찔끔 뿌리는 수준이라 유원영의 섬세한 신경을 열 받게 했다.

유원영은 투덜거리면서 날씨에 대한 악담과 저주를 퍼붓더니 셔터를 누르기 시작했다. 셔터를 누르기 시작하면 그는 완전히 다른 사람으로 바뀌곤 했다. 진지하고 또 진지한 눈빛. 한없이 고요한, 자신과 렌즈 속 세계로의 침잠. 작업 모드의 유원영은 다른 사람 같았다. 장미는 그게 늘 신기했다. 유원영을 5년째 보면서도 그 갭에 적응이 되질 않았다.

"바로 이거야. 이 셔터로, 시대가 만든 이 시간을 잠시 정지시키는 거지. 프레임에 기록하는 거야. 사람의 눈과 기억은 거짓말을 하지만 렌즈는 감정이 없어. 냉철하지. 무엇 하나도 왜곡하지 않아."

그는 매번 촬영할 때마다 순수하게, 아이처럼 감탄을 했다. 그러고 나서 다시 말이 없어졌다. 그는 작업할 때 말이 없어졌다.

장미도 카메라를 꺼내 나름대로의 작업을 시작했다. 더운 여름 날씨는 요 며칠간 장미의 의욕을 앗아가고 있었다. 그래서 사실 열

정적으로 임할 마음은 들지 않았으나, 여전히 카메라를 들면 기계적으로라도 몰입 모드에 들어가는 게 신기했다.

찰칵, 하는 셔터 소리는 복잡한 마음을 잠시 정화시켰다.

찰칵.

이것이, '세계'다.

찰칵.

이것이 내가 속해 있는 '현실'이다.

찰칵.

레굴루스.

이제 당신을 잊을 수 있을지도 모르겠어.

찰칵.

이것이 당신의 대답이라면.

5년.

5년을 기다렸다. 그래, 기다렸다는 말이 정확했다. 그리고 5년이면 유한한 시간을 사는 인간에게 짧지만은 않은 시간이다. 갓난아이가 자라서 걸음마를 할 수 있을 정도의 시간.

어쩌면, 기다렸다는 생각도 없이 그저 일상에 몰입해 5년을 살았다. 하지만 매번 카메라를 꺼내 들 때마다 스스로의 그리움을 자각했다. 사진은 고독한 작업이었다. 렌즈 너머의 세상을 끊임없이 마주할 때마다, 그가 이 세상에 없다는 사실을 새삼 자각하고 자각하고 또 자각했다.

스스로의 선택으로 떠났을 터인데.

왜.

본머스의 해변이 담긴 프레임을 확인하면서, 장미는 잠시 멈춰섰다.

바다 소리가 들렸다.

예전에 해변으로 텔레포트했을 때 그녀를 쫓아온 레굴루스가 기억났다.

'네 텔레포트는 어린애 수준이야. 싱거울 정도로 쫓기 쉬워서 추적하는 보람도 없을 정도지.'

그는 그때 그렇게 말했었던가.

이제 그가 쫓아오기에는 너무 먼 곳으로 와버린 것이었다.

장미는 눈앞에 현실을 받아들였다. 아프지만, 받아들여야겠다고 생각했다.

이것이 내가 살고 있는 세상. 당신이 없는 세상.

바다 소리, 뺨을 스치는 바람, 흐린 하늘.

"어디 가?"

유원영의 목소리가 들려서, 무심코 자신이 바다 속으로 걷고 있었다는 것을 알았다.

"미쳤어? 물속으로 왜 들어가!"

그가 뛰어오는 것이 보였다.

장미는 웃었다. 그리고 소리쳤다.

"좀 걸을까 해서요!"

"물속에서? 하여간 이상해. 옷 젖잖아!"

"이 정도는 괜찮아요!"

갑자기 비가 떨어지기 시작했다. 장미는 카메라 렌즈에 덮개를 씌웠다. 그리고 하늘을 바라보았다.

하늘은 흐리면 흐린 대로, 아름다웠다.

이 해변의 끝까지 가다 보면, 그때쯤엔 당신을 잊을 수 있을까.

장미는 계속 걸었다. 종아리까지 스치는 파도와 바닷물의 감촉이 기분 좋았다.

그때 뒤에서 다급히 뛰어오는 인기척이 느껴졌다. 유원영은 오늘따라 유난히 센티멘털 모드라 그런지 걱정과 잔소리가 많은 것 같다고 생각했다.

"선생님, 저 자살하는 거 아니라니깐요? 그냥 모처럼 해변가에 왔으니까 바다에 발 담그고 좀 걸으려고……."

장미가 한숨을 쉬며 뒤돌아보았다. 그리고 동시에, 걷는 걸음을 멈췄다. 아니, 멈출 수밖에 없었다. 팔을 잡힌 채 장미는 그 자리에 멍하니 얼어붙었다.

한순간 이것이 꿈인지 의심했다. 아니, 그럴 수밖에 없었다. 왜냐하면 그는.

"레굴루스."

천천히, 다시 부를 일이 없을 거라 생각했던 이름을 입 밖으로 내어 불러보았다. 심장이 떨렸다. 뭔가 현실감이 없기도 했다.

'이제 헛것도 보이나 내가?'

보고 싶은 환상을 본다는 생각에, 리얼한 환상이라고 감탄했다. 그는 레굴루스였다. 분명히, 꿈속에서도 잊을 수 없던 그였다. 그리고 5년 만에 보는 그는 조금도 변한 게 없었다. 그래서 더더욱, 알아보지 않을 수가 없었다.

"레굴루스?"

그가 환상이 아니라는 것을 확인하기 위해, 그의 이름을 한 번 더 불렀다. 그러자 그가 붙잡은 장미의 팔을 자신 쪽으로 끌어당겼다. 몸이 끌어당겨졌고, 등에 꽉 끌어안는 두 팔의 감촉이 느껴졌다.

단단한 품에 안기면서도 얼떨떨해 그저 눈만 깜빡였다.

"……루슬릭이 포털을 전부 닫아버려서, 널 쫓아오는 데 시간이 조금 걸렸다."

"……정말 ……당신이에요?"

"그래."

그가 장미의 귓가에 대고 속삭이듯 한 말에는 한숨이 섞여 있었다.

드디어. 라고, 벅찬 듯한 중얼거림이 작게 들렸다. 그 역시 품 안에 있는 게 그가 그리던 여자가 맞는지 확인하는 것 같았다.

'드디어'라는 한마디 말에서 여기까지 오기 위해 얼마나 많은 노력과 시간이 필요했는지 알 수 있었다.

"정말 당신이에요? 어떻게…… 여기까지 올 수 있었어요?"

장미가 얼떨떨한 목소리로 물었다. 솔직히 믿기지가 않았다.

"말했잖아. 쫓아갈 거라고. 어디까지라도."

그가 대수롭지 않게 답했다. 장미는 멍하니 그를 올려다보았다.

진짠가?

괴물이나 환상이 아니고, 나는 정말로 내가 사랑했던 사람의 얼굴을 지금 마주 대하고 있는 건가?

"포털이 전부 닫혀서, 아브릴의 도움을 받았어. 용들이 다니는 통로가 있거든. 바다를 통해서."

"바다? 그래서 5년이나 걸린 거예요?"

"아니. 아브릴을 설득했고 루슬릭 놈에게 널 데리고 도망친 죗값을 치른다는 명목으로 용병 놈들과 함께 곳곳의 전쟁터를 돌았지. 더는 기사가 아니게 되었으니까 행성 길드에 들어가서 용병 짓도 했고. 보다 못한 아브릴이 그만 됐다고, 어차피 루슬릭은 날 절대로 용서하지 않을 테니까 테라로 얼른 꺼지라고 할 때까지 5년이나 걸렸어. 빌어먹을 지룡. 길이 있었으면서, 진작에 좀 알려줄 것이지."

장미는 그의 눈을 맞추고, 뺨을 쓸어보았다. 그가 자신의 뺨 위에 올라온 장미의 손에 자신의 손을 겹쳤다.

"네 덕분에 아주 특이한 경험을 했지. 엘 칸타르의 수면독이라, 깜찍한 생각을 했더군. 백 일 동안 잠들었다가 깨어났다."

"……미안했어요, 그때는."

"깨어나자마자 엘 칸타르를 찾아갔고, 네가 무사히 테라로 갔다는 걸 확인한 후로는 미친 듯이 테라로의 포트를 찾아다녔다. 아직 막히지 않은 포트가 있을까 봐."

"전쟁터를 돌았고 용병이 됐다는 게 무슨 소리예요?"

"가이아 왕실과 인연을 끊은 대가야. 이제 계약을 끊었고, 자유의 몸이니까."

"이 옷은 어디서 구해 입은 거예요? 여기 옷인데, 이거."

"아브릴이 줬다. 테라에서 가이아의 기사 정복을 입었다간 코스튬 플레이 취급을 받을 거라면서. 그런데 코스튬 플레이가 뭐지?"

"맙소사! 이 정장 에르메스잖아. 그렇게 안 보였는데 아브릴 돈 많나 봐."

와중에 라벨을 확인해 본 장미가 기겁하자, 레굴루스가 진지하게 물었다.

"에르메스? 그게 누구지?"

장미가 웃음을 터트렸다. 그러자 레굴루스가 한층 더 웃음기를 뺀 채 말했다.

"네가 다른 남자 이름을 입에 담다니. 신경이 쓰인다."

장미는 딱딱한 얼굴로 진지하게 말하고 있는 눈앞에 남자를 바라보며 생각했다. 그에게 이 세계의 무엇부터 가르쳐 줘야 할까?
생각해 보면 참 막막하다. 하지만 우선은, 비가 쏟아지고 있으니
어딘가로 들어가는 것이 먼저였다.

"우선은…… 음, 그래요. 당신에게 카페라는 게 있다는 걸 알려
줘야겠어요."

장미가 그렇게 말하자, 갑자기 빗줄기가 거세졌다.

"네가 그동안 다른 남자와 살고 있었더라도, 이해하겠다. 바로
뒤쫓아오지 못했으니까, 내 탓도 있어. 하지만 이제부터는 헤어져
라. 전부."

"뭔 소리예요."

장미가 품, 하고 웃자 그가 진지한 눈으로 말했다.

"에르메스고 카페고 아무래도 좋으니 다 헤어지도록 해. 가이아
는 테라와 달리 이혼 제도가 없어. 나는 너에게 한 번 청혼했고, 넌
그걸 받아들였어. 잊은 건 아니겠지?"

장미는 웃음이 터져 나오려는 것을 애써 참았다.

"이제 두 번 다시 널 놓아주지 않아. 네가 설령 다시 날 찌르더
라도, 절대로 보내지 않을 거다."

"……"

독점욕을 숨기지 않는 말에 장미가 웃었다. 어떤 말도 이 남자가
하면 그저 다 달콤하게만 들리니, 이것은 그냥 병인지도 모르겠다
고 생각하면서.

멀리서 시원한 바람이 불어왔다. 유원영이 장미를 부르는 목소
리도 들려왔다. 쏟아지는 빗줄기를 맞으며 절절한 눈으로 자신을
바라보는 남자를 바라보며, 장미는 방금 전 그를 잊으려고 했었던
자신을 믿을 수가 없었다.

5년의 세월이 무상할 정도였다. 멈추었던 심장이 존재감을 드러내며 다시 뛰고 있었다. 쏟아지는 빗속에서 장미는 고개를 들어 그의 입술에 키스를 했다. 떨리는 듯한 입술은 금세 떨어져 나갔지만, 곧 눈앞에 남자가 입술을 먹어버릴 듯한 기세로 달려드는 바람에 길고 긴 키스가 시작됐다.

숨이 막힐 때쯤 입술이 떨어져 나갔다. 그제야 장미는 입을 열어, 문득 깨달은 사실을 고백했다.

"어쩌면 죽음만 기다리며 살아가고 있던 건, 당신이 아니라 나였는지도 모르겠어요."

"……."

"일상을 충실히 살아가면 당신을 잊을 수 있을 거라 생각했다니, 바보 같아."

결국 당신이 아닌 다른 누군가를 사랑하며 살아가는 것은, 내게 불가능했어요.

그 말이 전해지기를 바라며, 장미는 그의 가슴에 고개를 기댔다.

그의 심장 소리가 들렸다. 멀리서 파도 소리도 들렸다. 다시 고개를 들자, 레굴루스의 어깨너머로 유원영 선생이 꽤나 흥미진진한 표정으로 이쪽을 바라보고 있었다.

레굴루스가 다시 고개 숙여 키스를 했고, 이번에 장미는 눈을 감지 않았다. 그의 모든 것을 느끼고 싶었기 때문이었다. 이처럼 아름다운 남자를 소유하고 있다는, 심장이 뜨거워지는 감각. 팔을 뻗어 그의 어깨를 끌어안았다. 그 순간 유원영이 카메라를 들더니, 두 사람을 향해 들이댔다. 장미는 생각했다. 대단하다고. 징글징글한 작가 정신이었다. 이 와중에, 무슨 일인지 묻지도 따지지도 않고 무조건 찍고 있다니. 찰칵찰칵하는 셔터 소리를 들으며 장미는 잊고 있었던 키스의 감각을 만끽했다.

여느 때와 같이 평범하고, 온전하고, 더할 나위 없이 완벽한 월요일 아침이었다.

에필로그_ Heart of a Lion

"퇴근하겠습니다."

오늘도 수고했어, 라는 형식적인 인사 따위는 역시나 오늘도 돌아오지 않았다. 딱히 유원영으로부터 그런 매너를 기대하지 않는 것, 장미가 그를 대하며 익숙해진 것이었다. 오늘도 고된 하루, 바쁘고 치열했던 하루가 드디어 끝났다. 장미는 뒤도 돌아보지 않고 사무실 문을 열었다.

"요즘 얼굴 폈네."

유원영의 갑작스런 말에 장미가 뒤돌아보았다.

"네?"

"매일 집에 가는 게 너무 즐겁다는 얼굴이야. 요즘 보면. 애인 생겼어?"

"퇴근은 원래 즐겁죠."

장미가 무덤덤하게 대꾸하자, 유원영이 묘한 표정으로 '흥' 하고 코웃음을 쳤다.

"배 아파 죽겠어. 나는 요즘 아주 죽을 맛이야. 하루하루 사는 게 허망하다고. 이놈의 재미없는 인생. 아침에 눈 떠지면 그냥 사는 거지, 뭐. 사는 낙이 없어."

요즘 연애가 안 풀리는 탓인지, 유원영은 상당히 비관적이 되어 있었다. 햇살도 강한 계절이라 세상은 온통 따사로운데, 유원영은 혼자 명백하게 우울해 보였다. 장미는 그런 그를 보며 생각했다. 뭐 그렇겠지. 왜냐하면 유원영에게 연애라는 것은, 인생의 전부인 것 같으니까. 또래의 다른 이들이 보통 가정을 이루고 아이 자라는 것을 보는 것이 삶의 재미일 나이, 중년의 유원영은 커리어에서는 나름 성공했지만 상당히 고독한 삶을 살고 있었다.

"그냥 그건 평온한 일상이에요. 선생님은 돈을 벌고 있고, 독립한 작가이고, 싱글이라서 자유롭잖아요. 썩 불행한 인생은 아니라고 보는데요."

"바로 그 불행한 상태를 인생이라고 하는 거지. 어휴, 빌어먹을 인생. 이놈의 지긋지긋한 인생. 좋은 일이라곤 하나도 없어."

말을 말아야지. 저 인간을 상대로 무슨 인생론이야, 저 비관적인 사람에게.

장미는 다시 고개를 돌렸다.

"연애하는 거 맞지?"

등 뒤로 다시 목소리가 꽂혔다. 그렇기에 장미는 뒤돌아보며 웃어주었다.

"네, 맞아요."

유원영이 진심으로 부럽다는 얼굴을 했다. 얼마 전까지 연애하라고 잔소리하기는 했지만, 설마 진짜로 남자친구를 만들 줄은 몰랐던 모양이다.

"잘생겼어?"

"당연하죠."

"지난번에 본머스 해변에서 본 그 남자 맞아? 그 흑발에 키 큰 아르마니 슈트 백인? 루마니아 백작 같은 분위기던데. 중세 배경 영화에서 바로 튀어나온 줄 알았어."

독설가 유원영치고는 상당한 칭찬에 장미는 웃었다. 여전히 잘생긴 남자에게는 후하시군.

"대체 둘이 어떻게 만났어? 학교에서? 너 집, 학교, 사무실 무한 반복이잖아. 어느 틈에 그런 눈 돌아가게 잘생긴 남자를 꼬실 틈도 있었느냐고. 어려 보이긴 했다만, 뭔가 분위기가 학생은 아니던데."

유원영이 드디어 물었다, 라는 얼굴로 눈을 빛냈다. 이 이상 더 집요한 추궁이 이어지기 전에 장미는 여길 빠져나가야겠다고 생각했다. 안 그래도 장미가 집에 돌아오기를 하루 종일 기다리고 있을 터인데, 그를 더 기다리게 할 수는 없었다.

"이 세상이 아닌 곳에서 만났어요."

틀린 말은 아니었다.

"말해주기 싫다 이거지. 그래 뭐 아무튼, 다음번에 네 애인 데리고 와. 술이라도 마시게. 참, 네 애인도 친구 데리고 오라고 해. 나이 좀 많고 잘생긴 싱글 남자로."

뭘 노리는지 뻔했다. 하지만 장미는 그저 싱긋, 하고 웃었다. 레굴루스와 친구, 상상이 안 됐다. 그리고 그가 친구가 있을 리가 없잖아, 이 세계에서.

"그리고 이거 선물이야. 그러니까 다음에 꼭! 애인 데리고 와."

유원영이 건넨 것을 장미가 얼떨결에 받아 들었다. 그것은 사진이었다. 썰렁한 해안가를 배경으로 키스하는 두 사람의 사진. 장미는 얼굴이 빨개졌다. 뭘 찍은 건지 보는 순간 알 수 있었다. 지난주 본머스 해변. 얼굴을 붉히는 장미를 보고 유원영이 별꼴이라는 듯 비죽이 웃었다. 확실히 사진은 잘 찍었다. 다른 누구도 아닌 유원영의 카메라이니. 하지만 늘 찍는 입장에서만 있다가, 찍히는 입장이 되고 그것도 둘만의 세계에 빠져 있는 모습을 객관적인 시선으로 포착당하니 적지 않게 쑥스러웠다.

"가…… 가보겠습니다. 사진 감사합니다."

"얼른 가, 얼른. 애인 기다린다며."

문을 닫고 나온 장미는 걸음을 재촉했다. 그가 이 세계로 온 지 일주일이 지났다. 모든 것을 버리고 장미를 쫓아 그는 이 세계로 왔다.

언제나 보던 거리였다. 집으로 돌아가는 길, 늘 똑같은 풍경. 지하철역까지 뛰듯이 걸어서 지하철에 몸을 싣는다. 귀에 꽂힌 이어폰에서는 평소 즐겨 듣는 에이미 와인하우스의 노래가 흘렀다. 'Rehab'이었다. 살아 있었다면 아델보다도 더 굉장했을 텐데, 지금쯤. 풍부한 목소리에 감탄하면서 늘 하는 생각이었다.

웅성거리는 소음 속으로 음악 소리는 사라져 갔다가 다시 들리기를 반복한다. 이어폰의 볼륨을 굳이 최대치로 높이지 않은 채 장미는 그냥 익숙한 어수선함을 즐겼다. 소음, 소음, 소음. 그리고 수많은 인파 속에 묻혀 전철에 몸을 싣는, 여느 때와 다름없는 하루.

텔레포트를 하고 싶다는 생각이 간절했다. 이런 것에는 익숙해서 고단하지 않지만, 한 시라도 더 빨리 집에 들어가고 싶은 이유가 있었기 때문이다.

아직 목적지까지는 역이 세 개나 더 남아 있었지만, 장미는 일단

지하철에서 내렸다. 그리고 역 안 화장실로 뛰어들어 갔다. 다른 사람들이 보는 앞에서 텔레포트하지 말 것. 그게 장미가 이 세계에 거주하면서 평온한 일상을 방해받지 않는 조건이었다.

화장실 문을 걸어 잠그고 장미는 눈을 감았다. 평소 자주 쓰는 편은 아니라서 집중이 필요했다. 머릿속으로 장미의 작은 플랫을 떠올렸다. 온 신경을 명령어에 집중한 채 방 안의 풍경을 떠올렸다. 이동하라.

곧 익숙한 감각, 몸이 흔들리는 느낌과 함께 장미는 익숙한 일상적 풍경 속에서 눈을 떴다. 익숙한 천장 무늬를 올려다보고 안심한 장미는, 텔레포트가 매끄럽게 성공한 것에 흡족한 미소를 지었다. 방 안이었다. 아침까지 그와 끌어안고 아침이 오는 것을 아쉬워하며 보냈던 방 안.

레굴루스가 이 세계로 온 지, 그러니까 그와 해변에서 다시 재회한 지 일주일이 조금 지났다. 그날 본머스에서의 출사가 끝나고 장미는 일단 그를 킹스 크로스에 있는 장미의 아파트로 데려왔다. 그러나 그들보다 먼저 온 손님들이 장미의 비좁은 방에 앉아 그들을 기다리고 있었고, 장미는 그들과 구면이었다. 레굴루스가 이쪽 세계로 온 것을 안 테라 시스템 관리국 요원들이 역시나 들이닥친 것이었다.

그들은 레굴루스에게 테라 거주 허가를 받기 위한 인터뷰를 요청했고, 그 인터뷰에서 그는 그의 거주 의도가 테라에 영향을 미치거나 부정적인 것이 아니라는 것을 증명해야만 했다. 그리고 그는 그 인터뷰를 의외로 쉽게 통과했다. 뭘 어떻게 한 건지는 모르지만 관리국 공무원들은 만족하며 돌아갔고, 그들은 그날 밤, 두 사람이 눕기에는 조금 꽉 차는 침대에서 서로를 끌어안고 밤을 보냈다. 밑

기지 않는 재회에 감사하면서.

장미는 아브릴에게 인사라도 하고 싶었다. 어쨌든 그가 '용들이 다니는 길', 즉 바다 속 포털을 알려주지 않았더라면 그가 바다를 통해 테라로 이동할 수 없었을 게 분명했다. 그러나 한편으로는, 그걸 알려주는 데 5년이나 걸린 게 뭔가 아브릴답다는 생각에 꽁기꽁기한 마음도 들었다. 쪼잔하긴.

아무튼 둘은 지난 일주일, 그간의 시간을 정신없이 따라잡느라 바빴다. 매일 서로를 바라보고, 만지고, 붙어 있었다. 하루 종일 그와 붙어 있고 싶었지만, 장미에게는 테라에서의 일상을 유지할 생활이란 것이 있었고 그래서 출근을 해야 했다. 그리고 학교도 나가야 했다. 떨어지지 않는 발걸음을 옮기며 출근하는 장미를 레굴루스가 배웅했고, 그녀가 나가고 나면 레굴루스 역시 볼일이 있다며 외출을 하는 것 같았다.

레굴루스에게 핸드폰이 없어서 어디서 뭘 하는지 연락해 볼 수 없다는 점이 답답했다. 하지만 그 역시 테라에서의 생활을 위해 나름대로 분주히 돌아다니는 것 같으니 그냥 그런가 보다 할 뿐이었다. 그는 하루 종일 어딘가로 돌아다녔다. 그 지나치게 눈에 띄는 외모로 말이다. 언어 장벽은 없는 것 같았지만, 뭔가 다른 세계 사람의 분위기는 지나치게 잘생긴 얼굴과 더불어 그를 굉장히 눈에 띄게 만든다는 것을 레굴루스는 잘 모르는 것 같았다.

그래서 장미는 그가 일이 있다며 밖을 돌아다니는 것은 신경 쓰지 않았지만, 그가 혹시라도 길거리에서 아무렇지 않게 말을 걸어올 런던 여자들의 유혹에 넘어갈까 봐 그건 좀 걱정스럽긴 했다. 숫기나 애교라곤 눈을 씻고 봐도 찾아보기 힘든 장미의 성격과 달리, 이 큰 도시에는 얼굴도 예쁜 데다 잘 웃고 사근사근한 여자들이 어디 좀 많던가.

'이런 생각을 하다니.'

장미는 문득 스스로 떠올린 생각에 웃음을 터트릴 뻔했다. 사랑에 빠진 여자의 마음이란 참 유치해지는 데가 있었다. 그가 바람을 피운 것도 아닌데, 밖에 나간 그가 다른 여자들의 눈에 띄는 것도 싫어서 이런 쓸데없는 걱정이었다. 옷을 갈아입으며 장미는 한쪽 벽면에 놓인 이삿짐들을 눈으로 바라보았다.

'이사하자. 근처에 집을 구해뒀어.'

어제 아침, 근처 스타벅스에서 함께 아침을 먹다가 레굴루스가 돌연 그렇게 말해왔다. 그는 옆 테이블에서 신문에 코를 박고 베이글을 먹던 남자가 이쪽을 흘끔 쳐다보는 것 따위는 신경도 쓰이지 않는 듯, 장미의 입술에 쪼는 것 같은 키스를 몇 번이고 떨어뜨렸다. 갑작스런 말에 장미는 당황했었다.

'이사?'

'응. 지금 네 집은 둘이 살기엔 너무 좁잖아. 다른 사람들과 같이 쓰는 아파트고.'

좁다니, 물론 셰어인데다가 아파트의 방 한 칸만 쓰는 거니 성 하나를 통째로 혼자 살던 레굴루스에게는 그렇게 느껴질 수 있겠지만 그래도 런던 시내에서 이만한 방 찾기도 어려운 게 사실이었다. 그래서 장미는 딱히 이사할 계획도 없었고, 새집을 사서 나갈 돈은 더더욱 없었다. 조만간 집주인에게 남는 방 하나를 더 쓸 수 없겠느냐고, 집세를 한 명분 더 주겠다는 말을 꺼내보려고 했었던 장미는 갑작스러운 말에 눈을 동그랗게 떴다.

'이사라니 어디로? 집을 구해둔 거야?'

'샀어. 지금 사는 곳에서 멀지 않은 곳이야.'

무려 런던 시내에 집을 샀다는 말을, 그는 마치 커피나 샌드위치를 사온 것 같이 대수롭지 않게 했다. 그랬기에 장미는 더더욱 벙쪄 버렸다. 레굴루스에게 이런 돈이 있었나? 아니, 물론, 왕실기사였던 만큼 가이아에서는 상당히 사회적 지위도 있었고 오래 살았으니 모은 재산도 상당했었겠지만 그는 자신이 가진 모든 것을 버리고 여기로 건너왔다.

그런 그에게 런던에 집을 살 만큼의 돈이 있었다니, 장미는 무슨 말을 해야 할지 몰라 그를 뚫어져라 바라보았다. 그런 장미의 머리카락을 헝클어뜨리며 사랑스럽다는 듯 레굴루스가 다시 한 번 입술에 가볍게 입을 맞춰왔다.

'네가 무슨 생각을 하는지 알아. 너와 상의도 없이 결정해서 미안. 하지만 아마 네 마음에 들 거야. 정원도 가꿀 수 있는 이층집이야.'

'……'

'내 성만큼 크지는 않지만. 당분간 답답해도 그 정도로 참아. 나중에 성을 하나 사서 이사하자.'

셰어하우스의 단칸방에서도 살았는데, 정원이 딸린 이층 주택이 답답할 리 없잖아. 장미는 숨을 삼켰다. 맙소사, 집이라고 해서 그냥 아파트 한 칸이려니 생각했는데, 정말로 그냥 '집'을 산 모양이었다. 집값이 사람 잡을 기세라는 런던 시내에.

일단 출근해야 돼서 어제 아침은 자세히 물어보지 못했고, 돌아와서 어떻게 산 집이냐고 좀 더 물어보려고 했지만 저녁 식사를 먹으며 서로의 하루에 대해서 몇 마디 말을 나누다가 갑자기 그가 키스해 오는 바람에 이야기를 꺼내는 것도 까먹고 그대로 침대에서 서로 끌어안고 시간을 보내고 말았었다.

어젯밤을 떠올리자 장미는 얼굴이 화끈거렸다. 뭔가 신혼 같네. 같은 게 아니고 신혼 맞나. 지금까지 살면서 성적으로는 담백한 편이라고 생각했는데, 둘이 같이 붙어 있으면 잘 자제가 되질 않았다. 서로 말하는 시간도 아깝다는 듯 껴안고, 키스하고, 바라보고, 만졌다. 그러다 보면 어느덧 아침이었다. 그러면 씻고 근처 카페에서 아침을 먹은 뒤 출근하고, 학교 수업 중이나 작업실에서 일하는 시간에는 내내 그를 생각하고, 그러다 집에 오는 것의 반복인 지난 일주일이었다.

장미는 한쪽 벽에 쌓인 박스들, 이삿짐용이라고 정리해 둔 듯한 것들을 바라보며 다짐했다. 오늘은 꼭 어제 아침 그가 꺼낸 이사하는 건에 대해서 더 자세히 물어봐야겠다고.

'그나저나 오늘 저녁은 뭐 먹지.'

요리하는 것을 별로 좋아하지 않는 장미는, 혼자 있을 때는 마트에서 사온 3파운드 밀로 끼니를 때울 때가 많았다. 하지만 그가 온 후로 저녁은 장을 봐서 부엌에서 간단한 파스타나 샐러드라도 만들어서 먹으려고 노력했다. 레굴루스는 여전히 전혀 먹지 않아도 문제가 없는 것 같았고 배고픔도 느끼지 않는 것 같았지만, 장미가 식사하는 것을 바라보다가 장미가 권하면 마지못해 음식을 조금씩 맛보곤 했다. 커피나 물도 마셨다.

장미는 여전히 그가 '먹는 즐거움'을 느끼지는 못한다는 것을 알 수 있었고, 먹지 않는 데 익숙해진 것이 여러모로 더 편리할지는 모르겠다고는 납득했지만 그래도 연인과 레스토랑에서 맛있는 식사를 한다든가 여행을 가서 그곳의 음식을 즐긴다든가 하는 그런 평범한 데이트에 대한 미련을 못 버렸기에 그에게 꾸준히 음식을 권하고 있었다.

'오늘은 오랜만에 솜씨를 좀 발휘해 볼까.'

파스타나 샐러드 같은 그런 간단한 요리가 아니라, 레굴루스에게 제대로 된 요리를 해주겠노라고 마음먹은 장미는 마트에서 장을 보기로 했다. 고기를 사올 것이다. 전채로는 삶은 야채와 으깬 감자가 나오고, 메인 디쉬로는 스페인식 볶음밥인 파에야를 만들어 샹그릴라를 곁들인 메뉴를 생각해 냈다. 플랫메이트 카산드라에게서 배운 레시피였다.

요리는 번거롭고 귀찮은 것이 많고 뒷정리도 피곤해서 그리 좋아하지 않았지만, 그래도 사랑하는 사람과 함께 먹을 것이라고 생각하니 그런 생각이 들지 않았다. 오히려 행복했다. 미소를 띤 채 계단을 달려나가는 그녀의 얼굴은 누가 봐도 사랑에 빠진 사람, 그 자체였기에 요즘 연애를 못하는 유원영이 배 아파할 법도 했다.

레굴루스는 천천히 걷고 있었다. 번화가의 떠들썩한 소음은 공원으로 들어오면서 차츰 잦아들었다. 그는 서두르지도 느리지도 않는 보폭으로 다만 천천히 걸었다. 아직 한여름, 날씨는 더웠다. 가만히 걷기만 해도 땀이 흘러내리는 날씨의 공원을 뛰고 있는 사람들도 더러 있었다.

공원 입구 쪽으로 향하는 그의 옆으로 이제 막 공원 조깅 코스를 돌기 시작하는 듯한 여자가 스쳐 지나갔다. 그녀가 그를 향해 눈을 맞추고 싱긋, 웃었다. 레굴루스는 예의상으로라도 고개를 끄덕이지 않았다. 모르는 여자였다. 그리고 그는, 모르는 여자들이 보내오는 호기심과 호감이 반반쯤 어린 시선에는 익숙했다. 물론 그것들은 그에게 기쁨보다는 지루함을 선사했지만 말이다.

"이 산책로는 하이드 파크의 조깅 코스죠. 단련된 기사인 당신에게 이 정도 조깅 코스는 양에 차지도 않을 것 같지만."

등 뒤에서 들린 목소리에 뒤돌아보았다. 남자는 고개를 숙여 인사를 했다. 레굴루스도 아는 얼굴이었기에 목례로 답했다.

"테라 시스템 관리국의 닉 마이어입니다."

"보면 알아."

무뚝뚝한 응대에도 불구하고 닉 마이어가 웃으며 레굴루스를 향해 다가왔다. 그가 커피를 건넸다. 그것을 레굴루스는 받아 들지 말지 고민했다.

"전혀 먹지도 마시지도 않는다고 듣기는 했습니다만. 그건 상위 계급 가이안들의 특징인가요?"

"아니, 내가 이상한 거고 가이안이 다 이렇지는 않아."

"먹는 즐거움을 놓치다니 인생을 손해 보는 겁니다. 어쨌든 지금은 전투에 나설 때도 아니고, 당분간 싸울 일은 없을 테니 평화의 시기를 좀 즐겨두세요. 드시죠. 런던에서 유명한 커피하우스에서 가져온 거랍니다. 여긴 홍차의 나라지만, 커피도 맛있죠."

닉 마이어가 사람 좋게 싱긋, 웃었다. 그가 건넨 커피를 얼떨결에 받아 든 레굴루스는 벤치에 앉기를 권하는 손길을 따라 자리에 앉았다. 어쨌든 지금 그를 '담당' 하는 감시역이기도 한 이 비밀 정부 공무원이 하는 대로 맞춰주기로 했다. 장미의 곁에 있기 위해 테라에서 조용히 살기로 결심한 이상, 테라 시스템 관리국과 불화를 일으켜서 딱히 좋을 것은 없었다.

"당신들이 하는 감시라는 게 24시간 따라붙는 감시인가?"

자신이 여기 있는 걸 어떻게 알았느냐고 함축하는 질문에 닉 마이어가 웃었다.

"그럴 리가요. 프라이버시 침해의 방지를 위해 그렇게까지 하지는 않습니다. 다만, 어느 정도의 위치 추적을 사용하고 있기는 합니다. 그건 이해해 주세요. 어쨌든 아직까지 당신은 감시 기간에 들어가거든요."

"당신들을 위해 용병으로 일하는 것에 동의했을 때 그런 감시는 모두 끝난 것으로 알았는데."

"절차상 기간, 이라는 것이 있습니다. 저희 업무 매뉴얼상의 형식적인 것이지요."

"관료들이란."

"테라에서는 공무원, 이라고 하시는 편이 더 좋을 겁니다. 뭐 물론 저희 같은 사람들은 비밀 정부 소속이니 겉으로 드러나는 공무원은 아니지만."

닉 마이어가 여전히 사람 좋게 웃으며 그의 언어를 정정해 주었다. 그가 쓰는 영어는 악센트도 문장 구조도 완벽했지만, 다소 고풍스러운 어휘 선택이 흠이었다.

"저희가 구해 드린 집은 마음에 드십니까?"

"좁아터진 것 빼고는 마음에 들더군."

"하하하, 이해해 주세요. 성 하나를 통째로 쓰던 성주셨으니, 얼마나 좁아 보이실지 이해는 합니다만. 그 정도 이층집 하나라도 이곳 런던 시내에서 구하기는 쉽지가 않아요. 그 집, 나름대로 저희 쪽에서 성의를 보인 거라는 것만은 알아주시지요. 귀족 소유의 저택이라 그 저택을 소유한 가문에서 팔지 않으려고 해서 웃돈까지 얹어주고 가져온 집이란 말입니다."

닉이 서운하다는 듯 너스레를 떨었다. 레굴루스는 이런 소탈한 사람들이 딱히 싫지는 않았다. 늘 바늘로 찔러도 피 한 방울 안 나올 것 같은 가이아 왕족과 귀족들만 상대해 왔던 터라, 그는 사람을 별로 좋아하지 않게 되었다.

그러나 상위 계급 가이안들에 비하면 테란들은 확실히 더 인간미가 있는 편이었다. 테라 시스템 관리국 직원들 또한 그랬다. 용병 계약을 제안해 온 것은 레굴루스의 무용담에 대해 전해 들은 바가 많은, 테라 시스템 관리국 쪽이었다. 그의 전투력을 높이 산 그들은 용병 계약을 제안해 왔고, 레굴루스는 처음에 거절했다.

돈이라면 있었다. 딱히 돈을 위해 일할 필요가 없을 정도로. 아브릴에게서 받은 것은 아르마니 슈트만이 아니었다. 그에게서는 많은 도움을 받았다. 레굴루스는 가이아에서 모은 재산을 전부 현금화해 테라로 들고 왔는데, 그것을 보관해 둘 스위스 은행에 계좌를 만드는 데는 가짜 신분증을 비롯하여 아브릴이 여러모로 힘써주었다.

그는 장미의 생각과는 다르게, 테라로 무작정 몸만 건너온 것은 아니었다. 그 나름대로의 준비를 다 마치고 왔던 것이다. 사는 데는 돈이 필요할 것이고, 장미가 원하는 것들이라면 전부 부족함 없이 해주고 싶었다. 어쨌든 레굴루스는 딱히 일하지 않아도 될 정도를 넘어서, 그냥 넘치는 게 돈이었다. 보통 사람은 몇 번을 죽고 다시 태어날 세월에 걸쳐 모은 막대한 재산을 가지고 있었으니 당연했다.

테라로 건너오면서 용병 일에서도 손 씻겠다고 다짐했었는데, 테라 시스템 관리국에서는 3년짜리 용병 계약의 대가로 막대한 계약금보다 더 탐나는 조건을 내걸었다. 레굴루스의 신원에 대한 보증과 더불어 그들 부부의 생활의 편의를 모두 돌봐줄 비서를 고용해 주는 것, 그리고 감시 기간을 통상의 5년에서 3개월로 줄이는 것. 물론 계약금으로 물질적 성의도 보였다. 런던 시내에 바로 두 사람이 살 수 있을 정도의 집을 구해주는 것이 그것이었다.

레굴루스는 원래 이 사람들로 바글거리는 도시를 떠나 한적한 교외에, 호수나 물이 보이는 곳에 성을 한 채 짓거나 고성을 사들일 생각이었다. 그러나 장미는 이 도시를 당분간은 떠날 생각이 없어 보였으며, 매일 학교니 직장이니 하며 분주히 일하러 나가기 바빴다. 레굴루스는 지극히 옛날 시대의 전통적 사고방식을 가진 사람이었으므로 장미를 집에 들어앉히고 싶었지만, 전문 포토그래퍼가 되고 싶어하는 장미의 마음은 진심이라는 것이 느껴지자 존중해주고 싶었다.

장미는 디자인 공부에도 재능이 있었으며, 사진 일 또한 진심으로 좋아하고 있었다. 그래서 그녀가 하고 싶은 공부며 일이며 당분간 하도록 내버려 두기로 했다.

"그래서 언제부터지?"

"무슨 말씀이시죠?"

레굴루스의 물음에 닉이 고개를 갸웃했다.

"용병질 말이야. 용병이 필요할 정도의 일이라면 대개 언놈의 목을 따 오거나, 전쟁이라도 나가서 뒈지기 직전까지 싸우든가 뭐 그런 구린 일들일 테고, 설명은 필요 없어. 궁금하지도 않으니까. 어차피 지난 5년간 루슬릭 놈이 시키는 일들 때문에 이 행성계에 선 안 가본 전쟁터가 없거든."

"하하하! 걱정 마세요, 레굴루스. 당신이 하는 일은 용병이라곤 해도 거의 경호 업무에 가까울 겁니다. 청부 살해나 소행성에 시체 처리하고 오기, 전쟁터 보내기라니요. 그런 정도로까지 극단적인 일은 잘 없을 거예요. 악의를 품고 일부러 그런 일만 주지 않는 한.”

닉이 빙긋 웃었다. 마치 지난 5년간 그의 무용담과 행적을 고스란히 알고 있다는 듯한 웃음이 마음에 들지 않아 레굴루스는 고개를 들렸다. 악의를 품고, 라. 확실히 지난 5년간 그가 용병이 되어 가이아 왕실에 대한 죗값을 치른답시고 했던 것들은 하나같이 루슬릭이 시킨 일들이었고, 하나같이 악의가 있었다. 악의를 품고 그런 일들만 시킨 게 맞았다. 악마 같은 꼬맹이 놈. 멍청하게 생긴 금발 놈 주제, 뱀 같은 피가 흐르고 있는 가이아 국왕이 맞았다.

보통 사람이라면 벌써 죽었을 일들, 목숨이 아홉 개라도 모자랄 일들만 던져 주었다. 보다 못한 아브릴이 그를 도와 테라로의 이주를 주선하지 않았더라면, 아마 루슬릭이 죽을 때까지는 계속 그렇게 살았거나 인내심이 바닥난 레굴루스가 루슬릭을 죽여 버리는 것으로 끝났을 것이었다. 루슬릭이 레굴루스에 대해 가진 원한은 단순한 계약 파기가 아니었고 개인적인 원한이었다. 그렇게나 깔끔히 채이고도, 왕비를 빼앗겼다고 믿고 있는 루슬릭의 원한은 크고도 깊었다.

“아무튼, 당신에게는 기대가 큽니다. 당신은 우리가 그간 고용했던 용병들 중에서도 역대 최강일 것 같거든요. 하지만 그전에 우선 런던을 충분히 즐기세요. 이 도시는 볼 게 많거든요. 매일 사랑하는 사람과 집에만 틀어박혀 있고 싶은 심정이 이해가 안 가는 것도 아니지만, 슬슬 데이트도 하셔야죠.”

“말해두지만, 장미에게 내 일에 대해서 말하거나 장미를 내 일에 개입되게 했다간 죽여 버릴 거야.”

레굴루스가 으르렁거리듯 낮은 목소리로 위협하자, 닉이 웃음을 거두고 말했다.

"걱정하시는 일은 일어나지 않습니다. 지난 5년간 그녀를 지켜 봤지만, 텔레포트 능력 외에 다른 초인지 능력이 발견되지 않았고, 그 능력을 쓰는 것도 5번 미만이었습니다. 그녀는 정말로 평범한 테란에 더 가깝더군요. 감정이나 신체 능력, 정서나 성격을 포함해서 다른 모든 것이요. 그녀는 덕분에 '미위협 대상'으로 분류되어 감시 해제된 상태입니다."

"어쨌든 5년이나 감시했단 말이지."

레굴루스가 마음에 들지 않는 얼굴을 하자 닉이 변명하듯 설명했다.

"프라이버시 침해가 일어나지 않는 범위 내에서입니다. 요즘 테라에서는 소셜 네트워킹 서비스라는 것도 있어서 굳이 위치 추적기를 달 필요도 없이 본인이 어디 가서 뭘 하는지를 다 인터넷에 줄줄 흘리고 다니는 사람들도 많은데요, 뭘. 어디를 가는지, 누구를 만나는지. 딱 그 정도의 감시입니다. SNS만 보면 누구라도 알 수 있는 그런 정도의 범위요."

이해 못할 소리에 레굴루스가 표정을 풀기는커녕 점점 더 험악해지자, 닉이 필사적으로 또다시 설명을 시작했다.

"소셜 네트워킹 서비스가 뭐냐면요, 여기 테라에서는……."

"됐어. 그 기분 나쁜 게 뭔지 별로 알고 싶지 않아. 나는 테라를 원래도 싫어했지만, 여기 오니 한층 더 싫어졌어. 장미가 그러더군. 여긴 텔레비전 방송과 연예인이라는 것들도 있다며? 도대체 테란 놈들은 무슨 생각을 하고 사는 거야? 그런 걸 보는 게 즐거워? 인터넷은 또 뭐고? 자기 생활을 불특정 다수에게 줄줄이 불다니."

그는 원래도 테라를 싫어하긴 했다. 그리고 그 예상에 걸맞게, 테라는 그가 생각했던 것만큼 경박하고 수준 낮은 세계라고 생각했다. 그럼에도 불구하고, 이 세계는 그녀가 있었다. 그녀가 태어나고 자랐으며, 계속 살아가기를 선택한 세계였다. 그것 하나만으로 이 세계는 가치가 있었다. 레굴루스의 불평에 닉이 웃음을 터트렸다.

"하하! 뭐, 가이아에는 다 없는 것들이긴 하니깐요. 가이아는 좀 더 테라의 시골 같은 느낌이죠? 사람들이 자연친화적이고 전근대적인 방식으로 살아가는. 그런 게 테라의 장기적인 미래를 위해서도 더 좋을지도 모르겠지만, 글쎄요…… 나는 이미 대도시 생활에 너무 익숙해져 버렸어요. 인터넷이 없는 생활은 상상도 할 수 없군요. 당신은 테라가 사람 살 곳이 못 된다고 말하고 있지만, 난 아마 가이아에서는 못 살 겁니다."

닉이 말을 마치고 일어섰다. 그리고 '3일 후 교육에 꼭 나오세요'라는 말을 당부하는 것을 잊지 않았다. 무슨 무슨 교육이니, 연수니 하는 것들로 사람을 간간이 호출할 모양이었다. 이래서 어딘가에 매이는 것은 질색이었다. 기사 일은 할 만큼 했고, 지난 5년간 루슬릭 때문에 했던 용병질은 딱 질색이었다. 그러나 사람을 경호하는 것 정도의 일이라면 할 만하겠다고 레굴루스는 생각했다.

장미에게는 이야기하지 않을 것이다. 용병 일이라니, 말만 들어도 걱정할 테니까 말이다. 벌레도 못 죽이는 그 소심한 성격에 어디 오죽하겠는가. 그냥 테라 시스템 관리국에 취업했고 책상에서 펜대나 굴리는 말단 사무직이라고 둘러댈 생각이었다. 장미는 집을 샀다고 말했을 때 놀라는 눈치였다. 아마 레굴루스가 가지고 온 재산이 얼마인지 밝히면, 그 자신조차도 귀찮아서 정확히 세어보지 않은 정도라고 말하면 놀라서 뒤로 넘어갈지도 몰랐다. 그러니 고성을 구입할 계획은 조금 더 뒤로 미뤄두기로 했다.

눈이 돌아가게 멋진 성을 사줄 거다. 그리고 정원에는 장미를 잔뜩 심어야지. 그녀의 이름과 똑같은, 그 지긋지긋하지만 아름다운 꽃을.

레굴루스는 좋아할 장미를 상상하며 입가에 미소를 지었다. 잘생긴 그가 웃자 하이드 파크를 지나는 산책객들이 마치 패션 화보라도 보는 눈으로 그를 바라보았지만, 머릿속에는 온통 장미의 생각뿐인 그에게 그런 시선들이 신경 쓰일 리 없었다.

일어서서 걷기 시작했다. 곧 저녁 시간이었다. 식사하지 않는 그와는 상관이 없지만, 그의 연인에게는 상관이 있을 시간이다. 집으로 들어가야겠다. 그리고 저녁을 먹으며 하루 동안 있었던 일들을 조잘조잘 즐겁게 이야기하는 그녀의 눈을 바라보고, 머리카락을 넘기고, 볼을 쓰다듬을 것이다.

생각만 해도 심장이 뛰었다. 그는 걸음을 빨리했다.

"방금 지나간 남자 봤어? 눈이 타는 듯한 금색이더라. 꼭 사자 같았어."

그를 흘끔거리던 시선들 중 하나였던 어린 소녀가 그녀의 남자친구에게 속삭였다.

"잘못 본 거 아냐? 금색 눈 진짜 흔치 않은데."

"아니야, 정확히 봤어. 컬러렌즈같이 조잡한 느낌이 아니었다니까. 그런 눈을 뭐라고 하더라? 늑대의 눈이라고 하지 않어? 나 실제로 본 건 처음이야."

소년이 흘끔, 하고 지나간 키 큰 남자를 고개를 들어 훔쳐보았다.

"늑대라기엔 지나치게 큰데. 사자가 더 낫겠다. 아무튼 다른 남자 이야기는 그만해."

그를 보고 어린 커플이 아웅다웅하는 것도 모르고 하이드 파크를 빠른 걸음으로 나서는 남자의 등 뒤로, 그의 눈동자 색과도 같은 황금빛 노을이 내리고 있었다. 자기 때문에 지금 한 커플이 싸울 뻔했다는 사실 따위는 전혀 인지하지 못한 채, 레굴루스는 그저 무심히 걸었다.

별 생각 없이 주머니에 넣어 두었던 핸드폰이 울렸다. 어제 개통한 이 번호로 전화를 걸 사람이라면 한 명밖에 없었다.

[지금 어디예요?]

장미였다. 그의 귀에는 더없이 사랑스럽게 들리는, 높지도 낮지도 않은 미드 로우 톤의 차분한 목소리가 들려왔다.

"지금 들어가는 길이야."

[저녁, 외식할래요?]

전화기 너머로 들리는 목소리가 다소 난처한 듯 들렸다. 그것마저도 귀엽게 느껴져 레굴루스는 입술만 끌어올려 웃었다.

"밖에서 먹자고?"

[아니 그게. 실은 요리를 하려고 했는데, 망쳐서⋯⋯.]

곤란하다는 듯, 장미가 말끝을 흐렸다. 잘 하지도 못하고 요리에 취미가 있는 것도 아니면서, 장미는 시간이 있을 때마다 요리를 만들어 주겠다면서 재료를 사다가 열심히 일을 벌이곤 했다. 그리고 주방을 난장판으로 만드는 게 그녀의 몫이라면, 쓸고 닦는 뒷정리는 그의 몫이었다.

레굴루스가 온 후 장미가 요리를 해 주겠다고 한 적이 몇 번이나 있었고, 시도는 모두 실패로 끝났다. 결론은 늘 '맛이 없으니 외식

하자'였다. 자신은 딱히 먹지 않아도 상관없는 데다 맛에 민감한 편이 아니므로 요리를 해 줄 필요가 없다고 말해도, 장미는 그럴 때마다 미간을 찌푸리며 '어떻게든 성공하고 말 거예요'라고 투지를 불태우곤 했다. 그리고 오늘도 역시나 실패한 모양이었다.

[아니 그게, 요리 잘하는 카산드라가 준 레시피인데. 이대로만 하면 틀림없다고 했었는데 분명…… 근데 맛이 없어도 너무 없달까.]

전화기 너머로 한숨을 쉬는 목소리에 레굴루스가 참지 못하고 그만 풉, 하고 웃음을 터트렸다.

[정말 미안해요. 다음 번에는 좀 더 제대로 할 테니까. 하여튼, 전에 갔던 집앞의 그 레바논 레스토랑 있잖아요? 거기서 봐요. 먼저 가 있을 테니까.]

"뭘 만들었는데?"

[해산물을 넣은 파에야요.]

그게 뭔지는 모르겠지만 어쨌든 레굴루스에게는 장미가 만든 요리라는 것만으로 의미가 있었다. 특유의 심각한 표정으로 주방에서 뭔가를 열심히 만드는 모습이 눈에 그려지는 듯 했다. 집중한 미간도, 키스하고 싶을 정도로 사랑스러운 입술도, 부르면 동그랗게 떠지는 눈도 전부 사랑스러웠다. 어서 가서 그녀를 끌어안고 싶었다.

"그냥 그거 먹어도 되는데."

[아니, 내가 안 돼요! 정말 심각하게 망쳤어요. 그러니까 레바논 식당 가요.]

"네가 날 위해 만든 거잖아."

[……]

순간 전화기 너머로 정적이 흘렀다. 쑥스러워하고 있다. 보이지 않아도, 눈에 선하게 그려졌다.

[아무튼 빨리 와요. 이따 봐요.]

끊어지려는 전화에 대고 레굴루스는 작게 속삭였다.

"고마워."

[감사 인사는 나중에 성공해서 들을 거예요!]

그렇게 말하며 전화는 끊어졌다. 아무래도 장미는 시도를 멈추지 않을 모양이었다. 레굴루스는 웃었다. 사랑한다고, 이미 여러 번 말로 전했지만 그래도 부족했다.

사랑한다고, 고맙다고, 그렇게 솔직하게 표현할 때마다 장미가 적응이 되지 않는다는 얼굴로 그를 올려다보았다. 쑥스러워하는 그 얼굴을 보는 것이 좋아 일부러 더 끌어안고 들려주기도 했었다. 그럴 때면 가슴 한 구석이 간지러운 느낌, 그는 이것이 행복감이라는 것을 알았다. 이 평범하고 소소한 행복을 얻기 위해 얼마나 먼 길을 돌아와야 했던가.

그러나 어렵게 손에 넣은 이상, 시간이 다시 앗아가기 전까지 절대로 놓치지 않을 것이다. 장미가 그의 곁에 없었던 5년이 그가 살아온 영겁의 시간보다 길었던 것을 떠올리며, 그는 그렇게 다짐했다.

그는 집으로 향하는 걸음을 좀 더 재촉했다. 사랑스러운 저녁이었다.

♡ — *THE END* — ♡

작가 후기

안녕하세요, 이루다입니다.

이 책을 손에 들어주셔서 감사합니다. 제 세 번째 출판 소설인 '장미의 기사'로 이렇게 다시 독자 여러분께 인사드릴 수 있어 기쁩니다.

제가 지금 이 글을 쓰고 있는 시기는 2016년 4월 초, 벚꽃이 피기 시작할 계절이네요. 책이 나올 무렵은 장미가 만개하는 계절이었으면 좋겠네요.

장미 이름을 가진 아름다운 소녀와 장미의 저주에 걸려 차가운 심장을 가진 남자, 둘의 러브스토리를 구상하는 것은 처음 한 개의 그림에서부터 시작되었습니다. 장미라는 꽃이 가진 양면성, 아름다움과 가시라는 두 가지 부분을 생각하다가 갑자기 '기사가 나오는 중세 배경의 소설'이 쓰고 싶어졌고, 자료 찾기를 하다가 중세의 장미십자기사단까지 갔었는데 서양 배경의 대 서사 장편이 되어버릴 것 같아서 제가 감당할 수 있는 범위로 배경을 좁히다 보니 현대에 기반을 둔 차원이동

판타지가 되었네요.

본래 이 글은 일러스트에 맞춰 글을 쓰는 공모전을 계기로 쓰여진 글입니다. 출판을 앞두고 수정을 거듭하여 처음 선보였던 원고와는 달라졌습니다만, 웹 연재 당시에 공모전 사이트에서 이 글을 처음 접한 독자님들도 계실지 모르겠네요. 수상은 못했지만, 독자 인기투표에서 2위를 하기도 했었고 분에 넘치는 사랑을 받은 글이었습니다.

연재를 할 당시에는 시간에 쫓겨서 힘들었지만, 지금 와서 돌이켜 보니 모두 추억이네요. 첫 번째 출판 마감 때는 너무 정신이 없어서 작가 후기조차 안(못) 썼지만…… 그래도 하면 할수록 힘들지만 재미있어서, 글을 쓰는 일을 손에서 놓지는 않을 것 같아요.

그리고 글 속에서도 한번 언급이 된 것 같지만, 레굴루스라는 남자주인공의 이름은 별 이름에서 가져왔어요. 별에게서 허락받은 건 아니지만 그냥 제가 막 가져다 썼습니다……. 사자자리의 심장에 있는 굉장히 밝은 로열 스타, 항성의 이름인데 '사자의 심장(Heart of Lion)'이라는 별칭이 제가 구상한 냉정한 남자주인공의 성격과 어울린다고 생각했어요. 장미가 사자의 심장을 길들이기까지 좀 더 우여곡절이 있을 거라고 생각했는데, 쓰다 보니 둘이 너무나 금세 사랑에 빠져 버려서 저도 당황했습니다. 아…… 글을 쓰다 보면 가끔 작가의 의지와 관계없이 주인공들이 움직이기 시작하는 때가 있는데, 이번에도 그걸 실감했습니다. 원래 둘의 여행에서도 자잘한 에피소드들을 더 넣으려고 했고 장미 부모님의 이야기나 두 주인공들의 닭살 돋는 뒷이야기 등, 구상한 것들은 많았는데 시간과 능력의 부족으로 실현되지는 못했네요.

이 글을 읽어주시고 함께해 주시는 독자님들, 그리고 제 마감 스트레스를 받아준 사랑하는 가족과 친구들에게 바칩니다.

화창한 봄, 이 글을 읽으시는 모든 분들께 만개한 장미꽃 같은 나날들이 펼쳐지기를 바라겠습니다.

2016년 4월, 봄꽃이 피는 계절에

이루다 드림.